教育部人文社會科學重點研究基地重大項目『宋元佛教文學史（詩歌卷）』子課題成果，項目編號：13JJD750014

禪趣與文情
——宋代禪林筆記研究

陸會瓊 ◎ 著

四川大學出版社

項目策劃：徐　凱
責任編輯：徐　凱
責任校對：毛張琳
封面設計：墨創文化
責任印製：王　煒

圖書在版編目（CIP）數據

禪趣與文情：宋代禪林筆記研究／陸會瓊著．—成都：四川大學出版社，2020.6
（中國俗文化研究大系．宋代佛教文學研究叢書）
ISBN 978-7-5690-3757-9

Ⅰ．①禪… Ⅱ．①陸… Ⅲ．①佛教文學－古典文學研究－中國－宋代 Ⅳ．①I207.99

中國版本圖書館CIP數據核字（2020）第106195號

書　名	禪趣與文情——宋代禪林筆記研究
	CHANQU YU WENQING——SONGDAI CHANLIN BIJI YANJIU
著　者	陸會瓊
出　版	四川大學出版社
地　址	成都市一環路南一段24號（610065）
發　行	四川大學出版社
書　號	ISBN 978-7-5690-3757-9
印前製作	四川勝翔數碼印務設計有限公司
印　刷	成都金龍印務有限責任公司
成品尺寸	170mm×240mm
插　頁	2
印　張	17.5
字　數	287千字
版　次	2020年6月第1版
印　次	2020年6月第1次印刷
定　價	68.00圓

版權所有◆侵權必究

◆ 讀者郵購本書，請與本社發行科聯繫。
　電話：(028)85408408/(028)85401670/
　(028)86408023　郵政編碼：610065
◆ 本社圖書如有印裝質量問題，請寄回出版社調換。
◆ 網址：http://press.scu.edu.cn

掃碼加入讀者圈

四川大學出版社
微信公眾號

總　序
項　楚

　　四川大學中國俗文化研究所，作爲教育部人文社會科學重點研究基地，已經走過了二十年的歷程。不忘初心，重新出發，是我們編輯這套叢書的目的。

　　俗文化是中國傳統文化的重要部分，與雅文化共同形成中國文化的兩翼。俗文化集中反映了中華民族獨特的思維模式、風俗習慣、宗教信仰、語言風格、審美趣味等，在構建民族精神、塑造國民心理方面，曾經起過並正在起著重要的作用。因此，俗文化研究不僅在認知傳統的中華民族文化方面具有重大的學術價值，而且在促進社會主義精神文明建設方面具有傳統雅文化研究不可替代的意義。不過，俗文化和雅文化一樣，都是極其廣泛的概念，猶如大海一樣，汪洋恣肆，浩渺無際，包羅萬象，我們的研究祇不過是在海邊飲一瓢水，略知其味而已。在本所成立之初，我們確立了三個研究方向：俗語言研究、俗文學研究、俗信仰研究，後來又增加了民族和民俗的研究。同時，我們也開展了相關領域的研究，如敦煌文化研究、佛教文化研究等。在歷史上，雅文化主要是士大夫階級的意識形態，俗文化則更多地代表了下層民眾的意識形態。它們是兩個對立的範疇，有各自的研究領域和研究路數，不過在實踐中，它們之間又是互相影響、互相滲透、互相轉化的。當我們的研究越來越深入的時候，我們就會發現它們在對立中的同一性。雖然它們看起來是那樣的不同，然而它們都是我們民族心理素質的深刻表現，都是我們民族性格的外化，都是我們民族的魂。

　　二十年來，本所的研究成果陸續問世，已經在學界產生了廣泛的影響。本套叢書收入的祇是本所最近五年來的部分研究成果，正如前面所說，是在俗文化研究大海中的一瓢水的奉獻。

目 錄

緒 論 ··· 1

第一章 宋代禪林筆記文本形態的相關考察 ······················· 10
 第一節 宋代十種禪林筆記序錄 ································· 10
 第二節 宋代禪林筆記的成因 ····································· 21
 第三節 宋代禪林筆記的體式略論 ································ 30
 第四節 護法衛宗：撰書主旨的決定性 ·························· 47

第二章 宋代禪林筆記中文人的宗教生活 ························· 52
 第一節 外護：文人的佛事 ······································· 53
 第二節 參禪問道與作偈見意 ···································· 72
 第三節 延請住持與疏文顯誠 ···································· 88
 第四節 書簡傳遞與樂道寄情 ··································· 106

第三章 宋代禪林筆記中的僧人世界 ······························ 133
 第一節 身份認同：禪師德行的具現 ··························· 134
 第二節 想見其人：表徵德行的言語 ··························· 154
 第三節 叢林光潤：宋代禪僧的個人文學創作 ················ 169

第四節　詩意地唱道：禪林酬唱活動……………………………… 194
　　第五節　談噱有味：宋代禪林筆記中的禪趣……………………… 208

第四章　宋代禪林筆記的融通與個性 …………………………… 219
　　第一節　宋代禪宗與佛教其他宗派的關聯………………………… 221
　　第二節　宋代禪林筆記中的儒學、理學與道教…………………… 228
　　第三節　三部禪林筆記的文本抄撰與變形………………………… 242

結　語 ……………………………………………………………… 260

參考文獻 …………………………………………………………… 264

後　記 ……………………………………………………………… 272

緒 論

一、選題緣起與研究意義

佛教文學是宋代文學的重要組成部分，到了宋代，佛教的本土化色彩更加明顯。一方面，宋代佛教僧侶的文化素養極大提高，受到士大夫文學傳統的影響，佛教徒紛紛加入文學創作的陣營。宋代詩僧的創作數量十分可觀，許多僧人有別集傳世，如智圓的《閑居編》、雪竇重顯的《祖英集》、契嵩的《鐔津集》、道潛的《參寥子詩集》、惠洪的《石門文字禪》、如璧的《倚松詩集》、寶曇的《橘洲文集》、居簡的《北磵詩集》、文珦的《潛山集》、善珍的《藏叟摘稿》、元肇的《淮海挐音》、大觀的《物初賸語》等。而且，宋代還出現了不少佛教詩歌總集，如《九僧詩》《宋高僧詩選》《中興禪林風月集》《江湖風月集》《無象照公夢遊天台石橋頌軸》《禪宗頌古聯珠通集》等，佛教詩歌創作情況由此可見。另外，在宋代佛教文學中，不僅詩文創作豐富，而且文學文類也得到了拓展，這主要表現爲禪林僧傳和筆記的湧現，開創了禪林僧傳和筆記的書寫傳統。另一方面，佛教發展至宋代，進一步向士大夫階層滲透，宋代知識精英積極參與參禪學佛的活動，與佛教各宗保持著密切的聯繫。不論是文人著作還是佛教典籍，都保存著大量有關宋代士大夫與佛教因緣的材料，佛教的思維觀念和言說方式對宋代文人的文學創作產生了深遠的影響。在文人與僧人的交往中，文人的創作又成爲僧人模仿的典範，宋代文學與佛學的互動由此可見一斑。

學界對宋代佛教文學的探討主要從文人著作著筆，對佛教文獻的利用或有欠缺。因此，本書擬從佛教典籍的角度來考察宋代文人與禪宗的交涉，進一步而言，通過宋代禪林筆記來探究宋代士大夫和禪僧的文學創作活動，以此透視宋代文學與禪學的交流。通過對禪僧的生命歷程及其生活情境作深入的分析，以期窺視其背後的整體社會生活形態。

禪林筆記作爲禪宗散文寫作傳統的有機成分，對其進行考察，意義如下：

禪林筆記是筆記體的佛門見聞錄，主要記載唐宋禪林中高僧大德的嘉言遺訓、掌故逸事，禪師的入道機緣、示衆法語、詩詞偈頌，作者的雜感評論，以及士大夫參禪問道、投贈往來之篇什。因此，對禪林筆記進行專門探討，是一個值得重視的課題，有助於禪宗思想的進一步探索。

禪林筆記反映了禪宗散文書寫傳統的獨特趣味，它以塑造禪僧形象爲目標，記錄禪僧的言與事，從而凸顯禪僧的性格，同時對士大夫與禪宗的因緣際會予以重視。禪林筆記是宋代叙事文學的重要組成部分，觀照禪林筆記的叙事藝術對探討宋代佛教文學不無裨益。

禪林筆記記載的許多禪師不見於僧傳、燈錄，其前言往行全賴禪林筆記而得以保存和流傳。即使名列僧傳、燈錄者，禪林筆記亦保存了他們的斷語遺篇。因此，禪林筆記的史料價值不容忽視，它爲我們更加全面地瞭解禪林生存狀態提供了豐富的研究材料。

禪林筆記中關於士大夫言行和形象的書寫，能使我們看到一些著名文學家的另一面相，對其詩文創作的多元性有更深入的瞭解。而且，那些涉及禪門的文學作品爲我們研究文人士大夫的思想情趣提供了現實可感的材料，並豐富了宋代文學的組成結構。

宋人筆記是重要的文史資料，蘊含著豐富的社會文化信息，無論對歷史研究還是文學研究都具有不可替代的價值。禪林筆記是宋代筆記的一部分，與宋代其他筆記相較，作者全部爲禪僧，内容多與佛教尤其是禪宗有關，行文上也與文人筆記不同。因此，其價值在文學、歷史之外，對於佛教研究又增加了一重重要性。近年來，學界對宋代筆記的研究方興未艾，碩果斐然，單篇論文和碩士、博士學位論文皆層出不窮。前賢對宋代筆記的探討無論在深度還是廣度上皆有新的開拓，但遺憾的是，作爲宋代筆記的重要分支，學術界對禪林筆記的關注較少。本書選擇宋代禪林筆記作爲研究課題，試圖對其作一番比較全面、系統而又深入的討論。從文學演進角度和禪宗思想史的層面揭示宋代禪林筆記的文體學意義、思想内涵以及在宋代禪學中的歷史地位，無疑是宋代禪學乃至宋代佛教文學研究中一項不可或缺且有重要意義的工作。因此，探討禪林筆記或許能爲填補學術空白貢獻微薄之力。

二、國內外研究現狀

回溯現有成果，對禪宗散文書寫傳統的研究比較有影響力的是李熙的《僧史與聖傳：〈禪林僧寶傳〉的歷史書寫》一書。此書是對禪林僧傳研究的力作，作者著意考察惠洪的僧傳書寫與其歷史意識、撰述體例、撰述意圖等方面的複合聯繫，揭示文體、口傳、模式、想象、修辭等在僧傳書寫中發揮的作用，並探討在此過程中出現的虛構性、宗教性等問題。作者以理論眼光看待從佛教史料搜集、考證到僧傳書寫的過程，對《禪林僧寶傳》作了多視角的詮釋，對禪宗散文書寫傳統的研究具有開拓意義。作者在文中論及《林間錄》與《禪林僧寶傳》的互文關係，發人深省。① 就宋代禪林筆記而言，目前尚無專書對此進行討論。不過，學術界對禪林筆記的研究已取得以下一些成果：

其一，對禪林筆記的整理。于亭《禪林四書》② 對《林間錄》和《羅湖野錄》進行標點、注釋和翻譯，有益於初學者。不過，由於此書爲通識性讀本，在底本選擇和標點上或有可斟酌之處，如《林間錄》采用《四庫全書》本。禪林筆記的整理工作以《全宋筆記》爲最，《全宋筆記》收錄《羅湖野錄》《雲卧紀談》《叢林盛事》《枯崖漫錄》《人天寶鑒》《林間錄》《叢林公論》等著作，書前的點校説明主要介紹書的作者、內容和版本。前賢的禪林筆記整理工作爲後輩學人的研究提供了可靠的基礎材料，功不可没。

其二，對禪林筆記的簡介。陳垣《中國佛教史籍概論》卷六以提要的形式對《林間錄》和《羅湖野錄》的史料價值加以考證和論述，認爲《林間錄》"所記皆僧家故事，文筆流暢，故人喜讀之"③，而《羅湖野錄》"雖綺麗不及《林間錄》，而徵實過之，南宋以來修僧史者鮮不利用其書也"④。陳士强在《法音》上發表了一系列禪籍導讀文章，對《林間錄》

---

① 李熙：《僧史與聖傳：〈禪林僧寶傳〉的歷史書寫》，中國社會科學出版社，2014 年版。
② 于亭：《禪林四書》，湖北辭書出版社，1998 年版，第 45—360 頁。
③ 陳垣：《中國佛教史籍概論》卷六，中華書局，1962 年版，第 139 頁。
④ 陳垣：《中國佛教史籍概論》卷六，中華書局，1962 年版，第 143 頁。

《羅湖野錄》《叢林盛事》《大慧普覺禪師宗門武庫》①等禪林筆記作了詳細的介紹。其《中國古代的佛教筆記》一文也對《林間錄》等七部禪林筆記作了"舉要"。②

其三，對禪林筆記的研究。碩士、博士學位論文對單部禪林筆記有所涉及，張姿的碩士學位論文《〈羅湖野錄〉與佛教》③討論了《羅湖野錄》與宋代佛教之間的關係，文中分析了《羅湖野錄》的敘事藝術和禪師偈頌的特點。黃俊銓的博士學位論文《禪宗典籍〈五燈會元〉研究》④通過內容比對發現，《五燈會元》的撰寫借鑒了《羅湖野錄》《雲臥紀談》《正法眼藏》《宗門武庫》中的部分史料。多數研究論文皆是對單部禪林筆記進行探討：鄭群輝《惠洪〈林間錄〉與宋代禪林佚事小說》主要考察了禪林筆記出現的原因、《林間錄》對後繼禪林筆記的影響、禪林筆記的性質和敘事內容、敘事特色等幾個問題；《宋代禪林佚事小說的敘事特色及文化成因》一文則分析了禪林筆記的敘事角度和敘述方式，認爲禪林筆記的出現與宋代小說創作大氣候、禪林內部危機以及教內教化文體的變革相關。⑤從兩篇文章可知，作者已經注意到禪林筆記的文學特徵。很顯然，作者把禪林筆記當作小說來進行研究，其在文中說："在宋代文學史上，有一種特殊的文學現象，這就是禪林筆記。即由僧人創作的主要反映唐宋禪林中禪徒、士大夫參禪問道等的佚事小說。"換言之，作者認爲禪林筆記即禪林佚事小說。我們對此不置可否，因觀看視角的不同，對同一文本的性質認定也會有差異，宋代的筆記小說與筆記尤其如此。鄭驍《惠洪禪

---

① 陳士强：《〈林間錄〉蠡測》《〈羅湖野錄〉摭言》《〈叢林盛事〉雜俎》《〈大慧普覺禪師宗門武庫〉燕語》，載於《法音》，1989年第2期、3期、5期、12期，第36—38頁、32—34頁、30—32頁、29—30頁。另外，陳士强在《大藏經總目提要》（文史藏二）中對《林間錄》《大慧普覺禪師宗門武庫》《正法眼藏》《羅湖野錄》《雲臥紀談》《叢林盛事》《人天寶鑒》《枯崖漫錄》《山庵雜錄》等都有詳細的介紹。見陳士强：《大藏經總目提要》（文史藏二），上海古籍出版社，2008年版，第561—604頁。

② 陳士强：《中國古代的佛教筆記》，載於《復旦學報》（社會科學版），1992年第3期，第112—113頁。

③ 張姿：《〈羅湖野錄〉與佛教》，上海師範大學碩士學位論文，2010年。

④ 黃俊銓：《禪宗典籍〈五燈會元〉研究》，復旦大學博士學位論文，2007年。

⑤ 鄭群輝：《惠洪〈林間錄〉與宋代禪林佚事小說》，載於《中文自學指導》，2006年第3期，第46—49頁；《宋代禪林佚事小說的敘事特色及文化成因》，載於《社會科學》，2008年第9期，第156—162頁。

林筆記〈林間錄〉及其文獻價值》①一文細緻考察了《林間錄》的成書情況及文獻價值，並討論了惠洪文字禪思想在該書中的具體呈現。祁偉《宋代禪林筆記的憶古情結與書寫策略》②是對宋代禪林筆記特質的洞見。憶古是宋代禪林筆記的共有內容，作者對宋代禪林筆記中憶古的起因、書寫策略及目的皆有精闢的剖析和嚴密的論述。國外的如日本篠原壽雄《〈人天寶鑒〉の編纂をめぐって——三教交涉による宋代宗教史の一面》③、椎名宏雄《宋元版禪籍研究（六）（そうげんばんぜんせきけんきゅうろく）〈羅湖野錄〉〈感山雲臥紀談〉（らごやろくかんざんうんがきだん）》等，這些論文涉及《人天寶鑒》《羅湖野錄》《雲臥紀談》的文本形態及其與佛教的關係問題。

綜觀現有學術成果，以下兩個問題值得注意：

其一，前賢已對禪林筆記做了不少研究工作，但對禪林筆記進行綜合研究還有不少探索空間，本書把禪林筆記當作一種文學現象來考察，關注禪林筆記作爲禪宗散文書寫傳統所具有的特徵。其二，目前禪林筆記的整理工作主要集中於點校，對禪林筆記文本所涉及的僧人法名表字、道號、法系、禪宗詞語、典故、公案等的考釋工作還比較欠缺，因此，對禪林筆記的文本注釋工作有待加強，這也是本書的努力方向之一。

作爲禪宗的寫作傳統之一，宋代禪林筆記有其獨特的書寫方式，它既展現了禪僧與文人的論禪説法活動，又透視了詩文與禪宗之間複雜微妙的關係。研究的缺失促使我們思考，當我們把眼光聚焦於禪僧那些講述禪法大義的經典文本時，也應該分一些餘光給記載禪林逸聞趣事的筆記。目前學界對禪林筆記的重視程度仍不夠，但是隨著研究的深入，作爲禪宗散文書寫樣式的禪林筆記將會受到更多的關注。

三、研究內容

筆記是以札記的形式記録見聞雜感的著述體式，其並非統一的寫作形

---

① 鄭驍：《惠洪禪林筆記〈林間錄〉及其文獻價值》，載於《法音》，2014年第5期，第35—41頁。

② 祁偉：《宋代禪林筆記的憶古情結與書寫策略》，載於《文學遺産》，2011年第6期，第41—52頁。

③ ［日］篠原壽雄：《〈人天寶鑒〉の編纂をめぐって——三教交涉による宋代宗教史の一面》，見《宗教学論集》，1974年版，第175—201頁。

式，它的敘事雖或有所側重，但內部並無嚴密體系，各條記事之間互不相關。在宋代，筆記是詩文寫作之外最爲普遍且十分流行的創作形態，其特點在於內容和形式的雜和散。舉凡"紀事實，探物理，辨疑惑，示勸誡，采風俗，助談笑"皆可成爲其寫作內容，而篇幅長短不拘，風格則莊諧不定，兼及敘事、議論與考據，筆法靈活多變、縱意而談，涉筆成趣。宋人筆記多公餘纂錄、林下閑談，以學養豐厚、天性自然取勝，在樸實中見風采、平易中顯才情。中國古代書目雖未將筆記列爲專類，但仍記錄了許多筆記類書籍，由於筆記內容的豐富多樣，上至天文，下至地理，一朝之典章制度、一地之風俗民情，奇聞異事、神鬼靈怪，談藝論文、辯經説史，無不囊括其中，因此，書目對筆記的歸類極爲紛雜，如歐陽修的《歸田錄》、尤袤的《遂初堂書目》、陳振孫的《直齋書錄解題》皆將其歸入"小説類"，《宋史·藝文志》則將其歸入史類故事類。又如最早以筆記爲書名的《宋景文筆記》，尤袤《遂初堂書目》、晁公武《郡齋讀書志》均歸爲"小説類"，陳振孫《直齋書錄解題》則列入"雜家類"。宋代書目對宋人筆記的認識和歸類尚且如此，今人對筆記的分類更莫衷一是，如劉葉秋撰《歷代筆記概述》將魏晋至明清的筆記分爲三大類：小説故事類、歷史瑣聞類、考據辯證類。① 王水照等所撰《南宋文學史》則將南宋筆記劃分爲雜史類筆記、隨筆雜感類筆記、筆記體小説等三類。② 關於筆記的分類問題仍有進一步探究的空間，但我們不得不承認，筆記是具有多種解讀可能的散文文體，它的文體界限十分模糊，由於其內容雜且散，反而有些眾聲喧嘩、包羅萬象的意味和引人入勝的魅力。

在禪林筆記之前，僧人亦有撰著筆記者，如北宋文瑩的《湘山野錄》《續湘山野錄》記"北宋雜事"③，而《玉壺清話》乃文瑩收取北宋熙寧以前文集數千卷，"其間神道、墓誌、行狀、實錄、奏議之類，輯其事成一家言"④。文瑩的幾部筆記關注的是文人的生活實況，可見其創作宗旨與書寫禪林逸聞趣事的禪林筆記十分不同。文瑩雖然是僧人，但他的寫作立

---

① 劉葉秋：《歷代筆記概述》，中華書局，1980年版，第3頁。
② 王水照、熊海英：《南宋文學史》，人民出版社，2009年版，第360頁。
③ [清]永瑢等：《四庫全書總目提要》卷一百四十，第1193頁。
④ [宋]晁公武：《郡齋讀書志》卷十三，第591頁。

場與士大夫無異,是披著袈裟的士大夫。①

禪林筆記出現以後,禪林各色人等的生活面貌才展現於世人面前。當然,禪宗僧傳亦是我們考察禪林生存空間的重要來源之一,但僧傳主要記錄禪林高僧大德的機緣語句、行事終始,對一般禪僧的載錄較少。從禪林筆記中,我們既可瞭解耆舊尊宿的德行言語,亦能窺探名不見僧傳的禪師的思想和風韻。禪林筆記的形式變動不居,長短各隨所宜,而内容涉及禪林的不同方面,或叙禪師入道之因、機鋒之辯,或論經説法、談禪説詩,或辯理解惑、糾謬補缺,不一而足。它呈現的是一個活色生香的禪林,而非只由幾位聲名顯赫的高僧組成的叢林。

禪林筆記作爲宋人筆記的重要組成部分,其在形式上具備筆記文體應有的特點,之所以稱爲禪林筆記,乃在於其寫作旨趣與其他筆記迴異,它的重心主要在禪林及與禪林有交涉的人與事上。禪林筆記是一種書寫禪林狀態的文學形式,而我們的主要任務是探察禪林筆記本身的意義,即研究作爲一種寫作形式的禪林筆記書寫了哪些禪林趣味、如何書寫禪林的奇聞逸事及追尋這些叙述背後隱含的意義。

從廣義上來説,一切以札記形式描寫禪林的筆記皆可稱爲禪林筆記。因此禪林筆記至少應包含兩個方面的内容,其一是筆記專書,這是目録學意義上的禪林筆記,它指描寫禪林人事的筆記專集,以此而論,宋代的專本禪林筆記主要有:

(北宋)惠洪《林間録》二卷

(南宋)宗杲《正法眼藏》三卷

(南宋)道謙《大慧普覺禪師宗門武庫》一卷

---

① 禪林筆記是中國古代佛教筆記的重要組成部分,關於佛教筆記的産生、發展、門類和存佚情況,詳見陳士强先生的《中國古代的佛教筆記》[《復旦學報》(社會科學版),1992年第3期]。陳士强先生認爲:"以雜述聞見及隨感爲特徵的佛教筆記,是中國佛教史籍中的一大門類。它始於東漢末年而繁衍於以後各代,大凡經典傳習、人物軼事、善惡報應、因果靈异、朝野趣聞、文士清淡、遊履唱酬、佛門故實,莫不采録。中國古代的佛教筆記,最初是從經序和經記發展起來的,它們都是爲漢譯佛經撰寫的説明性文字。隨後發展爲感應傳和各種造像記、造經藏記、造藥藏記、造無盡藏記、制梵嘆記、法會記、齋會記、法社記、義邑記、布施記、捨身記、佛牙記、佛鉢記、講經記、傳譯記、受戒記、見聞録、法喜志、崇行録,以及其他單記或綜述佛教的人、事、物的記、傳、志、録等。宋代以後,隨著禪宗的興盛,涌現了一批以記叙禪林逸聞軼事以及作者雜感爲主的禪宗筆記,爲中國古代的佛教筆記又增加了一大門類。"所以,雖然佛教筆記的産生源遠流長,但禪林筆記專集的出現仍以惠洪的《林間録》爲發端。

（南宋）曉瑩《羅湖野錄》四卷、《雲臥紀談》二卷

（南宋）道融《叢林盛事》二卷

（南宋）曇秀《人天寶鑒》一卷

（南宋）圓悟《枯崖漫錄》三卷

（南宋）道行《雪堂行和尚拾遺錄》一卷

（南宋）惠彬《叢林公論》一卷

其二是筆記中描寫禪林的單條筆記，這主要指宋代文人筆記里關於禪林的零散記載。而從狹義上來說，禪林筆記指專本描述禪林的筆記。儘管宋人筆記中的禪林記錄對研究禪林生態不無助益，本書亦將其納入考察範圍，但出於結構上的考慮，本書以筆記專書作爲重點考察對象。另外，由於年代久遠，文獻卷帙浩繁，又兼作者的學力有限，或許宋代還有一些散佚或流播海外的禪林筆記，而作者能夠搜尋到的筆記文本目前只有以上幾種，雖未必竭澤而漁，但就研究宋代禪林筆記而言，以上十種是基本且相當重要的研究材料。

特別需要注意的是，晁公武《郡齋讀書志》、尤袤《遂初堂書目》已將惠洪的《林間錄》著錄於"釋書類"，這表明宋人已經意識到《林間錄》一類書籍的特殊性。其後，《文淵閣書目》將其歸入"佛書類"，《四庫全書總目》歸爲"子部·釋家類"。而其他的禪林筆記在書目中亦著錄於"佛書類"或"釋家類"：《大慧普覺禪師宗門武庫》《羅湖野錄》《人天寶鑒》皆入《文淵閣書目》"佛書類"；《正法眼藏》入《遂初堂書目》"釋家類"，《羅湖野錄》入《四庫全書總目》"子部·釋家類"。雖然禪林筆記是後起的概念，但書目對禪林筆記的分類已呈現了這些書籍宗教性的一面，換言之，至少在目錄學家的眼中，它們與一般的筆記並不相同。所以，對禪林筆記的界定至少應注意兩點，即具備作爲"筆記"文體的特徵，這是它的外延範圍；並且要以書寫禪林爲主，這是它的內涵邊界。必須同時兼備此兩方面，才能稱爲禪林筆記。

因此，禪林筆記是指禪僧創作或編集的，以記錄禪林及與禪林相關的人、事、物爲主要內容的筆記體著作。

四、研究方法

本書主要依據大量的歷史材料，以宋代禪林筆記爲中心，想象宋代禪僧

的心靈活動與生存空間。搜求基本完備的原始文獻和盡可能準確地解釋這些文獻材料是保證書稿質量的基礎，因而采用文本細讀的方法研讀基本文獻，運用比較和綜合分析的方法，以期發掘禪林筆記自身的特點與流變趨勢。

本書既發掘禪林筆記的整體特質和書寫傳統上的共有特徵，也關注禪林筆記的個體特性，研究各個文本之間的差異，故並不把禪林筆記當作孤立的研究對象，而是擬用互文性眼光來考索禪林筆記文本與其他各類文本之間的關聯，在大量的文本選擇中追蹤作者對生活的反映。宋代禪林筆記的文本不是對其他文本的簡單引用和拼湊，它每次對其他文本進行引用時都帶上了傳道目的，而每次引文的意義必須根據具體情況來進行分析。禪林筆記在處理各類文本時采用了多元的轉化方法，比如：惠洪在其《林間錄》中經常采用"予嘗聞""予昔聞"的方式來表示某些事件是聽別人轉述的，不對事件的真實性負責，而當他在進行考辨和議論時，則詳細說明引文的出處，藉以強調自己的觀點；《羅湖野錄》和《雲卧紀談》中的很多材料已經完全融入作者的叙述，無從查考出自何人所言；《人天寶鑒》則通過標注文獻出處的方法來顯示對原文本的尊重，儘管它在引用的過程已經作了變形；《叢林公論》通篇都是對文本的轉引並加上作者自己的評論。我們不但考察禪林筆記如何轉述，還要研究轉述所產生的效果。

作爲社會化與社會關係中的禪師，每個人都是一面鏡子，可從其身上映現出禪林萬象。因此，我們嘗試把禪林筆記當作禪僧的生活史來進行閱讀，考察宋代禪林筆記呈現的叢林生態，研究禪僧如何汲取他生活的時代所流行的知識和思想，如何叙述與他生活在同時代的禪師的言語和事件，如何借鑒和弘揚前輩的嘉言善行。

對禪林筆記進行理論觀照，尋求比較廣闊的理論視野。綜合借鑒宗教學、文學、史學等各學科的文獻資料及研究成果，並充分利用電子檢索系統，力求資料翔實有據。同時汲取我國臺灣地區、日本、歐美禪學的研究成果，擴展學術視域。最終的落腳處在於力圖切近研究對象的本質，並對相關現象作出盡可能合理的解釋。本書盡量避免"獺祭魚"式的材料堆砌和平面化描述，以在瞭解和把握具體問題的基礎之上，有一些理論和思想層面的思考與總結。要言之，把禪林筆記看作動態的文本來進行研究，它是各種力量的交織與呈現，其與外部世界的關係及其內部系統中各文本之間的交流隨時間而變化。

第一章　宋代禪林筆記文本形態的相關考察

本書的研究對象是宋代的禪林筆記，其在形成方式上各不相同，有作者撰著者，如釋惠洪《林間錄》、釋曉瑩《羅湖野錄》《雲臥紀談》；有禪師口述、弟子編集者，如道謙編《大慧普覺禪師宗門武庫》；有抄錄者，如釋曇秀《人天寶鑒》；有集錄並加以評論者，如釋宗杲《正法眼藏》、釋惠彬《叢林公論》。在這一章中，我們主要探究禪林筆記的文本差異及其形成的動因、寫作形式上的特征和禪林筆記的撰書主旨對文本內容的決定作用。

第一節　宋代十種禪林筆記序錄

由於《林間錄》等十種禪林筆記爲本書的主要研究材料，而其著者、體式各異，本書擬對這些禪林筆記作一些提要式的考述。

一、《林間錄》

二卷，北宋釋惠洪（1071—1128）撰。《林間錄》爲本明上人所刻，書前有大觀元年（1107）十一月謝逸所作的序，稱《林間錄》所錄"莫非尊宿之高行、叢林之遺訓、諸佛菩薩之微旨、賢士大夫之餘論"，"有補於宗教"。又云："從其遊者，本明上人，外若簡率而内甚精敏。燕坐之暇，以其所錄析爲上下帙，名之曰《林間錄》。因其所錄有先後，故不以古今爲詮次，得於談笑而非出於勉强，故其文優游平易而無艱難險阻之態。人皆知明之有是錄也，所至之地，借觀者成市。明懼字畫漫滅而傳寫失真，於是刻之於板而俾余爲序。"① 從謝逸序可知,《林間錄》由本明上人析爲上下兩卷②,而"不以古今爲詮次"爲《林間錄》的編排特點,"其文優游平易而無艱難險阻之態"是謝逸對《林間錄》整體風格的評價,"所至之地,借觀者成市"表明《林間錄》廣受歡迎。晁公武《郡齋讀書志》、尤袤《遂初堂書目》皆將《林間錄》著錄於"釋書類"。陳振孫《直齋書錄解題》"釋氏類"著錄《林間錄》十四卷,題爲惠洪所撰,校點者按語云"此條據盧校本補"③,盧本卷數不知何據。《文淵閣書目》將其歸入"佛書類"。《四庫全書總目》歸爲"子部・釋家類",提要謂該書"多訂贊寧高僧傳諸書之訛,又往往自立議論,發明禪理,不盡叙錄舊事也"。"所述釋門典故皆斐然可觀,亦殊勝粗鄙之語錄,在佛氏書中固猶爲有益文章者矣。"④ 陳垣《中國佛教史籍概論》評《林間錄》云:"此書爲筆記體,所記皆僧家故事,文筆流暢,故人喜讀之。"⑤《林間錄》開創了禪林筆記的撰述體式,宋以後的元、明、清三代皆有禪林筆記問世。此書在禪林廣爲流傳,後流入日本,不僅有多種版本傳世且影響了日本禪師的書寫傳統,日本禪僧玄光所著《獨庵獨語》即仿效《林間錄》的體例。

關於《林間錄》的版本,國內所藏主要有明萬曆十二年(1584)刻本、日本寬永十七年(1640)刻本、清光緒二十七年(1901)揚州藏經院刻本。日本藏本主要有康曆二年(1380)普練刊五山版。⑥

---

① [宋]謝逸:《洪覺範林間錄序》,《林間錄》卷首,《卍新纂續藏經》第87冊,第245頁。
② 本明,字無塵,號幻住庵。真净克文法嗣,惠洪師弟,屬臨濟宗黃龍派南嶽下十三世。惠洪《石門文字禪》卷三十有《祭幻住庵明師弟文》。關於本明其人,參考周裕鍇先生《宋僧惠洪行履著述編年總案》,高等教育出版社,2010年版,第13頁。
③ [宋]陳振孫:《直齋書錄解題》卷十二,徐小蠻、顧美華點校,上海古籍出版社,2006年版,第357頁。
④ [清]永瑢等:《四庫全書總目》卷一百四十五,中華書局,2008年版,第1238頁。
⑤ 陳垣:《中國佛教史籍概論》卷六,中華書局,1962年版,第139頁。
⑥ 關於書中所述十種禪林筆記國內外所藏版本的情況,主要依據的是電子檢索資源,這些版本之間究竟有何差異,筆者未能知曉。筆者雖未親見各種版本,但這些版本是禪林筆記流傳情況的客觀反映。儘管版本所傳達的信息有限,但通過對流傳情況的考察,我們大概可知某個時代對禪林筆記在文本選擇和閱讀上的趣味。何況,在書籍史中,一部書的内涵比其中包含的文字更爲豐富,這是因爲書作爲實物,其傳播形式、形態和版式上的差异部分地延續了時代與時代之間的不同,而禪林筆記正是如此,刊刻的時間、地點、負責人等往往讓人產生文字之外的更多聯想。

二、《正法眼藏》

三卷。大慧宗杲（1089—1163）集並著語（即評論）。據《大慧普覺禪師年譜》記載，此書成於紹興十七年丁卯（1147）。[①] 宗杲在篇首琅琊和尚公案的著語中闡明了《正法眼藏》的由來及宗旨："予因罪居衡陽，杜門循省外，無所用心。間有衲子請益，不得已與之酬酢，禪者冲密、慧然隨手抄錄，日月浸久成一巨軸。冲密等持來乞名其題，欲昭示後來，使佛祖正法眼藏不滅，予因目之曰《正法眼藏》。即以琅琊爲篇首，故無尊宿前後次序，宗派殊異之分，但取徹證向上巴鼻，堪與人解黏去縛具正眼而已。"[②] 該書的內容乃宗杲對徒眾舉引古今公案和示眾法語的集成，部分公案和法語下有宗杲的評論。《正法眼藏》不獨在禪林流傳，也爲士大夫所喜愛，吳自牧《夢粱錄》卷十七載《正法眼藏》"淳熙初詔隨大藏流行"[③]。王質曾爲《正法眼藏》作序，稱"此書豈不可傳以激天下之爲大丈夫者耶"[④]。關於《正法眼藏》的著錄情況，尤袤《遂初堂書目》入"釋家類"，《文淵閣書目》歸於"佛書類"。

《正法眼藏》的版本，北京大學圖書館藏有明萬曆四十二年（1614）刻本。日本所藏版本甚多，主要有宋本、元和寬永間（1624—1643）活字印本、嘉興藏本、天和元年（1681）田原仁左衛門刻本。

三、《大慧普覺禪師宗門武庫》

一卷，南宋釋道謙編。道謙，號密庵，建寧人（今福建），爲大慧宗

[①] [宋]祖詠：《大慧普覺禪師年譜》，吳洪澤編：《宋編宋人年譜選刊》，巴蜀書社，1995年版，第186頁。

[②] [宋]宗杲：《正法眼藏》卷一，《卍新纂續藏經》第67册，東京圖書刊行會，1989年版，第557頁。

[③] [宋]吳自牧《夢粱錄》卷十七云："此僧雖林下人，而義篤君親，談及時事，憂形於色而垂涕，其時名公鉅卿，皆稱其才。有《正法眼藏》等集，淳熙初，詔隨大藏流。蓋杭之高僧散聖，棄儒成道，戒行精潔，學問孤高，博習教席，以訓諸衲。著文翰，修懺儀、諸經法，注宗鏡，論心要，纂法語，睹鬼神以禮問，止朝水而擊西興，感群羊而跪聽，墜大星以隕靈鷲。列朝宣講，慧號錫順。至於入滅，瑞光顯然。蓋叢林中素有儒者之風，故與公卿大夫及學士氣味相投，皆樂與之交，講論道要，題辭詠詩，靡不起敬。"從吳自牧的記載中，足可見士大夫對宗杲的敬重。

[④] [宋]王質：《大慧禪師正法眼藏序》，《雪山集》卷五，文淵閣《四庫全書》本。

杲法嗣。道謙傳見《聯燈會要》卷十七、《五燈會元》卷二十。此書編撰由來詳見釋曉瑩致邐山宗演的《雲臥庵主書》：

乃紹興十年春，信無言數輩在徑山，以前後聞老師語古道今，聚而成編，福清真兄戲以《晉書·杜預傳》中"武庫"二字爲名。……逮五月間，侍郎遭臺評，波及老師有衡陽之行。……故千僧閣首座江州能兄揭榜子於閣門曰："近見兄弟錄得老師尋常説話，編成冊子，題名《武庫》。恐於老師有所不便，可改爲《雜錄》，則無害焉。"其後，又僞作李參政漢老跋，而以紹興辛酉上元日書於小溪草堂之上。其實老師則不知有《武庫》。及於紹興庚午，在衡陽見一道者寫冊，取而讀，則曰："其間亦有是我説話，何得名爲《武庫》？"遂曰："今後得暇，説百件與叢林結緣，而易其名。"未幾，移梅陽。至癸酉夏，宏首座以前語伸請，於是閑坐間有説，則宏錄之，自"大呂申公執政"，至"保寧勇禪師四明人"，乃五十五段而罷興。時福州禮兄亦與編次。宏遂以老師洋嶼眾寮牓其門，有"兄弟參禪不得，多是雜毒入心"之語，取稟而立爲《雜毒海》。宏之親錄，爲德侍者收。禮之親錄，在愚處。禮之錄，其中尚有説雲蓋古和尚，叢林謂"古慕固"者，頌狗子無佛性話曰："趙州狗子無佛性，終日庭前睡不驚。狂風打落古松子，起來連吠兩三聲。"老師曰："此吟狗子詩也。"①

由上可知，第一次以《武庫》爲書名流傳的是紹興十年（1140）春宗杲弟子信無言等編集的本子。紹興十一年（1141）五月，張九成遭貶，宗杲受到牽連，眾弟子擔心《武庫》會給宗杲帶來不便，由千僧閣首座江州能禪師（道能禪師）更名爲《雜錄》，同時又僞作了一篇李邴（1085—1146）的跋語，而此時宗杲並不知有《武庫》一書存在。紹興庚午（1150），宗杲首次在衡陽見到《武庫》的手抄本。至紹興癸酉（1153），宗杲爲弟子説了五十五段禪林見聞，宏首座（法宏）和禮禪師參與編錄，法宏筆錄的名爲《雜毒海》，由德侍者收藏，禮禪師所錄爲曉瑩所藏。禮禪師的記錄本有"云蓋古和尚"一則，而法宏所錄沒有此則。如今流傳的本子有"大呂申公執政"和"保寧勇禪師四明人"兩則，而無"雲蓋古和

---

① [宋]曉瑩：《雲臥庵主書》，《全宋筆記》第五編第二冊，大象出版社，2012年版，第67—69頁。

尚"條，但道謙所編是否爲法宏和禮禪師的合編本無從判定。又道謙與法宏一起編有《大慧普覺禪師語錄》兩卷①，卷上主要爲禪林人物、參禪士大夫的言行逸事，卷下爲宗杲和士大夫所作的篇章，卷下首篇題名《李參政跋》，篇末云"辛酉上元日，無住居士李邴，書於小溪草堂之上"②，很可能與曉瑩《雲臥庵主書》中提到的那篇僞作屬同一篇。又《禪籍志》云："淡齋居士李泳，作《武庫序》：'大慧禪師機辯，譬之武事，則韓白之儔也。其麾城撕邑，所嬰者破，所摧者靡，魔壘百萬，槊風倒戈，人徒見其堂堂之陣，鼓行無前，而不知此老宴坐油幢，未始提寸鐵也。'"③筆者將《大慧普覺禪師宗門武庫》與兩卷本《大慧普覺禪師語錄》卷上所錄作了仔細比對，發現《大慧普覺禪師宗門武庫》有八十餘條與《大慧普覺禪師語錄》卷上重合，可以推測二者有共同的資料來源，即由宗杲所說、法宏筆錄的《雜毒海》。

此書《文淵閣書目》著錄爲"《宗門武庫》一部一册"。目前國內所藏版本有日本元祿十六年（1703）刻本，爲《大慧普覺禪師宗門武庫》二卷和《雪堂行和尚拾遺》一卷的合刻本；清光緒七年（1881）常熟刻經處刻本，一卷。我國台灣地區藏有明末嘉興包樨芳刻本。日本所藏版本有日本南北朝（1336—1392）覆宋刻本、日本南北朝刊五山版、明萬曆十三年（1585）周汝登等刻本、寬永十四年（1637）京村上平樂寺刻本、元祿七年（1694）近江端氏刻本、元祿十六年（1703）近江端氏刻本。

四、《羅湖野錄》

四卷。④ 南宋釋曉瑩撰。曉瑩，字仲溫，江西人，爲大慧宗杲法嗣。

---

① 又［宋］陳振孫：《直齋書錄解題》卷十二"釋氏類"著錄有"《大慧語錄》四卷"，提要云："僧宗杲語。其徒道謙所錄，張魏公（張浚）序之。"不知此四卷本與兩卷本有何不同。

② ［宋］法宏、道謙編：《大慧普覺禪師語錄》卷下，《李參政跋》全文如下："妙喜老人，頃由訓徒，凡舉揚次，必引古今異事，欲聞後學之未聞耳。門人競書草軸，且爲記事，或好事傳於方册，悉非老人著述之文。以故事無次序，文不飾詞，但一時據實，直截明道而已。叢林中不知其詳者，往往以此品藻是非，冰炭得失。於戲，今之學者，管天蠡海，一致於斯，失其真而循其贗，却其本而趨其末，誠亦夥矣。殊不知老人初無意於編集文墨乎？予不可默識，謾書於草本之後。辛酉上元日，無住居士李邴，書於小溪草堂之上。"《卍新纂續藏經》第69册，第635頁。

③ ［日］聖僕義諦：《禪籍志》卷下，高南順次郎等編：《大日本佛教全書·佛教書目目錄部》第一卷，1913年版，第301頁。《全宋文》無此篇。

④ 《嘉興藏》本及《卍續藏經》本皆爲二卷，《寶顔堂秘笈》本與《四庫全書》本爲四卷，《全宋筆記》整理本以《寶顔堂秘笈》本爲底本，爲四卷，今從。

據曉瑩《羅湖野錄序》，此書成於紹興二十五年（1155）。曉瑩在《羅湖野錄序》中對此書的編撰有詳細的說明："因追繹疇昔出處叢林，其所聞見前言往行，不爲不多。或得於尊宿提唱、朋友談說，或得於斷碑殘碣、蠹簡陳編。歲月浸久，慮其湮墜，故不復料揀銓次，但以所得先後，會粹成編，命曰《羅湖野錄》。"①卷末有紹興三十年（1160）無著道人妙總的跋語，稱《羅湖野錄》："所載皆命世宗師與賢士大夫言行之粹美，機鋒之酬酢，雄文可以輔宗教，明誨可以警後昆。"②

《文淵閣書目》"佛書類"著錄"《羅湖野錄》一部一册"。《四庫全書總目》"子部·釋家類"著錄"《羅湖野錄》四卷"，提要云："曉瑩，字仲溫，江西人。頗解吟咏，其《南昌道中》一律載《宋高僧詩選》中，紹定間釋紹嵩作《江浙紀行詩》，廣集唐宋名句，曉瑩亦與焉，則在當時亦能以詞翰著也。……其中多載禪門公案及機鋒語句，蓋亦《林間錄》之流，而緇徒故實紀述頗詳，所載士大夫投贈往來篇什尤夥，遺聞逸事多藉流傳，亦頗有資於談柄。"③宋代陳起所編《江湖小集》卷三至卷九收錄釋紹嵩《江浙紀行集句詩》，可見曉瑩若干詩句。陳垣評《羅湖野錄》云："是書與《紀談》，皆筆記體，雖綺麗不及《林間錄》，而征實過之，南宋以來，修僧史者鮮不利用其書。"④

《羅湖野錄》的版本，国内藏本主要有明萬曆泰昌間（1573—1620）繡水沈氏刻本、明末（1573—1644）刻本、清順治三年（1646）宛委山堂刻本。我国台灣地区藏有明萬曆二十九年（1601）刻本。日本藏本有南北朝（1336—1392）刻本、江户初寫本、寬永十五年（1638）京都風月宗智據鐮倉末刻本重刻本、京都河南四郎右衛門刻本、尚白齋鐫陳眉公家藏秘笈續函本。

五、《雲卧紀談》

二卷。南宋釋曉瑩撰，卷首有曉瑩的《雲卧紀談序》和"雲卧紀談目

---

① ［宋］曉瑩：《羅湖野錄序》，《羅湖野錄》卷首，《全宋筆記》第五編第一册，大象出版社，2012年版，第208頁。
② ［宋］妙總：《羅湖野錄跋》，《羅湖野錄》卷末，《全宋筆記》第五編第一册，大象出版社，2012年版，第273頁。
③ ［清］永瑢等：《四庫全書總目》卷一百四十五，中華書局，2008年版，第1239頁。
④ 陳垣：《中國佛教史籍概論》卷六，中華書局，1962年版，第143頁。

錄",卷末附有《雲卧庵主書》。據陳士强《大藏經總目提要》,《雲卧紀談》"約撰於南宋第三帝光宗朝至第四帝寧宗朝之際,即紹熙元年(1190)至嘉定十七年(1224)之間"①。書名源於孫仲益贈曉瑩的詩句"身世兩相違,云閑卧不飛"。此書内容乃曉瑩"疇昔所見所聞,公卿宿衲遺言逸迹"②,收録了禪林諸多散佚的詩詞偈頌。

《雲卧紀談》的版本,國内藏有日本貞和二年(1346)沙門明起刻本。日本藏本主要有五山版後印本;京都風月堂刻本;日本寬永間(1624—1643)覆貞和二年沙門明起等刻本重刻本;釋元珍輯略,日本享保二年(1717)京都文臺屋宇平刻本;江户(1603—1867)刻本。

六、《叢林盛事》

二卷。南宋釋道融撰。道融,號古月。③ 其法系爲:黄龍慧南—真浄克文—泐潭文準—典牛天游—塗毒智策—古月道融。④《叢林盛事》爲道融之叢林見聞及有關古今禪師、居士的禪語禪行,書前有道融慶元三年(1197)所作的《叢林盛事序》和"叢林盛事綱目"。序云:"因追憶平日在衆目見耳聞前輩近世可行可録之語,共成一編。書成,將呈鄮峰佛照老人,見而悦之,謂侍僧道權曰:'此真吾門盛事也,胡不刊木以傳後世?'因以《叢林盛事》目之。"⑤ 書末有宗演跋語,謂《叢林盛事》"皆命世宗師與賢士大夫酬酢更唱之語,誠可以警後學而補宗教"⑥。

《叢林盛事》的版本,國内藏有民國十二年(1933)上海涵芬樓影印本。我国台灣地區藏有日本元禄四年(1691)刻本。日本藏本有元禄六年(1693)刻本、江户(1603—1867)刻本。

---

① 陳士强:《大藏經總目提要·文史藏(二)》,上海古籍出版社,2008年版,第581頁。
② [宋]曉瑩:《雲卧紀談序》,《雲卧紀談》卷首,《全宋筆記》第五編第二册,大象出版社,2012年版,第4頁。
③ 《叢林盛事》卷下記載"古月"的由來:"余以母氏夢梵僧頂一月而投之懷中,既覺遂育,因以古月自號,以安穩眠呼之,蓋仿覺範甘露滅也。"《卍新纂續藏經》第86册,第702頁。
④ 朱剛等:《宋代禪僧詩輯考》,復旦大學出版社,2012年版,第334頁。
⑤ [宋]道融:《叢林盛事序》,《叢林盛事》卷首,《卍新纂續藏經》第86册,第685頁。
⑥ [宋]宗演:《叢林盛事跋》,《叢林盛事》卷末,《卍新纂續藏經》第86册,第707頁。

七、《人天寶鑒》

一卷。南宋釋曇秀輯。據《禪籍志》："理宗紹定中，大慧曾孫曇秀和尚，不擇真俗禪教，記其言行便於教化者數百段，題曰《人天寶鑒》。"① 可知曇秀爲宗杲的四世法孫。此書卷首有曇秀紹定三年（1230）所作的《人天寶鑒序》，闡明《人天寶鑒》的編撰原由、選錄標準和編輯方式："竊聞先德有善不能昭昭於世者，後學之過也。如三教古德於佛法中有一言一行，雖載之碑傳、實錄及諸遺編，而散在四方不能周知遍覽，於是潛德或幾無聞。愚嘗出處叢林，或得之尊宿提倡，或訪求采，凡可以激發志氣、垂鑒於世者輒隨而錄之，總數百段，目曰《人天寶鑒》。不復銓束人品、條次先後，擬大慧《正法眼藏》之類。"②《人天寶鑒》主要選輯先德尊宿能夠激發後學志氣，有助於修行進德，可爲後世龜鑒的嘉言善行，涉及儒、釋、道三教，而以禪宗爲主。其材料主要來源於碑傳實錄，並在所引材料後標明原始出處。劉棐紹定三年（1230）爲《人天寶鑒》作序，稱贊"是集皆佛氏妙藥救世之書也，能令病者服之即愈，至有盲聾暗跛之徒亦得除瘥"③。

《人天寶鑒》的版本，國內藏有民國十二年（1933）上海涵芬樓影印本。日本藏本有宋紹定三年（1230）刻本重刻本、南北朝（1336 1392）刊五山版、萬曆八年（1580）刻本、寬文十年（1670）江戶豐島惣兵衛刻本、京都友松堂小川源兵衛刻本。

八、《枯崖和尚漫錄》

三卷。南宋釋圓悟撰。圓悟，號枯崖，福清（今屬福建）人。其法系爲：大慧宗杲—佛照德光—浙翁如琰—偃溪廣聞—枯崖圓悟。據北山紹隆《枯崖和尚漫錄序》所載，圓悟其人"清苦憤發，正宗有聞"④。《圖繪寶

---

① ［日］聖僕義諦：《禪籍志》卷下，高南順次郎等編：《大日本佛教全書·佛教書目目錄部》第一卷，1913年版，第302頁。
② ［宋］曇秀：《人天寶鑒序》，《人天寶鑒》卷首，《卍新纂續藏經》第87册，第1頁。
③ ［宋］劉棐：《人天寶鑒序》，《人天寶鑒》卷首，《卍新纂續藏經》第87册，第702頁。
④ ［宋］北山紹隆：《枯崖和尚漫錄序》，《枯崖和尚漫錄》卷首，《卍新纂續藏經》第87册，第24頁。

鑒》謂圓悟"能詩，喜作竹石"①。圓悟撰有《枯崖集》，林希逸《泉州重修興福寺記》稱其曾為圓悟《枯崖集》作序。②《枯崖集》今已亡佚。陳起《江湖後集》卷十六輯有圓悟二十餘首詩歌。此書書前有咸淳八年（1272）北山紹隆和陳叔震所作的序，陳序云：

> 頃聞枯崖癸亥歲歸徑山蒙堂，裒集平昔所聞見宗宿入道機緣、示眾法語，及殘編短碣，名字未上於燈者，隨所筆，名曰漫錄。其志有在，呈似偃溪，被叱擲下無事閣裏。是歲夏五，忽謂曰，將謂所述者，効紀談雜錄，資談柄耳，今閱之則異是。所收機語，皆有控人入處，已用筆點下，餘則刬却，且囑宜珍藏之。予雖欲見是錄，而未暇扣，忽得起座元携元稿過我，欲為鋟梓，請信庵一轉語。予詳復數四，雖枯崖得之所聞所見，然編集成傳，或贊或拈，或著語，或紀實，一一自胸襟流出，豈是依本葫蘆？則知枯崖和尚所集者，皆發蘊櫝之美玉，而非鼠璞。佛智禪師所點者，皆選走盤之遺珠，而非魚目。③

《枯崖和尚漫錄》是圓悟裒集平昔所聞見之禪林宗宿的入道機緣、示眾法語與士大夫參禪悟道行跡的禪林筆記。從陳叔震的序言可知此書曾受到圓悟之師偃溪廣聞的斥責，後又得到偃溪的肯定而點出其中"有控人入處"的機語。此書的編撰特色如陳叔震所述，"或贊或拈，或著語，或紀實"，每則筆記皆以禪師之名作標題，共一百四十七條。

《枯崖和尚漫錄》的版本，國內藏本有日本寶永四年（1707）洛陽書坊大和屋重龍衛門刻本。日本所藏有應永二十二年（1415）古刻本；天和二年（1682）刻本；寶永四年（1707）京都長村半兵衛刻本；日本釋機海訓點本（注：日本人讀漢文時注在漢字旁或下方的日文字母及標點符號，即訓點），天和二年（1682）刊，寶永四年（1707）京都大和屋重左衛門修，京都長村半兵衛後印本。

---

① ［元］夏文彥：《圖繪寶鑒》卷四，文淵閣《四庫全書》本。
② ［宋］林希逸：《竹溪鬳齋十一藁續集》卷十《泉州重修興福寺記》："戊辰冬，忽得圓悟書，以重修法堂香積諸因緣來請記。悟，余里人也，向為雙徑演溪記室，演以高弟許之。余嘗叙其《枯崖集》矣，而未知其志行若此。"文淵閣《四庫全書》本。
③ 陳叔震：《枯崖和尚漫錄序》，《枯崖和尚漫錄》卷首，《卍新纂續藏經》第87冊，第24頁。

九、《雪堂行和尚拾遺錄》

一卷。南宋釋道行（1089—1151）撰。道行，號雪堂，處州（今浙江麗水）人，傳見《嘉泰普燈錄》卷十六、《五燈會元》卷二十。而在其他禪林筆記如《羅湖野錄》《雲臥紀談》《人天寶鑒》《叢林盛事》中皆載有道行的偈頌、法語。其法系爲：五祖法演—佛眼清遠—雪堂道行。《禪林寶訓》卷三錄有道行的言行逸事，稱其"生富貴之室，無驕倨之態，處躬節儉雅不事物。""仁慈忠恕、尊賢敬能，戲笑俚言罕出於口，無峻阻不暴怒，至於去就之際，極爲介潔。"① 又據《叢林盛事》卷上，道行當時有語錄流傳於世，"妙喜親爲撰語錄序"②。此書主要輯錄禪林三十餘人之機緣語要，內容類似《大慧普覺禪師宗門武庫》。關於《雪堂行和尚拾遺錄》的版本，國內藏有民國十二年（1933）上海涵芬樓影印本。日本所藏主要爲《大慧普覺禪師宗門武庫》和《雪堂行和尚拾遺錄》的合刻本、明萬曆十三年（1585）周汝登等刻本、元祿十六年（1703）近江端氏大義紹圓居士刻本、安永五年（1776）京都小川源兵衛等刻本。

十、惠彬《叢林公論》

一卷。南宋釋惠彬著。書前有宗惠淳熙十六年（1189）所作的序。惠彬其人，宗惠《叢林公論序》云："南蕩耆庵老人，予之端友也，拜教聲前，踰越二紀。迹其爲人厚性體仁，寬中毓物，平居閑澹，恂恂然似不能言者。逮說法則詆訶佛祖，談論則刻轢古今。"③ 惠彬的性格由此可略窺一二。書末有道忠跋語，稱惠彬議論公允："予嘉曰：論之公而書亦公者，公之極也。揭實智之日，破叔世之闇者，設論之意也。此舉吾竊爲彬師賀之。"④ 此書主要指摘古今儒釋文辭之得失，其體例爲先舉一文事，其後乃惠彬評論，且冠以"公論曰"三字以作區分。書末有惠彬自述，闡明該

---

① [宋] 净善：《禪林寶訓》卷三，《大正藏》第 48 卷，第 1029 頁。
② [宋] 道融：《叢林盛事》卷上，《卍新纂續藏經》第 86 冊，第 687 頁。又據祖詠《大慧普覺禪師年譜》，《雪堂行禪師語錄序》作於紹興二十一年（1151），時宗杲居梅州。見吳洪澤編：《宋編宋人年譜選刊》，巴蜀書社，1995 年版，第 188 頁。
③ [宋] 宗惠：《叢林公論序》，《叢林公論》卷首，《卍新纂續藏經》第 64 冊，第 764 頁。
④ [日] 道忠：《叢林公論跋》，《叢林公論》卷末，《卍新纂續藏經》第 64 冊，第 773 頁。

書的撰著宗旨：

> 公生明，偏生暗，苟私一毫則不明，安得公乎？蒙之所論，自朋友講議，晚生請問，耳目所實，質於己，證於道，非以愛惡之私去取，亦非角技能，售虛名於人間世。以授諸弟子，庶幾爲善人，爲君子，爲得道焉。語未竟有客曰："真正得道人，不見世間過。《叢林公論》多眡人之非，何哉？"蒙曰："有是言也。語云'惡訐以爲直'，及'孔子作春秋而亂臣賊子懼'，是亦訐乎？""今之所論無他，邪者正之，正者明之，昧者使知之，庶各循其本，客以爲訐，不復論也。"①

由此可知惠彬此書乃"質於己，證於道"之作，明代無慍的《山庵雜錄》給予《叢林公論》很高的評價："余讀者庵所述《叢林公論》，足知者庵識見高明，研究精密，他人未易及也。"②日本臨濟宗禪師義諦對《叢林公論》稱述頗高："彬、慧二師，未詳法系，其論至公，其序絕唱，蓋南宋英杰，禪林爪牙，時不知人，福不及慧。一代無鉅刹之命，千載闕萬敵之名，而有五十餘篇之遺書，唯備抱道慕德之寶秘。所謂得黃金百斤，不如得季父一諾，其不爾邪？"③關於《叢林公論》的版本，國內藏有日本活字本、民國十二年（1923）上海涵芬樓影印本。日本所藏版本有京南禪寺釋規庵祖圓鐮倉末刊五山版、慶長元和（1596—1623）活字印本。

---

① ［宋］惠彬：《叢林公論》，《卍新纂續藏經》第 64 冊，第 772 頁。
② ［明］無慍：《山庵雜錄》卷下，全文如下："余讀者庵所述《叢林公論》，足知者庵識見高明，研究精密，他人未易及也。然其間所論亦有過當者，或非其所當論而論之。如論寂音《智證傳》，指摘數節，以爲'蟊生禾中，害禾者，蟊也'，斯言甚當。其於《僧寶傳》，謂'傳多浮誇，贊多臆說'，審如是，彼八十一人俱無實德可稱，誠托寂音以虛文藻飾之矣，斯其論之過當也。又論陶淵明《歸去來詞》，'閒談優逸，詞理高詣，獨銷憂二字爲未善。'韓退之《送李愿歸盤谷序》，'意多譏訕怊悵，文過飾非'。王元之《小竹樓記》，'如公退之暇，披鶴氅衣，戴華陽巾，手執《周易》一卷，焚香默坐，幸可憐生。而繼之云，消遣世慮，猶玉之玷耳。'余以爲先儒文辭之得失，於吾門固無所涉，而置之《叢林公論》之間，殊乖。所謂非其所當論而論之者，此其是也。古人有言：'尺有所短，寸有所長。'豈不然哉。"由無慍此段話可知，其對《叢林公論》毀譽交織，在贊揚惠彬識見高明的同時，也認爲惠彬之論有過當或非其所論而論的毛病。《卍新纂續藏經》第 87 冊，第 133 頁。
③ ［日］聖僕義諦：《禪籍志》卷下，高南順次郎等編：《大日本佛教全書·佛教書目目錄部》第一卷，1913 年版，第 301 頁。

第二節　宋代禪林筆記的成因

禪林筆記出現於北宋中葉，南宋時期大量湧現，其演化歷程與文人筆記幾乎一致。文本有其自身的衍生性和淵源，一類文學文本的生成，是各種因素共同作用的結果，禪林筆記的產生便是如此。作為禪宗的書寫傳統之一，我們有必要對禪林筆記的形成原因作深入的討論。

一、"文字禪"運動的結果

文字禪是宋代僧俗融合，僧人文人化、文人僧人化的文化現象。關於"文字禪"的研究，前賢述作繁矣而發論精詳，不遑多論。① 此處的"文字禪"指廣義的文字禪，"即一切以文字為媒介、為手段或為對象的參禪學佛活動，包括燈錄語錄的編纂、頌古拈古的創製、評唱著語的匯集、僧傳筆記的寫作，其至佛經文字的疏解、宗門掌故的編排、世俗詩文的吟唱"②。"文字禪"運動"不僅對唐以來禪宗'不立文字'的觀念進行了重要修正，而且創造了多種類型的禪學書寫文體"③。它意味著參禪行為以文字的創作和理解為核心內容，以"語言、文字而作佛事"④，這表明宗教事實的存在不再是口耳相傳，而是借文字來表達，於是人們認識禪宗的方式也發生了變化，要瞭解某一件事或某個禪僧的言行，只有通過那段時期的文獻，進入文字敘述中方能窺見其歷史面貌。因此，"事實"被製作、編撰、流傳和修訂的過程十分重要，這是以書面語形式流傳的禪宗。在很

---

① 周裕鍇：《文字禪與宋代詩學》，高等教育出版社，1998年版；周裕鍇：《禪宗語言》，浙江人民出版社，1999年版；吳靜宜：《惠洪"文字禪"之詩內涵》，花木蘭文化出版社，2002年版；顧海建：《論宋代文字禪的形成》，《中華文化論壇》2004年第2期，第128－134頁；藍慶蔚：《惠洪"文字禪"研究》，佛光人文社會科學院文學研究所碩士學位論文，2005年；劉楚妍：《洪覺範"文字禪"思想及其與士大夫之交遊》，華梵大學東方人文思想研究所碩士學位論文，2008年；蕭麗華：《"文字禪"詩學的發展軌跡》，新文豐出版公司，2012年版，第2頁。
② 周裕鍇：《禪宗語言》，浙江人民出版社，1999年版，第140頁。
③ 龔雋：《禪史鈎沉：以問題為中心的思想史論述》，生活·讀書·新知三聯書店，2006年版，第295頁。
④ ［後秦］鳩摩羅什譯：《維摩詰所說經·菩薩行品》卷下，《大正藏》第14卷，第553頁。

長的歷史時期內，禪宗精神的承續依靠言傳身教，禪宗的機緣問答靠演示和口授，思想和智慧存在於人與人面對面的場景交流中，直接、易逝而又多變。文字書寫的出現，强化了作者的自我意識，思想經過轉換，隱藏在那個由作者提供的文本裏，讀者必須透過文本的叙述才能與先輩們相遇。

提倡"文字禪"的惠洪開禪林筆記之先河，其首創的《林間録》成爲後世禪林筆記效仿的範式。禪林筆記是個人文字著述，它更多的時候是爲了表現一些私人化的觀念和想法，也就是説無論在材料選擇還是思想傾向上，作者都有極大的控制權和自由發揮的餘地。即使采集衆家文獻編撰而成的《人天寶鑒》，也並非照搬原文，而是作者挑選和改編後的結果。這種"私"的特徵與禪林筆記的文體屬性密不可分，畢竟筆記與詩文的載道不同，它是"意之所之，隨即記録"①的著述，記載的是作者的所見所聞、所思所想，傳達的是作者的性情與趣味。同時，"私"的特徵也在突出個性，消除了禪林筆記體式的千篇一律，各種禪林筆記之間的不同因"私"而顯。

二、筆記文體的推動

從文體演進角度來説，筆記並非宋人始創，但它在宋人的手中大放异彩，明人有言，筆記"唯宋則出士大夫手，非公余纂録，即林下閑譚。所述皆生平父兄師友相與談説，或履歷見聞，疑誤考證，故一語一笑，想見前輩風流。其事可補正史之亡，裨掌故之闕"②。宋代筆記乃"公余纂録，林下閑譚"，融叙事、議論、考證爲一爐，往往在平易中見神韻，樸實中顯才情。

筆記在北宋中葉已臻成熟，至南宋蔚成大觀，誠如吕叔湘先生所言："筆記之文，至南渡而極盛，漸爲文章之一體，頗事整齊，矜尚雅正，去文集之文，一間而已，與前世之信手爲之自饒本色者不相侔矣。"③"頗事整齊，矜尚雅正"指出了南宋筆記之文的特色，也就是説，這個時期筆記的創作態度逐

---

① [宋]洪邁：《容齋隨筆》卷首，《全宋筆記》第五編第五册，大象出版社，2012年版，第12頁。
② 桃園溪父：《五朝小説·宋人小説序》，轉引自陳平原：《中國散文小説史》，北京大學出版社，2010年版，第102頁。
③ 吕叔湘：《筆記文選讀》，上海古籍出版社，1979年版，第81頁。

漸由以資談笑轉變爲有意爲文，筆記已成爲宋人在詩文寫作之外抒發情志而又頗爲著力的另一方天地。禪林筆記的演化軌迹幾乎與此步調一致，本書所考察的十種禪林筆記除《林間錄》外，餘下九種皆出現在南宋，這絕非巧合。文人筆記的風行與禪林筆記的涌現形成一種對應關係，是研究禪林筆記必須考慮的問題之一，禪林筆記是禪宗文化與文人文化相互交融的結果。禪林筆記雖然屬於筆記，但對比文人筆記，它的叙述内容是有邊界的。如果説文人筆記無所不包，記載了文人生活或認知世界的方方面面，那麽禪林筆記則僅限於宗教的範圍，如宗教的經典、教義、著作、人物或事件以及與宗教關聯的人事往來。换言之，禪林筆記記録的是宗教生活，這是禪林筆記可以從筆記中獨立出來並成爲禪宗書寫傳統的根本依據。

　　筆者要特别聲明的是，文人筆記與禪林筆記並非站在彼此的對立面，而是在抒寫各自生活狀態的同時又關注對方的生活空間與思想行爲，故文人筆記中記録了不少禪林事迹，而禪林筆記裏也用相當的篇幅來反映文人與禪宗的關聯。不過，禪林筆記始終出現在文人筆記之後，故其體式難免受到文人筆記的影響，如文人筆記追求的諧趣性在禪林筆記中體現爲禪趣，這是士大夫文化在禪林筆記裏的投影，文人文學追求的趣味性在禪林筆記裏以另一種形式出現；而禪林筆記對詩文偈頌的關注則延續了文人筆記談詩論文的興趣，與其他禪門典籍相較，禪林筆記凸顯了更多的文學色彩，其對禪師的悟道偈、臨終偈等的記載是有選擇性的，更注重文學性。後文將詳細論述這兩點，此處不再贅言。

三、宋代禪僧"補史精神"的客觀反映

　　就禪宗的撰著形式而言，僧傳、燈録、語録的編撰至宋代已十分成熟，宋代禪林筆記的作者在創作時表現出著書以補歷史之缺的自覺性，即禪林筆記的寫作有意增補僧傳、燈録和語録遺漏的禪師言語和行事。如曉瑩《羅湖野録序》云："然世殊事異，正恐傳聞謬舛，適足淬穢先德，貽誚後來，姑私藏諸，以俟審訂。脱有博達之士，操董狐筆，著僧寶史，取而補之。土苴罅漏，不爲無益云爾。"① 雖然曉瑩謙稱自己的書爲"土苴"，但

---

① ［宋］曉瑩：《羅湖野録序》，《羅湖野録》卷首，《全宋筆記》第五編第一册，大象出版社，2012 年版，第 208 頁。

顯然在曉瑩的潛意識裏，《羅湖野錄》並不是隨手抄錄的文字，而是嚴肅認真的能夠補僧寶史傳的著作。禪林筆記的序跋對其補史之功也津津樂道，如"自《野錄》《紀譚》至四明枯崖之作，哀收古佛祖潛行密機與賢士夫關於禪佛所泄於五燈者"①。《枯崖和尚漫錄》所收是"名字未上於燈錄者"②。北山紹隆評述《枯崖和尚漫錄》云："枯崖當搜抉其遺，繼繼匯集，俾五燈之後，復見一燈光明燭天下，豈漫錄云乎哉？"③ 林希逸《枯崖和尚漫錄跋》云："他日與此集諸老共入僧寶傳矣。"④ 機海子論《枯崖和尚漫錄》："凡前代諸燈所遺逸者，足考之。……隨分各有入處，豈非所謂五燈之後，復見一燈哉？"⑤ 這些評論在贊賞之餘，也暗含了禪林筆記在補充禪宗史實上所作的努力。而在禪林筆記的文本中，作者亦隨時傳達補史的信息，如《羅湖野錄》記載汝陽廣慧璉禪師之事跡，文末云："景德間，宗師爲高明士大夫歆艷者，廣慧而已。迹其風尚，既拔乎類，況享壽八十有六，而預知報謝，因紀次大概，以補僧寶傳之闕，庶不殞其美也。"⑥ 又《雲卧紀談》記宗杲贊語之本事云："贊雖收《廣錄》，而遺其緣起，則不見贊意之大全也。"⑦《枯崖和尚漫錄》載混源禪師《嘉泰普燈錄》未收之示衆語云："混源出處，已備於《嘉泰普燈》，此數語未載。"⑧

禪林筆記在叙述形式上有參照史傳的痕跡，綜覽禪林筆記文本就會發現，禪林筆記的作者對很多禪師的記錄采取傳其生平的寫法，有其姓氏、法嗣、示衆法語、臨終偈頌等。與體系嚴密的燈錄或僧傳相比，禪林筆記的行文可能還是有差异，這主要是因爲禪林筆記雖以塑造禪師形象爲重

---

① ［日］興聖信梅峰：《跋新鋟叢林盛事》，《叢林盛事》卷末，《卍新纂續藏經》第 86 册，第 707 頁。
② ［宋］陳叔震：《枯崖和尚漫錄序》，《枯崖和尚漫錄》卷首，《卍新纂續藏經》第 87 册，第 24 頁。
③ ［宋］北山紹隆：《枯崖和尚漫錄序》，《枯崖和尚漫錄》卷首，《卍新纂續藏經》第 87 册，第 24 頁。
④ ［宋］林希逸：《枯崖和尚漫錄跋》，《枯崖和尚漫錄》卷末，《卍新纂續藏經》第 87 册，第 45 頁。
⑤ ［日］機海子：《跋改鋟枯崖漫錄》，《枯崖和尚漫錄》卷末，《卍新纂續藏經》第 87 册，第 46 頁。
⑥ ［宋］曉瑩：《羅湖野錄》卷三，《全宋筆記》第五編第一册，大象出版社，2012 年版，第 246 頁。
⑦ ［宋］曉瑩：《雲卧紀談》卷上，《全宋筆記》第五編第二册，大象出版社，2012 年版，第 25 頁。
⑧ ［宋］圓悟：《枯崖和尚漫錄》卷中，《卍新纂續藏經》第 87 册，第 36 頁。

心，但它采用的是片段式的呈現，不過，對於那些名字未上燈錄、僧傳的禪師而言，禪林筆記對其由生入死的生命歷程的敘述等同於該禪師的傳記。在禪宗演進史中，總有一批禪法精深、道德高尚的大師在引領禪門風尚，他們的言行舉止或述作得到的關注總是比一般禪師要多，因而流傳也更廣。但禪宗史和文學史一樣，大家就那麼幾個，一般禪師仍然是禪林的主要群體，在篇幅有限的禪宗僧傳、燈錄裏，普通禪師的行事終始幾乎得不到彰顯，再者一般禪師要進入禪宗的語錄系統也絕非易事，因此，禪林筆記對這些禪師的記載十分重要，至少我們可以從中瞭解更多的禪林風采，瞭解那個時代的叢林原來是眾聲喧嘩，而絕不僅僅是僧傳、燈錄、語錄所展示的叢林。何況，即便那些名字上了僧傳、燈錄的禪師，出於宏大敘事的需要，僧傳、燈錄往往選擇最具決定性的事件或語言來書寫人物的生平，而抹去了禪師言行的細枝末節，但禪林筆記正好對這些細節有濃厚的興趣，儘管不免有獵奇的心態，客觀上卻豐富了禪師的形象。

四、宋僧救世護法意識的文字呈現

在宋代禪師的理想記憶中，叢林的模樣應該是"陶鑄聖凡、養育才器之地，教化之所從出。雖群居類聚，率而齊之，各有師承"①。但禪宗發展至北宋，隨著禪宗的世俗化，禪門法度廢壞、綱紀隳墜，"後生晚進戒律不持，定慧不習，道德不修，專以博學強辯搖動流俗"②，末世的焦慮感籠罩著叢林，上自主持一方寺院的長老，下至一般的修道禪師，禪林存在著一批敗壞風氣的人物。無論禪宗典籍還是文人著作，都對禪門的"正宗淡薄，澆漓風行"③痛心疾首。如《禪林寶訓》集錄諸禪師之法言，以達到"大概使學者削勢利人我、趨道德仁義"④的目的。雲峰文悅禪師描述當時的叢林云：

看却今時叢林，更是不得。所在之處，或聚徒三百五百，浩浩

---

① ［宋］净善：《禪林寶訓》卷一引五祖法演語，《大正藏》第48卷，佛陀教育基金會出版部，1990年版，第1018頁。
② ［宋］净善：《禪林寶訓》卷三引萬庵顏和尚語，《大正藏》第48卷，第1034頁。
③ 圓極岑禪師為歸雲如本《叢林辨佞篇》所作的跋語，《叢林盛事》卷上，《卍新纂續藏經》第86冊，第694頁。
④ ［宋］净善：《禪林寶訓序》，《禪林寶訓》卷首，《大正藏》第48卷，第1016頁。

地，只以飯食豐濃、寮舍穩便爲旺化。中間孜孜爲道者，無一人。設有，十個五個，走上走下，半青半黃。會即總道我會，各各自謂握靈蛇之寶，孰肯知非？及乎挨拶鞭逼將來，直是萬中無一，苦哉苦哉。所謂般若叢林歲歲凋，無明荒草年年長。就中今時，後生纔入眾來，便自端然拱手，愛他別人供養，到處菜不擇一莖，柴不般一束，十指不沾水，百事不干懷。①

云峰文悦禪師此段話透露了叢林的兩個弊端：一是學徒追求物質享受，以"飯食豐濃、寮舍穩便"爲務，沒有孜孜求道的精神。即使有學道者，人數也不多，況且他們也並非真正徹底地領悟禪的奧妙。至於那些領會禪法的人，皆各自誇耀得到了禪的精髓；二是初學者懶惰，才入禪門却不能身體力行，反而心安理得接受別人的供養。又如黃龍死心禪師云：

觀今之時節，叢林淡薄，人根狹劣不可說也。有一般破落戶，長老馳書遠信，這邊討院住，那邊討院住，纔討得院子，便揀個好日入院。又道我是長老，方丈裏自在受快活，這般底喚作地獄滓。如今叢林中若論參禪，固是難得其人。我看見你這一隊漢在這裏，心憒憒，口悱悱。道我會禪會道，入方丈裏，趁口快，撐兩轉語便行。不是這般道理。又有一般漢，影影響響，認得個頑空，便道只是這個事。……近來又有一般奴狗，受雇得錢買度牒，剃下狗頭，披佛袈裟，奴郎不辨，菽麥不分，入吾法中，破壞吾法。②

在死心禪師看來，以下幾種都是"叢林淡薄，人根狹劣"的表現：一是長老追逐名利、搖尾乞憐，寫信到處討要寺院，只顧尋求快活；二是禪師沒有清淨心，"心憒憒，口悱悱"，參禪不但不精，只會"趁口快，撐兩轉語"，而且參禪不得法，對無知無覺的、無思無爲的虛無境界有個大概的瞭解，便以爲是參禪；三是出錢買度牒獲得出家人的身份，却沒有僧人的品質。"入吾法中，破壞吾法"展現了死心禪師對壞法之徒的批判和對叢林衰頹的憂慮。由以上兩則皆可看出，叢林道法淪喪，瀰漫著享樂之風，禪門精神的遺落，正如雲峰文悦禪師所說是"般若叢林歲歲凋，無明

---

① [宋] 悟明：《聯燈會要》卷十四，《卍新纂續藏經》第79冊，第122頁。
② [宋] 正受編：《嘉泰普燈錄》卷二十五，《卍新纂續藏經》第79冊，第388頁。

荒草年年長"。《林間錄》的作者惠洪更在其《石門文字禪》中多處提及禪林之弊，如《題華嚴綱要》云："方天下禪學之弊極矣！以飽食熟睡，遊談無根爲事。"①《題斷際禪師語錄》："今之學者，既下視天下之士，而又工於怪奇詭異之事，衒名逐世，不顧義理。求人必以其全，而議論多膠於所愛，名爲走道，其實走名。"②《題隆道人僧寶傳》云：

> 禪宗學者自元豐以來師法大壞，諸方以撥去文字爲禪，以口耳受授爲妙。耆年凋喪，晚輩猾毛而起。服紈綺，飯精妙，施施然以處華屋爲榮。高尻磬折王臣爲能。以狙詐羈縻學者之貌，而腹非之，上下交相欺誑，視其設心，雖儈牛履豨之徒所恥爲，而其人以爲得計。於是佛祖之微言，宗師之規範，掃地而盡也。予未嘗不中夜而起，喟然而流涕，以謂列祖綱宗至於陵夷者，非學者之罪，乃師之罪也。③

以上是惠洪所見之宋代叢林，禪師們"飽食熟睡，遊談無根"，"衒名逐世，不顧義理"導致禪林風氣衰弊。按照惠洪的觀點，元豐以來師法大壞，諸方禪師拘泥於"不立文字"之説，摒棄經教文字，以"口耳受授"傳法。參學之徒以"服紈綺，飯精妙"，"處華屋"爲樂事，以對王公大臣卑躬屈膝爲能耐，以狡詐奸猾之貌籠絡學者，而心內譏笑之，這些行爲致使"佛祖之微言，宗師之規範"消失殆盡。而在文人眼中，僧人風度也幾至掃地，如《經鉏堂雜志》云：

> 近世浮屠氏之徒日以縱肆，其高者談空説禪，言非不可聽，考其實行，未有能蹈履者。至爲窟穴以藏婦人，飲酒食肉於隱室者，皆是也。其下者借佛法以營口食，恣意爲非，略不知避諱，反笑高談者曰："吾食肉飲酒、吾與婦人私，人皆知之，表裏誠實，不效汝等輩，口説禪而欺人以自高也。"嗟乎！前之高談者信無實行矣，猶知有愧恥；後之無所不爲者，信無欺僞矣，然公爲惡而略無忌憚。較之二

---

① ［宋］惠洪：《石門文字禪》卷二十五，《嘉興大藏經》第23册，新文豐出版公司，1983年版，第698頁。
② ［宋］惠洪：《石門文字禪》卷二十五，《嘉興大藏經》第23册，新文豐出版公司，1983年版，第700頁。
③ ［宋］惠洪：《石門文字禪》卷二十六，《嘉興大藏經》第23册，新文豐出版公司，1983年版，第706頁。

者，後有甚焉。①

　　由上可見當時僧人的壞法行爲，高者"談空說禪"，但言行不一；下者"借佛法以營口食"，公然爲惡，肆無忌憚。私藏婦人、飲酒食肉乃常事，且無愧恥之心。古風之不存，由此可見一斑。不獨如此，叢林甚至出現"天下僧徒數十萬，多遊墮凶頑，隱迹爲僧，結爲盜賊，污辱教門"②的現象。當然，數量眾多（如馬亮所言"天下僧徒數十萬"）和僧人身份的容易獲取與僧徒質量的下降密切相關，雖然這種現象有其深刻的社會、政治、經濟原因，但僧人素質的降低從根本上加深了禪門的危機。禪林筆記產生於禪宗精神逐漸遺落的環境中，故其對叢林宗風的毀喪有深切的關懷，據《叢林盛事》記載，歸雲如本禪師曾作《叢林辨佞篇》，"論議當世搖尾乞憐者"。其在文中如是描述禪林"專事諛媚，曲求進顯"的禪師："凡以住持薦名爲長老者，往往書刺以稱門僧。奉前人爲恩府，取招提之物，苞苴獻佞，識者憫笑而恬不知恥。"③參禪學道應該無心無得，不貪求一切聲名功利，在歸雲如本看來，爲一己之名利而巴結權貴，有辱宗風，是禪門精神凋落的表現。又如或庵禪師示眾云：

　　　　況當今之際，在處叢林據位禪師者，但占名字。升堂入室，聊表不空。師家見學者，學者見師家，邪正不分，互相溷淆。更說甚麼一言半句，超脫常情，到大不疑安樂田地，拈斷貫索，穿天下人鼻孔，大道相將滅也。間有負笈擔簦，寄人烟焰之下，多是求飽暖溫和。遊泳外典，圖資談柄而已。正宗下事，杜口不講。加之尸席望刹，有福緣趨陪上位，結識貴人以爲外護，得其自便之計。遂致習以成風，遞相倣傚，鮮有知非者。④

---

　　① [宋] 倪思：《經鉏堂雜志》卷三，《全宋筆記》第六編第四册，大象出版社，2013年版，第378頁。
　　② [清] 徐松《宋會要輯稿·道釋》，宋仁宗天聖二年（1024）十二月，尚書右丞、集賢院學士馬亮言："天下僧徒數十萬，多遊墮凶頑隱迹爲僧，結爲盜賊，污辱教門。"據黃敏枝《宋代佛教社會經濟史論集》統計，宋真宗天禧三年（1019）僧有230127人，尼有15643人；天禧五年（1021），僧397615人，尼61239人；宋仁宗景祐元年（1034），僧有385520人，尼有48740人；宋仁宗慶曆二年（1042），僧有348108人，尼有48417人；宋仁宗至和元年（1054），僧尼總數有300000餘人。由此可見宋代僧人的眾多。黃敏枝：《宋代佛教社會經濟史論集》，台北學生書局，1989年版，第350－351頁。
　　③ [宋] 道融：《叢林盛事》卷上，《卍新纂續藏經》第86册，第694頁。
　　④ [宋] 道融：《叢林盛事》卷下，《卍新纂續藏經》第86册，第705頁。

或庵禪師認爲當今禪師名不副實、"邪正不分""求飽暖溫和"、陋習成風，以致叢林到了"大道相將滅"的地步，因而他希望叢林有一批"具眼正因有力量上人"，能"努力猛省，圖遠不圖近，於己躬下了辨西來不傳之妙，施設凡聖不測之機，异日他時爲後輩作則"，挽救叢林於危難之中，從而振興叢林，讓佛祖之道得到延續。又如《枯崖和尚漫録》載璨隱山之言："今之踞方丈者，非特括眾人鉢盂中物以恣口腹，且將以追陪自己，非泛人情。又其甚，則剜去搜買珍奇，廣作人情，冀遷大刹。只恐他日鐵面閻老子與計筭哉。"① 住持的職能在於"藉人持其法，使之永住而不泯"②。而在禪宗的優良傳統中，住持有"仁、明、勇"三要："仁者，行道德，興教化，安上下，悦往來。明者，遵禮義，識安危，察賢愚，辨是非。勇者，事果決，斷不疑，姦必除，佞必去。"③ 但從以上文獻記載中可知，某些住持道德已無，非但不能"荷護佛法，利益群生"，反而"作惡無懈、求名逐利、濫污僧倫、覆滅正法"④，宋代住持之道的衰敗可見一斑。

禪林筆記產生於禪宗品格逐漸喪失的背景下，因而它主動承荷起匡時救弊的任務，不過，比起其他典籍的直陳時弊，禪林筆記以"道德乃叢林之本"⑤爲理念，以揚先德之善、示前輩典刑來完成護法的擔負，這一點與《禪林僧寶傳》的撰作宗旨殊途同歸，頗有些曲綫救法的味道。正是在時時不忘護法的精神的主導下，禪林筆記的內容經過了作者的精心挑選，而並非雜亂無章的文字記録。至於禪林筆記的護法宗旨對其材料選擇與文本撰寫上的決定作用，詳見本章第四節。

禪林筆記的產生與筆記文體在宋代的流行密不可分，它在積極吸收筆記文體縱意而談、涉筆成趣的創作方式的基礎上，自出機杼，以記載宗教內容、弘護佛法爲己任，從而展示了其與一般筆記的著述差異。禪林筆記透視了文字禪運動的一個側面，它的撰寫以"補史"爲原則，在叙述形式上努力向禪宗史傳靠攏，却能展現出自己的風采。

---

① [宋]圓悟：《枯崖和尚漫録》卷上，《卍新纂續藏經》第87册，第30頁。
② [宋]契嵩：《廣原教》，《鐔津文集》卷二，《大正藏》第52卷，第658頁。
③ [宋]净善：《禪林寶訓》卷一，《大正藏》第48卷，第1018頁。
④ [宋]元照録、道詢集：《芝苑遺編》卷中，《卍新纂續藏經》第59册，第639頁。
⑤ [宋]净善：《禪林寶訓》卷四引或庵體和尚語，《大正藏》第48卷，第1038頁。

第三節　宋代禪林筆記的體式略論

　　禪林筆記與僧傳、燈錄、語錄一樣，都是書面語的形式，而其又晚出，這使得它天生就帶有融合眾體的意味，它的體式借鑒了禪宗的僧傳、語錄和燈錄，而發展出自己的特點。燈錄、語錄以記言爲主，僧傳是言行合一，而禪林筆記則是在記言與記行的結合中帶有論理考證的成分。筆記文體一向以"雜"而著稱，禪林筆記自然也不例外，只不過禪林筆記的"雜"主要體現在宗教範圍而已。這種"雜"的好處在於禪林筆記善於從其他文本中吸收材料或汲取思想，而這成爲禪林筆記文本的形式和內容豐富多彩的原因之一。但"雜"的弊端也很分明，禪林筆記並不像僧傳、燈錄和語錄那樣有相對嚴密的體系，體系的鬆散往往導致分類的艱難，這是筆記文體面臨的難題。而分類又引起研究的爭議，比如在目錄學中，當一部書歸爲某一類而非另一類時，只能說明此部書的某個特徵符合分類者設定的這一個劃分標準，而不代表這部書完全契合該準則，所以，如果研究者取的是這個歸類標準，那麼另一個可能的類型或許就被忽略了。體系不那麼嚴密昭示著變化方向的不確定，越來越多的內容加入其中，各種思想和文化交織在一起，如滾雪球般，禪林筆記最後成爲極其龐雜的文獻材料，關於這一點，明代以後的禪林筆記表現得非常明顯。無論如何，禪林筆記以其雜而顯示出多樣化解讀的可能，也因其雜而加深了研究的困難，但我們的出發點始終是解釋和分析禪林筆記形式和內容上的特點。

一、片斷式敘事與記言並重

　　宋代禪林筆記以塑造禪師形象爲中心，而禪師的形象往往靠其言語行事來凸顯。當然，禪宗僧傳亦通過言與行來敘述禪師形象，但與僧傳寫一僧之生平相較，禪林筆記以記一事、一言之始末爲主。爲了更好地展現禪林筆記的內容特點，今以黃龍慧南禪師爲例，比較其在《禪林僧寶傳》和禪林筆記中的書寫情況。

　　《禪林僧寶傳》中，由於作者重在強調黃龍慧南的行履，故文中用明確而且嚴格的時間界節來敘述慧南生命中每個階段的境遇：童齠深沉一年十一弃家—十九落髮—遠遊至廬山歸宗—至栖賢依諟禪師—依三角澄禪師—隨澄移居泐潭—寓止福嚴，掌書記，參石霜楚圓—遊方廣後洞，識泉大道—明季遊荊州，與悦會於金鑾—是秋北還，獨入泐潭，住同安—住歸宗—住黃檗—熙寧二年三月十七日化。① 在這些行履中，參澄禪師、參石霜楚圓昭示著黃龍慧南的悟道過程，而住黃檗積翠庵則彰顯了慧南的傳道成就，因此本傳中這幾段經歷描摹得比較詳細，其間的法語也較多。

禪林筆記對黃龍慧南的刻畫更多的是在細節上，突出單個事件叙述的完整性，如黃龍慧南參澄禪師和參慈明在本傳中是兩段求道經歷，在禪林筆記中則合二爲一，《禪林僧寶傳》記載慧南參慈明云：

> 依三角澄禪師，澄有時名，一見器許之。及澄移居泐潭，公又與俱，澄使分座接納矣。……
>
> 慈明既至，公望見之，心容俱肅。聞其論多貶剥諸方，而件件數以爲邪解者，皆泐潭密付旨決。氣索而歸。念悦平日之語，翻然改曰："大丈夫，心膂之間，其可自爲疑礙乎？"趨詣慈明之室曰："惠南以闒短，望道未見，比聞夜參，如迷行得指南之車。然唯大慈，更施法施，使盡余疑。"慈明笑曰："書記已領徒遊方，名聞叢林。借有疑，不以衰陋鄙弃，坐而商略，顧不可哉？"呼侍者進榻，且使坐。公固辭，哀懇愈切。慈明曰："書記學雲門禪，必善其旨。如曰放洞山三頓棒，洞山於時應打？不應打？"公曰："應打。"慈明色莊而言："聞三頓棒聲，便是喫棒。則汝自旦及暮，聞鴉鳴鵲噪，鐘魚鼓板之聲，亦應喫棒，喫棒何時當已哉。"公瞠而却。慈明云："吾始疑不堪汝師，今可矣。"即使拜。②

《林間錄》卷下云：

> 南禪師久依泐潭澄禪師，澄已稱其悟解，使分座説法，南書記之名一時籍甚。及其至慈明席下，聞夜參，氣已奪矣。謀往咨詢，三至寢堂三不進，因慨然曰："大丈夫有疑不斷，欲何爲乎？"即入室。慈明呼左右使進榻且使坐。南公曰："某實有疑，願投誠求决。惟大慈

---

① ［宋］惠洪：《禪林僧寶傳》卷二十二，《卍新纂續藏經》第 79 册，第 534—535 頁。
② ［宋］惠洪：《禪林僧寶傳》卷二十二，《卍新纂續藏經》第 79 册，第 534—535 頁。

悲故，不惜法施。"慈明笑曰："公已領眾行脚，名傳諸方，有未透處，可以商略，爾何必復入室耶？"南公再三懇求不已。慈明曰："雲門三頓棒因緣，且道洞山當時實有喫棒分，無喫棒分？"對曰："實有喫棒分。"慈明曰："書記解識止此，老僧固可作汝師。"即遣禮拜。南公平生所負至此伏膺。予嘗聞靈源禪師曰："昔晦堂老人親從積翠所聞。"因同舊說並錄於此。①

對比《禪林僧寶傳》和《林間錄》的記載，二者敘述的事件幾乎相同，除了本傳的對話較詳盡外，二者仍然有細節上的差異。本傳的記載中，參慈明之前，慧南是"念悅平日之語"，突出南昌文悅禪師之語對慧南的啟悟；而在《林間錄》的描寫中，慧南"謀往咨詢，三至寢堂三不進"，顯露的是慧南往參慈明時的猶疑心態，與前文的"聞夜參，氣已奪矣"相呼應。慧南入慈明室內的敘述也不同，本傳中，慧南進入慈明室內先表明自己的求道決心，接著慈明回答慧南，然後"呼侍者進榻，且使坐"，慧南辭座，哀懇愈切；《林間錄》中，慧南入室之後，慈明"呼左右使進榻且使坐"，然後慧南求決疑，慈明答語推辭，慧南"再三懇求不已"，其中並無慧南辭座的情節。二人的禪問答記載也不相同，本傳的問答中，多了"慈明色莊而言……公瞪而却"一段敘述，在本傳中，慧南是一個崇敬慈明的求道者形象，故其和慈明是學與教的關係，本傳的敘述傳達出慈明為師的優越感；而《林間錄》的描寫更注重黃龍慧南已"悟解"而名重一時却更加懇切學道的形象，他和慈明似乎更像兩個名禪師之間的道問切磋，是一種平等的對話關係。另外，《林間錄》還加入了靈源禪師的話，"昔晦堂老人親從積翠所聞"，儘管作者用此表明整件事是自己聽證人靈源禪師所說的，材料來源的明晰的確加深了整個事件的真實性，同時也預示著傳聞的輾轉改變，從晦堂老人親聞—靈源禪師所說—惠洪書寫這一過程歷經了幾次轉化，讀者所目睹的只是經過層層轉述的他人往昔記憶的文字再現而已。這種寫法在禪林筆記中多有體現，如《大慧普覺禪師宗門武庫》載慈照聰禪師事迹之後云："此皆妙喜親見，無盡居士說。"②所

---

① [宋]惠洪：《林間錄》卷下，《卍新纂續藏經》第87冊，第272頁。
② [宋]道謙：《大慧普覺禪師宗門武庫》，《大正藏》第47卷，第945頁。

載顗禪師事"妙喜嘗見李儀中少卿言之"①。《雲臥紀談》所記慈照聰禪師"妙喜老師嘗謂大觀間，聞太平州耆宿言其如此"②。在禪師行事敘述中加入證人的話，體現了作者對歷史真實感的追求，但同樣也表明這些敘述是經過作者的加工和調節後所形成的符合作者價值標準的記錄。在不斷的轉述中，無論思想還是語言，被掩蓋、被排除的部分與被突出、被囊括的部分一樣豐富。

在禪宗史傳傳統中，一個禪師的生平是以"事"顯，因此禪師的本傳往往以禪師具體的功業來判斷其價值所在，故常選擇禪師最具有決定性的事件來進行敘述。禪林筆記主要以細節來支撐禪師的形象，所以，禪師以一事或一言而顯。如黃龍慧南住歸宗時，因火災而入獄，本傳云："住歸宗，火一夕而燼，坐抵獄。爲吏者百端求其隙，公怡然引咎，不以累人，唯不食而已。久而後釋，吏之橫逆，公没齒未嘗言。"③本傳的敘述可謂十分簡潔，但在《林間錄》中，此件事的原委如下：

> 南禪師住廬山歸宗，火一夕而燼，大眾嘩噪動山谷，而黃龍安坐如平時。桂林僧洪準欲掖之而走，顧見叱之。準曰："和尚縱厭世間，慈明法道何所賴耶？"因徐整衣起，而火已及座榻矣，坐是入獄。郡吏發其私忿，考掠百至，絕口不言，唯不食而已。兩月而後得釋，鬚髮不剪，皮骨僅存。真點胸迎於中塗，見之，不自知泣下，曰："師兄何至是也？"黃龍叱曰："者俗漢。"真不覺拜之。蓋其不動如山類如此。④

讀《林間錄》的敘寫，黃龍慧南的面目、氣韻生動，如在目前。作者著意強調的是慧南的"不動如山"，因而"大眾嘩噪動山谷，而黃龍安坐如平時"，火至座榻而能"徐整衣起"，面對郡吏的"考掠百至"而能"絕口不言"都是圍繞此點展開敘述的。正是對這些細節的注重，黃龍慧南的風采神韻頓時躍然紙上。本傳採取平直的筆法敘述此件事，《林間錄》則有意放大了細節，加入洪準的勸說與真點胸的神態和二人的對話，情節更

---

① [宋]道謙：《大慧普覺禪師宗門武庫》，《大正藏》第47卷，第945頁。
② [宋]曉瑩：《雲臥紀談》，《全宋筆記》第五編第二册，第10頁。
③ [宋]惠洪：《禪林僧寶傳》卷二十二，《卍新纂續藏經》第79册，第527頁。
④ [宋]惠洪：《林間錄》卷上，《卍新纂續藏經》第87册，第252頁。

加曲折豐富，而慧南的瀟灑怡然自然從筆尖流溢而出。又據《林間錄》卷下載：

> 南禪師居積翠，時有僧侍立，顧視久之，問曰："百千三昧，無量妙門。作一句說與汝，汝還信不？"對曰："和尚誠言，安敢不信。"南公指其左曰："過這邊來。"僧將趨，忽咄之曰："隨聲逐色，有甚了期。出去。"一僧知之，即趨入，南公理前語問之，亦對曰："安敢不信。"南公又指其左曰："過這邊來。"僧堅不往。又咄之曰："汝來親近我，反不聽我語。出去。"其門風壁立，雖佛祖亦將喪氣，故能起臨濟已墜之道。而今人誣其家風但是平實商量，可笑也。①

這段話主要突出黃龍慧南的家風嚴，本傳亦對此有所涉獵，但直接通過慧南的言語來表現："南州高士潘興嗣延之，嘗問其故。公曰：'父嚴則子孝，今來之訓，後日之範也。譬諸地爾，隆者下之，窪者平之。'"② 據本傳所載，我們知道慧南門風嚴，至於有多嚴却不得而知，《林間錄》則通過黃龍慧南對兩個僧人的接引事件來展現，慧南家風之嚴從其姿態、神情、語言中即可體認。當然，要特別說明的是，筆者將僧傳與禪林筆記的記載相比，最終目的是在比較中顯現禪林筆記的特點，而非批判僧傳。僧傳和禪林筆記是兩種不同的著述體式，雖然它們因文體屬性而各有側重，却存在互補的可能。

又如對黃龍三關語的記載，在黃龍慧南本傳和禪林筆記中皆有，本傳云："以佛手、驢脚、生緣三語問學者，莫能契其旨。天下叢林，目為三關。脱有詶者，公無可否，斂目危坐，人莫涯其意。"③ 雖然三關語是慧南接引學人、勘驗其禪悟境界的説教方式，但由於三關語只是慧南漫長一生中的一個事件，因而敘述簡略，在禪林筆記中，黃龍三關語却是濃墨重彩描述的對象。《林間錄》卷上云：

> 南禪師居積翠，時以佛手、驢脚、生緣語問學者，答者甚眾，南公瞑目如入定，未嘗可否之。學者趨出，竟莫知其是非，故天下謂之三關語。晚年自作偈三首，今只記其二，曰："我手佛手齊舉，禪流

---

① 〔宋〕惠洪：《林間錄》卷下，《卍新纂續藏經》第 87 册，第 265 頁。
② 〔宋〕惠洪：《禪林僧寶傳》卷二十二，《卍新纂續藏經》第 79 册，第 535 頁。
③ 〔宋〕惠洪：《禪林僧寶傳》卷二十二，《卍新纂續藏經》第 79 册，第 535 頁。

直下薦取。不動干戈道處,自然超佛越祖。""我脚驢脚並行,步步皆契無生。直待雲開日現,此道方得縱橫。"雲蓋智禪師嘗爲予言曰:"昔日再入黃檗,至坊塘,見一僧自山中來。因問:'三關語,兄弟近日如何商量。'僧曰:'有語甚妙,可以見意。我手何似佛手,曰"月下弄琵琶",或曰"遠道擎空鉢"。我脚何似驢脚,曰"鷺鷥立雪非同色",或曰"空山踏落花"。如何是汝生緣處,曰"某甲某處人"。'時戲之曰:'前塗有人問上座如何是佛手、驢脚、生緣意旨,汝將"遠道擎空鉢"對之耶、"鷺鷥立雪非同色"對之耶?若俱將對,則佛法混濫。若揀擇對,則機事偏枯。'其僧直視無所言。"吾謂曰:"雪峰道底。"①

由上可以看到,《林間録》不僅記録了黃龍慧南對三關語的頌語闡釋,更重要的是凸顯了因黃龍三關語引出的叢林逸事,並且二者隱然有對照的意味。如果説本傳只是拈出黃龍慧南對三關語的所有權,那麽禪林筆記則在凸顯黃龍慧南以偈頌語言説解三關語的妙處。黃龍慧南開啓了以偈頌解釋"黃龍三關語"的風氣,在以後的叢林中,關於"黃龍三關語"旨意的偈頌層出不窮。在上面這段話裏,一個值得注意的點是作者記録了雲蓋守智禪師講述的三關語因緣,《林間録》之所以將慧南禪師與老僧對三關語的理解並列在一起,是因爲其間暗含著作者對二人表述優劣的取捨,黃龍慧南的頌並不對"佛手""驢脚"作具體實在的解釋,"不動干戈道處""直待雲開日現"説明參禪是一種順意自適的狀態。山中僧之所以遭到戲問,乃在於他的答語犯了落在實處的毛病,用禪宗的話說就是"死句",無論"月下弄琵琶""遠道擎空鉢",還是"鷺鷥立雪非同色""空山踏落花"都對佛手、驢脚作了唯一的、停留在表面的解釋。除《林間録》外,《雲卧紀談》亦對三關頌有記載:

黃龍南禪師平時見學者來,必問生緣、佛手、驢脚,故叢林目爲三關。亦嘗自作三頌,發明其旨,世只傳其佛手、驢脚,而遺却生緣。廬山圓通旻公,乃黃龍法孫,於南嶽廣辯首座處,見南公親筆三頌曰:"我手佛手兼舉,禪人直下薦取。不動干戈道出,當處超佛越

---

① [宋]惠洪:《林間録》卷上,《卍新纂續藏經》第87册,第246頁。

祖。""我脚驢脚並行，步步踏著無生。會得雲收日卷，方知此道縱橫。""生緣有語人皆識，水母何曾離得蝦。但見日頭東畔上，誰能更喫趙州茶。"若以《林間錄》所載《佛手驢腳頌》校辯之本，十有一字不同，無乃先後改更而然。且如南公頌勘婆話呈慈明，尚以有、沒字見工拙。由是而觀，豈無優劣哉？①

《雲卧紀談》的記錄爲我們提供了黃龍三關頌的另一個完整版本，這與《林間錄》所載"十有一字不同"，是"先後更改而然"。雖然曉瑩所載爲黃龍慧南法孫廬山圓通旻公親見，但曉瑩認爲《林間錄》所載優於廣辯首座處所藏的慧南親筆三頌。由於偈頌是作者悟道境界的體現，故偈頌的優劣意味著得道的深淺，因此，這兩個版本的不同，展現的是黃龍慧南道法的階段性差異。此外，在本傳和《林間錄》中，黃龍三關語的順序都是佛手、驢腳、生緣，而在《雲卧紀談》裏，其順序已經變爲生緣、佛手、驢腳，曉瑩還在《羅湖野錄》中闡明三關語應遵從此順序的原由：

> 湖州報本元禪師侍南公於黃檗……凡見僧必首問："人人盡有生緣，作麼生是上座生緣？"次問："我手何似佛手，我脚何似驢脚。"遂成二偈，曰："相逢不免問生緣，一句當鋒旨最玄。達磨少林遺隻履，却登葱嶺不虛傳。"又曰："欲透宗門向上關，須明佛手與驢腳。真金不使假金妝，莫認醍醐爲毒藥。"元之語錄序次具在，至於真凈問湛堂，語雖異而意同，亦可概見矣。今叢林先佛手驢脚，而後生緣，殊乖創問之旨，可不辨明哉。②

慧南在黃檗時，報本慧元禪師侍奉在側，故曉瑩以慧元所作偈語爲證，認爲黃龍三關的順序是生緣、佛手、驢腳，叢林先佛手驢腳、後生緣的順序，違背了叢林問答的原則。而據《雲卧紀談》所錄的慧南親筆三頌來看，黃龍三關的順序與《林間錄》所載相同。兩種順序的黃龍三關語皆

---

① [宋] 曉瑩：《雲卧紀談》卷上，《全宋筆記》第五編第二册，第7—8頁。又，"且如南公頌勘婆話呈慈明，尚以有、沒字見工拙。"出自《五家正宗贊》卷二："黃龍見師，以氣自負。師痛叱之，擧趙州勘婆話問龍。龍無對，至數日方省，呈頌曰：'杰出叢林是趙州，老婆勘破沒來由。而今四海清如鏡，行人莫以路爲讎。'仍於掌中書'有'字。師見，謂曰：'好則好矣，中有一字不是。'龍遂開掌示之，師印可。"[宋] 紹曇：《五家正宗贊》，《卍新纂續藏經》第78册，第589頁。

② [宋] 曉瑩：《羅湖野錄》卷二，第233—234頁。

在叢林流傳，孰是孰非的考證或許已無必要，每種順序背後都有各自的譜系，尊崇《林間錄》所錄者，可以辯論說依據了較早的記載，而沿用曉瑩所錄者，大概更關心是否符合禪林的"創問之旨"。

禪林筆記以事件和語言來刻畫禪師形象，二者密不可分，禪林筆記畢竟不同於燈錄或語錄對禪師法語的長篇記載，即便它有護法的重任在身，但其更注重趣味性，因而一般只擇取有表現力的片言只語來展示禪師的精神風貌。就言行合一這點而言，禪林筆記與僧傳實有相通之處。如《叢林盛事》卷上云：

> 真净禪師居筠之大愚，太守錢公弋來遊。怪禪者驟多，眾以師有道德者，奔隨而至，錢公即入其室，未有以奇之。翌日命齋，師就席。俄有犬逸出屏帷間，師少避之。錢嘲曰："大善知識固能降龍伏虎，豈畏犬耶？"師應聲曰："易伏嵔岩虎，難降護宅龍。"錢大喜，乃移居聖壽問道焉。①

此則故事以錢公對真净禪師態度的轉變為綫索貫穿始終，錢公先是"未有以奇之"，然後嘲笑真净禪師"畏犬"，最後"乃移居聖壽問道"，而這種變化以真净禪師應聲答"易伏嵔岩虎，難降護宅龍"為轉折點，即錢公態度的轉變是在領略了真净禪師的機敏之後。整個故事語言簡約玄澹，人物生動形象，讀後令人回味無窮，足可媲美《世説新語》。宋代禪林筆記對人物形象的描寫大多類此。由於禪林筆記塑造禪師形象時采取的是單一的、獨立的片段式記錄，因而其顯現的只是禪師身上的某種特質，或者禪師參與的某一特定場景以及禪師經歷的某個特別瞬間，而非禪師的全貌。這是禪林筆記的優勢所在，起碼禪師的某一種性格因為作者細細地雕琢而更加深入人心，與此同時，劣勢也顯而易見，一個人物固然有其較為明顯的個性特點，但禪師整體形象的豐滿來自其多元性格徵象的復合，就此而論，禪林筆記在禪師性格多面性的刻畫上確實有所欠缺。

二、品評人事與考辨訛誤

叙事、記言之外，論議在宋代禪林筆記中占有極大的比重。禪林筆記

---

① [宋] 道融：《叢林盛事》卷上，《卍新纂續藏經》第86册，第686頁。

的作者善於對禪師及其言語、事件展開品評，往往從個人的角度記錄人事，給出意見，因而作者的立場、觀點、語氣和口吻在禪林筆記中表現得十分明顯，此點幾乎貫穿了所有的禪林筆記。這是禪林筆記的特色所在，由於它是相對貼近作者的文體，體系是否嚴密已不再是作者關心的問題，敘說顧慮的降低鼓勵作者直抒胸臆、發明己見，而這直接決定了禪林筆記文本敘述上的模式，無論是禪師品行的高低、禪法的淺深還是事件的是非曲直，作者都作了點評。如《林間錄》載：

> 龍牙和尚作半身寫照，其子報慈匡化爲之贊曰："日出連山，月圓當戶。不是無身，不欲全露。"二老，洞山悟本兒孫也，故其家風機貴回互，使不犯正位，語忌十成。使不墮今時，而匡化匠心獨妙，語不失宗，爲可貴也。余杭政禪師嘗自寫照，又自爲之贊曰："貌古形疏倚杖藜，分明畫出須菩提。解空不許離聲色，似聽孤猿月下啼。"政公，超然奇逸人也，故其高韻如光風霽月，詞致清婉，而道味苦嚴。古今贊偈甚多，予尤愛此二篇。①

在整段話中，除却報慈匡化禪師和政禪師的贊語，餘下幾乎爲惠洪的評價。匡化禪師的贊"匠心獨妙，語不失宗，爲可貴也"，而政禪師乃"超然奇逸人"，自贊"詞致清婉，而道味苦嚴"，通篇皆有作者的身影，而結語"古今贊偈甚多，予尤愛此二篇"，更見作者的愛憎取捨。又如《大慧普覺禪師宗門武庫》云：

> 諸方尊宿示滅，全身火浴得舍利極多，唯真淨禪師舍利大如菽，五色晶瑩而又堅剛。谷山祖禪師，真淨高弟也，多收斂之，盛以琉璃瓶，隨身供養。妙喜遊谷山，嘗試之，置於鐵砧，舉槌擊之，砧槌俱陷，而舍利無損。豈非平昔履踐明白，見道超詣所致耶？②

真淨禪師的"舍利大如菽，五色晶瑩而又堅剛"已能説明其道法高深，而妙喜舉槌擊舍利，舍利無損，進一步加深了作者所表達的意思，結句"豈非平昔履踐明白，見道超詣所致耶"則毫不諱言對真淨禪師的贊賞之意，作者認爲真淨禪師舍利如此，是其平生躬行修道、洞徹真理所致。

---

① ［宋］惠洪：《林間錄》卷上，《卍新纂續藏經》第 87 册，第 252 頁。
② ［宋］道謙：《大慧普覺禪師宗門武庫》，《大正藏》第 47 卷，第 944 頁。

又如《羅湖野錄》載靈源禪師：

> 靈源禪師，蚤參承晦堂於黃龍，而清侍者之名著聞叢林。元祐七年，無盡居士張公漕江西，故欽慕之。是時靈源寓興化，公檄分寧邑官，同諸山勸請出世於豫章觀音。其命嚴甚，不得已，遂親出投偈辭免曰："無地無針徹骨貧，利生深愧乏餘珍。塵中大施門難啓，乞與青山養病身。"黃史魯直憂居里閈，有手帖與興化海老曰："承觀音虛席，上司甚有意於清兄，清兄確欲不行亦甚好。蟠桃三千年一熟，莫做褪花杏子摘却。"此事黃龍興化亦當作助道之緣，共出一臂，莫送人上樹拔却梯也。噫。江西法道盛於元祐間，蓋彈壓叢林者眼高耳，況遴選之禮優异如此。靈源以偈力辭，而太史以簡美之，得非有所激而云。①

此則材料叙述了張商英勸請靈源禪師出世、靈源禪師投偈辭免、黃庭堅寫信稱贊靈源三件事，作者在終篇結之以議論：元祐間江西佛法之道大盛是因爲主宰禪林之人眼光高、優待禪師的緣故。

作者對事件的觀察和看法常通過議論呈現出來，在宋代禪林筆記中是極爲普遍的現象，《羅湖野錄》幾乎通篇都是禪師言行加曉瑩評論的寫作模式，這代表了禪林筆記的作者在關注其他禪師的日常生活時，也開始重視自我的聲音。《正法眼藏》選錄諸宗禪師的言語機鋒而加以評論，如：

> 溈山問仰山："甚麼來？"仰山云："田中來。"溈云："田中有多少人？"仰插鍬，叉手而立。溈云："今日南山大有人刈茅。"仰拽鍬而去。雪竇云："諸方咸謂插鍬話奇特，大似隨邪逐惡。據雪竇見處，仰山被溈山一問，直得草繩自縛，去死十分。"
>
> 妙喜曰：仁者見之謂之仁，智者見之謂之智。百姓日用而不知，故君子之道鮮矣。②

此段話是宗杲在前人評論公案基礎上的再評論，宗杲引用《周易·繫辭》之語來表明自己的觀點，既點明"諸方"對"插鍬話"各有不同的見解，也指出古人之"意"（道）無處不在、無時不有，蘊藏在日常生活的

---

① ［宋］曉瑩：《羅湖野錄》卷一，《全宋筆記》第五編第一册，第223頁。
② ［宋］宗杲：《正法眼藏》卷一，《卍新纂續藏經》第67册，第561頁。

各個方面，因而參禪要善於從"日用"中去體會"道"。在《正法眼藏》中，宗杲的評論固然需要重視，但這種形式本身也不應該被忽略，它是"公案＋拈古＋評論"的方式，呈現的是禪思想的闡釋軌迹。宗杲對這些公案的處理並不分別解説，也不是因頌古而來的總體的鑒賞，而是以主體的直觀爲第一的。① 《叢林公論》將禪林筆記的論議特征發展到極致，此書所論，"自朋友講議，晚生請問，耳目所實，質於己，證於道"②，内容多涉儒家言論、理學宗旨和文人篇章，並不僅限於禪門故實，頗能融通衆家。如論孟子所言之"天"：

> 孟子曰："吾之不遇魯侯，天也，臧氏之子焉能使予不遇哉。"或曰："孟子不遇魯侯而不尤人，可謂君子也，得非怨天也乎？"公論曰："孟子所謂天者，本也，理也，自然也，非謂上帝之所命也。"或者謝之。③

有人問惠彬孟子没有遇到魯侯却不責怪别人，孟子怨恨的莫非是命運嗎？惠彬指出，孟子所説的天是指天道、自然法則，並非上天之命。又評王禹偁《黄州新建小竹樓記》云："如'公退之暇，披鶴氅衣，戴華陽巾，手執《周易》一卷，焚香默坐'，幸自可憐生。而繼之云：'消遣世慮'，猶玉之玷耳。"④ 惠彬覺得王禹偁之作能描繪公退之暇的怡然生活原本是可喜之事，但寫及"消遣世慮"時則如玉生瑕疵，美中不足。該書多指摘惠洪著述，如評惠洪所作法昌遇禪師贊"妄見分別名相、較於優劣而謬後學"⑤，評《禪林僧寶傳》"傳多浮誇，贊多臆説，謬淡後學"⑥，稱《智證傳》"僅三萬言，勤謬佛祖之意"⑦。

除愛發論議外，宋代禪林筆記亦對前人言論記載的訛誤作查考辯證，《林間録》糾正多處前人文獻叙述上的不合常理以及文字傳寫上的錯訛，如對道宣《續高僧傳》中《齊鄴中釋僧可傳》的指正：

---

① [日]柳田聖山：《禪與中國》，毛丹青譯，生活・讀書・新知三聯書店，1988年版，第175頁。
② [宋]惠彬：《叢林公論》，《卍新纂續藏經》第64册，第772頁。
③ [宋]惠彬：《叢林公論》，《卍新纂續藏經》第64册，第768頁。
④ [宋]惠彬：《叢林公論》，《卍新纂續藏經》第64册，第769頁。
⑤ [宋]惠彬：《叢林公論》，《卍新纂續藏經》第64册，第765頁。
⑥ [宋]惠彬：《叢林公論》，《卍新纂續藏經》第64册，第767頁。
⑦ [宋]惠彬：《叢林公論》，《卍新纂續藏經》第64册，第772頁。

道宣律師作《二祖傳》曰："可遇賊斫臂，以法御心，初無痛苦。"蜀僧神清引其說以左書。予讀之，每失笑，且嘆宣暗於辨是非也。既列林法師與二祖聯傳，於林傳則曰："林遇賊斫臂，呼號不已，故人呼爲無臂林。林與二祖友善，一日同飯，怪其亦以一手進，問其故，對曰：'我無臂舊矣。'"豈有遊從之人爲賊斫臂，久而不知，反相問者耶？夫二祖以求法故，世無知者；林公以遇賊故，人皆知之。宣雷同之，辱誣先聖過矣。彼神清何爲者也？據以爲書，又可以發一笑。雖然，孟子曰："盡信書不如無書。"學者亦可以鑒於此。①

惠洪指出，道宣對林法師不知慧可斷臂一事的叙述不合邏輯，在惠洪看來，林法師與慧可交遊甚久，不可能不知曉慧可斷臂之事，且道宣未寫出二人斷臂的差異，辱没了先聖。而神清不辨是非，援引道宣之說，致人發笑。惠洪並非爲辯證而辯證，而是在辯證之後引出議論，"盡信書不如無書"，作者的最終目的是提供警示，希望後學者不要再犯此類"辱誣先聖"的毛病。惠洪和道宣之作各自傳遞的信息不同，其間之差異姑且不論，宋代禪林筆記勇於對前賢設疑却是不爭的事實。又《林間錄》卷下云：

志公和尚《十二時歌》火明佛祖要妙，然年代寢遠，昧者多改易其語，以循其私，其大害意者。如曰："夜半子，心住無生即生死。心法何曾屬有無，用時便用没文字。"乃作"生死何曾屬有無"，言則工矣，然下句血脉不貫。既曰"生死不屬有無"，又曰"用時便用"，何哉？②

---

① [宋]惠洪：《林間錄》卷下，《卍新纂續藏經》第87册，第266頁。今列道宣所作如下，以見同异："時有林法師，在鄴盛講《勝鬘》，並制文義。每講人聚，乃選通三部經者，得七百人，預在其席。及周滅法，與可同學，共護經像。初，達摩禪師以四卷《楞伽》授可曰：'我觀漢地，惟有此經，仁者依行，自得度世。'可專附玄理，如前所陳，遭賊斫臂，以法御心，不覺痛苦。火燒斫處，血斷，帛裹，乞食如故，曾不告人。後林又被賊斫其臂，叫號通夕。可爲治裹，乞食供林，林怪可手不便，怒之，可曰：'餅食在前，何不自裹？'林曰：'我無臂也，可不知耶？'可曰：'我亦無臂，復何可怒？'因舉委問，方知有功，故世云'無臂林'矣。"[唐]道宣：《續高僧傳》卷十六，《大正藏》第50卷，第552頁。通過對比不難發現，惠洪所引之文並非全部照搬，而是經過了作者的轉化，這是宋代禪林筆記在引用其他文本時的特點，不是單純的複製，而將借用轉變爲自己的叙述，縱然行文仍能看出轉述的痕迹，但畢竟已非原來的文本。

② [宋]惠洪：《林間錄》卷下，《卍新纂續藏經》第87册，第269頁。

此則乃惠洪對《十二時歌》文字傳寫之誤的辯證，"心法"改爲"生死"，語言雖工，但不能與下句脉絡貫通，且這種改易妨礙了佛祖的要妙旨意。《林間錄》辨疑誤之精神往往如此，文中還有不少勘誤，如對"雪竇禪師作《祖英頌古》"因緣和對洞山麻三斤頌文字的分辨①，對雲門匡真禪師室中語語言差异的甄別②，對贊寧《宋高僧傳》記事失誤的訂正③，等等。《林間錄》中之所以有大量的考證，乃因爲在惠洪的觀念中，文字"雖細事，其失先德妙旨"④，記載與事實不符是"誣毁先德爲罪逆，必有任其咎者"⑤。换言之，惠洪考訂文獻的根本出發點是爲了彰顯先聖之德。又如《正法眼藏》辨析前輩典籍的錯訛：

> 馬祖示衆云："汝等諸人各信自心是佛，此心即佛。達磨大師從南天竺國來至中華，傳上乘一心之法，令汝等開悟。……"

> 妙喜曰：予建炎中首衆甌峰時，首座寮有洞山聰禪師所集《禪門宗要》《祖堂》二錄。《宗要》末上以石頭、馬祖二師語爲準式，故馬祖示衆篇其略云："故《楞伽經》以佛語心爲宗，無門爲法門。"則知後人錯以"以"字爲"云"字無疑。後永明壽禪師、天衣懷禪師於《宗鏡》《通明》二集中因之，後之學者不本來由，往往皆以"以"字爲"云"字。更於經中求"佛語心爲宗，無門爲法門"之語，良可笑也，豈不知《楞伽經》乃《佛語心》一品耳。馬師云："故《楞伽經》以佛語心爲宗，無門爲法門"，此二句皆馬祖指經大旨，非經語也。

---

① [宋]惠洪：《林間錄》卷上："雪竇禪師作《祖英頌古》，其首篇頌初祖不契梁武，曰：'闔國人追不再來，千古萬古空相憶'者，重嘆老蕭不遇詞也。昧者乃叙其事於前，曰：'達磨既去，志公問曰："陛下識此人否？蓋觀音大士之應身耳，傳佛心印至此土，奈何不爲禮耶？"老蕭欲追之，志公曰："借使闔國人追，亦不復來矣。"'雪竇豈不知志公没於天鑒十三年，而達磨以普通元年至金陵。予以是知叙此者非雪竇意也。今傳寫又作'盖國'，益可笑。又頌洞山麻三斤曰：'堪憶長慶陸大夫，解道合哭不合哭。'意用長慶語。長慶聞陸大夫此語而哭，乃問衆曰：'且道合哭不合哭？'事見《傳燈錄》。而昧者易曰：'合笑不合哭。'失其旨甚矣。"第255頁。
② [宋]惠洪：《林間錄》卷下，《卍新纂續藏經》第87册，第271頁。
③ [宋]惠洪：《林間錄》卷上："曹溪六祖大師，方扶韜晦時，雜居止於編民，混勞侣於商農十有六年，蠻兒、海堅、販夫、竈婦得以追呼爾汝。及其德加於人，道信於天下也，雖累朝天子不得而師友之。其行聖賢之分，故莫知貴賤之异也。《大宋高僧傳》曰：'天子累召祖，竟不往，曰："吾貌不揚，北人見之，必輕法。"'是果祖師之言乎？不仁者之言也。至人何嘗以形骸爲恤，况其天形道貌，以慈攝物者，其肯不自信耶？"第255頁。
④ [宋]惠洪：《林間錄》卷下，《卍新纂續藏經》第87册，第271頁。
⑤ [宋]惠洪：《林間錄》卷下，《卍新纂續藏經》第87册，第261頁。

天衣云："無門之門，直須得門入始得"，此乃天衣指馬師無門之門之語，亦非經語也。然《宗鏡》《通明》二聖師所集未必皆錯，恐後來傳者之誤耳。諺云："一字三寫，烏焉成馬。"信然。博達之士如閱《楞伽》，果無"佛語心爲宗，無門爲法門"之語，則當以聰禪師《宗要》所載爲正。①

宗杲詳細分析了"佛語心爲宗，無門爲法門"兩句的歸屬問題，由於後人把"以"字改爲"云"字，《宗鏡錄》《通明集》因襲前人説法，因此後來學者誤以爲"佛語心爲宗，無門爲法門"兩句乃《楞伽經》經文。宗杲指出，此兩句是馬祖道一總結《楞伽經》宗旨的句子，而非經語，且《佛語心》是《楞伽經》中的一品。又如《雲卧紀談》對《古尊宿語錄》刊本之誤的關注：

> 福州鼓山於紹興之初刊行《古尊宿語錄》二十有二，洪之翠岩芝禪師者其一焉。芝開堂於郡城，有問："如何是洪州境？"答曰："滕王閣下千峰秀，孺子亭前薄霧生。"又問："如何是境中人？"答曰："出入敲金鐙，朱衣對錦屏。"其刊本漏却答境一聯，與問人一句，乃以對人而酬境，其顛錯若此。紹興甲子逮今，模印流通天下不知其幾許，遂使標志此道者，不見古人大全，可不惜哉！②

曉瑩此處指出了《古尊宿語錄》紹興刊本的闕失，其本遺漏"答曰：'滕王閣下千峰秀，孺子亭前薄霧生。'又問：'如何是境中人？'"這一段，使得芝禪師的答語顛倒錯亂。然而，曉瑩的叙述傳達了更深層的意義：比起刊本之誤，他更在意訛誤引起的問題，那就是刊本之誤導致學道之人不能見識前輩精妙言語的全貌。又如曉瑩辨別《林間錄》記載上的錯誤云：

> 魏府老華嚴者，諱懷洞。五季時，初弘華嚴之教，晚參興化存奬禪師，得教外別傳之旨，遂出世天鉢。次徙壓沙禪苑，河朔緇素尊事之，故稱"老華嚴"。禪門宗派圖有天鉢和尚系出興化者是也。洞嘗有示衆語曰："佛法在你日用處，在你行住坐卧處，喫茶喫飯處，語

---

① [宋]宗杲：《正法眼藏》卷一，《卍新纂續藏經》第67冊，第573頁。
② [宋]曉瑩：《雲卧紀談》卷上，《全宋筆記》第五編第二冊，大象出版社，第13-14頁。

言相問處，所作所爲處。若舉心動念，又却不是也。……"今《林間錄》以此爲天鉢元公語，又元爲老華嚴，則誤矣。元嗣天衣懷，乃雲門五世孫。洞以大父事臨濟，其說法旨趣端可驗矣。①

此則叙魏府老華嚴懷洞禪師與天鉢重元禪師之别。懷洞禪師生活於五代之時，晚年參興化存奘禪師（840—925），爲臨濟義玄法孫；而天鉢元公，即文慧禪師，名重元，嗣法天衣義懷禪師，爲雲門宗五世孫。由於懷洞禪師"出世天鉢"，人稱"天鉢和尚"，文慧禪師於宋仁宗嘉祐六年（1061）依文彦博之請住持天鉢寺，故二人易相混。總之，宋代禪林筆記在叙事、記言之外還帶著論議考辨色彩，其在感性判斷中又渗透著理性精神。

三、詳盡憶古與概略寫今

宋代禪林筆記從一開始就帶有濃郁的憶古氣息，祁偉《宋代禪林筆記的憶古情結與書寫策略》一文已有精闢的論述②，此處不再贅言。在宋代禪林筆記中，憶古產生了昔與今的對比，在作者筆下，古人是典範，是榜樣，作者著力於禪師的"有迹可循"，因而他們的出處姓名、師承法嗣、言行舉止、詩詞偈頌、交遊酬唱、應對往來等在禪林筆記中皆有具體而微的載錄。而今人喪失了先輩的古風，需要向古人學習，至於相關的人物、事件、時間、地點，作者沒有明確列出，可以說，與對古人形象的精雕細琢相比，今人在禪林筆記中只是一些依稀模糊的影像。如《林間錄》記載先德之身體力行：

> 石頭和尚庵於南臺有年，偶見負米登山者，問之，曰："送供米也。"明日即移庵下梁端，遂終於梁端，有塔存焉。百丈寺在絕頂，每日力作以償其供，有勸止之者，則曰："我無德以勞人。"眾不忍，藏去作具，因不食，故有"一日不作，一日不食"之語。先德卒身多如此，故六祖以石墜腰，牛頭負粮供眾。今少年苾蒭攀鉢顰頗曰：

---

① ［宋］曉瑩：《雲卧紀談》卷下，《全宋筆記》第五編第二册，第41—42頁。
② 祁偉：《宋代禪林筆記的憶古情結與書寫策略》，載於《文學遺產》，2011年第6期，第41—52頁。

"吾臂酸。"①

此段話講了四位高僧的事迹：石頭希遷、百丈懷海、六祖慧能、牛頭法融。"百丈寺在絶頂"以下講的是百丈懷海的故事，"一日不作，一日不食"是懷海的名言。從上可以看出，惠洪對各位高僧的具體事迹有較詳盡的刻畫，而對今之少年，作者只用"擎鉢顰頞曰：'吾臂酸。'"來形容，而非指名道姓。

如《羅湖野録》記雲蓋守智禪師：

> 潭州雲蓋智（守智）和尚，居院之東堂。政和辛卯歲，死心謝事黄龍，由湖南入山奉覲。日已夕矣，侍僧通謁，智曳履且行且語曰："將燭來，看其面目何似生而能致名喧宇宙。"死心亦絶叫："把近前來，我要照是真師叔，是假師叔。"智即當胸敲一拳，死心曰："却是真個。"遂作禮，賓主相得歡甚。及死心復領黄龍，至政和甲午十二月十五日示寂。時智住開福，得其訃音，即陞座曰："法門不幸法幢摧，五蘊山中化作灰。昨夜泥牛通一綫，黄龍從此入輪回。"侍僧編次，易入爲出，智見而大誶。是時智年九十，可謂宗門大老矣，視死心爲猶子，聞訃歎法幢之摧，蓋前輩以法道故。今則不然，生譽死毀與市輩無异，真可羞也。②

此則主要突出雲蓋守智禪師對晚輩的親厚，死心禪師生前，守智禪師"曳履"相迎，死心禪師死後，作爲長輩的守智禪師感嘆"法幢摧"。作者通過死心禪師無論是生前還是死後都得到了雲蓋禪師始終如一的對待這件事來强調雲蓋禪師的法道高深，而對今人的描寫是高度概括的語言，"生譽死毀與市輩無异"，至於如何生譽死毀，讀者不得而知。又如《雲卧紀談》載：

> 錢塘僧道潛者，以詩見知於蘇文忠公，號其爲參寥子。凡詩詞迭唱更和，形於翰墨，必曰參寥。及吕丞相爲奏妙總師名之，後與簡牘，則曰妙總老師。江浙石刻具存者多……噫！今世之小生，於有道

---

① ［宋］惠洪：《林間録》卷上，《卍新纂續藏經》第 87 册，第 255 頁。
② ［宋］曉瑩：《羅湖野録》卷四，《全宋筆記》第五編第一册，第 266－267 頁。

宗師必名呼而示其忽慢，亦安知文忠於一詩僧尚爾，況道德崇重者耶？①

此段強調蘇軾對詩僧道潛的崇敬，書簡翰墨衹稱其號，不直呼其名，而今之小生，對宗師毫無敬重之意，不但直接稱呼有道宗師的名諱，而且存輕慢之心，古今對比十分明顯。又如《叢林盛事》記瓊首座：

> 瓊首座，四明人，遍見諸老，留象骨四十年不出山，唯占禪悅寮一板頭，冬夏一衲，人莫能親疏之。侍鐵庵，閩帥趙汝愚仰其風，累虛大刹，請其出，堅卧不應。然須欲一見，托鐵庵以計誘其入府，大作供養，面囑其受請，瓊秉志不渝，趙公愈敬，乃以詩送歸山，云："萬仞峰頭雪作堆，一枝寒木倚巖隈。青青不改四時操，任待春風吹不回。"府判以下幕職皆賀其光大法門不少，與夫今之持書覓院住者，不可同日語之也。②

此則意在稱揚瓊首座能够守持本心而不出世，因而"留象骨四十年不出山，唯占禪悅寮一板頭，冬夏一衲"，趙汝愚屢請其出而"堅卧不應"，計誘入府而供養，瓊首座仍"秉志不渝"等叙述都爲瓊首座不慕世俗權力服務。瓊首座之高風亮節，與今人"持書覓院住者"，不可相提並論。

綜觀以上即可看出，禪林筆記熱衷於在具體而微的言行中展現前輩之德，對今之叢林的現狀則采取大而化之的寫法。如果具象意味著彰顯，那麼事件不具體，只有大概輪廓的寫作方式其實對應著隱藏。揚先賢之善，隱藏叢林之惡，這仍然與禪林筆記的撰著目的——護法密切相關，可以説，叢林之現狀已影響禪林筆記的作者去選擇性地感知過去的歷史，既然作者的根本宗旨在於爲後學者提供可資借鑒的榜樣，那榜樣的一言一行皆值得大書特書，因爲在作者的潛意識裏，先輩之德蘊藏於其生活的各個面向中，無處不有，所以，禪林筆記的作者將前輩之言行事無巨細地展示在衆人面前。如前所述，細節决定禪師的性格，自然地，禪師之德也須借細節來强化，問題就在這裏，既然品德之高由細節來呈現，那麼品行低劣也要有對應的事件來證明才行。否則，叢林之惡只能想象，無法作實。譬如

---

① ［宋］曉瑩：《雲卧紀談》卷上，《全宋筆記》第五編第二册，第14—15頁。
② ［宋］道融：《叢林盛事》卷上，第706頁。

評價某人是壞人,如若無法舉出相關的實證,那我們可能要說,這是說者的偏見。因爲,沒有細節而只憑藉說者的説辭,讀者或聽者根本無從判斷其間的是非曲直。而禪林筆記偏偏忽略了這一點,狀似無意,實則十分刻意。因爲,如果作者也將細化的叢林之非顯露於人前,古今之差異確實被强化了,但作者的弘法旨意也勢必會被削弱。總而言之,借古警今,揚善而藏劣,是禪林筆記有意爲之的寫作策略,作者用具體的言語或事件來標舉古人之高,以粗筆來描摹今人之非,這種做法的終極指向是護法。

總之,宋代禪林筆記是記言與記行的結合,它在塑造禪師形象時往往從細微之處著筆,不遺餘力地呈現先輩之高行。宋代禪林筆記還沿襲了宋人筆記愛發議論的特點,故作者喜歡在文中發表議論,考證前人之非。而示前輩典刑以龜鑒後人,從而產生今昔對比的創作方式成爲宋代禪林筆記的特色之一。以上顯示了宋代禪林筆記具有很强的文學性。

第四節　護法衛宗:撰書主旨的決定性

宋代禪林筆記有明確的撰著目的,這從禪林筆記的序跋即可看出,無論作者自序還是他人之序跋,不管僧人之序或者文人序跋,都在强調其間的護法衛宗。而作者的護法目的決定了其在材料選擇上的取捨,那些不具備護法衛宗功能的語料往往被捨弃,被弱化,或者遭到改寫。換言之,就禪林筆記的文本而言,它注重的是所選擇的材料能否完成教化的功能,正是在此宗旨的統領下,雜且散的禪林筆記聯合成一個有機整體。這裏必須明確"護法"的含義,黄啓江在《張商英護法的歷史意義》一文中指出:"'護法'一詞,對佛教而言,通常有兩層意義:其一是以行爲或符號之表現,護持佛法,包括以文字、語言、行動來保護、防護、擁護佛法,或爲佛法辯護其價值與功用;其二是表現此種護持行爲的人,包括僧侣、佛教徒眾,及親佛的學者、官吏、大臣、國王,有内護、外護之稱。"[①] 下文我們將仔細解讀禪林筆記的序跋以考察禪林筆記的護法動機及其對文本内容的决定作用。

[①]　黄啓江:《北宋佛教史論稿》,臺灣商務印書館,1997年版,第359頁。

謝逸爲《林間錄》作序云:"余謂斯文之作,有補於宗教,如儉歲之粱稷,寒年之繒纊,豈待余序然後傳哉?"① 謝逸認爲《林間錄》"如儉歲之粱稷,寒年之繒纊",《林間錄》"有補於宗教"的特色不言而喻。這說明禪林筆記在產生之初就摻雜著弘法的功利性,這一點深刻影響了後出的禪林筆記,因而南宋的禪林筆記序跋對其"有補於宗教"的特點給予了相當的關注,儘管有些序跋並未直接指明禪林筆記是爲"護法"而作,但其字裏行間蘊藏著護法的意味。如妙總所著《羅湖野錄跋》云:

> 前哲入道機緣,禪書多不備具者,其過在當時英俊失於編次,是無衛宗弘法之心而然,遂致有見賢思齊者,徒增太息耳。妙總窮居村落,不聞叢林勝事久矣。比者江西瑩仲溫遠自雙徑來訪山舍,娓娓談前言往行,殊慰此懷。徐探囊中,遂得《羅湖野錄》一編,所載皆命世宗師與賢士大夫言行之粹美,機鋒之酬酢。雄文可以輔宗教,明誨可以警後昆,於是詳覽熟思,不忍釋手,亦足以見仲溫爲道爲學之要,其操心亦賢於人遠矣。與天下好事者共之,庶幾後世英俊繼而爲之,使夫佛祖之道光明盛大,其功豈不博哉?②

從妙總的跋中可知,禪書對"前哲入道機緣""多不備具"是因爲沒有衛宗護法之心的緣故,而文獻載錄的缺失導致見賢思齊而不可得的遺憾,但曉瑩的《羅湖野錄》記載了前哲的前言往行,"雄文可以輔宗教,明誨可以警後昆",能讓"佛祖之道光明盛大"。又宗演跋《叢林盛事》云:"皆命世宗師與賢士大夫酬酢更唱之語,誠可以警後學而補宗教,大率與先師《武庫》相類,殆將鋟梓以惠後世,其利豈不博哉?"③ 興聖信梅峰《跋新鋟叢林盛事》云:"自《野錄》《紀談》至四明枯崖之作,裒收古佛祖潛行密機與賢士夫關於禪佛所泄於五燈者,貽之來昆。其爲法施,爲俾晚進履踐,知向上入路,而非爲資今日胡講談柄矣。又至於宋丹丘融公《叢林盛事》,則一言一句,千古鐵案。其禪其道,大方龜鑒也。"④ 宗演的跋語認爲,《叢林盛事》與《大慧普覺禪師宗門武庫》相類,是當世

---

① [宋] 謝逸:《洪覺範林間錄序》,《林間錄》卷首,第 245 頁。
② [宋] 妙總:《羅湖野錄跋》,《羅湖野錄》卷末,第 273 頁。
③ [宋] 宗演:《叢林盛事跋》,《叢林盛事》卷末,第 707 頁。
④ [日] 興聖信梅峰:《跋新鋟叢林盛事》,《叢林盛事》卷末,第 707 頁。

有名的宗師與賢士大夫唱和往來之語，"可以警後學而補宗教"。而在興聖信梅峰的敘述裏，《羅湖野錄》《雲卧紀談》《枯崖和尚漫錄》與《叢林盛事》一樣並非資"胡講談柄"的材料，而是爲"晚進履踐、知向上入路"提供的修道龜鑒。《人天寶鑒》的編撰也是出於爲後學提供學道藍本的目的，劉棐爲《人天寶鑒》作序云："是集皆佛氏妙藥救世之書也，能令病者服之即愈，至有盲聾暗跛之徒亦得除瘥。四明道人秀公久歷湖海，此藥備嘗無不應驗，宜乎刊行以壽後世。"①曇秀自序則稱此書"凡可以激發志氣、垂鑒於世者輒隨而錄之"，"擬大慧《正法眼藏》之類"，"欲示後世學者知有前輩典刑，咸至於道而已"。②以上兩條皆可見《人天寶鑒》救世益宗、啓示後學的編纂導向。

不獨禪林筆記的序跋關心禪林筆記的輔教之能，禪宗通史采用禪林筆記時同樣考慮到其護法之功。如南宋本覺所撰《歷代編年釋氏通鑒》（簡稱《釋氏通鑒》），附有"《歷代編年釋氏通鑒》采摭經傳錄"，標明其書援引之典籍，分爲佛書、儒書、道書三類，其中《雲卧紀談》《叢林盛事》《大慧武庫》《林間錄》《羅湖野錄》入"佛書"類。而咸淳六年（1270）薦福用錯禪師所作《釋氏通鑒序》云：

> 自佛法流通之後，如大海水，隨其限量，無不沾足。後世於經論之外，則有《法苑珠林》《高僧傳》《五燈錄》《弘明集》《正宗記》《僧寶傳》《林間錄》《宗門統要》《大慧武庫》，此皆果位中人出來，發揮黃面老子骨髓，使大根大器之人，一聞千悟，立地成佛，至則至矣。③

由此可知，在薦福用錯禪師的觀念中，《林間錄》《大慧武庫》等是佛教經論之外的輔教之書。而禪林筆記護持正法的特點一直延續到後世，如明末清初道霈禪師所撰《獨庵獨語序》云："至宋季以來，道與時寢衰，法隨機漸下。唯賴一二先德，不惜苦口扶衰救弊，或拈經論骨髓，或揭祖宗淵源，或指瑕摘疵令知悔悟，或因病施藥痛下針錐，庶幾啓迷關於智

---

① [宋] 劉棐：《人天寶鑒序》，《人天寶鑒》卷首，第612頁。
② [宋] 曇秀：《人天寶鑒序》，《人天寶鑒》卷首，第1頁。
③ [宋] 用錯師异：《釋氏通鑒序》，本覺：《釋氏通鑒》卷首，《卍新纂續藏經》第76册，第1頁。

輪，迴狂瀾於既倒。如甘露滅之《林間錄》，杲大慧之《宗門武庫》，以及中峰之《東語西話》，雲栖之《竹窗隨筆》，鼓山之《瘕言》等，皆以慈悲之故，乃有逆耳之言也。"而日本玄光禪師所著之《獨庵獨語》"因時救弊，護持正法，蓋欲存佛祖一綫之脉於末世。俾智者具擇法眼，知邪識正，揀魔辨异，不至盡驅入於魔羅陷阱，其荷法之功豈淺鮮哉。"①從道霈禪師的序言中，我們不難讀出其對《林間錄》以下的禪林筆記"因時救弊，護持正法"的"荷法之功"的稱頌。

宋代禪林筆記以護持佛法爲最終目標，故作者對材料的采錄往往帶著審視，什麼樣的材料進入寫作視野，由作者的撰著動機來決定。換言之，禪林筆記的作者並非將所獲得的信息一股腦放入文中，而是在不斷篩選其記載的東西，預設的價值支配著作者的選擇眼光。由於作者抱著"護法"的心態來撰寫禪林筆記，因此所選取的人物言行必須與弘法相契合。如《林間錄》記載的是"尊宿之高行、叢林之遺訓、諸佛菩薩之微旨、賢士大夫之餘論"②，雖然序跋難免有溢美之嫌，但"尊宿""高行""遺訓""微旨"這些詞暗示了《林間錄》與"錄之以備閑居之覽也"的筆記的差异性。③《正法眼藏》"決擇五家，提挈最正者凡百餘人，裒以成帙"④。"但有正知正見可以令人悟入者，皆收之。"⑤"但取徹證向上巴鼻，堪與人解黏去縛具正眼而已。"⑥很明顯，《正法眼藏》所取之示眾法語以"令人悟入"爲根本準則。據妙總所述，《羅湖野錄》"所載皆命世宗師與賢士大夫言行之粹美，機鋒之酬酢"⑦。"言行之粹美，機鋒之酬酢"顯然是作者揀擇的結果，至少不粹美的言行被排除在外，而著衣喫粥等日常生活瑣事亦非《羅湖野錄》的描述重心。《人天寶鑒》融采諸家之語而成書，只有那些"可以激發志氣、垂鑒於世者"⑧才能在文中占有一席之地，而其

---

① [明]道霈：《獨庵獨語序》，性朗等編：《鼓山爲霖禪師還山錄》卷四，《卍新纂續藏經》第 72 冊，第 666 頁。
② [宋]謝逸：《洪覺範林間錄序》，《林間錄》卷首，第 245 頁。
③ [宋]歐陽修：《歸田錄序》，《歸田錄》卷首，《全宋筆記》第一編第五冊，2003 年版，第 236 頁。
④ [明]圓澄：《重刻正法眼藏序》，《正法眼藏》卷首，第 556 頁。
⑤ [宋]宗杲：《答張子韶侍郎書》，《正法眼藏》卷首，第 556 頁。
⑥ [宋]宗杲：《正法眼藏》卷一，第 557 頁。
⑦ [宋]妙總：《羅湖野錄跋》，《羅湖野錄》卷末，《全宋筆記》第五編第一冊，第 273 頁。
⑧ [宋]曇秀：《人天寶鑒序》，《人天寶鑒》卷首，第 1 頁。

書名也暗含著作者的期待，此書可被眾生取作借鑒之用。《叢林盛事》乃"前輩近世可行可錄之語"①，《枯崖漫錄》"所取機緣，皆有控人入處"②，"此集所記，皆近世善知識也"③。"采近世諸老應機接物，罵柳指拍底美談。"④ 無論《叢林盛事》的"可行可錄之語"，還是《枯崖漫錄》"控人入處"的機緣或美談，都顯示了禪林筆記的護法主張左右著作者的書寫對象和書寫方式。

在宋代禪林筆記的記載中，護法是一項需要傳承的任務，因此，作者挑選的禪林人物或事件本身往往具有典型性，前賢的行跡不可復製，卻能作爲修道的參照，於是護法的實踐之一就是用語言文字重申宗師名宿的潛德幽光、塑造出一個個禪師典範，爲後進學習提供可資借鑒的楷模。因而追慕前輩成爲禪林筆記的一個焦點，禪林筆記對前輩之"典刑"表現出極大的興趣。如《人天寶鑒》所采乃"先德之善"、三教古德之言行，"前輩典刑"。⑤ 但追憶先輩固然重要，同道的嘉言善行也不可或缺，故禪林筆記在憶古的同時也能把握當下的流行風尚，畢竟古尊宿早已湮没，只有在文獻或傳聞裏才能尋覓其踪跡、想見其風采；而與作者生活在同時代的高僧大德是作者可以交往或親睹的人物，如《枯崖和尚漫錄》所記"皆近代善知識"，是近世諸大老的美談，比起作古的名僧，當代的禪師更貼近作者，因而作者的記錄相對接近禪林的原貌。在宋代禪林筆記中，追慕古德與激賞時人齊頭並進。

撰著目的往往決定文本的叙述模式，鑒於禪林筆記作者有高度自覺的救助時弊的護法之心，我們有理由相信，禪林筆記是作者精心挑選禪林資料並對其進行整理和編排的産物，其中蘊含著作者的"宣教"策略。

---

① ［宋］道融：《叢林盛事序》，《叢林盛事》卷首，第685頁。
② ［宋］北山紹隆：《枯崖和尚漫錄序》，《枯崖和尚漫錄》卷首，第24頁。
③ ［宋］林希逸：《枯崖和尚漫錄跋》，《枯崖和尚漫錄》卷末，第45頁。
④ ［日］機海子：《跋改鋟枯崖漫錄》，《枯崖和尚漫錄》卷末，第46頁。
⑤ ［宋］曇秀：《人天寶鑒序》，《人天寶鑒》卷首，第1頁。

第二章　宋代禪林筆記中文人的宗教生活

　　中國士大夫與禪宗的交涉由來已久，前賢的著作或多或少都對此進行了討論，如葛兆光先生《禪宗與中國文化》一書即從多個面向來考察歷代文人與禪宗的牽纏情況。正如葛兆光先生所說的："士大夫與禪宗的互相攜手，一方面使禪宗身價百倍，勢力達到了熾盛程度，另一方面也使禪宗越來越中國化。"① 禪宗發展至宋代，士大夫居士化的現象尤爲普遍，文人與禪宗的聯繫愈爲密切，二者的關係也更加複雜，學界對此問題的研究成果斐然，無論單篇論文還是專書中的章節，無一不對文人與禪宗的相互滲透予以關注。② 綜觀學術界現有研究成果，其視角大多側重於士大夫文獻中所呈現的文人與禪宗的關聯，因此，周裕鍇先生在其力作《法眼與詩心：宋代佛禪語境下的詩學話語建構》中特別指出禪宗文獻記載的宋代文人與禪宗瓜葛的三種表現：一是被禪宗燈錄視爲傳燈法嗣的居士；二是有些文人雖不是禪門法嗣，却有跟從禪師參禪問道經歷者；三是朝中大臣或地方官員，延請禪師住持寺院，或奏請禪師紫衣師號者。③ 這三種情況是宋代文人與禪宗關係的高度概括，本書亦大體遵從此種分類。周裕鍇先生還查找了《林間錄》《羅湖野錄》《雲臥紀談》《叢林盛事》《枯崖和尚漫錄》《建中靖國續燈錄》《聯燈會要》《嘉泰普燈錄》《五燈會元》《續傳燈錄》《禪林僧寶傳》《僧寶正續傳》等十餘種禪宗文獻，將宋代文人的參禪

---

① 葛兆光：《禪宗與中國文化》，里仁書局，1987年版，第40頁。
② 周裕鍇：《文字禪與宋代詩學》，高等教育出版社，1998年。林湘華：《禪宗與宋代詩學理論》，成功大學中文研究所碩士學位論文，見《中國佛教學術論典》第105册，佛光山文教基金會，2001年。魏道儒：《宋代禪宗史論》，見《中國佛教學術論典》第3册。
③ 周裕鍇：《法眼與詩心：宋代佛禪語境下的詩學話語建構》，中國社會科學出版社，2014年版，第5—7頁。

情況製成表格，宋代文人與禪師的交往由此一覽無遺。在這些禪門典籍中，前五種禪林筆記正是本書的研究對象。

本章著重考察宋代禪林筆記如何書寫文人與禪宗的牽涉，即在禪林筆記的叙述中，作者究竟選擇了什麽角度來觀看文人。隨著文字禪傾向的强化，在宋代禪林筆記中，作者對文人的關注除了對其弘護佛法的認同與贊賞外，主要還在於對文人文學作品的載録，這些語言文字出現在文人與禪僧交流的過程中。如果説文人跟隨禪師參禪問道建立了文人與禪宗之間最直接的聯繫，那麽文人與禪僧的文字往來則爲我們洞察雙方的思想碰撞提供了一手研究材料，畢竟這些文字酬對所體現的是宗門精英與士大夫的對話情景，無論是口頭的應對還是書面的吟唱，也不管是當面的交鋒還是隔空的書信傳遞，或是异代的追念與遥想，皆能反映文人與禪宗的互動。惠洪在代濟上人答白居易書中云："王公大人之閲天下士，非必龍章玉山，其必先以言語。言語者，德行之候。故曰：'有德者必有言。'又曰：'觀其所由，察其所安，人焉廋哉？'雖古之聖人，莫能外此，則知法者，觀人之根大小，又豈有他術乎？"① 士大夫以言語觀人，同樣，禪宗亦借言語來審視士大夫，可以説，宋代禪林筆記正是"有德者必有言"的文字實踐。關於此點，周裕鍇先生《惠洪文字禪的理論與實踐及其對後世的影響》一文有精當的論述，可參看。② 因此，禪林筆記的興趣點之一便是收録文人的語言文字，尤其是那些涉及佛禪的詩文與書簡。故本章力圖通過禪林筆記中記載的士大夫的文學創作來透視文人與禪宗的因緣。

第一節　外護：文人的佛事

所謂佛事，即有益於佛法之事。僧肇《注維摩詰經·菩薩行品》卷九云："佛事者，以有益爲事耳。"③ 前文已述，衛宗護法是宋代禪林筆記的基本宗旨，因而，它對寫作材料的選擇以是否符合弘法精神爲準則。禪林

---

① [宋] 惠洪：《林間録》卷下，第 621 頁。
② 周裕鍇：《惠洪文字禪的理論與實踐及其對後世的影響》，《北京大學學報》（哲學社會科學版），2008 年第 4 期，第 82—95 頁。
③ [後秦] 僧肇：《注維摩詰經》卷九，《大正藏》第 38 卷，第 404 頁。

筆記對文人言語、事迹的選錄亦大體遵照這一標準，只有那些篤信佛法、禮佛閱經、參禪問道的文人及其有關教門的言行方能進入作者的書寫視野。從禪林筆記的記載來看，文人的"外護"是作者津津樂道的話題，在作者的筆下，文人栖心佛典、禮敬僧人、拜佛寫經、為佛教辯護其價值與功用等行為都是其扶護教門的有力憑證。

一、佛法靈驗：文人向佛的心理基礎

宋代禪林筆記雖然有弘法的導向，但它並非直接宣傳宗教教義，而是藉助具體的人物和事件來向人們展示佛法的廣大，因而文人的崇佛行為往往是禪林筆記的書寫重點。在作者的叙述裏，文人對佛教的態度經歷了一個從不信教到篤信禮佛的轉變過程，其間蘊含著作者對佛教靈驗性的宣揚，在士大夫心目中，宗教的靈驗與否是其信奉佛法的前提。《林間錄》記載文彥博向佛之緣起云：

> 魏府老元華嚴示衆曰：……文潞公鎮北京，元公來謁別。潞公曰："法師老矣，復何往？"對曰："入滅去。"潞公笑謂其戲語，目送之歸。與子弟言其道韻深穩，談笑有味，非常僧也。使人候之，果入滅矣，大驚，嘆异久之。及闍維，親往臨觀，以琉璃瓶置坐前，祝曰："佛法果靈，願舍利填吾瓶。"言卒，烟自空而降，布入瓶中，烟滅，舍利如所願。潞公自是竭誠内典，恨知之暮也。①

從以上叙述中，我們不難看出作者的内在理路，文彥博之所以"竭誠内典"，是因爲他親自見識了慧元禪師的兩件靈异之事：一是慧元對死亡之期的預言的實現，二是文彥博祝語的應驗。這一記錄似乎表明，士大夫對於佛教的親近，除了深受佛教精神和義理的吸引外，還存在佛教靈驗與否的現實問題。佛法的靈驗性與文人的切身利益密切關聯，無論治病祛灾還是科舉登第，禪林筆記將相關的文人故事寫入文中，形成一種佛法靈驗近在眼前的即視感，所以作者常在文中顯露向佛能達成誓願之意，如《大慧普覺禪師宗門武庫》載：

> 廬山李商老，因修造犯土，舉家病腫，求醫不效。乃净掃室宇，

---

① ［宋］惠洪：《林間錄》卷上，第245頁。

骨肉各令齋心，焚香，誦熾盛光咒，以禳所忤。未滿七日，夜夢白衣老人騎牛在其家，忽地陷，旋旋没去。翌日，大小皆無恙。志誠所感，速如影響，非佛力能如是乎？

李彭全家患病而求醫無效，志誠敬佛而疾病得愈，佛法感應救濟衆生之力的迅速由此可見一斑，這則材料與佛教感應故事所追求的"至誠發心，必有誠應"的理念如出一轍。科舉考試是文人頗爲關心的問題，因而禪林筆記對文人及第之先知亦有相應的叙述，如《林間録》記載宗道者對陳瓘登第的預見：

> 宗道者，不知何許人，往來舒蘄間。……陳退夫初赴省幃，過宗，戲問曰："瓘此行欲作狀元，得否？"宗熟視曰："無時即得。"莫測其言也。而退夫果以第三名上第，時彦作魁，方悟"無時"之語。宗見雪竇，而超放自如，言法華之流也。①

又如《大慧普覺禪師宗門武庫》對許知可及第因緣的記録：

> 許知可，毗陵人，嘗獲鄉薦，省闈不利而歸。舟次吴江平望，夜夢白衣人謂曰："汝無陰德，所以不第。"知可曰："某家貧，無資可以禮人。"白衣曰："何不學醫，吾助汝智慧。"知可輒寤，歸踐其言，果得盧扁之妙。凡有病者，無問貴賤，診候與藥，不受其直，病夫填門，無不愈者。後舉，又中鄉評。赴春官，艤舟平望，夢前白衣人相見，以詩贈之曰："施醫功大，陳樓間阻。殿上呼臚，唤六作五。"思之，不悟其意。後登第，唱名，本第六，因上名殿試不禄，遂陞第五，乃在陳樓之間，方省前識也。②

如果説宗道者預知陳瓘不能做狀元的事件是爲了突出得道僧人的神異的話，那麽許知可的事件則是實實在在的弘法行爲，許知可進士未及第是由於他没有陰德的緣故，後來許知可按照白衣人所言習醫救人，果然及

---

① [宋]惠洪：《林間録》卷上，第251頁。
② [宋]道謙：《大慧普覺禪師宗門武庫》，第948頁。此事《春渚紀聞》卷二亦載：金陵有僧嗜酒佯狂，時言人禍福，人謂之"風和尚"。陳瑩中未第時，問之云："我作狀元否？"即應之曰："無時可得。"瑩中復謂之曰："我決不可得耶？"又應如初。明年，時彦御試第一人，而瑩中第二，方悟其言"無時可得"之説。見《全宋筆記》第三編第三册，大象出版社，2008年版，第188頁。

第。不獨如此，甚至許知可中第幾名都在白衣人的預見中。無陰德不能中第，有陰德而能登科，這顯然是佛教因果思想的邏輯。另外，在李商老與許知可的夢裏皆有白衣人，這個白衣人即佛的化身，據《法句譬喻經·沙門品》所述，佛在舍衛國說法時，爲了救一少年比丘免其"爲箭所殺"，"自化作白衣往到其邊，以偈呵之"①。正是佛法的效驗使得士大夫生出信奉之心，因而知前世今生、明禍福休咎的預言僧人，常常得到士大夫的另眼相看，如《大慧普覺禪師宗門武庫》記載言法華（？—1048）預言呂夷簡（978—1043）罷相而知亳州之事：

  呂大申公執政時，因休沐日，預化疏請言法華齋。……齋畢問未來藏否，言索筆大書"亳州"二字與之，不言所以。後罷相知亳州，治叠文字次，忽見二字在前，始悟前讖也。②

又如《雲卧紀談》卷上所載：

  真州六合縣釋迦院妙應大師伯華者，以風鑒之術遊士夫間，決禍福壽夭多奇中。孫尚書仲益與叔詣内翰兄手牘，略曰："覬過全州，遇妙應，携被從之。通夕語，謂覬去死尚遠也。"其信從可見於此。而尚書果享壽幾及期頤。……③

所謂風鑒之術即相面術，妙應大師決禍福夭壽多能應驗，故得到士大夫的遵從。

因此，文人之信佛與禮僧，其中一部分原因是由於佛與僧能夠解決現實人生的問題，士大夫之奉佛行爲，其間隱含著功利成分，而這恰好是禪林筆記要弘揚的主題，既然崇佛與敬僧能夠帶來實際的利益，豈有不向佛之理呢？所以，文人因某位禪師的神异或某件事的應驗而產生崇佛之心的故事就顯得有理可循、順理成章。如程公闢之奉佛殿受僧人修演的感化：

  豫章東山僧修演，里中劉氏子，得法於石門謙公，有偈曰："未悟之日要參禪，一見石門便坦然。蒙師指個真消息，方知鹽鹹醋是酸。"自爾修杜多行，常於夏夜裸體以飲蚊蚋。有施與衣，則受而轉

---

① [晉] 法炬、法立譯：《法句譬喻經·沙門品》卷三十二，《大正藏》第 4 卷，第 60 頁。
② [宋] 道謙：《大慧普覺禪師宗門武庫》，第 943 頁。
③ [宋] 曉瑩：《雲卧紀談》卷上，第 27 頁。

濟無者。亦嘗説偈見意，曰："四十年來常跣足，不剃頭兮不澡浴。郡官爲我換衣衫，只恐平生願不足。"以故世稱爲劉道者。居無何，告其徒曰："吾將入定，可以磚泥爲護，須三年後與汝相見。"及期果出定，顯化异常，落成梵宇。至天禧二年歲餘二日，復將入定，遂囑徒屬，以四十九寒暑，當啓吾壙，即瞑目焉。治平三年，如其所囑之數，由是寺僧以其事聞於太守程公闢，率僚屬就視，而趺坐儼然。遂傅以香泥，奉安佛殿之西廡，以應民庶祈禱。夫演公悲願宏深，而能回首塵勞，曲開方便如此。①

修演兩次入定，而能按期出定，由於其"顯化异常"，因此太守程公闢"傅以香泥，奉安佛殿之西廡，以應民庶祈禱"。"傅以香泥"顯然應驗了修演的偈"郡官爲我換衣衫"，而程公闢的奉佛殿是聞見修演顯异的結果。

僧人預言的例子在宋代文人筆記中也十分常見，如《夢溪筆談》卷二十載能知宿命的僧人文捷：

> 吳僧文捷戒律精苦，奇迹甚多，能知宿命，然罕與人言。予群從邁爲知制誥，知杭州，禮爲上客。邁嘗學誦《揭諦咒》，都未有人知。捷一日相見曰："舍人誦咒，何故闕一句？"既而思其所誦，果少一句。浙人多言文通不壽。一日齋心往問捷，捷曰："公更三年爲翰林學士，壽四十歲，後當爲地下職任，事權不減生時，與楊樂道待制聯曹，然公此時當衣衰絰視事。"文通聞之，大駭曰："數十日前曾夢楊樂道相過云：'受命與公同職事，所居甚樂，慎勿辭也。'"後數年，果爲學士，而丁母喪，年三十九矣。明年秋，捷忽使人與文通訣别。時文通在姑蘇，急往錢塘見之。捷驚曰："公大期在此月，何用更來？宜即速還。"屈指計之，曰："急行尚可到家。"文通如其言，馳還遍别骨肉，是夜無疾而終。捷與人言多如此，不能悉記，此吾家事耳。捷嘗持《如意輪咒》，靈變尤多，瓶中水咒之則涌立。畜一舍利，晝夜轉於琉璃瓶中，捷行道遶之，捷行速則舍利亦速，行緩則舍利亦緩。士人郎忠厚事之至謹，就捷乞以舍利，捷遂與之，封護甚嚴，一日忽失所在，但空瓶耳。忠厚齋戒延捷加持，少頃，見觀音像衣上一

---

① ［宋］曉瑩：《雲卧紀談》卷上，第13頁。

物蠢蠢而動，疑其蟲也，試取乃所亡舍利。如此者非一。忠厚以予愛之，持以見歸。予家至今嚴奉，蓋神物也。①

又如《春渚紀聞》卷三"聖和尚前知"條云：

> 汴渠第五鋪有异僧，衆名之"聖和尚"。時語人禍福，扣之則不復道也。熙寧初，余伯父朝奉君與先博士君同章申公詣闕，時申公改官未久，先博士未第也。申公所在喜訪异人，至鋪具飯，遇僧過門，即延之入座，熟視先君曰："福人。福人。宰相是你手裏出。"已而回視申公曰："承天一柱，判斷山河。"視伯父獨無言。既去，先君戲申公曰："'承天一柱，判斷山河'，則當是正拜之徵，然一柱爲何？"申公曰："我作宰相，更容兩人也。"後果如其言。而先君"宰相之出"，獨未有徵驗云。②

綜觀以上兩條可知，文人筆記中僧人的預測能力一般都集中在文人的仕途前景與壽命的短長上，這與禪林筆記的記載有异曲同工之妙。而士人郎忠厚對文捷"事之至謹"從另一個側面證明了士大夫之信仰佛教在於佛教的效驗符合他們的期許，至少前途與壽命都關乎文人的自身利益。

佛法的靈驗性也被文人用作安慰自身境遇的一劑良藥，如蘇軾貶謫儋州之事被泗州大士預知，《雲臥紀談》卷下云：

> 蘇文忠公，以紹聖甲戌夏爲潮州麻田吴子野贊泗州像曰："盲人有眼不自知，忽然見日喜而舞。非謂日月有存亡，實自慶我眼根在。泗州大士誰不見，而有熟視不見者。彼豈無眼業障故，以知見者皆希有。若能便作希有見，從此成佛如翻掌。傳摹世間千萬億，皆自大士法身出。麻田供養東坡贊，見者無數悉成佛。"公既安置惠州，於丁丑歲被命責儋耳。專守方子容自携告身而吊之曰："此皆前定，無可恨者。吾室沈氏事泗州甚謹，一夕夢泗州告別，問何所往，答以當與蘇子瞻同往，在七十二日之後也。今日如其數，豈非前定乎？"蘇曰："事孰非前定者，不待夢知矣。然余何人，辱與泗州和尚同行，得非

---

① [宋]沈括：《夢溪筆談》卷二十，《全宋筆記》第二編第三册，大象出版社，2006年版，第153-154頁。

② [宋]何薳：《春渚紀聞》卷三，《全宋筆記》第三編第三册，大象出版社，2008年版，第210頁。

夙世有緣契乎？"參寥子嘗有偈爲紀之曰："臨淮大士本無私，應物長於險處施。親護舟航渡南海，知公盛德未全衰。"①

蘇軾爲泗州大士作了贊語，因而其貶謫之期爲大士預知，獲得泗州"親護舟航渡南海"，而太守方子容的妻子虔誠供奉泗州大士，故夜夢泗州告别，並告知原由。此則材料充溢著宿命感，與其説蘇軾之貶謫是命中注定，不如説所謂的"前定"是作者遭遇貶謫後找到的精神慰藉。事情的真假暫且不論，但釋曉瑩的本意乃傳布佛法。誠心向佛的文人時常得到禪林筆記作者的稱贊，如丞相吕蒙正家族的禮佛，《大慧普覺禪師宗門武庫》云：

……吕公（蒙正）逐日晨興禮佛，祝曰："不信三寶者，願不生我家，願子孫世世食禄於朝，外護佛法。"猶子夷簡申國公，每遇元日拜家廟罷，即焚香發廣慧璉禪師書一封，加敬重之。申公之子公著，亦封申國公，元日發天衣懷和尚書。右丞好問，元日發圓照禪師書。右丞之子用中，元日發佛照杲禪師書。其家世忱信痛敬，抑有自來矣。故録之以警後世。②

這段話凸顯了吕蒙正家族的誠篤禮佛，但是將吕蒙正的祝語"不信三寶者，願不生我家，願子孫世世食禄於朝，外護佛法"置於文首，接著叙述其後代皆身居高位、誠心禮佛的表達方式，其間隱含著吕蒙正的祝語得到實現的意思，换言之，這則材料的旨歸仍然是申述佛法的靈驗性。當然，文人並非天生就有向佛之心，至少在禪林筆記中，文人之信佛，除了佛法靈驗的一面，還有報恩之心藴含其中，就以吕蒙正而言，他之所以如此敬奉佛法，跟他早年受到僧人的資助不無關係：

大丞相吕公蒙正，洛陽人。微時生緒牢落，大雪彌月，遍干豪

---

① ［宋］曉瑩：《雲卧紀談》卷下，第45—46頁。此則《東坡志林》卷二"僧伽何國人"條記載云："泗州大聖《僧伽傳》云：'和尚何國人也。又云世莫知其所從來，云不知何國人也。'近讀《隋史·西域傳》，乃有何國。余在惠州，忽被命責儋耳。太守方子容自攜告身來，且吊余曰：'此固前定，可無恨。吾妻沈素事僧伽謹甚，一夕夢和尚告别，沈問所往，答云："當與蘇子瞻同行。後七十二日，當有命。"今適七十二日矣，豈非前定乎！'余以爲事之前定者，不待夢而知。然余何人也，而和尚辱與同行，得非夙世有少緣契乎？"見《東坡志林》卷二，《全宋筆記》第一編第九册，大象出版社，2003年版，第44頁。

② ［宋］道謙：《大慧普覺禪師宗門武庫》，第931頁。

右,少有周急者。作詩其略曰:"十謁朱門九不開,滿身風雪又歸來。入門懶睹妻兒面,撥盡寒爐一夜灰。"可想也。途中邂逅一僧,憐其窮窘,延歸寺,給食與衣。遺鏹遣之,纔經月,又罄竭,再謁僧。僧曰:"此非久計,可移家屬住院中房廊,食時隨眾給粥飯,庶幾可以長久。"呂如其言,既不為衣食所困,遂銳志讀書。是年應舉,獲鄉薦,僧買馬雇僕,備衣裝津遣入都下,省闈中選,殿試唱名為大魁。初任西京通判,與僧相見如平時。十年遂執政,凡遇郊祀,有所俸給並寄閣。太宗一日問曰:"卿累經郊祀,俸給不請,何耶?"對曰:"臣有私恩未報。"上詰之,遂以實對,上嘆曰:"僧中有如此人。"令具名奏聞,賜紫袍加師號,以旌異之。呂計所積俸數萬緡,牒西京令僧請上件錢,修營寺宇,並供僧。其寺元是鐵馬營太祖、太宗二聖生處,太祖朝已建寺,忘其名,其僧乃寺主也。太宗別賜錢重建三門,賜御書額度僧。……①

呂蒙正困頓之時,衣食住行皆受到僧人相助,發達時篤志報恩,故而籌資"修營寺宇"、供養僧人,乃至於以"外護佛法"傳家,文人與佛教的關聯由此可見。

總之,在禪林筆記中,與文人相關的佛教應驗故事的書寫傳達著作者勸人信佛的意旨,靈驗性是佛教作為一種宗教信仰須具備的功能。

二、傾心釋氏:文人的日常宗教實踐

在宋代禪林筆記中,文人寫經、鑄像、布施等日常修行被當作護法的行為而加以彰顯,如《大慧普覺禪師宗門武庫》載:

> 任觀察,內貴中賢士,徽廟極眷之。任傾心釋氏,遍參知識。每自嘆息曰:"余幸得為人,而形體不全,及不識所生父母,想前世輕賤於人,招此報應。"遂發誓,遇休沐還私宅,屏絕人事,炷香禮佛,刺血寫《華嚴經》一部,每一字三拜,願來世識所生父母。忽一日有客相訪,任出遲。客怒云:"人客及門,何故不出?"任笑曰:"在家中寫一卷赦書。"客詰其故,任以實對,遂取經示之云:"此是閻老子

---

① [宋]道謙:《大慧普覺禪師宗門武庫》,第931頁。

面前，喫鐵棒吞鐵丸底赦書。"客悚然驚駭，回舍亦自寫一部。①

此則極力描寫任觀察"傾心釋氏"的種種表現，任觀察認爲自己没見到生身父母是"前世輕賤於人"招致的報應，因而他"炷香禮佛，刺血寫《華嚴經》一部，每一字三拜，願來世識所生父母"。爲了寫經，任觀察甚至怠慢客人，遭到責難。而客人瞭解實情後，也自寫一部。任觀察把《華嚴經》視爲"赦書"，聯繫到文中所説的報應，則任觀察刺血書《華嚴經》積功德以消除罪業、期待來生與父母相見的目的不彰而顯。任觀察"願來世識所生父母"的祈願，説明佛教的輪迴轉世思想已經深入其心。

刺血寫經的觀念由來已久，佛教把刺血寫經看成重要的修行與功德，如《華嚴經・入不思議解脱境界普賢行願品》："復次，善男子。言常隨佛學者，如此娑婆世界毗盧遮那如來，從初發心，精進不退，以不可説不可説身命而爲布施，剥皮爲紙，折骨爲筆，刺血爲墨，書寫經典，積如須彌，爲重法故，不惜身命。"②僧人寫經表達的是修行的决心，而俗衆寫經往往是爲了追福與祈願，寫經爲父母盡孝尤爲常見，可以説"有求必應"。唐宋文人中刺血寫經以表孝道的例子很多，釋書中記載了不少，如唐代司馬喬卿"丁母憂，居喪毁瘠，刺心上血寫《金剛般若經》一卷，未幾，於廬上生芝草二莖"③。元德秀"喪其母，哀其，不能自效，刺肌瀝血，繪佛之像，書佛之經"。李觀"居父之憂，刺血寫《金剛般若》，布諸其人，以資其父之冥"④。契嵩把寫經爲亡人追福之事稱爲"以佛爲孝"。在宋代，寫經得償所願的事例要數朱壽昌刺血寫經而遇母的事迹最爲有名，據《夢溪筆談》載：

朱壽昌，刑部侍郎巽之子，其母微，壽昌流落貧家，十餘歲方得歸，遂失母所在。壽昌哀慕不已，及長，乃解官訪母，遍走四方，備歷艱難，見者莫不憐之。聞佛書有水懺者，其説謂欲見父母者，誦之當獲所願。壽昌乃晝夜誦持，仍刺血書懺，摹板印施於人，唯願見母。歷年甚多，忽一日，至河中府，遂得其母，相持慟絶，感動行

---

① ［宋］道謙：《大慧普覺禪師宗門武庫》，第 954—955 頁。
② ［唐］般若譯：《大方廣佛華嚴經》卷四十，《大正藏》第 10 卷，第 845 頁。
③ ［唐］道世編集：《法苑珠林》卷十八，《大正藏》第 53 卷，第 422 頁。
④ ［宋］契嵩：《鐔津文集》卷三《輔教編・廣孝章》，《大正藏》第 52 卷，第 661 頁。

路，乃迎以歸，事母至孝，復出從仕，今爲司農少卿，士人爲之傳者數人。丞相荆公而下，皆有朱孝子詩數百篇。①

朱壽昌誦持水懺、刺血寫經而與母相見的故事，在文人著作如蘇軾《東坡志林》卷二、邵伯溫《聞見錄》卷十三、胡仔《漁隱叢話後集》卷三十六中皆有記載，蘇軾還特別爲此作了一首詩。此事在當時廣爲流傳，一方面固然是被朱壽昌的"事母至孝"所感動，另一方面也説明文人對刺血寫經而能得償所願的佛教願力的認同。寫經被文人視作"筆供養"，就以《華嚴經》來説，陳瓘、顔度、周子充、葛勝仲等人都曾手寫過此經。② 文人常寫經布施給僧人以作供養，如《叢林盛事》載，彭汝霖就曾手寫《觀音經》布施給圓通道旻禪師，而圓通道旻就此爲彭汝霖説法。③

造像作爲積累功德的手段之一，深受文人的重視，而且文人積極參與鐫刻和圖寫佛像之事，如《雲臥紀談》卷上載劉方明刻觀音大士像：

> 潮陽劉方明，紹興間帥夔府，夜登郡閣，見有白光發於地。乃使人物色其處，即軍營教場中。待旦，掘數尺間，得石大如斗，剖而中分，瑩潔有圓相。劉爲之喜，作《瑞石贊》欲刊其上。適有鑒禪者過焉，因告以："何不鐫聖像於圓光中，使人瞻仰？"蓋其光非聖像不能顯發也。劉然其言，以李伯時所畫觀音大士像模勒。……④

通過此條材料可知，劉方明之雕刻觀音大士像是爲了"使人瞻仰"，讓民衆生發對佛的敬仰之心，此處的"白光"是佛法普照的隱喻，所以刻佛像以顯光實則顯的是佛法。而瞻禮佛像是宋代士大夫日常修行的一種方式，如《人天寶鑒》轉載《梅溪雜錄》中文彥博禮佛像而得以開悟之事云：

---

① [宋]沈括：《夢溪筆談》卷九，第82—83頁。
② 陳瓘寫《華嚴經》事見陳淵《書了齋筆供養發願文》："翁嘗寫《華嚴經》盡八十卷，不錯一字。"陳淵《默堂集》卷二十二。周必大《平江顔侍郎度挽詩》自注云："公在朝日寫《華嚴經》，爲湖州，每與僧談禪。"宗杲《示周子充寫〈華嚴經〉》一詩表明周子充曾書寫過《華嚴經》。葛勝仲寫《華嚴經》事見陳與義《聞葛工部寫〈華嚴經〉成，隨喜賦詩》一詩。
③ [宋]道融《叢林盛事》卷上：陳諫議彭公汝霖手寫《觀音經》施旻。旻拈起曰："這個是《觀音經》，那個是諫議底？"彭曰："此是某親書。"旻曰："寫底是字，那個是經？"彭笑曰："却了不得也。"旻曰："即現宰官身而爲説法。"彭曰："人人有分。"旻曰："莫謗經好。"彭曰："如何即是？"旻舉經示之。彭撫掌大笑曰："嘎。"旻曰："又道了不得。"彭乃頂禮。此則首句"陳諫議彭公汝霖"有疑，祖琇《僧寶正續傳》和普濟的《五燈會元》皆作"諫議彭公汝霖"，而無"陳"字。
④ [宋]曉瑩：《雲臥紀談》卷上，第24頁。

文潞公，居洛陽，嘗致齋往龍安寺瞻禮聖像。一日像忽朽墮，公見之，略不加敬，但瞪視而出。傍有僧曰："何不作禮？"公曰："像既壞，吾將何禮？"僧曰："先聖道：譬如官路土，私人掘爲像，智者知路土，凡愚謂像生。後時官欲行，還將像填路。像本不生滅，路亦無新故。"公聞之有省，由是慕道甚力。年九十餘，晨香夜坐未嘗少廢，每日願曰："願我常精進，勤修一切善。願我了心宗，廣度諸含識。"①

文彥博在瞻禮佛像的過程中開悟，由此可見，致齋禮像亦是可以啓人省悟的途徑。又如《叢林盛事》所載草衣文殊像的由來：

　　五臺草衣文殊像，始自本朝元豐間。太尉呂惠卿因戍邊遊臺山，見其貌，儼童子，體黑而被髮，以蒲自足纏至肩，袒右膊，手執梵夾與呂論華嚴大旨，而呂不知其大士。洎呵呂以凡情測於聖意，呂方窘下拜，而童子乃化文殊形，跨金毛隱隱入雲中矣。呂從是悔恨，歸家逾月，鬱鬱不樂，後家人告以至誠懇惻，聖容必現。呂如其言，乃竭誠悔過，期於必現而後已。一日早起，乃見大士現於香几間。呵云："胡爲住相，貪著之甚邪？"呂曰："正欲世人咸見大士示化之真容耳。"急命畫工圖之，頃刻不見，其像遂傳於京洛間。今在處或見之，余蓄一本，乃吳僧梵隆之筆，期終身以奉之。②

從上可知呂惠卿與草衣文殊像的因緣。此段叙述傳達了以下幾層意思：其一，草衣文殊起源於北宋元豐間，草衣文殊的外在形象爲"體黑而被髮，以蒲自足纏至肩，袒右膊，手執梵夾"，此後，草衣文殊成爲文殊菩薩固定的化身形象之一，宋以後的禪師對其多所詠嘆。③ 其二，文殊大

---

① [宋]曇秀：《人天寶鑒》，第15頁。
② [宋]道融：《叢林盛事》卷上，第695頁。
③ 宋代北磵居簡禪師《草衣文殊》云："衣紉草，髮如草。未下五臺，百怪俱兆。手中經，義不了。我且問你，前三三後三三，是多少。"見《北磵居簡禪師語錄》，《卍新纂續藏經》第68册，第678頁。元代即休契了禪師《草衣文殊贊》："頂髮垂臂，草衣蔽身。梵書在手，辨假明真。真假雙泯，如日始晨。昏暗破散，森象回春。不住東際，喚起南詢。大地狐群俱屏迹，出林師子獨嚬呻。"見《金山即休了和尚拾遺集》，《卍新纂續藏經》第71册，第107頁。明代南石文琇禪師《草衣文殊》："拈玻璃問無著老，著草衣迎呂惠卿。只有這些兒伎俩，何當七佛祖師名。""頭髮鬆鬙身衣蒲，臺山贏得轉荒蕪。惠卿眼底生花翳，却被人傳作畫圖。""身以蒲纏手執經，等閑出語使人驚。天生伎倆雖奇怪，也只能護吕惠卿。"見《南石和尚語錄》卷二，《卍新纂續藏經》第71册，第714頁。

士的顯聖地點在其道場五臺山，與呂惠卿講論的是"華嚴大旨"，顯示了《華嚴經》在文人中的研讀情況，據《圓宗文類》卷二十二，呂惠卿《新注法界觀序》稱自己的注釋以杜順和尚的華嚴法界觀爲基礎："昔人有以杜順爲文殊師利菩薩者，眞不虛也。若人者，是眞世間之眼也，吾不敢以其說獨善，輒以所證爲之解釋，有誠吾言而修之者，華藏之遊，吾願與之同之。"① 又據《終南山杜順禪師緣起》所記，杜順和尚即文殊菩薩的化身，也許是因爲呂惠卿爲法界觀作過注解，故道融將草衣文殊菩薩示現之事加諸於呂惠卿身上。其三，呂惠卿竭誠悔過而文殊大士現身示化，這明顯延續了佛法靈驗的觀念。其四，由於呂惠卿的圖寫，草衣文殊大士像傳播於京洛間。綜觀以上材料我們不難發現，無論雕刻之像，還是描畫之圖，都是作爲使人開悟的方法而能進入禪林筆記的文本之中的，換言之，禪林筆記旨在表現參悟方式的多樣性，用禪宗的話說就是"善巧方便"。

另外，士大夫對佛教典籍態度的轉變，亦可見禪林筆記表彰士大夫的近佛行爲從而傳法的意旨，如《林間錄》云：

> 杜祁公、張文定公皆致政，居睢陽，里巷相往來。有朱承事者，以醫藥遊二老之間。祁公勁正，未嘗雜學，每笑安道佞佛，對賓客必以此嘲之，文定但笑而已。朱承事乘間謂文定曰："杜公，天下偉人，惜未知此事，公有力，盍不勸發之。"文定曰："君與此老緣熟勝我，我止能助之耳。"朱譍麐而去。一日，祁公呼朱切脈甚急，朱謂使者曰："汝先往白相公，但云看《首楞嚴》未了？"使者如所告馳白，祁公默然，久之乃至，隱几，揮令坐，徐曰："老夫以君疏通解事，不意近亦例闒茸，如所謂《楞嚴》者，何等語，乃爾耽著。聖人微言無出孔孟，捨此而取彼，是大惑也。"朱曰："相公未讀此經，何以知不及孔孟，以某觀之，似過之也。"袖中出其首卷曰："相公試閱之。"祁公熟視朱，不得已乃取默看，不覺終軸，忽起大驚曰："世間何從有此書耶。"遣使盡持其餘來，遍讀之。捉朱手曰："君眞我知識，安道知之久而不以告我，何哉？"即命駕來見文定，敘其事。安道曰：

---

① ［高麗］義天集《圓宗文類》卷二十二，《卍新纂續藏經》第58冊，第561頁。關於宋代文人研讀《華嚴經》的情況，可參看周裕鍇《法眼與詩心——宋代佛禪語境下的詩學話語建構》一書的第一編第二章"宋代文人的佛經閱讀情況"中的第三節"《華嚴》、《法華》的閱讀"。

"譬如人失物，忽已尋得，但當喜其得之而已，不可追悔得之早晚也。僕非不相告，以公與朱君緣熟，故遣之耳。雖佛祖化人，亦必籍同事也。"祁公大悅。①

整個故事以杜衍（978—1057）受到朱承事之感化而改變對釋教的態度爲敍述中心，杜衍先是"未嘗雜學"，且認爲"聖人微言無出孔孟"，這種論調代表了宋朝排佛士大夫的共同心聲，因而他閱讀《首楞嚴經》是"不得已乃取默看"，但杜衍由此一閱而被《首楞嚴經》折服，進而轉變了自己的觀念，發出"世間何從有此書耶"的感嘆。最後作者以張方平（1007—1091）"佛祖化人，亦必籍同事"的言論來追譬杜衍受感化而崇佛之事，則將士大夫樂於傳布佛道的精神發揮到極致。儒釋之交纏一直都是宋人關注的問題，宋代禪林筆記對此表示出相當大的興趣，此則材料正是宋代禪林筆記的典型書寫方式，無論儒釋的爭論爲何，禪林筆記總是能找到很多利己證據來表明佛教的勝利。

當然，文人對佛教及典籍態度的轉變，除了被佛教經典的內容所吸引，禪林筆記還給出了另一個解釋——坐禪閱經有益文章。宋代禪林筆記不僅拋出佛法靈驗的誘惑，也標舉文人坐禪讀經對文章創作大有裨益的經驗之談，如《大慧普覺禪師宗門武庫》云：

> 王荆公，一日訪蔣山元禪師，坐間談論品藻古今。山曰："相公口氣逼人，恐著述搜索勞役，心氣不正，何不坐禪體此大事？"公從之，一日謂山曰："坐禪實不虧人，余數年要作《胡笳十八拍》不成，夜坐間已就。"山呵呵大笑。②

王安石數年欲作《胡笳十八拍》而不成，一坐禪就能寫出佳作，坐禪的功用實在不小。又如《雲臥紀談》所記：

> 待制韓公子蒼，與大慧老師厚善，及公僑寓臨川廣壽精舍。大慧入閩，取道過公，館於書齋幾半年。晨興相揖外，非時不許講，行不讓先後，坐不問賓主，蓋相忘於道術也，故公詩有"禪心如密付，更爲少淹留"之句。公因話次，謂少從蘇黃門問作文之法，黃門告以熟

---

① [宋]惠洪：《林間錄》卷下，第206頁。
② [宋]道謙：《大慧普覺禪師宗門武庫》，第954頁。

讀《楞嚴》《圓覺》等經，則自然詞詣而理達。東坡家兄謫居黃州，杜門深居，馳騁翰墨，其文一變如川之方至。後讀釋氏書，深悟實相，參之孔老，博辯無礙，浩然不見其涯，故爲其載於墓誌。隆興改元仲夏。東萊呂伯恭登徑山，謁大慧，爲兩月留，大慧語及韓公得斯論於蘇黃門，伯恭亦謂聞所未聞也。①

韓駒向宗杲談及蘇轍傳授的作文之法，熟讀《楞嚴經》《圓覺經》，自然能夠"詞詣而理達"。而蘇轍的文章從"如川之方至"到"浩然不見其涯"的進益乃讀釋氏書深悟實相的緣故。

不獨禪林筆記强調誦讀佛經的好處，文人筆記也標舉閲讀佛教典籍有益文章，陳善《捫蝨新話》卷三云：

> 蘇子由作《老子解》，多與佛書合，亦時用其語，當是先看佛書，知其旨趣，故時時參用耳。其與筠僧道全語，自謂得之儒書，此誇全也。予嘗恨歐陽公文章議論，高出千古，而猶不能免俗，惜乎其不看佛書也。子由又嘗與子瞻語，子瞻以其所解《老子》，比《詩》《春秋傳》、古史差不及，此亦是子由於佛書未能自得，故雖用其意而時有牽强，比三書言古今之迹，自是不及，以此故，屢曾刊定，屢質之子瞻。晚年得子瞻一言，方肯自信。予觀黄魯直嘗讀《列子》，便謂普通年中事，不從葱嶺傳來。使魯直不先看佛書，亦安知此書之妙。②

陳善的話包含幾層意思：其一，蘇轍經常閲讀佛典，得佛典之旨趣，因而《老子解》一書有很多内容參用了佛典。而這裹也提出文人閲讀佛典最常見的效果就是引用和參考。其二，歐陽修文章議論雖然高妙，但是不能脱離世俗常情，這是因爲歐陽修不看佛書的緣故。其三，蘇軾指出蘇轍的《老子解》比不上《詩》《春秋傳》、古史，陳善認爲根本原因在於蘇轍未將佛教典籍融會貫通。其四，黄庭堅先讀過佛經，因此才能感受到《列子》的妙處。陳善的言論是宋代文人接受佛禪的理由之一，對博極群書的宋代文人而言，佛書既然如此有用，時常閲讀才是正理。從上文所引的王安石和蘇轍的言論來看，宋代禪林筆記顯然準確抓住了文人的心理。佛法

---

① ［宋］曉瑩：《雲卧紀談》卷上，第15—16頁。
② ［宋］陳善：《捫蝨新話》，見《全宋筆記》第五編第十册，大象出版社，2012年版，第37頁。

的靈驗性和有益文章是宋代文人信奉佛教的心理基礎。

總之，禪林筆記始終將護法作爲貫穿全文的終極目標，而那些記錄在案、身居高位的士大夫成了禪林筆記宣教策略的重要一環。因而，選擇有典型奉佛事件的文人來做外護佛教的榜樣是禪林筆記的寫作策略之一，張商英正是禪林筆記選中的典型人物。

三、典範塑造：張商英的護法形象

關於張商英的護法行爲，學術界已取得不少研究成果，如黃啓江《張商英護法的歷史意義》一文即對張商英的歷史形象、其與佛教的關聯以及他的著作《護法論》作了詳盡精闢的解析，認爲"張商英之護法，由輔翼叢林發展，提拔叢林人才，至作《護法論》與排佛學者辯，爲佛法作不平之鳴，實在爲後世護法者立下一個典範"①。而我們將探討禪林筆記究竟從什麼層面來塑造張商英的形象。張商英的崇佛事跡獲得了宋代禪林筆記最多篇幅的記錄，宋代士大夫無出其右者，《林間錄》《大慧普覺禪師宗門武庫》《羅湖野錄》《雲臥紀談》《雪堂行和尚拾遺錄》等都對其護法行爲給予了不少贊譽。

禪林筆記對張商英形象的塑造仍未跳出其一貫的邏輯叙述，即張商英對佛教的姿態同樣經歷了一個由排斥到崇信乃至慕道甚力的過程，《大慧普覺禪師宗門武庫》載錄了其向佛的緣起：

> 張無盡丞相，十九歲應舉入京。經由向家，向家夜夢人報曰："明日接相公，凌晨净室以待。"至晚，見一窮措大著黄道服，乃無盡也。向禮延之，問秀才何往，無盡以實告。向曰："秀才未娶，當以女奉灑掃。"無盡謙辭再三，向曰："此行若不了當，吾亦不爽前約。"後果及第，乃娶之。初任主簿，因入僧寺，見藏經梵夾齊整，乃怫然曰："吾孔聖之教，不如胡人之書人所仰重。"夜坐書院中，研墨吮筆，憑紙長吟，中夜不眠。向氏呼曰："官人，夜深，何不睡去？"無盡以前意白之，正此著無佛論。向應聲曰："既是無佛，何論之有，當須著有佛論始得。"無盡疑其言，遂已。及訪一同列，見佛龕前經

---

① 黃啓江：《張商英護法的歷史意義》，《北宋佛教史論稿》，台灣商務印書館，1997 年版，第 399 頁。

卷，乃問曰："此何書也？"同列曰："《維摩詰所說經》。"無盡信手開卷，閱到"此病非地大，亦不離地大"處，嘆曰："胡人之語，亦能爾耶？"問此經幾卷，曰三卷，可借歸盡讀。向氏問："看何書？"無盡曰："《維摩詰所說經》。"向氏曰："可熟讀此經，然後著無佛論也。"無盡悚然异其言，由是深信佛乘，留心祖道。①

張商英初任主簿時，對藏經梵夾齊整、孔聖之教地位的下降而憤怒，欲著無佛論，在訪同列時見到《維摩詰所說經》，態度開始發生轉變，感嘆"胡人之語，亦能爾耶"。在整個故事的叙述中，向氏起著至關重要的作用，她與張商英的兩次答語，直接促使張商英"深信佛乘，留心祖道"。雖然此則故事有很大的虛構成分，但故事背後的信息更引人思考，張商英和上文的杜衍一樣，起初不信佛，在閱讀佛經之後才對佛教有親近之心，這預示著作爲知識精英的士大夫之奉佛，除了佛法的靈驗以外，佛教内典的精義也是其格外關心的問題。此外，張商英和杜衍接受佛經，源自周圍人士的影響，説明宋代士大夫接受佛教時，交往圈子的浸染不可小覷，因爲文人究竟以何種途徑接觸佛教在佛教傳播過程中是很重要的問題。我們認爲，這是禪林筆記叙事上的刻意，張商英與杜衍雖爲個別事件，却是士大夫群體信仰佛教的一個縮影，比起直陳己見的傳教方式，此類以身處要職的文人來做模範的叙述模式增添了説服力，畢竟對禪林筆記而言，張商英的事迹已經成爲勸人獻身佛教事業的題材。其後，佛學著作對此多番稱引，如宋代智聰《圓覺經心鏡》卷六、周琪所述《圓覺經夾頌集解講義》卷十二、悟明《聯燈會要》卷十六、普濟《五燈會元》卷十八，明代通容集《五燈嚴統》卷十八、黎眉等編《教外別傳》卷九，清代通醉輯《錦江禪燈》卷五等都轉述了此事。

張商英深信佛教以後開始參禪問道，爲護法貢獻了不少心力，據《大慧普覺禪師宗門武庫》云：

> 無盡居私第日，適年荒，有道士輩，詣門教化食米。無盡遂勸各人誦《金剛經》，若誦得一分，施米一斗；如誦畢，施米三石二斗，化渠結般若緣。故云：財法二施，每遇僧又勸念《老子》，使其互相

---

① 〔宋〕道謙：《大慧普覺禪師宗門武庫》，第952頁。

知有。觀其護教之心，直如是爾。①

張商英勸道士誦《金剛經》而施米，兼法施和財施，可見其護法之心，文中所推崇的勸道士誦佛經，"遇僧又勸念《老子》，使其互相知有"的舉動與張商英三教並遵、却最重佛教的主張一脉相承。② 因此，禪林筆記亦對張商英三教並存的言行給予稱揚，如據《人天寶鑒》記載，寶印答宋孝宗問時引用張商英"唯吾學佛然後能知儒"的言論，得到孝宗的首肯；又如《雲卧紀談》載張商英元豐四年（1081）作序推薦成都道士蹇拱辰往廬山參問東林常總禪師，曉瑩云："無盡不指蹇見道家流，而指往東林，厥有旨哉。"③ 又宣和二年（1120），張商英與大慧宗杲論儒家聖人與佛的優劣等。④ 張商英施米一事是其護法之心的具現，張商英誠懇參禪求道的形象則見下面一段材料的描述：

> （張無盡丞相）後爲江西漕，遍參祖席，首謁東林照覺總公，總詰其所見處，與己符合，乃印可之曰："吾有得法弟子住玉溪，乃慈古鏡也，亦可與語。"無盡復因按部過分寧，諸禪迓之。無盡到，先致敬玉溪慈，次及諸山，最後問兜率悦禪師。悦爲人短小，無盡曾見龔德莊説聰明可人。乃曰："聞公善文章。"悦大笑曰："運使失却一隻眼了也，某臨濟九世孫，對運使論文章，政如運使對某論禪也。"無盡不然其語，乃强屈指曰："是九世也。"又問："玉溪去此多少？"曰："三十里。"曰："兜率嚮。"曰："五里。"無盡是夜乃至兜率，悦先一夜夢日輪升天，被悦以手搏取，乃説與首座云："日輪運轉之義，

---

① ［宋］道謙：《大慧普覺禪師宗門武庫》，第952頁。
② 黄啓江：《張商英護法的歷史意義》，《北宋佛教史論稿》，台灣商務印書館，1997年版，第399頁。
③ ［宋］曉瑩：《雲卧紀談》卷上，第12頁。
④ ［宋］曉瑩《雲卧紀談》云：丞相張公天覺，眼明機峻，慧辯難敵。宣和二年春，大慧老師再訪之於荆南。一日，公問："佛具正遍知，亦有漏網處。"師曰："何謂也？"公曰："吾儒尚云：'西方有大聖人，不治而不亂，不言而自化。'然堯、舜、禹、湯皆聖人也，佛竟不言之，何耶？"師曰："堯、舜、禹、湯，比梵王、帝釋有優劣否？"公曰："堯、舜、禹、湯，豈可比梵王、帝釋哉？"師曰："佛以梵、釋爲凡夫，餘可知矣。"公曰："何以知之？"師曰："吾教備言，佛出則梵王前引，帝釋後隨。"公乃擊節以爲高論。後紹興九年秋，尹侍講訪師於徑山，夜話及此，尹亦首肯再三。見《雲卧紀談》卷下，第50－51頁。按：曉瑩此則仍然隱含著宣教策略，據曉瑩的叙述，張商英"堯、舜、禹、湯，豈可比梵王、帝釋哉"的認識已經表明儒家的聖人比不上佛教之聖人，何况在佛的眼中，梵王、帝釋根本就是凡夫，按照這樣的邏輯，在佛家看來，儒家的聖人堯、舜、禹、湯是凡夫中最普通的人物，無法與佛相提並論。

聞張運使非久過此，吾當深錐痛劄，若肯回頭，則吾門幸事。"首座云："今之士大夫受人取奉慣，恐惡發，別生事也。"悅云："正使煩惱，只退得我院，別無事也。"無盡與悅語次，稱賞東林，悅未肯其說，無盡乃題寺後《擬瀑軒詩》，其略云："不向廬山尋落處，象王鼻孔謾遼天。"意譏其不肯東林也。公徐語及宗門事，悅曰："今日與運使相陪人事已困，珍重睡去。"至更深，悅起來與無盡論此事，焚香請十方諸佛作證："東林既印可運使，運使於佛祖言教有少疑否？"無盡曰："有。"悅曰："疑何等語？"曰："疑香嚴獨脚頌、德山托鉢因緣。"悅曰："既於此有疑，其餘安得無耶？只如言末後句，是有耶？是無耶？"無盡曰："有。"悅大笑，遂歸方丈，閉却門。無盡一夜睡不穩，至五更下床，觸翻踢床，忽然省得，有頌曰："鼓寂鍾沈托鉢回，岩頭一拶語如雷。果然祇得三年活，莫是遭他受記來。"遂扣方丈門云："某已捉得賊了。"悅曰："贓物在甚處。"無盡無語。悅云："都運且去，來日相見。"翌日無盡遂舉前頌呈之，悅乃謂無盡曰："參禪只爲命根不斷，依語生解。如是之說，公已深悟，然至極微細處，使人不覺不知墮在區宇。"悅後作頌證之云："等閒行處步步皆如，雖居聲色寧滯有無。一心靡异萬法非殊，休分體用莫擇精粗。臨機不礙應物無拘，是非情盡凡聖皆除。誰得誰失何親何疏，拈頭作尾指實爲虛。翻身魔界轉脚邪塗，了非逆順不犯工夫。"無盡邀悅至建昌，途中一一伺察，有十頌叙其事，悅亦以十頌酬之，時元祐八年八月也。①

此段文字濃墨重彩地描寫了張商英跟隨東林常總禪師（1025—1091），尤其是兜率從悅禪師（1044—1091）參禪問道的經歷，同時也代表了一般士大夫跟從禪師習禪的基本路徑：參問—機鋒應對—開悟、作偈見意—受印可，其間還包括與禪師的偈頌酬答、書信往來等。"無盡一夜睡不穩，至五更下床，觸翻踢床，忽然省得"刻畫了張商英崇道甚切的形象。此外，這段話傳達了一個重要的信息，即禪師對士大夫習禪的態度，兜率悅禪師欲"深錐痛劄"張商英時，首座說了這樣一句話："今之士大夫受人取奉慣，恐惡發，別生事也。"由此可以看出，雖然禪宗需要士大夫來爲

---

① ［宋］道謙：《大慧普覺禪師宗門武庫》，第952—953頁。

自身的生存造勢，但也看到了士大夫學禪的弊端所在——"受人取奉"，即禪林某些禪師爲了追求自身的名利，故意對士大夫曲意奉承，如葉夢得（1077—1148）《避暑錄話》批判叢林庸流輩因迎合張商英而出現的"相公禪"：

  張丞相天覺喜談禪，自言得其至。初爲江西運判，至撫州，見兜率從悅，與其意合，遂授法。悅，黃龍老南之子，初非其高弟，而江西老宿爲南所深許，道行一時者數十人。天覺皆歷詆之。其後天覺浸顯，諸老宿略已盡。後來庸流傳南學者，乃復犇走推天覺，稱相公禪，天覺亦當之不辭。近歲遂有爲長老開堂承嗣天覺者，前此尚未有。勢利之移人，雖此曹亦然也。①

原本在禪宗的觀念裏，"參禪只爲命根不斷"，但在葉夢得的筆下，參禪已然成爲庸流輩獻媚求寵的手段，因而從悅禪師想要啓悟張商英時，首座才會有"恐惡發，別生事"的憂慮。在道謙的陳述中，"悅先一夜夢日輪升天，被悅以手搏取"是張商英受從悅禪師針扎而得以開悟的隱喻，當然，其中也不乏禪宗對自身魅力的自信。《羅湖野錄》亦載錄張商英問道於兜率從悅禪師之事，據曉瑩所記，張商英"宣和辛卯歲二月，奏請悅謚號，遣使持文祭於塔祠"②。張商英還爲湛堂文準作過塔銘，爲玉泉承皓（1011—1091）撰塔碑③，在參禪求道、爲禪師撰塔銘、請謚號之外，張商英還有提攜後進之功，如其致書圓悟克勤："覺華嚴，乃吾鄉大講主，前遇龍潭，爲伊直截指示，決成法器，有補宗門矣。"④ 推薦智度覺禪師前往圓悟處學道。正是張商英的外護之志，使他在佛教人士中備受推崇，曉瑩在文中評價張商英云："夫蔚爲儒宗而崇佛道，未有如公者。然非敏手，安能激發。苟非上根，未易承當。至於嶽立廊廟，展大法施，既不忘悅之道義，而特與追榮，矢心以詞，勤勤若此，蓋所以昭示尊師重法歟。"⑤

---

  ① ［宋］葉夢得：《避暑錄話》卷上，《全宋筆記》第二編第十册，大象出版社，2006年版，第283頁。
  ② ［宋］曉瑩：《羅湖野錄》卷二，第226頁。
  ③ 爲湛堂文準作塔銘事見《人天寶鑒》引《正續傳》，爲玉泉承皓撰塔碑事見《雲卧紀談》，曉瑩稱："皓布裩平居凡聖莫測，而無盡公欲其傳世，得非借古以警今耶。"
  ④ ［宋］曉瑩：《羅湖野錄》卷三，第248頁。
  ⑤ ［宋］曉瑩：《羅湖野錄》卷二，第227頁。

可以説，曉瑩此語代表了宋代禪林筆記對張商英尊師重法的頌揚，至此，張商英作爲一個理想的傳教士大夫形象被禪林筆記塑造出來。

宋代禪林筆記在彰顯文人的學佛事迹時，也透露出一種宗門主人的優越感，誠如兜率悦禪師的見解："對運使論文章，政如運使對某論禪也。"儘管文人也慕道甚力，但佛禪終究只占文人認知結構的一端，而非全部。這就是禪林筆記的行文套路，套路意味著叙述方式的單一，與此同時，套路也意味著禪林筆記已經習慣了此類表達結構，並將這種表達固化成自身獨有的特點以區别於其他的叙述模式。

總而言之，爲了護法的宗旨，宋代禪林筆記對佛教的優點進行宣揚，將宋代文人的學佛事件和言論拈提出來。雖然這些筆記並未將文人與佛教的關係作系統的梳理，其書寫的是散亂的文人事迹，但我們仍然能夠從中看出其創作邏輯：佛法有求必應的靈驗—文人生禮佛之心、顯崇佛之行爲—表彰典型文人。這樣，禪林筆記就把文人對佛教的擁護串珠式地展現出來，不管是思想還是行爲，宋代文人都被禪林筆記的作者當成護法的形象代言人。禪林筆記對文人信佛事件的選擇性書寫表明，佛教作爲一種宗教信仰，獲得信衆的信心是其最起碼的存在基礎。但禪林筆記的作者對士大夫的向佛其實十分寬容，從文人那些具體的奉佛實踐來看，並没有要求説文人一定要摒絶人事、隔絶塵世才算修行，反倒將文人哪怕是閲讀一本佛經的行爲或是某種態度的轉變都當成了其修習佛教的憑證而加以鼓勵和贊揚。這看似是一種讓步，就好像在説，不管你信不信佛，只要你的行爲與佛教有關，那你終究受到了影響，不論是直接的還是潛在的，而正是這種讓步吸引了相當多的士大夫加入了學佛習禪的隊伍。無論如何，禪林筆記爲我們提供了一個審視文人日常生活的窗口，佛禪的觀念已經深刻影響了文人的生活方式。

第二節　參禪問道與作偈見意

宋代士大夫的參禪學佛活動在熙寧以後盛況空前，他們禮拜禪宗，崇信禪宗，不但參禪隊伍龐大，而且禪學水平顯著提高，禪悦之風風靡一時。文人与禅僧之间频繁互动，彼此都留下了深刻的影響。道融《叢林盛事》所載歸雲如本禪師《叢林辨佞篇》對文人參禪活動的記錄云：

> 本朝富鄭公弼問道於投子顒禪師，書尺、偈頌凡一十四紙，碑於台之鴻福兩廊壁間，灼見前輩主法之嚴，王公貴人信道之篤也。鄭國公，社稷重臣，晚歲知向之如此，而顒必有大過人者，自謂於顒有所警發。士大夫中，諦信此道，能忘齒屈勢，奮發猛利，期於徹證而後已。如楊大年侍郎、李和文都尉見廣慧璉、石門聰並慈明諸大老，激揚酬唱，斑斑見諸禪書。楊無爲之於白雲端，張無盡之於兜率悦，皆扣關擊節，徹證源底，非苟然者也。近世張無垢侍郎、李漢老參政、呂居仁學士，皆見妙喜老人，登堂入室，謂之方外道友。愛憎逆順，雷揮電掃，脱略世俗，拘忌觀者，斂衽辟易，罔窺涯涘。然士君子相求於空閒寂寞之濵，擬栖心禪寂，發揮本有而已。①

歸云如本在此所舉僅是富弼（1004—1083）、楊億（974—1020）、李遵勖（988—1038）、楊杰、張商英（1053—1121）、張九成（1092—1159）、李邴（1085—1146）、呂本中（1084—1145）等人的參禪經歷，他們都是身居官位的文人而能栖心禪寂，與禪師激揚酬唱、結爲方外之友，"期於徹證""發揮本有"，即其學禪的根本目的在於悟道。雖然以上所列只是士大夫習禪求道的冰山一角，但足見兩宋時期士大夫的禪悦傾向。

正是在"近來朝野客，無座不談禪"②的風尚中，士大夫的參禪求道經歷成爲宋代禪林筆記的一個叙述重心，以《林間録》的記錄爲例，有訪師求道經歷的文人就有許式、王隨、杜衍、呂夷簡、蔣堂、葉清臣、張方平、王素、王安石、謝景温、呂大防、孫覺、呂惠卿、章惇、彭汝礪、夏倚、徐禧、張商英、吳恂、朱彦等人③，其後的禪林筆記如《大慧普覺禪師宗門武庫》《羅湖野録》《雲卧紀談》《叢林盛事》《枯崖和尚漫録》《雪堂行和尚拾遺録》等都對文人的參禪學佛事迹予以關注。文人在參禪求道

---

① ［宋］道融：《叢林盛事》卷上，第694頁。
② ［宋］司馬光：《戲呈堯夫》，見《温國文正司馬公文集》卷一五，《四部叢刊》本。
③ 關於宋代文人與禪宗的關係，周裕鍇：《法眼與詩心——宋代佛禪語境下的詩學話語建構》一書對《林間録》《羅湖野録》《雲卧紀談》《叢林盛事》《枯崖和尚漫録》等禪林筆記所載有詳細的統計，可資參考。爲了更加清晰明了地呈現宋代禪林筆記所涉及的宋代文人，筆者將《林間録》《大慧普覺禪師宗門武庫》《羅湖野録》《雲卧紀談》《叢林盛事》《枯崖和尚漫録》《雪堂行拾遺録》做成表格，見本章附録。

時，與禪師鬥機鋒參公案，力求在禪問答中講述意味深長、幽默風趣的話語或寫出含蓄蘊藉的詩歌。因此，文人與禪師的交流問答、詩文唱和、書信往來等表現文人生活情趣和文學智慧的語言都是禪林筆記的寫作對象。如《林間錄》云：

> 李留後端愿問達觀禪師曰："人死，識當何所歸？"答曰："未知生，焉知死。"對曰："生則端愿已知。"曰："生從何來？"李留後擬議，達觀揕其胸曰："只在這裏，思量個什麼？"對曰："會也，只知貪程，不覺蹉路。"達觀拓開曰："百年一夢。"又問："地獄畢竟是有是無？"答曰："諸佛向無中說有，眼見空華；太尉就有中覓無，手搊水月。堪笑眼前見牢獄不避，心外見天堂欲生。殊不知欣怖在心，善惡成境，太尉但了自心，自然無惑。"進曰："心如何了？"答曰："善惡都莫思量。"又問："不思量後，心歸何所？"達觀曰："且請太尉歸宅。"①

此段寫李端愿（？—1091）向達觀曇穎禪師問道的情景。李端願爲李遵勗之子，其所發三問，一是人死後的心識所歸，二是地獄的有無，三是如何明了心性，曇穎禪師以"但了自心，自然無惑"來向李端愿闡明無須執著於生死、有無、善惡的區別的道理，善惡、欣怖都是因内心而起，明了自己的本心，那麼一切問題即可迎刃而解。又如《大慧普覺禪師宗門武庫》云：

> 劉宜翁嘗參佛印，頗自負，甚輕薄真淨。一日從雲居來遊歸宗，至法堂，見真淨便問："長老寫戲來得幾年？"淨曰："專候樂官來。"翁曰："我不入這保社。"淨曰："爭奈何即今在這場子裏。"翁擬議，淨拍手曰："蝦蟆禪，祇跳得一跳。"又坐次，指其衲衣曰："喚作什麼？"淨曰："禪衣。"翁曰："如何是禪？"淨乃抖擻曰："抖擻不下。"翁無語。淨打一下云："爾伎倆如此，要勘老僧耶？"

劉宜翁因向佛印禪師參悟而頗有自許之心，輕視真淨克文，在與真淨克文的一番機鋒問答之後，劉宜翁終於啞口無言。文人與禪師的交流就這樣通過妙語、姿勢、表情上的體認而得以圓滿實現。我們同時看到，宋代

---

① ［宋］惠洪：《林間錄》卷下，第266頁。

第二章　宋代禪林筆記中文人的宗教生活 | 75

禪林筆記在處理文人對禪師的詰難時，最後皆以禪師的勝利告終，即便名重一時的士大夫也不例外，如《羅湖野錄》所載圜悟克勤①談《華嚴經》要旨而讓張商英嘆服之事：

> 圜悟禪師，政和間，謝事成都昭覺。復出峽南遊，時張無盡公寓荊南，以道學自居，少見推許。圜悟艤舟謁之，劇談《華嚴》旨要曰："華嚴現量境界，理事全真，初無假法，所以即一而萬，了萬爲一，一復一，萬復萬，浩然莫窮。心佛眾生，三無差別，卷舒自在，無礙圓融。此雖極則，終是無風匝匝之波。"公於是不覺促榻。圜悟遂問曰："到此，與祖師西來意，爲同爲別？"公曰："同矣。"圜悟曰："且得没交涉。"公色爲之愠。圜悟曰："不見雲門道'山河大地，無絲毫過患，猶是轉句。不見一色，猶爲半提。直得如此，更須知有向上全提時節。'彼德山、臨濟豈非全提乎？"公乃首肯。翌日，復舉"事法界、理法界"，至"理事無礙法界"，圜悟又問："此可說禪乎？"公曰："正好說禪也。"圜悟笑曰："不然，正是法界量裏在。蓋法界量未滅，若到事事無礙法界，法界量滅，始好說禪。如何是佛？乾屎橛。如何是佛？麻三斤。是故真凈偈曰：'事事無礙，如意自在。手把豬頭，口誦凈戒。趁出淫坊，未還酒債。十字街頭，解開布袋。'"公曰："美哉之論，豈易得聞乎！"夫圜悟融通宗教若此，故使達者心悅而誠服。非宗說俱通，安能爾耶？②

此段話以張商英從"以道學自居，少見推許"到嘆賞圜悟禪師的轉變爲叙述主綫，圜悟禪師談及《華嚴經》"無礙圓融"的最高準則乃無風起浪時，張商英"不覺促榻"；待問到《華嚴》要旨與祖師西來意的別和同時，張商英的答語未得到圜悟的認同，於是"色爲之愠"；而論及雲門全提、半提宗旨時，張商英"乃首肯"；最後圜悟認爲《華嚴》旨意到"事事無礙法界，法界量滅"時"才好說禪"，張商英對此大加稱賞，感嘆圜悟的談論不易得聞。隨著圜悟禪師說理的層層遞進，張商英的態度也發生了明顯的變化，釋曉瑩的本意是爲了彰顯圜悟禪師的"圓融宗教""宗說俱通"而讓張商英"心悅而誠服"。正如前文所述，宋代禪林筆記的文本

---

① 圓悟克勤亦作圜悟克勤。
② [宋]曉瑩：《雲卧紀談》卷一，第216—217頁。

叙述模式隱含著作者的宣教策略，從士大夫的參禪歷程來看，無論他們如何質疑禪師，禪師們都能機辯應對來讓其心服口服，禪林筆記對文人求道事迹的書寫幾乎類此。而文人在禪林筆記中以求道者的身份出現，他們與禪師進行智力和語言的較量，把對答之語說得富於技巧和幽默感，故禪林筆記對士大夫參禪問道時表現出的機敏亦不吝贊詞，如《枯崖和尚漫錄》載陳貴謙參月林觀禪師：

> 國史陳公貴謙，嘗在烏回與月林觀禪師夜坐，林曰："如何是賓中主？"公曰："頭腦相似。"林曰："如何是主中賓？"公曰："橫按鏌鋣行正令，太平寰宇斬痴頑。"復隨聲曰："如何是賓中賓？"月林搖手而笑。噫，公之機辯，猶可想見也。①

陳貴謙對月林觀禪師的提問皆能迅速回應，且善於推演，因而他的機智和長於言辭受到枯崖圓悟的贊賞。

在宗教修行中，"悟"與"證悟"的實踐是禪師的宗教使命，當他自己開悟之後，便獲得啓悟他人的資格。宋代士大夫對參禪生活的濃厚興趣及其與禪僧的密切往來，亦把"悟入"作爲最終旨歸，而"證悟"一般由已經開悟的禪師來擔任。無論自悟還是證悟，偈頌是最爲常見的表現形式，宋代禪林筆記不但選擇不少悟道偈來展示文人恍然大悟後的心理體驗，並且載錄禪師的證悟偈頌以肯定文人的開悟以及分享其修行經驗和對禪思想的理解，而文人之開悟與禪僧的證悟作爲文人與禪宗關係中重要的一環，也因彼此的偈頌展示進而成爲雙方思想碰撞的陣地。

一、悟道偈：頓悟的征象

參禪的最終目的在於開悟，一個參禪者悟入與否，需要經過已開悟禪師的勘驗，而勘驗的標準是偈頌所傳達的旨意是否符合禪宗"悟"的要求。不論文人還是禪僧，參禪求道開悟後，隨之而來的是心境的提升和觀念的轉變，所以往往以偈頌來歌詠頓悟自性後的喜悦及證悟的境界，而這些作品常被稱爲悟道偈。悟道偈作爲宗門參禪者明心見性的標志，在宋代禪林筆記中有不少載錄。據《大慧普覺禪師宗門武庫》，張商英參兜率從

---

① ［宋］圓悟：《枯崖和尚漫錄》卷中，第38頁。

悦禪師而開悟作頌曰：

公徐語及宗門事。悦曰："今日與運使相陪人事已困，珍重睡去。"至更深，悦起來與無盡論此事，焚香請十方諸佛作證："東林既印可運使，運使於佛祖言教有少疑否？"無盡曰："有。"悦曰："疑何等語？"曰："疑香嚴《獨脚頌》、德山托鉢因緣。"悦曰："既於此有疑，其餘安得無耶？只如言末後句，是有耶？是無耶？"無盡曰："有。"悦大笑，遂歸方丈。無盡一夜睡不穩，至五更下床，觸翻蹋床，忽然省得，有頌曰："鼓寂鍾沉托鉢回，岩頭一拶語如雷。果然祇得三年活，莫是遭他受記來。"①

張商英的悟道頌是典型的宗門偈頌的寫法，張商英因兜率從悦禪師言及德山托鉢話的"末後句"而得以開悟，可謂緣境而發，因此，此頌幾乎全用德山托鉢故事的語言發明之。德山托鉢是禪宗的著名公案，有諸多頌古之作傳世，據《五燈會元·鄂州岩頭全奯禪師傳》載：

雪峰在德山作飯頭，一日飯遲，德山擎鉢下法堂，峰曬飯巾次，見德山乃曰："鐘未鳴，鼓未響，托鉢向甚麽處去？"德山便歸方丈。峰舉似師，師曰："大小德山，未會末後句在。"山聞，令侍者喚師去，問："汝不肯老僧那？"師密啓其意，山乃休。明日陞堂，果與尋常不同。師至僧堂前，拊掌大笑曰："且喜堂頭老漢會末後句，他後天下人不奈伊何。雖然，也祇得三年活。"山果三年後示滅。②

張商英的四句頌語，首句"鼓寂鐘沉托鉢回"即公案所言"鐘未鳴，鼓未響"，德山宣鑒禪師未答雪峰義存"托鉢向甚麽處去"的提問而歸方丈；次句中的"嚴頭"指嚴頭全奯禪師，"一拶語如雷"指嚴頭全奯所說的"末後句"，所謂末後句即說法中最具終極意義的句子，此句寫德山宣鑒禪師因嚴頭禪師之語而提升了境界。按照浮山圓鑒禪師之語，"末後一句，始到牢關；指南之旨，不在言詮"③。因而，領會"末後一句"即可達到悟的境界。第三句言嚴頭禪師預測德山宣鑒禪師只能活三年，宣鑒禪

---

① ［宋］道謙：《大慧普覺禪師宗門武庫》，第 952－953 頁。
② ［宋］普濟：《五燈會元》卷七，《卍新纂續藏經》第 80 册，第 144 頁。
③ ［宋］圓悟克勤：《佛果圓悟禪師碧巖録》卷一，《大正藏》第 48 卷，第 149 頁

師果然在三年後入滅；末句承接第三句，指德山接受嚴頭禪師的記別而來。張商英未開悟前"疑德山托鉢因緣"，省悟後能用頌語表達對德山托鉢話的全新體悟，因而得到兜率從悅禪師的印可，悅禪師"作頌證之"。又如富弼參投子修顒禪師悟道而有偈云：

> 顒華嚴，圓照本禪師之子……富鄭公常參問之，一日見上堂，左右顧視，忽契悟，以頌寄圓照曰："一見顒師悟入深，因緣傳得老師心。江山千里誰云隔，目對靈光與妙音。"①

富弼因投子修顒禪師的"左右顧視"而開悟，而這首悟道偈又是寄送圓照宗本禪師之作，因此具有雙重功能。富弼此頌首句言自己跟從顒禪師而悟道；次句表明與圓照宗本禪師的關聯，顒禪師嗣法於圓照本禪師，富弼又向顒求道，故二人是以心傳心的關係。"江山千里誰云隔，目對靈光與妙音"聯，據《禪林僧寶傳・慧林圓照本禪師》贊語："富鄭公居洛中，見顒華嚴，誦本之語，作偈寄之曰：'因見顒師悟入深，夤緣傳得老師心。東南謾說江山遠，目對靈光與妙音。'王顯謨漢之，初見本登座，以目四顧，乃證本心。"②作偈時富弼在洛陽，據宗本禪師本傳所載，宗本自治平初（1064）住持蘇州瑞光寺開始，至元豐六年（1083）受宋神宗詔住持慧林禪院以前，皆在蘇杭一帶傳法，故富弼偈云"江山千里"。王漢之（1054—1123）見宗本禪師登座說法"以目四顧"而開悟，與富弼見顒華嚴上堂說法"左右顧視"而契悟相類，而靈光在佛教中喻指"人人固有之佛性，靈靈照照，而放光明"，故"目對靈光與妙音"一句有雙關之意。此一聯道謙所錄與《禪林僧寶傳》所載字詞有差異，但意思相同，即富弼雖然與宗本禪師地域相隔，但是由於顒華嚴乃宗本禪師的傳法弟子，所以富弼亦能從宗本禪師那裏獲得法化。

儘管悟道偈頌皆是為了呈現契悟禪理後的心靈體驗，但由於各人的入道契機迥異，因而所作悟道偈語與當下所處環境的關係也不盡相同。從入道機緣與悟道偈頌來看，文人所作的悟道偈頌至少有兩種情況：一類將悟道的因緣寫入其中，另一類則與悟道機緣毫無關聯。前者如《羅湖野錄》對趙抃（1008—1084）悟道偈的記載：

---

① ［宋］道謙：《大慧普覺禪師宗門武庫》，第945頁。
② ［宋］惠洪：《禪林僧寶傳》卷十四，《卍新纂續藏經》第79冊，第522頁。

趙清獻公平居以北京天鉢元禪師爲方外友，而咨决心法。暨牧青州，日聞雷有省，即説偈曰："退食公堂自凭几，不動不搖心似水。霹靂一聲透頂門，驚起從前自家底。舉頭蒼蒼喜復喜，剎剎塵塵無不是。中下之人不得聞，妙用神通而已矣。"①

趙抃此偈首聯形容參禪的狀態，不動不搖，心如止水。次聯的"霹靂一聲透頂門，驚起從前自家底"即"聞雷有省"，"霹靂一聲"既指現實的雷聲，也比喻參禪透脱時的感受，所謂"自家底"即自己的清净本心。第三聯描述參禪省悟之後的喜悦，世間一切無不是佛性的所在。剎剎塵塵，即《華嚴經》所謂圓融平等的境界，微塵之中有無數國土，國土之中現微塵，重重無盡，平等無礙，澄觀《大方廣佛華嚴經隨疏演義鈔》卷二十七云："塵塵剎剎，佛佛生生，皆悉融攝，事事相望，即云一一各各融攝，即是無差。"② 又紹隆等編《圓悟佛果禪師語録》卷九云："一切境界，一切有無，一切法門，但於一言下一念頃脱得情塵去。塵塵剎剎，廓周沙界，大小長短方圓，青黄赤白，全是本心。"③ 尾聯點出作者的觀點，中下根之人不能領會禪的精神，禪的本旨並無其他，只是"神通"和"妙用"而已，而且就藴含在日常生活中。换言之，在趙抃看來，只有上根之人才能諦悟無上妙道，關於此點，三教的看法有相通之處。所謂中下之人，相對上根之人而言，孔子認爲中下之人"中人以上，可以語上也；中人以下，不可以語上也"④。禪宗對中下之人的看法則以永嘉玄覺《證道歌》爲代表："上士一决一切了，中下多聞多不信。"宋代彦琪對《證道歌》的注釋即將三教對中下之人的態度並列云："無上妙法，唯上人所聞即能諦了，故云'上士一决一切了也'，是以上士相見，目擊道存。中下之人，祇益多聞，所以云'言多則去道轉遠'，故曰'中下多聞多不信'也。然則三教所有言詮則皆然也，大乘菩薩一聞千悟得大總持，諸小乘人不任此法也。老子云：'上士聞道勤而行之，中士聞道若存若亡，下士聞道而大笑之，不笑不足爲道也。'《傳》云：'可與言而與言，不可與言而

---

① [宋] 曉瑩：《羅湖野録》卷一，第209頁。
② [唐] 澄觀：《大方廣佛華嚴經隨疏演義鈔》卷二十七，《大正藏》第36卷，第202頁。
③ [宋] 紹隆等編：《圓悟佛果禪師語録》卷九，《大正藏》第47卷，第754頁。
④ [宋] 朱熹：《論語集注》卷三，《四書章句集注》，中華書局，2010年版，第89頁。

不與言，可與言而不與言謂之失人，不可與言而與言謂之失言也。"① 根據彥琪所述，三教對無上妙法的傳授都是因材施教，方便說法。

又如《羅湖野錄》載蘇轍（1039—1112）參景德順禪師，因禪師說"古德搊鼻因緣"而開悟云：

> 蘇黃門子由，元豐三年，以睢陽從事左遷筠陽權筦之任。是時洪州景德順禪師與其父文安先生有契分，因往訪焉，相從甚樂，咨以心法，順示古德搊鼻因緣，久之有省，作偈呈順曰："中年聞道覺前非，邂逅相逢老順師。搊鼻徑參真面目，掉頭不受別鉗錘。枯藤破衲公何事，白酒青鹽我是誰。慚愧東軒殘月上，一杯甘露滑如飴。"②

順禪師（1009—1093）為臨濟宗黃龍慧南法嗣，又稱香城順和尚、上藍順禪師，禪門以其為蘇轍嗣法之師。蘇轍此偈首聯對悟道經歷作了簡潔的介紹。次聯寫入道的機緣，受順禪師所說"古德搊鼻因緣"的啓示而體悟禪的本旨，不必再接受其他禪師的"鉗錘"，所謂"鉗錘"，即受禪師的點化。關於搊鼻因緣，《楞嚴經》卷三云："阿難！譬如有人，急畜其鼻，畜久成勞，則於鼻中聞有冷觸，因觸分別通塞、虛實，如是乃至諸香臭氣。"③ 第三聯是詩人悟道之心得，枯藤指藤製拄杖，"枯藤破衲"形容順禪師生活的簡樸，"白酒青鹽"則暗示蘇轍的生活狀態。"公何事""我是誰"的設問，實則爲不必問之意，無論枯藤和破衲，還是白酒與青鹽，皆是日常生活物品，領會禪的旨意後，順禪師之事即拄枯藤杖、著破衲衣，而蘇轍是那個喝白酒、食青鹽的人，也就是說，禪教人以一種順意自然的態度來生活。尾聯寫蘇轍悟道之後的生活境界。慚愧，爲"難得、幸好"之意。東軒，按蘇轍所作《東軒記》載，元豐三年（1080），蘇轍因受烏臺詩案貶任筠州鹽監酒稅，"假部使者府以居"，"歲十二月，乃克支其欹斜，補其圮缺，闢聽事堂之東爲軒，種杉二本，竹百個，以爲宴休之所"。④ 甘露爲禪法的隱喻，尾聯既是生活實景的寫照，也是詩人悟道後的心境。聯繫詩人的貶謫背景，此偈在體道與悟禪之外，其間還隱含著一

---

① ［宋］彥琪：《證道歌注》，《卍新纂續藏經》第63冊，第265頁。
② ［宋］曉瑩：《羅湖野錄》卷三，第243頁。
③ ［唐］般剌蜜帝譯：《楞嚴經》卷三，《大正藏》第19卷，第115頁。
④ ［宋］蘇轍：《東軒記》，《欒城集》卷二十四，《四部叢刊》初編本。

些遭遇貶謫而能自適與自持的心態。

又如陳堯佐遊山寺而悟:"陳文惠公,閩中人,平居於釋氏留心。因遊山寺,恍然有得,而成偈曰:'殿古寒爐空,流塵暗金碧。獨坐了無人,又得真消息。'"① 陳文惠公,即陳堯佐(963—1044),此偈因遊覽山寺而得,山寺成爲詠嘆的對象,是偈語中不可或缺的元素。又如黃祖舜觀《傳燈錄》而悟入,《枯崖和尚漫錄》云:

> 黃莊定公祖舜,晚尤淡薄,留心禪宗,因觀《傳燈》悟入,述偈曰:"六載留心讀釋書,幾回紙上被模糊。今朝放下都無事,只是從前個老夫。"仕至執政,爲紹興名臣,且能證徹此道,朱許裴李專美於前矣。②

黃祖舜(1100—1165)讀《傳燈錄》而開悟,此偈所述乃黃祖舜因閱讀禪門典籍而悟道的階段性感悟,前兩句寫未悟時的狀況,自己多年執著於釋書紙上的文字,對於"道"並没有清晰的體認;后兩句謂如今放下執著,心靈便獲得解脱,禪悟之後,放棄了分别之心,從前那個未悟道的我與現在悟道的我本無差别。

以上所舉皆爲入道機緣在悟道偈頌中充任吟詠對象的情況,至於悟道因緣不入偈頌的情況,如《羅湖野録》載張戒悟道作偈云:

> 廬山羅漢小南禪師……時有居士張戒者,雅意參道。一日,南問曰:"如何?"張曰:"不會。"南復詰之不已。張忽領旨,遽以頌對曰:"天不戴兮地不知,誰言南北與東西。身眠大海須彌枕,石笋抽條也太奇。"③

張戒此偈呈現了禪悟後的境界,天地之間已無南北、東西的差異。身眠大海、頭枕須彌顯然借用了佛經的觀點,據《過去現在因果經》卷一載:

> 爾時善慧比丘白普光如來言:"世尊!我於昔日,在深山中,得五奇特夢:一者,夢卧大海;二者,夢枕須彌;……唯願世尊,爲我

---

① [宋]曉瑩:《雲卧紀談》卷下,第56頁。
② [宋]圓悟:《枯崖和尚漫録》卷上,第25頁。
③ [宋]曉瑩:《羅湖野録》卷一,第217頁。

解説此夢之相。"爾時普光如來答言:"善哉!汝若欲知此夢義者,當爲汝説。夢卧大海者,汝身即時在於生死大海之中;夢枕須彌者,出於生死得般涅槃相……"①

身眠大海,仍處於生死大海之中,頭枕須彌,則跳出生死之外,獲得涅槃。既然一切等無差別,那麼身處生死與獲得涅槃就没什麼區別。"石笋抽條"爲禪宗常用語,如投子義青與參學者的對話:"問:'石笋未抽條時如何?'師云:'争合與麼問?'學云:'還解抽條也無?'師云:'雖然不是,石笋抽條葉更多。'"②按照人們認知世界的理性來判斷,石笋自然不可能抽條,但是學徒依舊懷著石笋"抽條"與"不抽條"的疑惑來請教投子義青,因而禪師以"石笋抽條葉更多"的回答來否定石笋不能抽條的日常經驗,换言之,投子義青的回答仍然是教育學徒,世間以爲皆爲虛幻,不要妄動分別之心。因而,覺悟的張戒發出"石笋抽條也太奇"的喟嘆,即石笋抽條這種不可能的現象本身也是佛性的呈現。

二、證悟偈:印可的憑據

文人以偈頌暗示、象徵其參禪的境界與心得,偈頌得到禪師的認可,則預示著參禪之人達到開悟的境界。相應地,禪師的證悟也以偈頌來呈現,認同偈頌表示認同作偈頌之人。悟道與否,借偈頌來表達,這表明偈頌所傳達的精神或意旨是否符合印證者的期待視野是關鍵。參禪者呈遞偈頌以求印可、印證者作偈頌以證開悟的過程,産生了參問者—偈頌—印可者—印證偈的關係,而這要求閱讀和接受偈頌的禪師與參問者對偈頌的理解處於同一層級,因爲對參問者而言,他對禪的領悟藴含於語言文字中,而對印可者而言,偈頌是否表達出足夠的禪意和悟境才是其關心的問題,總而言之,偈頌是參問者與印可者共同關注的對象。所以,從文人創作偈頌到獲得禪師印可,最終都表現爲作者—作品—讀者的關係。

《羅湖野録》載吴偉明獲得宗杲證悟云:

邵武吴學士,諱偉明,字元昭,參道於海上洋嶼庵,與彌光藏主

---

① [劉宋]求那跋陀羅:《過去現在因果經》卷一,《大正藏》第3卷,第622—623頁。
② [宋]賾藏主:《古尊宿語録》卷三十六,《卍新纂續藏經》第68册,第236頁。

爲法友。別去未幾，於南劍道中有省，乃頌妙喜老師室中所問十數因緣，今紀其一曰："不是心，不是佛，不是物，通身一穿金鎖骨。趙州參見老南泉，解道鎮州出蘿蔔。"遂致書以頌呈，謂不自謾也。妙喜即說偈證之曰："通身一穿金鎖骨，堪與人天爲軌則。要識臨濟小廝兒，便是當年白拈賊。"繼而光往邵武相訪，亦和之曰："通身一穿金鎖骨，正眼觀來猶剩物。縱使當機覿面提，敢保居士猶未徹。"妙喜亦嘗謂元昭有宗師體裁，又稱光爲禪狀元，諒其然乎。以之追踪丹霞、龐老故事，可無愧也。①

關於吳偉明所頌因緣，據《景德傳燈錄・南泉普願禪師》卷八載："師有時云：'江西馬祖說即心即佛，王老師不恁麼道，不是心，不是佛，不是物，恁麼道還有過麼？'趙州禮拜而出。時有一僧隨問趙州云：'上座禮拜了便出意作麼生？'趙州云：'汝却問取和尚。'僧上問曰：'適來諗上座意作麼生？'師云：'他却領得老僧意旨。'"② 這則公案涉及禪思想史上的兩個重要命題："即心即佛"和"非心非佛"。所謂"即心即佛"，人的清净自性本來與佛性無二，一旦領悟了自己的清净本心，那麼本心便是佛性。"不是心，不是佛，不是物"即心、佛、物皆空，一切皆是假象，因而平常心即道。趙州從諗禪師正是體會了"非心非佛"的自由無礙精神，故"禮拜而出"。至於"鎮州出蘿蔔"公案，《趙州和尚語錄》卷上云："問：'承聞和尚親見南泉，是否？'師云：'鎮州出大蘿蔔頭。'"③ 參徒問趙州從諗是否見南泉普願，趙州從諗答以"鎮州出大蘿蔔頭"，禪宗的一個重要觀念是解除執著，趙州從諗禪師正是用答非所問的方式來告訴參徒要破除執著之心，不要把是與否的判斷當成一個固執的追求目標。"金鎖骨"指得道之人聯結如金鎖不斷的骨節，典出馬郎婦的故事。《佛祖統紀・法運通塞志》云："馬郎婦者，出陝右，初是此地俗習騎射，蔑聞三寶之名。忽一少婦至，謂人曰：'有人一夕通《普門品》者，則吾婦之。'明旦，誦徹者二十輩，復授以《般若經》。旦通猶十人，乃更授《法華經》。約三日通徹，獨馬氏子得通，乃具禮迎之。婦至，以疾求止他房，

---

① [宋] 曉瑩：《羅湖野錄》卷一，第217頁。
② [宋] 道原：《景德傳燈錄》卷八，《大正藏》第51卷，第257頁。
③ [唐] 文遠錄：《趙州和尚語錄》卷上，《嘉興藏》第24冊，第358頁。

客未散而婦死，須臾壞爛，遂葬之。數日，有紫衣老僧至葬所，以錫撥其尸，挑金鎖骨謂眾曰：'此普賢聖者，閔汝輩障重，故垂方便。'即陵空而去。"① 故"通身一穿金鎖骨"即得道後對自我的體認，道貫穿了全身，通身皆是道。從吳偉明的頌來看，他的語言都是宗門用語，因此宗杲稱其有"宗師體裁"，而"宗師體裁"是站在宗門立場所作的評價，這意味著吳偉明的頌無論在語言還是在意境上都符合叢林的審美趣味。

宗杲閱讀吳偉明的偈以後，說偈證之，這表示吳偉明的頌語所傳達的境界達到了宗杲對開悟的要求。宗杲證悟偈首句"通身一穿金鎖骨"沿用吳偉明之語，人天指世間、眾生，軌則即準則，意謂吳偉明通身皆是道的認識可以作為世間一切眾生成道的準則。"臨濟小廝兒"，《趙州和尚語錄》云："普化喫生菜，臨濟見云：'普化大似一頭驢。'普化便作驢啼，臨濟便休去。普化云：'臨濟小廝兒，只具一隻眼。'師代云：'但與本分草料。'"② 小廝兒，即普化禪師對臨濟義玄的昵稱。"白拈賊"本指徒手行竊而又不露痕迹的小偷，禪宗用以指禪師在接引學人時，講究以心傳心，而不落斧鑿痕迹。此處指臨濟義玄，含有稱贊臨濟義玄傳法手段高妙之意。《五燈會元》卷十一《定上座》云："師遂舉臨濟上堂曰：'赤肉團上，有一無位真人，常在汝等諸人面門出入，未證據者看看。'時有僧問：'如何是無位真人？'濟下禪床搊住曰：'道，道。'僧擬議，濟拓開曰：'無位真人是甚麼乾屎橛？'巖頭不覺吐舌。雪峰曰：'臨濟大似白拈賊。'"③ "要識臨濟小廝兒，便是當年白拈賊"謂被稱作"小廝兒"的臨濟義玄就是當年那個被喚作"白拈賊"的臨濟義玄，宗杲此語告誡吳偉明不要被外在的名相所迷惑。這段話還有一點值得注意，即彌光訪吳偉明時所作的和詩，相比吳偉明與宗杲的被印證者與印證者的關係，彌光與吳偉明是平常的僧俗詩歌往來，故偈語的意境也截然不同。宗杲證悟偈的根本功用是肯定吳的修習境界和指示其參禪法門，彌光的和答更多地表現為禪理的交流與切磋。教忠彌光（？—1155），號晦庵，為大慧宗杲法嗣。彌光的和詩首句雖沿用吳偉明之語，但彌光認為，透過"正眼"來看，通身金鎖骨仍

---

① [宋]志磐：《佛祖統紀》卷四十一，《大正藏》第49卷，第380頁。
② [唐]文遠錄：《趙州和尚語錄》卷下，《嘉興藏》第24冊，第369頁。
③ [宋]普濟：《五燈會元》卷十一，《卍新纂續藏經》第80冊，第227頁。

然是有物的表現,所謂"正眼"即法眼,認識世間真諦之眼。如果吳偉明仍有"通身一穿金鎖骨"的念頭,縱然受到宗杲禪師的當面提點,亦不算徹底開悟。換言之,彌光的和詩是在吳偉明對"空"的理解基礎上的反向解釋,吳偉明理解的空是非心非佛非物,只有"金鎖骨"貫穿。在彌光看來,既然萬物皆空,那麼吳偉明"通身一穿金鎖骨"的見解亦是空。另外,就禪林筆記的寫法來說,此則材料以偈頌爲紐帶,將相關的事件連綴起來,文人與僧人的關聯由此一覽無遺。

又如前引張商英作偈呈兜率悦禪師得到其印可,《大慧普覺禪師宗門武庫》云:

> 無盡一夜睡不穩,至五更下床,觸翻踢床,忽然省得,有頌曰:"鼓寂鍾沈托鉢回,岩頭一拶語如雷。果然祇得三年活,莫是遭他受記來。"……悦後作頌證之云:"等閑行處,步步皆如。雖居聲色,寧滯有無。一心靡异,萬法非殊。休分體用,莫擇精粗。臨機不礙,應物無拘。是非情盡,凡聖皆除。誰得誰失,何親何疏。拈頭作尾,指實爲虛。翻身魔界,轉脚邪塗。了非逆順,不犯功夫。"①

此首證悟偈與上文宗杲所作迥异,宗杲所作的偈語中有確切的證悟傾向。如果抛開證悟的情境限定,兜率悦此偈更像禪理的發揮與感悟,而從偈頌的文學特徵來看,這首偈對仗精工,句法多變,如"雖居聲色"對"寧滯有無",二者皆是動賓結構,"雖"與"寧"爲副詞,"居"與"滯"爲動詞,"聲色"與"有無"都是佛教名詞。"一心靡异"對"萬法非殊",二者皆爲主謂結構,"一心"對"萬法"是數目對。"臨機不礙"與"應物無拘"兩句意義相近,爲正對。"是非情盡"與"凡聖皆除","是非"和"凡聖"都是當句對。"誰得誰失"與"何親何疏"是問答式主謂結構對,"得""失"和"親""疏"又爲句中對。就意義而言,整首偈主要闡釋世間萬物皆具真理、萬法等無差別的觀念。"等閑行處,步步皆如"聯,等閑,即尋常,平常;如,真如,永恒不變的最高真理,句意爲人生平常走過的每一步都蘊含著真理。"雖居聲色,寧滯有無"聯,聲色,佛教六塵之兩種,代指紅塵人世;寧滯,不要滯礙,整句意爲雖然處於紅塵之中,

---

① [宋]道謙:《大慧普覺禪師宗門武庫》,第952—953頁。

亦不要拘泥於有無的分別。自此而下，至"拈頭作尾，指實爲虛"皆圍繞"不作分別之心"來叙述，意即一心與萬法、體與用、精與粗、是與非、凡與聖、得與失、親與疏、頭與尾、實與虛這些概念彼此之間皆平等無二。"翻身魔界，轉脚邪塗"聯，既然一切都等無差别，那麽成佛與成魔，正道與邪塗只是從不同側面觀看的結果。"了非逆順，不犯功夫"聯謂如果明白一切法皆無别，則無須再花費功夫去追究其間的差異。比起面對面以口語鬥機鋒的形式，悟道偈與證悟偈的交流意味著另一種方式的交鋒，其外在形式是詩歌，儘管有時候它們也不是字數齊整的詩句，但天然帶著藝術追求和文學偏好。換言之，即使思想還是那個思想，但由於承載思想的形式不同，在思想外化爲語言時，其必然受到形式的影響而產生異化。

開悟由偈頌所反映的境界來决定，不開悟亦能借偈頌略窺一二，所謂以言語觀人。如《枯崖和尚漫録》卷上載：

> 丞相蔣公芾，居建昌，時號莫齋居士，妻詣光孝寺，問道於璨隱山。聞舉"狗子無佛性"話，擬下語，被喝住，呈偈曰："眼前一座鐵壁，拄天拄地黑漆。今朝瓦解冰消，一段孤明歷歷。"又被喝出。後請益，得示以清素侍者語兜率悦"可能入佛，不能入魔"，涣然冰釋，述偈曰："翻著襴衫倒著靴，横拈竪放總由他。入魔入佛尋常事，一段風流出當家。"又曰："淫坊酒肆飽經過，一曲尊前囉哩囉。打鼓看來君不會，大家把手上高坡。"隱山深肯之，即陞堂告衆，有"隱山摑鼓爲證明，千古叢林一盛事"之句。①

在此段叙述中，蔣芾（1117—1188）未悟的直接證據就是其第一次所作的偈頌未得到璨隱山的認可。隱山法璨，臨濟宗僧人，其法系爲：風穴延沼—首山省念—汾陽善昭—琅琊慧覺—凉峰洞淵—隱山法璨。② 此首偈的大體内容爲：未開悟時，參禪猶如鐵壁一般，難以逾越，不見光明；參悟禪機後，心中疑惑消失殆盡，一如瓦片碎裂、冰凍融化，心境頓時清明起來。這樣的偈言之所以被法璨"喝出"，是因爲蔣芾的偈語展露了其陷入執著的情形，放下執著、平常心即道一直都是禪宗秉直的精神，蔣芾的語言反而透露了自己汲汲尋覓道的所在，如此言語自然入不了璨禪師的法

---

① ［宋］圓悟：《枯崖和尚漫録》卷上，第31頁。
② 朱剛、陳珏：《宋代禪僧詩輯考》卷四，復旦大學出版社，2012年版，第233頁。

眼，被"喝出"亦在情理之中，從接受學的角度來說，這就是期待視野的落空。蔣苫第二次呈給璨禪師的兩首偈得到"深肯"，原因在於，蔣苫對禪法有了全新的體驗。"翻著襴衫倒著靴，橫拈竪放總由他"昭示的便是一種自由無礙、隨運無著的境界。"入魔入佛"是蔣苫的入道機緣，據《大慧普覺禪師宗門武庫》載："清素首座……憐悦之誠，乃曰：'子平生知解，試語我看。'悦具通所見，素曰：'可能入佛，不能入魔。'又曰：'末後一句，始到牢關。'如是半載，素方印可。"① "一段風流出當家"，借鑒宗杲《世尊拈花頌》之語："拈起一枝花，風流出當家。若言付心法，天下事如麻。"② 蔣苫對"風流出當家"的借用，與"世尊拈花"的隱喻義聯繫起來，即佛法的真諦只能靠内心體會，如世尊拈花，妙處不可言説。蔣苫的第二首悟道偈以世俗享樂生活來詮釋佛理，"淫坊酒肆"爲佛性的隱喻，智聰《大方廣圓覺修多羅了義經心鏡》卷二云："淫坊酒肆，柳巷花街，皆是覺性。"③ "囉哩囉"原指歌曲中的和聲，此處喻指悟道偈。關於"打鼓"公案，《五燈會元》卷六《吉州禾山無殷禪師》云："問：'習學謂之聞，絕學謂之鄰。過此二者，謂之真過。如何是真過？'師曰：'禾山解打鼓。'曰。'如何是真諦？'師曰：'禾山解打鼓。'問：'即心即佛則不問，如何是非心非佛？'師曰：'禾山解打鼓。'曰：'如何是向上事？'師曰：'禾山解打鼓。'問：'萬法齊興時如何？'師曰：'禾山解打鼓。'"④ 從此則公案看，學人的提問各不相同，而禾山禪師的答案只有一個，這是禪宗常用的重複回答方式，其背後暗示著禪宗追求的無差別境界。禪宗普請或喫飯時以鼓聲爲號，禪籍中亦有聞鼓聲而悟的例子，因而"打鼓"是禪門的一個啓悟機緣。"把手上高坡"，《圓悟佛果禪師語錄》卷十一云："問道：'和尚三昧，什麽人得知？'答云：'山僧自知，然雖如是，大似把手上高山，未免傍觀者哂。'"⑤ 這則公案的主旨是説道需要親身去體驗才能領會，這如同握手爬山一樣，雖然受到旁人的譏笑，卻是在追求真理，所謂"如人飲水，冷暖自知"。蔣苫的兩首悟道偈運用大量的

---

① [宋] 道謙：《大慧普覺禪師宗門武庫》，第950頁。
② [宋] 藴聞：《大慧普覺禪師語錄》卷十，《大正藏》第47卷，第850頁。
③ [宋] 智聰：《大方廣圓覺經修多羅了義經心鏡》卷二，《卍新纂續藏經》第10册，第392頁。
④ [宋] 普濟：《五燈會元》卷六，第133頁。
⑤ [宋] 紹隆：《圓悟佛果禪師語錄》卷十一，《大正藏》第47卷，第762頁。

宗門語言來傳達自己的參禪體驗和對禪理的理解，最終得到法璨禪師的印可，而蔣苪從未悟到開悟的征象是其偈語由劣到優的轉變，蔣苪第二次創作的偈言得到法璨禪師的認可，其原因在於他的兩首偈與法璨禪師的期待視野相融合，無論其偈頌的語言還是境界都符合法璨的審美趣味。

禪宗悟與未悟的本質是禪門語言與禪思想的關係問題。可以説，參禪作偈到説偈印可的詩偈交流過程是一場思想與語言的對決，在這場對話中，內在的自我得到及時的呈現，思想也獲得了現實可感的外在形式。文人以參學者的身份，用宗門語言來表達禪理與禪趣，真理經由宗教和詩歌得以完成。通過上面的禪宗知識考古，不難發現，文人的悟道偈頌，其語言幾乎都來自禪籍，很多詞句必須聯繫禪宗的文化語境纔能理解。而禪宗語言"並不只是用來討論真理或叙述事實的符號，而且也是用以傳達純粹個人化的禪經驗的工具"①，它們有極强的隱喻性，故對悟道偈頌的解讀需要考察作者引用的宗門語言背後隱藏的意義。文人的悟道偈頌作爲宗教語言，它們將閱讀者引向對超越性的思考；作爲詩歌形式，它們激發了閱讀者的審美趣味。

總之，文人的參禪學佛活動是宋代禪林筆記的一個寫作重心，它在關心文人悟道偈的同時，也展示了禪師的證悟偈，並借此引起潛在的思想交流，而這些悟道偈和證悟偈的創作者與閱讀者"都必須在心底預存一個哲理的理解取向，當詩歌語言出現在面前，它就會引導人們對宇宙與人生的深刻問題進行反思，而不是把它當作隨順自然和自心凸顯的意味來理解"②。

第三節　延請住持與疏文顯誠

在禪宗的文獻記載中，住持職位的產生源於百丈淮海，惠洪《林間錄》引用黃龍祖心之語云："馬祖、百丈已前，無住持事，道人相求於空

---

① 周裕鍇：《禪宗語言》，浙江人民出版社，1999年版，第214頁。
② 葛兆光：《中國禪思想史——從六世紀到十世紀》，上海古籍出版社，2011年版。

閑寂寞之濱而已。其後雖有住持，王臣尊禮爲人天師。"① 又如《敕修百丈清規》卷二云："佛教入中國四百年而達磨至，又八傳而至百丈，唯以道相授受，或巖居穴處，或寄律寺，未有住持之名。百丈以禪宗寖盛，上而君相王公，下而儒老百氏，皆嚮風問道，有徒實蕃。非崇其位則師法不嚴，始奉其師爲住持，而尊之曰長老。如天竺之稱舍利弗須菩提，以齒德俱尊也。作廣堂以居其眾，設兩序以分其職，而制度粲然矣。"② 住持的出現意味著禪宗修行之所的改變，由上可知，住持之名與住持之事皆由百丈淮海來完成，而且住持已經制度化。從禪宗清規可以看出，住持作爲禪寺人事制度的核心被寫入清規之中，住持作爲寺院的最高傳法者和管理者，具有無上的尊榮，其權力往往通過禮儀來實現。因此，不論其職能還是入院的相關程序，皆有十分嚴格的規定。不過，據王大偉研究，"在唐及以前，住持在寺院中被視爲最高領袖還只能視作發端，不能因此就確定住持制度已盛行起來"③。五代時期，"住持已作爲一個寺職出現在叢林中"，到了宋代，住持職位纔真正在全國叢林鋪展開來。④

關於禪宗住持的地位和作用，北宋契嵩云："住持也者，謂藉人持其法，使之永住而不泯也。夫戒定慧者，持法之具也。僧園物務者，持法之資也。法也者，大聖之道也。資與具，待其人而後舉。善其具而不善其資，不可也。善其資而不善其具，不可也。皆善則可以持而住之也。"⑤從契嵩對住持的定義可見，住持這一職位既要擔當弘護傳法的重任，也有管理住持之所的義務，而住持的管理能力對於興教有重大意義，修建寺院僧堂、能否爲僧眾謀求生活之資都是評價一寺住持能力的憑證。如《雲臥紀談》卷上載白雲守端禪師修法堂、廚舍之事云：

> 白雲端和尚，住潯陽能仁，新其堂與廚，略記其實曰："古之稱善知識者，蓋專以祖法爲務，旦夕坐於方丈間，應諸學者之問而決疑焉。若院之事，則有學者分而集之，故善知識之稱，得其實而有尊矣。愚嘉祐丙申孟夏，自圓通應命來繼茲席，雖不揆其實而至，且患

---

① [宋]惠洪：《林間錄》卷上，第252頁。
② [元]德輝：《敕修百丈清規》卷二，《大正藏》第48卷，第1119頁。
③ 王大偉：《宋元禪宗清規研究》，宗教文化出版社，2013年版，第76頁，
④ 王大偉：《宋元禪宗清規研究》，宗教文化出版社，2013年版，第77頁。
⑤ [宋]契嵩：《鐔津文集》卷二，第658頁。

其法堂、厨舍悉皆頹圮，有風雨不堪之憂，何足以容眾而繼人之後者哉？已而，得州人周氏懷義大新其堂。明年，有慕藺來者，又新其厨。然後風雨不足憂，而徒眾得以安焉。周氏素達於吾教，不欲書以自顯。愚謂厨資出諸遠近之人，不書之無以嘉其善，乃並以二善刻於厨壁。噫！考於古之稱善知識者之義，愚尚有愧焉。已亥九月十七日住持沙門守端述。"石刻既毁，前輩典刑無復見矣。今立根椽片瓦，便彰飾説，邀功歸已，欺於後世，安肯自書其愧耶。①

從曉瑩的叙述中可知，他對白雲守端修法堂、厨舍爲僧眾遮風擋雨之事贊譽有加，稱之爲"典刑"，白雲守端所撰的文字雖然謙稱自己並非"善知識"，但其憂心僧眾安居的行爲説明寺院住持對自身責任的承擔，所謂在其位謀其事。住持的能力對維持寺院的發展有重要意義，北宋契嵩就認爲雲門、臨濟、法眼三家之興盛是"得人"的緣故，《傳法正宗記》卷八云："正宗至大鑒傳既廣，而學者遂各務其師之説，天下於是异焉，競自爲家，故有潙仰云者，有曹洞云者，有臨濟云者，有雲門云者，有法眼云者，若此不可悉數。而雲門、臨濟、法眼三家之徒，於今尤盛，潙仰已熄，而曹洞者僅存，綿綿然猶大旱之引孤泉。然其盛衰者，豈法有強弱也，蓋後世相承得人與不得人耳。"② 所謂"得人"，黃啓江云："凡禪師個人之傳法風格、其宗派意識之深淺、悟道和接引學徒制途徑與方法、對經教文字之認識、經營與領導寺院的能力等等，都是得人與否的考量。"③ 在契嵩看來，禪宗五家的盛衰與後世傳承得人與否有關。對寺院而言，得到一個有能力的住持往往讓其聲名鵲起、天下衲子雲集，如《林間録》載："荆州福昌善禪師，明教寬公之子，爲人敬嚴，秘重大法。初住持時，屋廬十餘間，殘僧三四輩而已。善晨香夕燈，陞堂説法，如臨千眾，而叢林受用所宜有者，咸修備之。過客至，肅然增敬。十餘年而衲子方集，天下向風長想。"④ 惟善禪師初住持福昌寺時，才有"屋廬十餘間，殘僧三四輩"，在他的領導下，十餘年間該寺聲名遠揚，"天下向風長想"，可見其住持有方。住持關乎一寺之興衰，因此，禪宗特別注重住持的道德修

---

① ［宋］曉瑩：《雲卧紀談》卷上，第15頁。
② ［宋］契嵩：《傳法正宗記》卷八，《大正藏》第51卷，第763頁。
③ 黃啓江：《北宋佛教史論稿》，臺灣商務印書館，1997年版，第16頁。
④ ［宋］惠洪：《林間録》卷下，第260頁。

養，如《禪林寶訓》中對住持的諸般要求，如"大覺曰：'夫爲一方主者，欲行所得之道而利於人，先須克己惠物下心於一切，然後視金帛如糞土，則四衆尊而歸之矣。'"① 又"演祖曰：'住持大柄在惠與德，二者兼行廢一不可。'"② 又"演祖謂佛鑒曰：'住持之要，臨衆貴在豐盈，處己務從簡約，其餘細碎，悉勿關心。用人深以推誠，擇言故須取重。'"③ 可知禪門對住持之職的重視以及對住持者個人素養的期待。

在有德僧人的行履中，住持經歷占據著重要位置，而且高僧的住持有流動性，往往流轉於各處禪刹傳法，並非終生只住持某一禪寺。而在這種流動過程中，不同的宗教理念與管理方式互相激盪，爲寺院的發展注入了活力。住持資格的獲得，除了由衆人推舉有德行之人外，還有朝廷敕差住持或官府疏請住持。宋代禪林筆記中載錄了不少文人在某地做官時延請禪師住持的事迹，延請禪師住持寺院，既是官府對寺院的管理行爲，其中也有弘揚禪法的傾向。

一、延請禪師住持

在文人與禪僧的關係中，延請禪師住持某處寺院被視爲極大的功德。《叢林盛事》載：

> 李侍郎德邁，守南台日，以鴻福、萬年、薦善請拙庵、伊庵、鐵庵三大老出世，一時龍象駢集。後以國清請密庵，密庵當時住衢之烏巨，是皆專爲應庵之故。及開堂，各有所稟。信之，此事各在當人，故不可以人情取悦士大夫也。後李公歸番陽，閑居日，嘗語人曰："浩平生雖在仕路，家貧不足以自給，無資可以濟人，唯在丹丘請得三員善知識出世，續佛慧命。"其功德不可思議哉。④

李浩請佛照德光、伊庵有權、鐵庵宗一出世住持，不但自己頗爲自得，亦受到道融的贊賞，稱其"功德不可思議"。宋代禪林筆記對文人延請禪師住持的事迹有很多記載，如：

---

① ［宋］净善：《禪林寶訓》卷一引大覺懷璉語，第1017頁。
② ［宋］净善：《禪林寶訓》卷一引五祖法演語，第1019頁。
③ ［宋］净善：《禪林寶訓》卷一引五祖法演語，第1019頁。
④ ［宋］道融：《叢林盛事》卷上，第693頁。

《林間錄》：謝景溫、彭汝礪請黃龍祖心，章惇請西余净端。

《大慧普覺禪師宗門武庫》：富弼請投子修顒，王韶請照覺禪師，刁約請興教坦禪師，洪伯通請兜率文悦禪師。

《羅湖野錄》：馮楫請黃龍道忠，張商英請黃龍惟清，曾孝序請龍牙智才，徐禧請黃龍祖心，孫鼎臣請太平慧勤，李景直請黃龍死心，李邴請教忠彌光。

《雲卧紀談》：張浚請祖秀紫芝，程公闢請黃龍慧南，汪應辰請懷玉用宣，許式、吕濟叔請浮山法遠，張鑒、王韶請隆慶慶閑，劉彦修請開善道謙。

《叢林盛事》：尤袤請伊庵有權、洪首座，趙汝愚請瓊首座、遯庵宗演，李浩請佛照德光、伊庵有權、鐵庵宗一，汪應辰請雪峰藴聞，劉坦之請雷庵正受，劉琪請大慧宗杲，周葵請龜峰慧光，史浩請無爲寳曇，甄龍文請净慈曇密。

《枯崖和尚漫錄》：王度、趙彦櫄請愛堂妙湛，李俊、趙希㵒請福唐明首座，曾用虎請祖賢首座，鄭清之請妙峰喜，王居安請笑翁堪，辛棄疾請肯庵圓悟，徐清叟請東山源，史彌遠請無量壽，陳韡請竹岩妙印，真德秀請泉山初，陳貴謙請月窟慧清，林希逸請立堅，趙以夫請北山信，賈似道請介石智朋。

通過以上記載足見宋代文人延請禪師住持的概貌。對士大夫延請住持的行爲的回應，禪僧有受請和辭免兩種態度。無論受請還是辭免，宋代禪林筆記皆能爲禪僧的行爲找到合理的解釋，受請則贊揚其弘法的功績，辭免則昭示其德行之高，不被世俗功利所束縛。受請而傳法最爲常見，此處不再贅言。不受延請者如黃龍祖心禪師，《林間錄》云：

> 謝景溫師直守潭州，虛大潙以致之，三辭，弗往。又囑江西彭汝礪器資請所以不應長沙之意，晦堂曰："願見謝公，不願領大潙也。馬祖、百丈已前，無住持事，道人相求於空閑寂寞之濱而已。其後雖有住持，王臣尊禮爲人天師。今則不然，挂名官府，如有户籍之民，直遣伍伯追呼耳，豈可復爲也。"器資以斯言反命。師直由是致書，願得一見，不敢以住持相屈，遂往長沙。蓋於四方公卿意合，則千里應之；不合，則數舍亦不往也。開法黃龍十二年，退居庵頭二十餘年，天下指晦堂爲道之所在，蓋末世宗師之典刑也。①

---

① ［宋］惠洪：《林間錄》卷上，第252頁。

黄龍祖心禪師之所以不應謝景温之請，是因爲住持的地位發生了變化，以前是"王臣尊禮爲人天師"，住持受到王臣的尊崇，而現在住持"挂名官府"，被呼來喚去，地位低下。惠洪稱黄龍祖心爲"末世宗師之典刑"，除了對祖心禪師禪法的欽慕外，其間也暗含著惠洪對黄龍祖心延續禪門古風的激賞之情。又如《叢林盛事》載瓊首座：

> 瓊首座，四明人，遍見諸老，留象骨四十年不出山，唯占禪悅寮一板頭，冬夏一衲，人莫能親疏之。侍鐵庵，閩帥趙汝愚仰其風，累虛大刹，請其出，堅卧不應。然須欲一見，托鐵庵以計誘其入府，大作供養，面囑其受請。瓊秉志不渝，趙公愈敬，乃以詩送歸山，云："萬仞峰頭雪作堆，一枝寒木倚岩隈。青青不改四時操，任待春風吹不回。"府判以下幕職皆賀其光大法門不少，與夫今之持書覓院住者，不可同日語之也。①

瓊首座可以說是具備禪門樸素遺風的人物，生活清貧，不受世俗名利的誘惑。趙汝愚多次延請而"堅卧不應"，即便被計誘入府而能"秉志不渝"，其不出世傳法的行爲亦成爲"光大法門"的表現。又如洪首座，爲了維持叢林的尊嚴而堅決不應太守之請：

> 洪首座，臨川人，嗣佛照，出世洪之光孝，蓋應漕使尤延之之命。次任太守，旦望公參，須要諸山就公廳下長揖而退。洪聞之不樂，以謂天下無此道理，即擊鼓升堂，退院而去，頌曰："祖翁活計元來大，誰敢區區謾折腰。珍重豫章賢太守，芒鞋竹杖任逍遥。"太守聞之慚甚，遣使再請，洪竟不回，江西諸山從此增氣。後住吉之祥符，遷開福而終，尤延之侍即親爲作傳。②

洪首座認爲太守"須要諸山就公廳下長揖而退"的規定讓僧人折腰，因而卸下光孝寺住持之職離去，即便太守"遣使再請"，洪首座爲了維護叢林尊嚴而不願再回光孝寺任住持，此舉讓"江西諸山從此增氣"。所以，在禪林筆記中，高僧之辭免住持之位的舉動是作爲光大法門的榜樣而備受作者稱頌的。當然，這顯示了禪宗的發展在依附世俗權力的同時，宗門内

---

① [宋]道融：《叢林盛事》卷上，第693頁。
② [宋]道融：《叢林盛事》卷下，第699頁。

部的有識之士亦對自身傳統的延續與自主地位有清醒的認識，並且爲叢林的獨立性作了有力的抗爭。

　　文人延請禪師住持及禪師受請出任住持或辭免時產生了不少作品。如《雲臥紀談》載程公闢以詩歌請黃龍慧南住持云："南禪師，居黃檗積翠庵，時豫章帥程公闢以詩招住翠巖，曰：'翠巖泉石冠西山，欲得高人住此間。曾是早年聽法者，今生更欲見師顏。'南和之曰：'白髮滿頭如雪山，尪羸無力出人間。翻思有負公侯命，旦夕仿徨益厚顏。'"① 程公闢之詩表達了對黃龍慧南的欽慕之情和請慧南出世住持之意。慧南的和詩表明自己年邁體衰，已無力出世說法，恐怕會辜負程公闢的好意。禪師在辭免住持之請時，一般會作偈以明心志，如雷庵正受不答應劉坦之請住持報恩寺時，以頌謝云："結茆方喜倚長松，一枕清風睡正濃。禪道尚無心理會，肯將身入鬧藍中。"② 詩意謂自己已習慣了閑雲野鶴的山居生活，於禪道尚且沒有心思去追求，自然也無心入住塵世的寺院。

　　但是延請住持這一行爲最值得關注的意義是它產生了禪門極爲重要的文體——請疏。宗門請疏因作者不同而名稱各異，其内容也不盡相同。

二、禪門請疏體式略論

　　據無著道忠《禪林象器箋》"文疏類"所載，宗門請疏文至少分爲官府疏、路疏、縣疏、府僚疏、山門疏、同門疏、諸山疏、江湖疏、道舊疏、法眷疏、法親疏、方外疏、江湖友社疏、林泉友社疏、鄉曲疏等種類，名目不可謂不繁。所謂請疏，是指請某位禪師出世住持或開堂說法之疏文。爲了區分其間的異同，今對這些請疏的體式作簡略的考論。

　　無著道忠云："疏者，條暢布陳其所蓄望也。"③ 因此，疏的功能是向對方陳述自己所期待之事。關於禪宗請疏的起源，《禪林象器箋》云：

　　　　舊說曰："士大夫爲僧製請疏，泛論之，則南北朝時，沈休文發講疏爲始。禪林請住持疏，韶州防禦使何希範等製請疏，令雲門偃禪師住靈樹爲始，其疏載在《雲門語錄》後也。僧疏，則九峰韶公作疏

---

① [宋] 曉瑩：《雲臥紀談》卷上，第23頁。
② [宋] 道融：《叢林盛事》卷下，第700頁
③ [日] 無著道忠：《禪林象器箋》，藍吉富：《禪宗全書》第96冊，第666頁。

請大覺璉和尚住阿育王山，此爲始矣。"①

　　道忠所引此段話涉及三個方面的問題：第一，士大夫爲僧人寫作請疏，以南北朝時期沈約作講疏爲發端，此時的請疏目的在於請僧人説法。道宣《廣弘明集》卷十九收録沈約《齊竟陵王發講疏》一篇。第二，士大夫爲禪僧創作請疏，以何希範請雲門文偃禪師住持靈樹禪院爲始。據《雲門匡真禪師廣録》所記，文偃的老師如敏在圓寂之前預知皇帝會駕臨，因此手書"人天眼目，堂中上座"八字，暗示將住持之位傳給文偃，於是"帝乃勅刺史何希範，具禮命師，以襲法會"②。《請疏》云："弟子韶州防禦使、兼防遏指揮使、權知軍州事、銀青光禄大夫、檢校兵部尚書、御史大夫上柱國何希範，洎閤郡官僚等，請靈樹禪院第一座偃和尚，恭爲皇帝陛下開堂説法，上資聖壽者。竊以：伽跋西來，克興大乘之教；達磨東至，乃傳心印之宗。然法炬以燭幽，運慈舟而濟溺。伏惟和尚，慧珠奮彩，心鏡發輝。性海深沈，不可以識識；言泉玄奧，不可以智知。能造一相之門，迥出六塵之境。靈樹禪院者，敻古靈踪，最上勝概。自知聖大師順世，密授付囑之詞。皇帝巡狩，榮加寵光之命，足可以爲祇園柱礎，梵苑梯航。緇徒虔心以歸依，仕庶精誠而信仰。希範叨權使命，謬治名藩。幸逢法匠之風，請踞方丈之室。願以廣濟爲益，無將自利處懷。少狗披蓁之徒，仁集如雲之衆。俯從所請，即具奏聞。"③此疏首先表明自己的身份及疏文的目的，請文偃爲"皇帝陛下開堂説法，"上資聖壽"即爲帝王的壽命和生日祝禱，接著叙述禪宗的緣起和宗旨。"伏惟和尚"以下至"仕庶精誠而信仰"恭維文偃及靈樹禪院，最後希望文偃出世説法，廣濟衆生。第三，僧人作請疏，以九峰鑒韶禪師作疏請大覺懷璉禪師住持阿育王山廣利禪寺爲開端。據《雲卧紀談》，宋英宗治平三年（1066），"四明郡守以育王虛席迎致，是時奉化九峰韶公作緇素勸請疏曰：'鄮嶺特秀，佛祠頗嚴。烟雲蔽虧，金碧煥爛。勝絶若此，宜待乎誰？不然皓月流空，遇暗即破，至人應世，隨方即居。豈以小奇，汩彼大度？欽惟禪師道協主上，名落天下，倫輩顯赫，何莫由斯？當念東南以來，吾宗頗圮，縱有扶救之者，如操朽索，御彼奔輪，

---

①　［日］無著道忠：《禪林象器箋》，藍吉富：《禪宗全書》第96册，第666頁。
②　［宋］守堅：《雲門匡真禪師廣録》卷下，《大正藏》第47卷，第576頁。
③　［宋］守堅：《雲門匡真禪師廣録》卷下，第576頁。

漸使异徒，坐觀傾覆。禪師聞此，當如之何？良謂道高位崇，理不可免。瀝誠露膽，言不敢文。眾等但加歸投，遲聽其足音耳。'大覺閱罷，憫其詳切，欣然允從。自是叢林靡不謂大覺爲九峰一疏而來，究其所自，豈不然耶？"① 因此，在禪宗内部而言，因爲創作身份的不同，請疏至少可以分爲文人所作和僧人所作兩大類，但無論哪一類，請疏都以情感真切見長。

（一）官府疏

《禪林象器箋》云："舊説曰：'凡請住持，有官府疏、山門、諸山、道舊、法眷、江湖、勤舊等疏。官府疏者，宣政院選舉之也。'"② 宣政院爲元代直屬中央、掌管宗教事務的機構。又據宗賾集《禪苑清規》卷七，"請尊宿"時，須要備辨"官疏、院疏、僧官疏、諸院長老疏、施主疏、閑居官員疏、住持帖、本州縣開報、彼處州縣文牒、官員書信、院門茶榜"等③，宗賾所謂的"官疏"應該總指官府所撰的所有請疏，與道忠所引"官府疏"並不相同。關於官府疏的體制，《禪林象器箋》引舊説曰："古者官府疏有祝聖壽之語，今則山門疏有祝語，蓋無官府疏時，如此而已。若有官府疏，則山門疏非必作祝天子語也。"④ 據此可知，官府疏的內容包含祝禱皇帝的年壽和生日的語句，而山門疏祝聖壽之語由有無山門疏決定。

（二）路疏

無著道忠曰："某州路官府請住持疏也。《古林茂禪師永福錄》有拈路疏語。"⑤《古林茂禪師語錄》卷二："入寺……拈路疏云：若論此事，向文彩未發已前，一印印定，方爲好手。點出金剛眼睛，試聽獅子哮吼。"⑥ 所謂拈路疏即禪師在受請入寺做住持時對州路官府所獻請疏的評論。

（三）縣疏

某縣官府請住持時所作的疏文。宋代虛堂智愚禪師（1185—1269）出世住持嘉興府興盛寺時，知府陸盤隱爲其撰縣疏，《虛堂和尚語錄》卷八云："興聖道場，孝宗流虹去處；靈隱首座，丞相札命請來。喜聯牆竹之陰，敢後縣花之疏。伏惟新命長老虛堂禪師，胸襟丘壑，足跡江湖。笑翁

---

① [宋] 曉瑩：《雲卧紀談》卷下，第 54 頁。
② [日] 無著道忠：《禪林象器箋·文疏類》，第 666 頁。
③ [宋] 宗賾：《禪苑清規》卷七，《卍新纂續藏經》第 63 册，第 542 頁。
④ [日] 無著道忠：《禪林象器箋·文疏類》，第 666 頁。
⑤ [日] 無著道忠：《禪林象器箋·文疏類》，第 667 頁。
⑥ [元] 元浩等：《古林茂禪師語錄》卷二，《卍新纂續藏經》第 71 册，第 217 頁。

面裏常有刀,豈容藏鋒斂鍔;別浦船上肯攬載,必不帶水拖泥。若教把戲當場,管取光前絕後。願從眾請,速惠一來。解帶送元公,雖自笑箭鋒之鈍;沽酒引陶令,詎敢辭蓮社之盟。"① 後來智愚住持廣利禪寺時,知府陸昉撰《慶元府請疏》,《虛堂和尚語錄》卷三云:"右伏以:尊者放光明,指八祥六勝之地;育王捧舍利,現十洲三島之區。個是釋迦古道場,直須覺士正丈室。選從四眾,斷自九重。虛堂愚公長老禪師,慧海慈航,宗門心印。堂虛貯明月,絕無片點塵埃;林邃撼清風,掃盡諸般障礙。遍主浙江名剎,暫眠靈隱閑雲。好向玉几峰,橫出一枝;便據金獅座,旁行四句。東歸衣錦,再傳鷲嶺之燈;北面瓣香,仰祝聖人之壽。謹疏。"② 二者的格式幾乎沒有差別,但是府疏有祝聖壽語,而縣疏無。

(四) 府僚疏

道忠曰:"僚,官僚也,府中官僚薦住持疏也。"③

(五) 山門疏

即本寺勸請尊宿住持之疏。《禪林象器箋》引舊說曰:"請住持山門疏,叙勸請。諸山疏,叙促駕。江湖疏、道舊疏,叙展賀。"④ 由此可見山門疏、諸山疏和江湖疏、道友疏的內容差異。

(六) 同門疏

道忠曰:"新命,同門人製疏賀其入院也。見'法眷疏'處。"⑤ 所謂新命,即新被任命。同門疏,即同門寫疏祝賀新被任命爲住持之人。又山門、同門疏的小序稱爲"柄語",道忠曰:"山門、同門等疏小序,名柄語,蓋如器有柄也。山門疏柄語,造語多一律。同門疏等柄語,有語意不同者。"⑥

(七) 諸山疏

"本寺鄰封之諸山,製新住持入寺疏也。見'山門疏'處。"⑦ 諸山疏即鄰縣或者鄰地的寺院所作的請疏,"叙促駕"即催促新住持盡快到任。《叢林盛事》錄有橘洲寶曇禪師諸山疏云:"別峰自金山來雪竇,諸山一

---

① [宋] 妙源:《虛堂和尚語錄》卷八,《大正藏》第47卷,第1041頁。
② [宋] 妙源:《虛堂和尚語錄》卷三,第1003頁。
③ [日] 無著道忠:《禪林象器箋·文疏類》,第667頁。
④ [日] 無著道忠:《禪林象器箋·文疏類》,第667頁。
⑤ [日] 無著道忠:《禪林象器箋·文疏類》,第667頁。
⑥ [日] 無著道忠:《禪林象器箋·文疏類》,第670頁。
⑦ [日] 無著道忠:《禪林象器箋·文疏類》,第667頁。

疏，乃曇撰之。其詞曰：'住雪竇好，住翠峰好，老子當斷自胸中；爲法來耶，爲床座耶，此行殆出人意表。無愧乎東山直下四世，望之如西湖雪後諸峰。但得心同、道同、出處同，休問佛界、魔界、衆生界。新乳峰禪師，聲飛吴越，價重岷峨。住海門國逾一十有二年，肆瀾翻口説八萬四千偈。如山屹屹，有陣堂堂。與其據滄波而擾蛟龍，孰若依蕙帳而友猿鶴。載念伊蘭之世，冀一現於優曇。計非師子之家，當盡搜其種類。歸來，及早慰我同門。'"① 可見諸山疏的"叙促駕"之意。別峰，爲徑山寶印禪師（1109—1191）的號，其法系爲：五祖法演—圓悟克勤—華藏安民—徑山寶印。寶曇禪師（1129—1197）爲寶印禪師法弟。

（八）江湖疏

道忠曰："江湖上禪刹人，製新命入寺疏也。見'山門疏'處。""江湖者，江外湖邊叢刹也。凡禪刹、名山大刹之外者，稱江湖矣。然舊説援江西馬祖、湖南石頭，學者憧憧往來之説，實無交涉。如今此方江湖疏題名銜，曰平沙某甲、遠浦某乙等，是足粗知江湖義。"② 按，道忠《禪林象器箋·稱呼類》對"江湖"之義有詳細的解釋："禪士之散處名山大刹之外，江上湖邊，此爲江湖人。或不出世爲名山大刹住持者，聚會在一處，亦爲江湖衆也。"③ 在道忠的定義中，江湖指那些處於名山大刹之外或不出世任名山大刹住持的禪師。江湖疏以"叙展賀"爲主要内容。

（九）道舊疏

道忠曰："新住持，道舊製其入寺疏也。見'官府疏''山門疏'處，道舊者，道友也。"④ 所謂道舊，道忠曰："道舊，謂道友也。以道相交，故言道舊，舊識也。"⑤ 道舊，即昔日相識的道友，雖然以道相交，但未必在一起修行，與同門、法眷、法親等不同。

（十）法眷疏

道忠曰："新命，法屬製其入寺疏也。"⑥ 法眷，即共同修行的道友。關於山門疏、同門疏、江湖疏、道舊疏、法眷疏的體式，道忠引天隱禪師

---

① ［宋］道融：《叢林盛事》卷下，第704頁。
② ［日］無著道忠：《禪林象器箋·文疏類》，第667—668頁。
③ ［日］無著道忠：《禪林象器箋·稱呼類》，第233頁。
④ ［日］無著道忠：《禪林象器箋·文疏類》，第668頁。
⑤ ［日］無著道忠：《禪林象器箋·稱呼類》，第242頁。
⑥ ［日］無著道忠：《禪林象器箋·文疏類》，第668頁。

之語云："天隱曰：'今時山門疏語，如上表文，例祝天子；如山門疏，以山門事爲發端，以祝天子終之；同門疏，以同門事終之；江湖疏，以江湖事終之；道舊疏，以道舊事終之；法眷疏，以兄弟故事終之。'"① 可見各種疏語都有固定的套式可循。

（十一）法親疏

"法眷疏又名法親疏。"② 據上文可知，同門疏、法眷疏、法親疏皆爲共同修行的道友所作的請疏。

（十二）方外疏

"在家士大夫爲新住持製疏也。"③

（十三）江湖友社疏

道忠引香渚和尚語曰："江湖疏外，復有江湖友社疏，但新命杰出人而敢當之，非尋常用之。"④

（十四）林泉友社疏

道忠引香渚和尚語曰："林泉友社疏，例江湖友社疏，必新命杰出人而敢制之。"⑤ 綜觀此兩則，江湖友社疏和林泉友社疏雖然名稱不同，但二者爲同一種疏文，在延請特別杰出之人出任住持時纔有此作。

（十五）鄉曲疏

同鄉所製的請疏。居頂禪師《圓庵集》有元素禪師住持開壽鄉曲疏。

通過以上考察，我們不難發現《禪林象器箋》所舉的請疏皆與請禪師住持之事相關聯，根據作者身份的不同，其名稱與創作體制也不盡相同。根據上文所列，除了官府疏、路疏、縣疏、府僚疏爲官方文疏之外，其餘的請疏實則承擔著社會交際功能。

三、作爲宗門儀式的請疏

從叢林清規可知，請尊宿出世住持時，"監院維那内推排一人，外頭首内推排一人，並前資勤資推排有心力曉叢林慣熟了事者數人，具合用錢

---

① ［日］無著道忠：《禪林象器箋·文疏類》，第668頁。
② ［日］無著道忠：《禪林象器箋·文疏類》，第668頁。
③ ［日］無著道忠：《禪林象器箋·文疏類》，第668頁。
④ ［日］無著道忠：《禪林象器箋·文疏類》，第669頁。
⑤ ［日］無著道忠：《禪林象器箋·文疏類》，第669頁。

物、行李、人轎等，或舟船要用之物，官疏、院疏、僧官疏、諸院長老疏、施主疏、閑居官員疏、住持帖、本州縣開報彼處州縣文牒、官員書信、院門茶榜"①。由此可見，延請尊宿出世時，除了準備各種日常用品外，請疏是必備的物品之一。而叢林對尊宿接受文疏之法亦有明文規定，《禪苑清規》"尊宿受疏"云：

> 受疏之法，如是見住持人，先於方丈三請。如有允意，鳴鼓集眾，更須辭讓不得已受之。香薰顯示（當有法語），請維那宣讀。陞座舉揚畢，下座，與知事首座大眾賀謝，兩展三禮（賀辭云："榮遷上刹，喜動叢林。祖師增輝，人天共慶。下情無任，欣躍之至。"謝辭云："叩膺請命，有玷宗風。仰愧諸天，俯慚大眾。"）如所請非見住持人，先詣寮三請。如有允意，住持人陞座舉白同眾人禮請，然後禮拜，住持人受疏。如未經出世本院，專使預備法衣一條，宣疏罷，專使呈獻，香薰顯示披之（當有法語）。如有已經出世即不須也。②

通過尊宿受請的程序可知，在新住持的入職儀式上，請疏具有不可替代的功用，它是一位尊宿成爲合法住持的必要程序，昭示著住持的權威性。不論所請是否爲現任住持，宣讀請疏都是新住持入院的重要儀式之一，而請疏的宣讀之人，《禪苑清規》所載由管理僧眾事務的"維那"來宣讀。而據《禪林備用清規》卷四云："公文，例係維那宣。山門疏，首座宣。餘疏，次頭首宣。"③可以看出，公文、山門疏等各有宣讀之人，宣讀者一般是寺院有僧職之人。至於宣讀的順序，據宋代惟勉所編的《叢林校定清規總要》所記："先讀敕黃、省札或府帖，山門疏、諸山疏次第宣讀。"④也就是說，新住持入寺時，先宣讀政府公文，然後宣讀請疏。又《禪林備用清規》云："先呈公文，有語，付維那宣白。行者扛疏。次山門、諸山、江湖疏，一一呈拈，舉話，宣讀。"⑤"先呈公文，有語"即呈遞公文給維那宣讀之前，新住持大概說一些感謝或謙讓之語。

宣讀請疏前，還有一個關鍵程序是新住持的拈疏，如虛堂智愚禪師受

---

① [宋] 宗賾：《禪苑清規》卷七，第542頁。
② [宋] 宗賾：《禪苑清規》卷七，第542頁。
③ [元] 弋咸：《禪林備用清規》卷四，《卍新纂續藏經》第63冊，第637頁。
④ [宋] 惟勉：《叢林校定清規總要》卷上，《卍新纂續藏經》第63冊，第597頁。
⑤ [元] 弋咸：《禪林備用清規》卷四，第637頁。

請住持廣利禪寺,在指山門、指佛殿、據方丈、捧勅黄示衆説法語後,分別有拈製府疏、拈諸山疏、拈山門疏。其拈府疏云:"宣發聖人之妙,如春行萬國。豈在乎三寸筆端,重新點出。苟或尚存知解,高聳聽官。"拈諸山疏:"刹竿標處,鐘梵相聞。要知暖氣相噓,總在裏許。"拈山門疏:"同門出入,未嘗謾爾諸人。苟或粉飾太過,山僧只得掩耳。"① 從這三條可知,拈疏一般爲四六文形式,而且對各種請疏的拈語也不同,拈官府請疏表達的是出世傳法乃自己的分内之事,拈諸山疏表達與各處禪刹的同氣連枝之誼,而拈山門疏主要表達不敢承受同門誇讚的謙遜之意。

總之,請疏並不僅僅是爲了延請禪師住持而創作的疏文,它還是禪門住持入寺院時的一個重要儀式,而這些儀式以凸顯寺院的秩序和住持職位的權威性爲最終目的。無論疏文的宣讀還是拈語,都有一定的範式。

四、作爲文學文體的請疏

上文討論的是請疏的相關類別及其在禪門清規裏的儀式性,如前文所示,宋代禪林筆記記載了許多文人請禪師出世住持的事跡,那麽,宋代文人的請疏格式和内容究竟如何呢?今以禪林筆記所録的請疏爲例,探討請疏的具體式樣及其藝術特點。

據《雲卧紀談》所載,汪應辰(1118—1176)在宜春做官時,請懷玉用宣禪師住持南源寺:

> 汪聖錫半刺宜春時,以疏致宣住南源曰:"佛法至於慈明,卷舒作用,極其變化,得度者四十有六人,既已多矣。至其枝分派别,披敷演迤,愈久愈多,又獨能不失其真。宣公禪師,其五世孫也。不由階梯,直入妙覺。得不自得,珍不自珍。方且韜光休影,唯恐人之保我。然其名字膻蒻,終不可掩。今萍鄉南源,實慈明所坐道場,甘棠勿剪,三徑就荒。爲之子孫,當不忍坐視。知恩報恩,勢不可已。以此爲請,尚其肯來。"宣撇揄曰:"我粥飯僧,實不願出人間世矣。"②

懷玉用宣禪師的法系爲:石霜楚圓—翠巖可真—真如慕喆—泐潭景

---

① [宋]妙源:《虚堂和尚語録》卷三,第1004頁。
② [宋]曉瑩:《雲卧紀談》,第31-32頁。

祥一懷玉用宣。這篇請疏的内容從開頭至"其五世孫也"闡明臨濟宗的發展概況，得度者眾多，又分爲黃龍和楊岐兩派，而用宣禪師爲石霜楚圓的五世孫。自"不由階梯"至"終不可掩"恭維用宣禪師德行、禪法高妙，聲名遠揚。從"今萍鄉南源"至結尾寫用宣禪師爲石霜楚圓的後輩，是住持南源寺的最佳人選，請求其出世，弘揚佛法。文章駢散結合，所用典故如下："卷舒作用"，唐代文軌撰《廣百論疏》卷一注釋"或有至知實有時"云："……時體實有，以現見種子、水土、人功眾緣和合，然於春時即生，秋時不生，故知其時有卷舒作用。謂於春時有舒作用故，種子緣合則生，令枝條榮茂。秋時有卷作用，雖種等緣合則不生，令枝條枯悴。"①休影，《莊子·漁父》："人有畏影惡迹而去之走者，舉足愈數而迹愈多，走愈疾而影不離身，自以爲尚遲，疾走不休，絕力而死。不知處陰以休影，處靜以息迹，愚亦甚矣！"② 甘棠勿剪，《詩經·召南·甘棠》："蔽芾甘棠，勿翦勿伐，召伯所茇。"鄭箋云："召伯聽男女之訟，不重煩勞百姓，止舍小棠之下而聽斷焉。國人被其德，說其化，思其人，敬其樹。"從上文可以看出，文中所述是用宣禪師的整體風貌，而對其個人經歷缺乏相關叙述。

又據《羅湖野錄》載，元豐五年（1082），徐禧（1035—1082）請黃龍祖心禪師（1025—1100）開堂説法云：

> 徐龍圖禧，元豐五年，自右正言出知渭州。既歸分寧，請黃龍晦堂和尚就雲岩爲眾説法。有疏曰："三十年前説法，不消一個'莫'字；如今荆棘塞路，皆據見向開門。只道平地上休起骨堆，不知那個是佗平地？只道喫粥了洗鉢盂去，不知鉢盂落在那邊？不學溷絕學語言，在根作歸根證據。木刻鷁子，豈解從禽；羊蒙虎皮，其奈喫草。故識病之宗匠，務隨時而叮嚀。須令向千歲松下討茯苓，逼將上百尺竿頭試脚步。直待骸骨迴迴，方與眼上安眉。圖佗放匙把箸自由，識個啜羮喫飯底滋味。不是鏤明脊骨，曷勝末後拳椎。法門中如此差殊，正見師豈易遭遇。昔人所以涉川游海，今者乃在我里吾鄉。得非千載一時事，當爲眾竭力。袒肩屈膝，願唱誠於此會人天；挑肩拔

---

① ［唐］文軌：《廣百論疏》卷一，《大正藏》第85卷，第795頁。
② ［清］郭慶藩：《莊子集釋》卷十，中華書局，2010年版，第1031頁。

釘，咸歸命於晦堂和尚。獅子廣座，無畏吼聲。時至義同，大眾虔仰。"噫！今之疏帶俳優而爲得體，以字相比麗而爲見工，豈有胸襟流出，直截根源若此。黃太史爲擘窠大書，鑱於翠琰，高照千古，爲叢林盛事之傳云。①

此篇請疏與上文汪應辰之疏有所不同，上篇請疏是爲請禪師住持而作，此篇請疏是爲請禪師開堂說法而作，文中有大量典故來自宗門典籍，試論之。"莫"字：《大方廣佛華嚴經隨疏演義鈔》卷十三云："次唱莫字時，有三十相。謂四字四名，有三個一字身，兩個二字身，一個三字身，有十四相，並上十六故有三十。"②平地起骨堆：指無事生非。《古尊宿語錄》卷三十八《襄州洞山第二代初禪師語錄》云："問：'諸方盡落綣模，請師出窾道。'師云：'十八女兒不繫裙。'云：'與麼則平地起骨堆？'師云：'自領出去。'"③ 荊棘塞路：指俗情妄念束縛了修行之心。喫粥了洗鉢盂：禪宗解除執著的隱喻。《雲門匡真禪師廣錄》卷二："舉僧問趙州：'某甲乍入叢林，乞師指示。'州云：'喫粥了也未？'僧云：'喫粥了也。'州云：'洗鉢盂去。'師云：'且道有指示？無指示？若道有指示，向他道什麼？若道無指示，者僧何得悟去？"④ 歸根：歸於本原，《庄子·知北遊》："今已爲物也，欲復歸根，不亦難乎！"成玄英疏云："道至於無爲，而仁義之名可以不立，是之謂歸根。"⑤ 千歲松下討茯苓：比喻跟隨道行高深的禪師修行。《黃龍惠南禪師語錄》云：《國師三喚侍者》其一："國師三喚侍者，打草祇要蛇驚。誰知澗底青松下，有千年茯苓。"⑥ 又，《淮南子·説山訓》："千年之松，下有茯苓。"高誘注："茯苓，千歲松脂也。"⑦ 百尺竿頭：比喻修道達到很高的境界。《法演禪師語錄》卷中云："僧問：'百尺竿頭，如何進步？'師云：'快走始得。'"⑧ "眼上安眉"，《古尊宿語錄》卷四十七載東林常總頌

---

① [宋] 曉瑩：《羅湖野錄》卷二，第232—233頁。
② [唐] 澄觀：《大方廣佛華嚴經隨疏演義鈔》卷十三，《大正藏》第36卷，第96頁。
③ [宋] 賾主：《古尊宿語錄》卷三十八，《卍新纂續藏經》第68冊，第247頁。又，參看周裕鍇：《禪宗語言》，浙江人民出版社，1999年版，第336頁。
④ [宋] 守堅：《雲門匡真禪師廣錄》卷二，《大正藏》第47卷，第554頁。
⑤ [清] 郭慶藩：《莊子集釋》卷七，中華書局，2010年版，第732頁。
⑥ [宋] 惠泉：《黃龍惠南禪師語錄》，《大正藏》第47卷，第635頁。
⑦ 何寧：《淮南子集釋》卷十六，中華書局，1998年版，第1121頁。
⑧ [宋] 才良：《法演禪師語錄》卷中，《大正藏》第47卷，第658頁。

古云："若謂平常心是道，枝蔓向上更生枝。貼肉汗衫如脫了，喚來眼上與安眉。"① 放匙把箸，《五燈會元》卷十九《舒州白雲守端禪師》："上堂云：鳥有雙翼，飛無遠近。道出一隅，行無前後。你衲僧家，尋常放匙把箸，盡道知有。及至上嶺時，爲什麼却氣急。不見道：人無遠慮，必有近憂。"② 正見：八正道之一，意为具有"四諦"理的見解，亦即关於人生真理的徹底徹悟。《大方廣佛華嚴經》卷三十："正見牢固，離諸妄見，了真實法。"③ 祖肩屈膝：佛教請師說法之儀。《金剛般若經義疏》卷二云："偏袒右肩者，既表師弟之儀則，示永有驅策之相，又是隨從國法。故修敬祖肩，右膝著地者，此明屈曲伏從，示師弟無有違拒之貌。"④ 挑屑：屑，谓佛经中的只言片语，佛法中的一知半解。《鎮州臨濟慧照禪師語錄》卷一："侍云：'金屑雖貴，落眼成翳，又作麼生？'師云：'將爲爾是個俗漢。'"⑤ 拔釘，《圓悟佛果禪師碧岩錄》卷一："示眾云：我愛韶陽新定機，一生與人拔釘楔。爲甚有時也開門，掇出膠盆，當路鑿成陷阱，試揀辨看。"⑥ 挑屑拔釘，意指禪師爲大眾說法以解除心中的妄想疑惑，擺脫俗累迷障。作者開篇用禪宗語言來闡明自己對禪的理解，然後叙述有識宗匠的責任與難得，最後表明自己的誠意，希望黃龍祖心禪師爲眾說法。這篇請疏不但典故繁多，而且句式靈活多變，四字、五字、六字、七字、八字、九字、十字句皆有，長句較多。該請疏的句法也不拘一格，對仗精巧者如"須令向千歲松下討茯苓，逼將上百尺竿頭試腳步"兩句，"向"和"上"爲方位詞對，"千歲"和"百尺"爲數量詞對，"松"和"竿"、"茯苓"和"腳步"爲名詞對，"討"和"試"爲動詞對。散文化者如"只道平地上休起骨堆，不知那個是佗平地"，與禪師平常所說法語無異。

釋曉瑩在此疏末尾云："噫！今之疏帶俳優而爲得體，以字相比麗而爲見工，豈有胸襟流出，直截根源若此。黃太史爲擘窠大書，鐫於翠琰，高照千古，爲叢林盛事之傳云。"可知曉瑩對此疏給予了很高的評價，與"帶俳優""以字相比麗"的疏文不同，徐禧的請疏"胸襟流出，直截根

---

① [宋] 賾藏主：《古尊宿語錄》卷四十七，第324頁。
② [宋] 普濟：《五燈會元》卷十九，第389頁。
③ [唐] 實叉難陀譯：《大方廣佛華嚴經》卷三十，《大正藏》第10卷，第162頁。
④ [隋] 吉藏：《金剛般若經義疏》卷二，《大正藏》第33卷，第100頁。
⑤ [唐] 慧然：《鎮州臨濟慧照禪師語錄》卷一，《大正藏》第47卷，第504頁。
⑥ [宋] 圓悟克勤：《圓悟佛果禪師碧岩錄》卷一，第146頁。

源"，換言之，此疏以感情真摯取勝，而不以辭藻華麗爲工，也就是説，請疏的根本宗旨在於顯示誠意。這裏明確提出曉瑩對請疏的評判標準，而且可見當時請疏的創作風氣，即體"帶俳優"和"字相比麗"。不過，由於此篇請疏運用了很多宗門語言，尤其是俗言口語，儘管辭采不那麽"華麗"，但也是洋洋灑灑、精心雕琢的佳作，同時亦體現了作者對禪宗語言的熟稔。此外，曉瑩把徐禧作疏延請黄龍祖心禪師的行爲與黄庭堅將此疏"擘窠大書，鐫於翠琰"的舉動稱爲"叢林盛事"，不但透露出文人與禪師之間的親密關係，亦有將這篇疏作爲禪門請疏範文的意思。

通過以上兩篇請疏的分析，我們不難發現，就内容而言，禪門請疏具有規定性，其主要内容是請求禪師出世住持或開堂説法。在藝術手法上，請疏采用豐富的典故來完成叙述，這些典故大多出自禪門典籍，而且請疏有不少套式。可以説，上面兩篇請疏爲文人請疏的一般結構，前者的套語性比較明顯，其基本格式为：闡明禪法、法係上的特點；提出某人是適當人選，衆望所歸；請求出世，弘揚佛法。後者的基本結構爲：闡述作者的禪法見解，恭維某位禪師，請求其出世説法。不過，與汪應辰的請疏相比，徐禧之作顯然有更多作者的聲音存在其間。另外，由於請疏需要考慮四六文的文體特徵，因而對個人經歷的叙述缺乏歷史性。四六文必須注意對仗和平仄，是一種結構平列的文體，時間的流動性很弱，在徐禧的疏文中，儘管有"三十年前説法"與"如今荆棘塞路""昔人所以涉川游海，今者乃在我里吾鄉"的時間對舉，但也是時間的並列，而非時間流動的動態過程。請疏作爲四六文，無法擺脱文體的限制，以上兩篇只有禪師的整體評價，而無禪師個人履歷的陳述。宋代文人和禪師有不少請疏傳世，本書對請疏的分析以文人創作爲例，終是冰山一角，至於請疏的專門研究，非本書所能及，以待來日。

總之，住持意味著修行方式的改變，住持是宋代禪寺的重要職位，不但爲權力的象徵，亦是寺院維持秩序的制度。宋代禪林筆記記載了不少文人延請禪師出世住持的事迹，可見文人外護佛法的一個側面。而在此過程中産生的請疏不僅是叢林延請住持的必要文書，還被作爲一種儀式寫入禪林清規。禪門請疏根據作者身份的不同，其名稱和體式各異，大量宗門典故的引用是請疏的特色，其套式色彩比較濃厚。而作爲四六文的請疏，受制於文體的屬性，因此比較缺乏個人履歷的叙述，犧牲了時間的流動性來成全結構的整齊性。

第四節　書簡傳遞與樂道寄情

　　宋代禪林筆記通過各種形式的文人作品來凸顯文人的禪悅傾向，偈頌以表悟道，請疏以示誠意，文人間的書簡往來、文人和禪師的書信傳遞足見其慕道之心。比起其他文學樣式，個人的書信有明顯的私人化傾向，發表禪學見解或表示學道的決心，文人的直抒胸臆有了更大程度的自由。從文人個人書信到禪林筆記中的衛道文本的角色變化，文人的書簡獲得了更爲深刻的意義，這預示著叙述立場的改變爲我們閱讀書簡提供了更多可能的理解方向。

　　宋代禪林筆記所錄的書簡有兩種：一種爲文人彼此間的書信來往，主要在於文人禪學心得的交流，或者爲推舉某位禪師之作，甚至有爲禪宗辯護其功能和價值的意味；另一種爲文人與禪師的往來，以問道爲主要目的。無論哪種，我們都能從中看到文人與禪宗的因緣。

一、同參：文人之間的涉禪書信傳遞

　　在宋代禪林筆記裏，黃庭堅的《與胡少汲書》是十分有名的書簡，曉瑩《羅湖野錄》、曇秀《人天寶鑒》、道行《雪堂行和尚拾遺錄》皆有稱引。《羅湖野錄》云：

> 投子聰禪師與海會演和尚，元祐間道望並著，淮上賢士大夫多從之遊。黃太史魯直亦嘗勉胡尚書少汲，問道於聰、演，具書曰："公道學頗得力耶，治病之方，當深求禪悅，照破生死之根，則憂畏淫怒無處安脚，病既無根，枝葉安能爲害？投子聰老，是出世宗師，海會演老，道行不愧古人，皆可親近。殊勝從文章之士，學妄言綺語，增長無明種子也。聰老猶喜接高明士大夫，渠開卷論説，便穿諸儒鼻孔。若於義理得宗趣，却觀舊所讀書，境界廓然，六通四闢，極省心力也。然有道之士，須以志誠懇惻歸向，古人所謂'下人不精，不得其真'，此非虛語。"嗚呼！古今文士於釋教深排而力詆者，蓋安於所習，毁所不見而然。若黃太史，雖爲江西宗派之鼻祖，然見道而知天下無二道，

故勤勤懇懇，曲折指陳。以尚書公爲知言之人，而可與言也。①

黃庭堅寫給胡少汲的書信既勸勉胡少汲"深求禪悦"，也透視了黃庭堅對禪宗的認識和理解。首先，黃庭堅拈出自己的參禪體會，"治病之方，當深求禪悦"，顯然源自禪能治病的禪宗觀念，所謂病即妨礙禪定修行的一切妄念，《圓覺經》云："大悲世尊，快説禪病，令諸大衆得未曾有，心意蕩然，獲大安隱。"② 關於禪能治病，《圓覺經心鏡》云："聖人以禪爲藥，治衆生病，豈可以病治人之病？今《普覺》快説禪病者，蓋禪能治病，故云禪病。"③ "照破"指禪體性清净光明，猶如燈火，能夠照破世間煩惱的障蔽。按照佛教的观点，生死之根指"無明"和"愛"，《大般涅槃經·獅子吼菩薩品》卷二十七云："生死本際凡有二種，一者無明，二者有愛。"④ 所謂無明，即痴愚無智慧，而愛指對外境産生攀援之心，因此，"照破生死之根"是説參禪能夠去除煩惱愚痴，了悟清净自性，得到解脱，"憂畏淫怒"這些雜念就不會妨礙本心的清明。順便説，黃庭堅的詩歌多次提到禪病，如《次韻答斌老病起獨遊東園二首》其一"萬事同一機，多慮乃禪病"，在此詩中，"病"有雙關之意，既是身體上的疾病，也是心中妄念的代稱。參禪讓身心清净，對士大夫而言，參禪最直接的途徑莫過於與禪師交遊，故黃庭堅向胡少汲推薦投子普聰禪師和海會演和尚，而且告誡胡向禪師參問比跟隨文章之士學習"妄言綺語"更有意義。接下來黃庭堅強調了參禪對學問的益處，"若於義理得宗趣，却觀舊所讀書，境界廓然，六通四闢，極省心力也"，即只要領會了禪宗的精義，對昔日所讀之書就會有全新的體悟，心境得到提升，可往來於古今中外的藝術之海而不受束縛。最後，黃庭堅指出，參禪要做到"志誠懇惻"方能契悟道的本原。黃庭堅此封書簡層層推進，涉及參禪對修心與學問進益的影響，與其説它是朋友間的書信往來，不如説它是一篇爲文人而作的參禪指南。此外，黃庭堅在信中特別拈出"文章之士"和"有道之士"兩種境界的文人，"文章之士"追求"妄言綺語"，故徒增愚暗，而有道之士執著於"道"的求索，因此心

---

① [宋]曉瑩：《羅湖野録》卷二，第239頁。
② [唐]佛陀多羅譯：《大方廣圓覺修多羅了義經》，《大正藏》第17卷，第920頁。
③ [宋]智聰：《大方廣圓覺修多羅了義經心鏡》卷五，《卍新纂續藏經》第10册，第420頁。
④ [北京]曇無讖譯：《大般涅槃經》卷二十七，《大正藏》第12卷，第523頁。

境開闊、學術精進。曉瑩引用黃庭堅書簡的最終目的在於弘教，在禪宗的發展進程中，深排釋教者的存在，是因爲他們"安於所習，毀所不見而然"的緣故，換言之，詆毀釋教之人由於不瞭解禪宗的精髓，故而產生抵觸之心。因此，曉瑩舉出江西詩派的領袖人物黃庭堅來爲禪宗辯護，黃庭堅"見道而知天下無二道"，"勤勤懇懇，曲折指陳"，曉瑩的言外之意是：天下的道平等無二，無論佛法還是儒學皆等無分別，詩壇領袖黃庭堅如此誠心向道，爲學道之人舉薦有德宗師，實在是大家學習的榜樣。

單純看待這封書信，我們可以讀到黃庭堅對禪法的體悟，對禪師的推賞，對受書之人的勉勵。當它編入黃庭堅的文集中時，它是一位作家與其友人的個人通信，是個人觀點和情感的呈現，是諄諄叮囑和殷切的期盼。但當它被引入禪林筆記的文本中時，其功能發生了改變，它作爲作者護法的工具而被特別撰寫出來，成了文人向"道望並著"的禪師問道的有力證據。黃庭堅的信還是那封信，內容未變，但隨著敘述視角的轉換，其意義却發生了變化，它已經不再是兩位老朋友間的對話，而是獲得了更爲豐富的内涵，它的敘述變成帶有宣教目的的修辭結構。曉瑩的整段敘述包含三個層次的内容：投子普聰禪師與海會演和尚聲名顯著，士大夫與之交遊；舉黃庭堅的書信作爲例證；作者發表看法。而黃庭堅的書信在曉瑩的敘述中是引用，也是嵌入，它的意義進入新一輪的循環，用互文性理論來説，它"不再僅僅是二手翻版或重寫，而是描述了一部作品在它和它自己以及和其他作品所形成的關係中的變遷"①。除了禪林筆記的援引，其他佛教典籍亦對黃庭堅此信表示出相當的興趣，宋代惟白《續傳燈錄》卷十四、祖琇《僧寶正續傳》卷三、元代熙仲《歷朝釋氏資鑒》卷十、明代朱時恩《佛祖綱目》卷三十七和《居士分燈錄》卷二、心泰《佛法金湯編》卷十三等皆有引錄，足見佛門對黃庭經此篇書簡的重視。

在黃庭堅寫給胡少汲的信中，黃是道的主動傳播者和施教者，而在陳貴謙回復真德秀的書簡中，二人是同道中人的切磋關係。陳貴謙的回信有千餘字，爲了論述方便，今據文中所討論的四個問題進行分段敘述，《枯

---

① ［法］蒂費納·薩莫瓦：《互文性研究》，邵煒譯，天津人民出版社，第2頁。

涯和尚漫録》卷中云①：

> 國史陳公貴謙，答舍人真公德秀書曰：承下問禪門事，仰見虛懷樂善之意，顧淺陋何足以辱此，然敢下以管見陳白。
>
> 所謂話頭合看與否，以某觀之，初無定説，若能一念無生，全體是佛。何處別有話頭，只緣多生習氣，背覺合塵，刹那之間，念念起滅，如猴孫拾栗相似。佛祖輩不得已，權設方便，令咬嚼一個無滋味話頭。意識有所不行，將蜜果換苦胡蘆，陶汝業識，都無實義，亦如國家兵器，不得已而用之。今時學者，却於話頭上強生穿鑿，或至逐個解說，以當事業，遠之遠矣。棱道者二十年坐破七蒲團，只管看驢事未去，馬事到來，因卷簾大悟。所謂八萬四千關捩子，只消一個鎖匙開，豈在多言也。

陳貴謙此篇書信主要解決真德秀的四個提問。第一個爲參禪是否看話頭的問題。在陳貴謙看來，未必要參話頭，只要"一念無生，全體是佛"，所謂無生，即沒有生滅，不生不滅。《圓覺經大疏》云："一念悟時，全體是佛。"② 也就是説，悟入之後，超越了念慮的境界，即能成佛。那麽，爲什麽會有話頭存在呢？那是因爲"多生習氣，背覺合塵"，所謂"習氣"指煩惱的殘餘成分，佛教認爲一切煩惱皆分現行、種子、習氣三者，既伏煩惱之現行，且斷煩惱之種子，尚有煩惱之餘氣，現煩惱相，名爲"習氣"。如《大方廣佛華嚴經·普賢行願品》卷四云："摧伏衆魔及諸外道，亦能滅除一切煩惱習氣，入菩薩地，近如來地。"③ "背覺合塵"是迷的表現，《首楞嚴經》卷四云："衆生迷悶，背覺合塵，故發塵勞，有世間相。"④ 即衆生被世間諸所迷惑，貪戀塵世，不思解脱，故"刹那之間，念念起滅"，由於念念生滅不停，心中産生了妄想、執著、邪見等分別之心，妨礙了本心的清净。佛祖輩不得已纔"權設方便"，讓衆人參看話頭。"蜜果換苦胡蘆"，《景德傳燈録·汾州大達無業國師》卷二十八云："師曰：諸佛不曾出世，亦無一法與人，但隨病施方，遂有十二分教，如將蜜

---

① [宋] 圓悟：《枯涯和尚漫録》卷中，第36—37頁。此處已注明這則材料全文的出處，下文不再一一標注。
② [唐] 宗密：《圓覺經大疏》卷二，《卍新纂續藏經》第9册，第369頁。
③ [唐] 實叉難陀：《大方廣佛華嚴經》卷四，《大正藏》第10卷，第331頁。
④ [唐] 般剌蜜帝：《楞嚴經》卷四，《大正藏》第19卷，第121頁。

果換苦葫蘆，淘汝諸人業根，都無實事。"① 既然話頭不過是祖師的方便法門，是"隨病施方"，是不得已爲之，大可不必去參究"無滋味話頭"。如果像今時學者那樣穿鑿附會，或者逐個解說話頭，那麼離道也就越來越遠。那如何才能覺悟呢？陳貴謙給出了答案，要學習慧稜禪師"二十年坐破七蒲團，只管看驢事未去，馬事到來，因卷簾大悟"。關於"驢事未去，馬事到來"，《景德傳燈錄·福州靈雲志勤禪師》卷十一云："僧問：'如何是佛法大意？'師曰：'驢事未去，馬事到來。'"② 即佛法大意存在於"驢事""馬事"這樣的現實生活中。因而，陳貴謙告訴真德秀，道不在參話頭與否，而是蘊含在日常生活中。"八萬四千關捩子，只消一個鎖匙開"，關捩子，比喻啓發禪悟的觸機或關鍵③，也就是說啓人開悟的方法有多種，而最後只需要一個契機便可開悟，故用不著一一解説話頭。

第二個是誦經念佛與修心的問題。陳貴謙寫到：

> 來教謂：誦佛之言，存佛之心，行佛之行，久久須有得處。如此行履，固不失爲一世之賢者。然禪門一著，又須見徹自己本地風光，方爲究竟。此事雖人人本有，但爲客塵妄想所覆，若不痛加煅煉，終不明净。《圓覺經》云："譬如銷金礦，金非銷固有。雖復本來金，終以銷成就。"蓋謂此也。

"誦佛之言，存佛之心，行佛之行"，是否就能成佛呢？陳貴謙認爲，這些外在的行爲只能讓人成爲"一世之賢者"，對禪宗而言，最重要的是"須見徹自己本地風光"，才能獲得真如，達到最高的境界。本地風光與本來面目義同，即自己的本心，禪宗典籍多用之，如《圓悟佛果禪師語錄》卷十五云："古來作家宗師，不貴人作解會，唯許人捨知見，胸中不曾留毫髮許，蕩然如太虛空，悠久長養純熟，此即是本地風光、本來面目也。到此亘古亘今之地，脫離生死有甚難也。"④ 也就説，禪師的任務是讓學人捨去識別事理、判斷疑難的分別之心，心境空明無一物，方可證徹本來風光。清净心原本是每個人都具備的，但是被世間的種種煩惱妄念所纏

---

① [宋] 道原：《景德傳燈錄》卷二十八，第444頁。
② [宋] 道原：《景德傳燈錄》卷十一，第285頁。
③ 周裕鍇：《禪宗語言》，浙江人民出版社，1999年版，第274頁。
④ [宋] 紹隆等編：《圓悟佛果禪師語錄》卷十五，《大正藏》第47卷，第786頁。

縛,因此要對自己的本心加以錘煉,纔可恢復原來的明净,這就好比煉金,金子一直存在於金礦中,不會因鍛煉而改變,儘管經過鍛煉金子已經與原來金礦中的金子不同,但正因爲有了鍛煉的過程,金礦裏的金纔能變成真正的金子。陳貴謙藉此告訴真德秀,参禪的終極目的是成就空明之心。

第三爲道與語言文字的問題。陳貴謙云:

> 來教又謂:"道若不在言語文字上,諸佛諸祖何故謂留許多經論在世?"經是佛言,禪是佛心,初無違背,但世人尋言逐句,没溺教網,不知有自己一段光明大事。故達磨西來,不立文字,直指人心,見性成佛。謂之教外别傳,非是教外别是一個道理,只要明了此心,不著教相。今若只誦佛語,而不會歸自己,如人數他珍寶,自無半錢分;又如破布裹真珠,出門還漏却,縱使於中得小滋味,猶是法愛之見、本分上事,所謂金屑雖貴,落眼成翳。直須打並一切净盡,方有小分相應也。某向來雖不閲大藏經,然《華嚴》《圓覺》《維摩》等經,誦之亦稍熟矣。其他如傳燈、諸語録、壽禪師《宗鏡録》,皆玩味數十年間,方在屋裏著到,却無暇看經論也。《楞伽》雖是達磨心宗,亦以句讀難通,不曾深究。要知吾人皆是誠心,非彼世俗自瞞,以資談柄而已。姑以日用驗之,雖無濁惡粗過,然於一切善惡逆順境界上,果能照破,不爲他所移换否?夜睡中夢覺一如否?恐怖顛倒否?疾病而能作得主否?若目前猶有境在,則夢寐未免顛倒,夢寐既顛倒,疾病必不能作得主宰。疾病既作主宰不得,則生死岸頭必不自在,所謂如人飲水,冷暖自知。待制舍人於功名鼎盛之時,清修寡欲,留神此道,可謂火中蓮花矣。古人有言:"此大丈夫事,非將相之所能爲也。"又云:"直欲高高峰頂立,深深海底行。"更欲深窮遠到,直到不疑之地。

此段主要討論道和語言文字的關係。陳貴謙指出,經是佛言,禪是佛心,本來二者互不矛盾,但是世人沉溺於外在的語言中,而不知道去尋找自己的光明之心,因此禪宗"不立文字,直指人心,見性成佛"。教內所傳爲語言文字,教外所傳爲佛旨,直指人心,因此,所謂"教外别傳"並非在"直指人心"之外還有另一個道理,而是要你"明了此心,不著教相"。如果只會念誦佛經,不歸結到自己的心靈,就如同看著别人數錢,没有自己的份，也好比用破布裹珍珠，出門肯定會丟失。即使誦經會有一些小收穫，也在情理之中，但最終仍然不能證悟自心，這和黃金的粉末雖然貴重，一旦落入眼睛就會遮蔽眼睛是一樣的道理。此處陳貴謙用了三個比喻來闡明參禪必須明了本心，不能拘泥於語言文字。"數他珍寶，自無半錢分"，見《大方廣佛華嚴經·菩薩問明品》卷十三："法首菩薩以頌答曰：如人數他寶，自無半錢分。"① "破布裹真珠，出門還漏却"，見《金剛經疏》："眾生福業薄，不堪受法藥。破袋盛真珠，出門還漏却。"② "金屑雖貴，落眼成翳"，《古尊宿語錄》卷四引慧照禪師語："侍云：'金屑雖貴，落眼成翳，又作麼生？'師云：'將謂你是個俗漢。'"③ 接下來，陳貴謙談及自己雖不怎麼閱讀藏經，但對《華嚴經》《圓覺經》《維摩經》和傳燈錄、語錄等基本的佛教典籍亦長期誦讀、了熟於心，而讀經是誠心向佛的表現，並非爲了"資談柄"。何況參禪學佛等事對日用大有裨益，能照破"一切善惡逆順"，不被外部世界所牽累，夢覺、恐怖、疾病這些煩惱就不能障礙心靈，生死亦可得到解脫。接著陳稱贊真德秀在功名鼎盛之時而能留心佛禪，如"火中蓮花"一般難得。陳引古人之言而闡述參禪是"大丈夫事，非將相之所能爲"，此話來自禪宗著名的公案，《五燈會元·杭州徑山道欽禪師》卷二："崔趙公問：'弟子今欲出家，得否？'師曰：'出家乃大丈夫事，非將相之所能爲。'公於是有省。"④ 那麼何爲"大丈夫事"呢，圓悟克勤的回答是："如何是大丈夫事？直須是不取人處分，不受人羅籠，不聽人繫綴。脫略窠臼，獨一無侶。巍巍堂堂，獨步三界。通明透脫，無欲無依，得大自在。"⑤ 即參禪達到心靈不受外物的影響，遠離煩惱的繫縛，通達無礙的境界，便是大丈夫之事。陳貴謙正是用此來激勵真德秀潛心修道。又"直欲高高峰頂立，深深海底行"，《景德傳燈錄·澧州藥山惟儼禪師》卷十四："翱又問：'如何是戒定慧？'師曰：'貧道遮裏無此閒家具。'翱莫測玄旨。師曰：'太守欲得保任此事，直須向高高山頂坐，深深海底行，閨閣中物捨不得便爲滲漏。"⑥

---

① ［唐］實叉難陀：《大方廣佛華嚴經》卷十三，第68頁。
② 無名氏：《金剛經疏》，《大正藏》第85卷，第127頁。
③ ［宋］賾藏主：《古尊宿語錄》卷四，第30頁。
④ ［宋］普濟：《五燈會元》卷二，第51頁。
⑤ ［宋］紹隆等：《圓悟佛果禪師語錄》卷十三，第773頁。
⑥ ［宋］道原：《景德傳燈錄》卷十四，第312頁。

第四爲參禪從何處下手的問題。陳貴謙云：

> 來教謂無下手處，只此無下手處，正是得力處。如前書所言，靜處鬧處，皆著一隻眼看。是什麼道理，久久純熟，自無靜鬧之异。其或雜亂紛飛，起滅不停，却舉一則公案與之廝崖，則起滅之心自然頓息，照與照者同時寂滅，即是到家也。某亦學焉而未至也，姑盡吐露如此，不必他示，恐儒釋不謀者必大抴之。待制舍人他日心眼開明，亦必大笑而罵之。"國史公多見宗匠。

真德秀稱參禪無處下手，而陳貴謙認爲，無處下手的地方就是得益的地方，不管靜還是鬧，只要時間一久，二者的差異便可消除。如果心中各種雜念紛呈，起滅不定，那就用"一則公案與之廝崖"，如此起滅之心自可息滅。心中不再有雜念，心靈達到空無的境地，那麼也就真正領悟了禪的精髓。

陳貴謙在此篇書簡中探討的四個問題，是禪宗最基本的問題，全文圍繞參禪如何修心的觀點進行討論。陳一再強調修心纔是參禪的根本目的，雖然話頭、佛經、語言文字等都是祖師們接引學人的方便法門，但只要不執著於語言文字等外在形式，能夠回歸本心，閱讀基本的宗教典籍並不妨礙參禪學道。在這篇書簡中有大量語句出自禪宗典籍，通過文本細讀，我們看到，不論語言表述，還是觀點闡釋，禪宗的言說方式深刻影響了文人的寫作，即便是個人的書信往來也不例外。陳貴謙此則書札既是寫給真德秀的回信，亦可說它是陳貴謙表達自己參禪心得的文章，從中可知陳貴謙對禪宗的理解，對禪宗知識的掌握，文人與禪宗的牽纏以及文人的參禪水平由此可見一斑。

前文已提到，宋代禪林筆記爲了達到"護法"目的，轉述了大量文人向佛的事件，而從文人間的書信往來可知，那些崇信禪宗的士大夫樂於爲禪宗效力，維護禪宗的地位，富弼即是如此。據《叢林盛事》載，富弼跟隨投子修顒參禪時，"盡弟子禮，謹厚如初學者"，對禪師十分恭敬，後來張隱之"以勢位陵衲子"，富弼特意寫信給張隱之爲禪徒辯解，《叢林盛事》云：

> 禪家者流，凡見説事枝蔓不徑捷者，謂之葛藤，往往鄙誚，遂著葛藤歌。弼因嘗思其所以，今試與隱之商確，不知何如。大抵俗士與

僧人，性識初無纖毫差別，其事迹甚有不同處。且僧人自幼出家，早以看經日久，聞見皆是佛事。及剃髮後，結伴行脚，要到處便到。參禪問道之外，群眾見聞博約，又復無限。耳目薰蒸既熟，忽遇一明眼人摘撥，立便有個見處，却將前後凡所見聞，自行證據，豈不明白暢快者哉。吾輩俗士，自幼小爲俗事浸漬。及長大，又娶妻養子，經營衣食，奔走仕宦。黃卷赤軸未嘗入手，雖乘閑玩閱，只是資談柄而已，何嘗徹究其理。且士農工商，各爲業資纏縛，知有禪林法席，假使欲去參問，何由去得？何處更有結伴遊山、參禪問道及眾中博約之多乎？萬一明眼人因事遭際，且無一味工夫，所聞能有多少？所得能有幾何？復無問之所見所聞，自作證據，更不廣行采討，深加鑽仰，才得一言半句，殊未明了，便乃目視雲漢，鼻孔遼天，自謂我超佛越祖，千聖齊立下風。佛經禪册都不一顧，以避葛藤之誚。弼之愚見，深恐未然也。弼不學則已，若以辯身心學之，須是周旋委曲，深鉤遠索，透頂透底，徹骨徹髓，一切見成，光明潔净，絶一點塵許凝翳，方敢下隱之之書。隱之，此之一事不是小小，直要脱却無始以來生死根本，與管生死底閻羅老子作抵敵始得，不可取人閑言長語，以當參學，便自瞞去。祝祝，弼啓上比部執事。①

富弼此信提到俗士與僧人"性識"初無差別，但二者在行事上有很大的差异：僧人自小淡出紅塵，"聞見皆是佛事"，參禪問道，結伴行脚，頗爲自由，一旦證悟，即能洞明世事。而俗士自幼被紅塵俗事浸漬和纏縛，即使閱讀佛經，也只是"資談柄而已"，未能徹究佛經大義。縱然有參禪之心，亦因俗物牽纏而不得實現，對禪法一知半解，不能見聞博約，徹證本原。更甚者，纔瞭解禪宗的"一言半句"，便自以爲悟道，產生自傲之心，"自謂我超佛越祖，千聖齊立下風"，而且以"避葛藤之誚"爲藉口，不願閱讀"佛經禪册"。總之，富弼認爲俗士參禪問道無法與僧人相比，他還提出文人參禪的問題所在，不能徹底透悟，反而有自滿之弊。接下來富弼闡述了參禪應有的態度和狀態，"須是周旋委曲，深鉤遠索，透頂透底，徹骨徹髓，一切見成，光明潔净，絶一點塵許凝翳"，即參禪首先要"周旋委曲"，即須有誠意，有了誠意之後，要深刻探究、廣泛觀覽、徹底

---

① ［宋］道融：《叢林盛事》卷上，第690—691頁。

了悟，掃除心中一切知見，讓心靈恢復光明潔净。而參禪的最終目的是脱却生死根本，與管生死的閻王對抗，也就是脱離愛與無明的束縛，不受生死之苦，得到解脱。因此，富弼告訴張隱之，千萬不能把議論他人長短的嘮叨話當成參禪來欺瞞自己。張隱之以"勢位陵人"的具體情節我們不得而知，富弼此信表明其對士大夫參禪不透徹反而輕視僧人的做法不滿，他的信在勸誡張隱之同時，也傳達了自己對禪宗的認識和瞭解。

總之，宋代禪林筆記所載録的文人之間的書簡往來，一般都與禪宗密切相關，而且以闡述禪宗之益爲主。在這種挑選背後隱藏著作者的護教情結，因而作者力圖宣揚一種傾向，即文人對禪宗是一種自覺的嚮往和皈依。在文人傳道的書簡中，上文分析的三篇只不過是滄海一粟，從中可見宋代文人的禪悦之風，當禪實實在在地影響到人們的生活時，那麽表現生活的文學藝術也不可能對其視而不見。

二、遥問文人與禪師的書牘交流

文人跟隨禪師參禪問道的方式，除了躬身親往禪師的居住之所面見耳聞，另一個重要的途徑是文字往來，其中以書信問道最爲普遍。詩詞偈頌等尚且有結構形式的約束，但書信少了許多限制，對自我的表達更加自由。何況，相較親身問道的當下思想交鋒，書信是兩個不同空間的人互相的遥想、懷念或者追憶，不論是道還是情感或者其他的生活片段，書信都成爲一種寄托。

在宋代禪林筆記中，文人以書牘問道於禪師是十分常見的叙述，如《林間録》記韓宗古以書牘問道於黄龍祖心禪師："本朝韓侍郎宗古，嘗以書問晦堂老師曰：'昔聞和尚開悟，曠然無疑，但無始以來煩惱習氣未能頓盡，爲之奈何。'"① 據《雲卧紀談》所載，道謙禪師在建陽時，"曾侍郎天游、吕舍人居仁、劉寶學彦修、朱提刑元晦以書牘問道"②。又據《叢林盛事》，"富鄭公弼問道於投子顒禪師，書尺、偈頌凡一十四紙"③。富弼鎮守亳州時還寫信給顒禪師的老師圓照禪師，希望圓照禪師"垂慈攝

---

① [宋] 惠洪：《林間録》卷上，第259頁。
② [宋] 曉瑩：《雲卧紀談》卷下，第52頁。
③ [宋] 道融：《叢林盛事》卷上，第694頁。

受，遠賜接引"①。又《枯崖和尚漫錄》載，真德秀"與雙徑松少林同里閈，相與講道，翰帖往來，無歲無之"②。如此種種，皆見文人以書牘問道的風尚。因爲禪師的接引，不少文人悟道以後，往往寫信給禪師表達傳道的感激之情，如黄庭堅在黔南時，致書黄龍死心禪師云："往日嘗蒙苦口提撕，常如醉夢，依稀在光影中。蓋疑情不盡，命根不斷，故望崖而退耳。謫官在黔州道中，晝臥覺來，忽然廓爾。尋思平生被天下老和尚謾了多少，唯有死心道人不肯，乃是第一相爲也。"③黄庭堅在信中特別指出，自己以前承蒙死心禪師的提點，却如在醉夢中，未體悟道的本質，遭到貶官後纔真正開悟，全靠死心禪師不輕易首肯，自己方能體會悟道的喜悦，死心禪師是"第一相爲"者，黄的感激之意不言而喻。

又如富弼悟道後給投子修顒禪師的信，《羅湖野錄》云：

> 富鄭公，鎮亳州時，迎華嚴顒公館於州治，咨以心法，既有證入。而別後答顒書曰："示諭此事，問佛必有夙因，非今生能辦，誠是如此。然弼遭過和尚，即無始以來忘失事，一旦認得，此後須定拔出生死海。不是尋常恩知，雖盡力道斷，道不出也。和尚得弼百千，其數何益於事？不過得人道華嚴會下，出得個老病俗漢，濟得和尚甚事。所云淘汰其多，此事誠然。每念古尊宿，始初在本師處，動是三二十年，少者亦是十數年侍奉，日日聞道聞法，方得透頂透底。却思弼兩次蒙和尚垂顧，共得兩個月請益，更作聰明過人，能下得多少工夫。若非和尚巧設方便，著力摘發，何由見個涯岸，雖粉骨碎身，無以報答。未知何日再得瞻拜，但日夕依依也。"噫！先佛特稱富貴學道難，況貴極人臣，據功名之會而成辦焉，此尤爲難耳。形以汗簡，尊奉顒公，而自謂不是尋常恩知，豈欺人哉？④

富弼此則書簡完全是一篇寫給投子修顒的感謝信，稱自己向投子修顒"咨以心法"，得到證悟"不是尋常恩知"。富弼認爲自己並沒有古尊宿那樣長期在本師處"日日聞道聞法"的經歷，但顒禪師"巧設方便，著力摘

---

① ［宋］曉瑩：《雲臥紀談》卷上，第5頁。
② ［宋］圓悟：《枯崖和尚漫錄》卷中，第32頁。
③ ［宋］曉瑩：《羅湖野錄》卷一，第212頁。
④ ［宋］曉瑩：《羅湖野錄》卷一，第218—219頁。

發",而讓自己"見個涯岸",脫離生死海,因此,雖粉身碎骨也難報顒禪師的啓悟之情。此封書信寫得情真意切,末句"日夕依依"尤見深情,發揮了簡牘的抒情功能,而富弼對顒禪師的敬重從字裏行間流溢而出。富弼"富貴學道""行以汗簡""尊奉顒公"的行爲亦受到曉瑩的高度贊揚,曉瑩引用此書的目的在於顯示文人對禪師的尊崇與愛戴,歸根結底是爲了維護禪宗的神聖和莊嚴。而這種凸顯並非無的放矢,乃因禪林的風氣敗壞,禪師的尊嚴受到威脅,用歸云如本禪師在《叢林辨佞篇》中的話說,叢林出現一批"搖尾乞憐者","專事諛媚,曲求進顯,凡以住持薦名爲長老者,往往書刺以稱門僧,奉前人爲恩府,取招提之物,苞苴獻佞"。① 這些人辱沒了禪林宗風,故作者力圖通過強調文人對禪師的崇奉來糾正禪林的歪風邪氣,正本清源,從而鞏固禪宗的地位。另外,文人給禪師的書信,其語言盡量朝宗門用語靠攏,而非華麗辭藻的堆砌;其情感表達更爲細膩真實,無矯揉造作之病。

　　總之,作爲禪林筆記的宣教策略之一,作者賦予了文人書信超出文本内容之外的意義。在這些信件中,其内容有批判不尊衲子者,有鼓勵他人參禪者,有闡述禪宗觀念者,有感謝禪師啓發者等,無一不和禪林緊密相關。這些書信不但爲我們全面瞭解文人與禪宗的關係提供了一個角度,而且還擴大了書簡的表現功能。儘管以書信問道並非宋人所獨專,但借助這些書簡我們看到了宋人的性情及其日常生活的一個側面,即便是在個人書信中,宋代士大夫仍在樂此不疲地討論和研究禪宗,執著地追求心靈的自由和超越。

　　無論如何,禪門典籍爲宋代文人提供了全新的語言資源,以禪語爲詩、以禪語爲文,成爲大家所喜聞樂見的文學創作方法。禪宗典籍的大量出現,引起了禪宗語言的變革,禪宗的語言形態從生動活潑的生活用語變成了文本化的語言。而這些原本出現在禪門實際生活中的用語,經過士大夫的不斷使用和翻新,從而融入士大夫文化,形成了本土化的表達方式。但凡有點禪宗知識的人,似乎都能在寫詩作文時引用禪宗的俗語或典故而讓人無法忽略禪宗的存在和影響力。

---

① [宋]道融:《叢林盛事》卷上,第694頁。

附錄

表2-1 《林間錄》所載宋代文人一覽表

文人	僧人	卷次	事迹	頁碼
王隨	興教洪壽	上	杭州興教小壽禪師……御史中丞王公隨出鎭錢塘，往候壽。	245
葉清臣	達觀曇穎	上	時內翰葉公清臣守金陵，穎袖書謁之。	249
楊杰	誠法師	上	勅差朝奉郎揚杰館伴至錢塘受法。	251
陳瓘	宗道者	上	宗道者，不知何許人，往來舒蘄間，多留於投子。……陳退夫初赴省幃，過宗，戲問曰：……	251
夏倚	黃龍祖心	上	晦堂老人嘗以小疾，醫寓漳江，轉運判官夏倚公立往見之，因劇談妙道……	252
謝景溫	黃龍祖心	上	謝景溫師直守潭州，虛大溈以致之，三辭，弗往。	252
彭汝礪	黃龍祖心	上	囑江西彭汝礪器資請所以不應長沙之意，晦堂曰：……	252
俞紫芝	西余淨端	上	師初開堂，俞秀老作疏叙其事曰：……	257
章惇	西余淨端	上	章子厚請師住墳寺，方對食，子厚言及之，師瞋目說偈：……	257
呂延安	西余淨端	上	呂延安好坐禪，而子厚喜鍛，師作偈示之曰：……	257
王素	佛日契嵩	上	翰林王公素時權開封，爲表薦於朝。	259
李端願	達觀曇穎	下	李留後端願問達觀禪師曰："人死，識當何所歸？"	266
張商英	清涼惠洪	下	無盡居士嘗問予曰：……	269
蔣堂	淨土惟政	下	余杭政禪師住山……時蔣侍郎堂守錢塘。與師爲方外友。	270
吳恂	黃龍祖心	下	居士吳德夫，才敏，銳意學道，自以多見知識，心地明淨，偶閱鄧隱峰傳。……竊疑之曰：……以問晦堂老人。	271
許式	雲居曉舜	下	舜老夫……篤守許公式以詩贈曰：……	272
潘興嗣	景福順	下	景福順禪師。……生與潘延之善，將終，使人要延之叙別。延之至，而師去矣。	274
朱彥	真淨克文	下	朱顯謨世英，昔官南昌，識雲庵。未幾，移漕江，朱以書來問佛法大旨。	274
王安石		下	王文公罷相，歸老鍾山，見衲子必探其道學，尤通《首楞嚴》，嘗自疏其義。	276

表 2-2 《大慧普覺禪師宗門武庫》所載宋代文人一覽表

文人	禪師	事迹	頁碼
呂夷簡	言法華	呂大申公執政時，因休沐日，預化疏請言法華齋。	943
陳瓘		延平陳了翁，名瓘，字瑩中，自號華嚴居士。立朝骨鯁剛正，有古人風烈，留神內典。	945
李彭		廬山李商老，因修造犯土，舉家病腫，求醫不效。乃净掃室宇，骨肉各令齋心，焚香誦熾盛光，咒以襀所忤。未滿七日，夜夢白衣老人騎牛在其家，忽地陷旋旋没去。翌日大小皆無恙。	945
	大慧宗杲	師在寶峰時，元首座極見喜，一日請假往謁李商老。	955
富弼	投子修顒	顒華嚴。……富鄭公常參問之。……鄭公罷相居洛中。思顒示誨。請住招提。	945
劉誼	佛印了元 真净克文	劉宜翁嘗參佛印，頗自負，甚輕薄真净。一日，從雲居來遊歸宗，至法堂，見真净便問：……	946
張商英	大慧宗杲	師因湛堂和尚示寂……特往荊南謁無盡居士求塔銘。初見無盡，無盡立而問曰：……	947
許知可		做功德登第（文長不錄）。	948
王觀文	東林常總	照覺禪師，自泐潭移虎溪，乃赴王子淳觀文所請。	948
呂蒙正 呂夷簡 呂公著 呂好問 呂本中		呂公（蒙正）逐日晨興禮佛。……猶子夷簡申國公，每遇元日拜家廟罷，即焚香發廣慧璉禪師書一封加敬重之。申公之子公著，亦封申國公，元日發天衣懷和尚書。右丞好問，元日發圓照禪師書。右丞之子用中，元日發佛照杲禪師書。	948
刁約	坦禪師	時刁景純守宛陵。……刁就座出帖請之，坦受請陞座。	949
錢弋	真净克文	錢弋郎中，訪真净說話久。	949
李遵勗	琅琊慧覺	李和文都尉，請琅琊覺和尚注信心銘，琅琊大寫一句，下面小寫一句。文和一見，大稱服。	949
	谷隱蘊聰	駙馬都尉李公遵勗，得心要於石門聰禪師。	951
韓駒	大慧宗杲	草堂與師邂逅於臨川，韓子蒼請師過私第。	950
熊伯通	兜率從悅	兜率悅和尚，首眾於廬山栖賢。時洪帥熊伯通，請住龍安兜率。	951
張商英	兜率從悅	悅設三問，以問學者。……無盡有三頌酬之。	951
		無盡居私第日，適年荒，有道士輩，詣門教化食米。無盡遂勸各人誦《金剛經》。若誦得一分，施米一斗；如誦畢，施米三石二斗……每遇僧又勸念老子，使其互相知。	952
朱正辭 許式	浮山法遠	駙馬都尉李公遵勗，得心要於石門聰禪師，嘗作二句頌，寄發運朱正辭。時許式為淮南漕，朱以李頌示許，請共和之。……又請浮山遠禪師和曰：……	951

续表2-2

文人	禪師	事迹	頁碼
徐俯	圓悟克勤	徐師川，同佛果到書記寮，見果頂相。	952
馮楫	烏龍長老	烏龍長老，訪憑濟川説話次云。	952
廖等觀	大慧宗杲	廖等觀。……師陞堂舉此，時廖知縣亦在座下。	952
郭祥正	宣禪師	歸宗宣禪師，漢州人，琅琊廣照之嗣，與郭功甫厚善。	954
朱防禦	海印信	海印信和尚……平日受朱防禦家供養，屢到其宅。	954
王安石	蔣山贊元	王荊公，一日訪蔣山元禪師，坐間談論品藻古今。	954
任觀察		任觀察，内貴中賢士，徽廟極眷之。任傾心釋氏，遍參知識。	954

表2-3 《羅湖野錄》所載宋代文人一覽表

文人	禪師	卷次	事迹	頁碼
趙抃	天鉢重元	1	趙清獻公平居以北京天鉢元禪師爲方外友，而咨決心法。	209
章惇	西余淨端	1	湖州西余淨端禪師。……章丞相子厚由樞政歸吳，致端住靈山。	210
王安石	西余淨端	1	湖州西余淨端禪師。……又嘗往金陵，謁王荊公。	210
劉燾	西余淨端	1	吳興劉燾撰端塔碑。	210
黃庭堅	黃龍祖心 黃龍死心 靈源惟清	1	太史黃公魯直，元祐間，丁家艱，館黃龍山，從晦堂和尚遊。而與死心新老、靈源清老尤篤方外契。致書死心曰：……。靈源以偈寄之曰：……	212
陳良弼	蹣庵繼成	1	蹣庵成禪師。……宣和初，住東京淨因，太尉陳良弼建大會，禪講畢集。	212
張商英	玉泉承皓	1	玉泉皓禪師。……無盡居士張公奉使京西南路，就謁之。	214
張商英	圜悟克勤	1	圜悟禪師，政和間，謝事成都昭覺，復出峽南遊。時張無盡公寓荊南，以道學自居，少見推許。圜悟艤舟謁之，劇談華嚴旨要。	216
張商英	靈源惟清	1	無盡居士張公漕江西。……同諸山勸請出世於豫章觀音。	223
張商英	兜率從悦	2	乃遊兜率，相與夜談。……奏請悦謚號，遣使持文祭於塔祠。	225—226
張商英	保寧圓璣	3	保寧璣道者，元祐間，住洪州翠巖，時無盡居士張公漕江西，絶江訪之。	251
張商英	清涼惠洪	4	逮崇寧三禩，寂音尊者謁無盡於峽州善溪。	261

第二章 宋代禪林筆記中文人的宗教生活 | 121

续表2-3

文人	禪師	卷次	事跡	頁碼
馮楫	黃龍道忠	1	黃龍忠道者。……馮給事濟川嘗有請忠住勝業疏。	215
	大慧宗杲	4	馮給事濟川，紹興八年，隨僧夏於徑山。……妙喜老師見而謂之曰：……馮於是悚然悔謝。	260
張戒	羅漢系南	1	廬山羅漢小南禪師。……時有居士張戒者，雅意參道，一日，南問曰：……	217
趙禎	大覺懷璉	1	大覺禪師。……仁廟閱投子語錄……由茲契悟，乃製釋典頌十四首。……璉和曰：……	217—218
趙曙	大覺懷璉	1	英廟付以札子曰："大覺禪師懷璉……乞歸林下，今從所請，俾遂閑心。凡經過小可庵院，隨性住持，或十方禪林不得抑逼堅請。"	218
蘇軾	大覺懷璉	1	蘇翰林軾知杭，時以書問之曰："承要作宸奎閣碑，謹已撰成，衰朽廢學，不知堪上石否？"	218
	蔣山法泉	3	蔣山佛慧泉禪師……東坡居士有嶺外之行，舟次金陵，阻風江滸。既迎其至，從容語道。	241
富弼	投子修顒	1	富鄭公，鎮亳州時，迎華嚴顒公館於州治，咨以心法。既有證入，而別後答顒書曰：……	218
歐陽昉	佛日契嵩	1	明教禪師嵩公，明道間，從豫章西山歐陽氏昉，借其家藏之書，讀於奉聖院。	219
李覯	佛日契嵩	1	嵩乃攜所業，三謁泰伯，以論儒釋吻合且抗其說。泰伯愛其文之高，服其理之勝，因致書譽嵩於文忠公。	218—219
王素	佛日契嵩	1	府尹王公素仲儀以札子進之曰：臣今有杭州靈隱寺僧契嵩……	230
韓琦 歐陽修	佛日契嵩	1	丞相韓魏公、參政歐陽文忠公相與觀，嘆探經考證，既無訛謬。於是朝廷旌以明教大師，賜書入藏。	230
耿延禧	圓悟克勤	1	括蒼守耿公延禧，蓋嘗問道於圓悟。	223
	護國景元	1	台州護國元禪師。……括蒼守耿公延禧……得元為人，乃致開法南明山。遣使物色，至台之報恩，獲於眾寮，迫其受命。	223
李彭	九峰希廣	2	西蜀廣道者……逸人李商老寄以詩曰：……	238
曾孝序	龍牙智才 大溈善果 雲蓋慈觀	2	龍牙才禪師受潭帥曾公孝序之請。……一日，曾延見諸禪。……道林月庵乃應聲而顧諸禪曰：……有慈觀長老曰：……	228—229
徐禧	黃龍祖心	2	徐龍圖禧……請黃龍晦堂和尚就雲巖為眾說法。	232
葛勝仲	道場明辯	2	湖州何山辯禪師……葛待制勝仲攜客造其室。	236

续表 2—3

文人	禪師	卷次	事迹	頁碼
潘興嗣	黃龍慧南	2	清逸居士潘興嗣……問道於黃龍南禪師。獲其印可。	237
葉清臣	净土惟正	3	惟正禪師……葉内翰清臣牧金陵，迎正語道，選日集賓，欲以優禮尊奉。	242
蔣堂	净土惟正	3	正識慮洗然，不牽世累，雅愛跨黃犢出入，臨安守蔣侍郎堂有詩曰：……	242
蘇洵蘇轍	上藍順	3	蘇黃門子由……是時洪州景德順禪師與其父文安先生有契分，因往訪焉，相從甚樂。	243
陳與義	大溈智	3	大溈智禪師……時參政陳公去非相與過從，講道爲樂。	244
王曙	廣慧元璉	3	汝陽廣慧璉禪師。……開法廣慧，是時王參政署由給事中出知汝陽。璉入州治，見其判事次，便問：……	244
許式	廣慧元璉	3	汝陽廣慧璉禪師。……許郎中式漕西蜀，經由謁璉。	244
丁謂	廣慧元璉	3	丁晉公以詩送宣賜進奉紅綃封龍字茶與璉：……	246
曾幾	雪峰慧空	3	福州空首座。……曾侍郎吉甫嘗有詩寄之曰：……	247
楊億	廣慧元璉	3	翰林學士楊公大年，由秘書監出牧汝州，時廣慧有璉禪師在焉。公至，首謁之。	249
吳偉明	大慧宗杲教忠彌光	3	邵武吳學士，諱偉明，字元昭，參道於海上洋嶼庵，與彌光藏主爲法友。	253
	聰上座	4	薦福本禪師。……有偈示聰上座曰：……聰還鄱陽，取道徽州，謁太守吳元昭。	261
徐俯	靈源惟清	3	靈源禪師，居黃龍昭默堂，與東湖居士徐師川夜話。	254
王韶吳恂	黃龍祖心	3	興元府吳恂，字德夫，以元豐元年任豫章法曹，時郡帥王觀文韶迎晦堂和尚入城，館於大梵院而咨心要，吳亦往參扣。	255
孫鼎臣	佛鑒慧勤	4	佛鑒禪師……靈源薦佛鑒於舒守孫鼎臣，遂命之出世。	259
郭祥正	白雲守端	4	端和尚……郭功甫任星子主簿，時相過從，扣以心法。	263
李景直	黃龍死心	4	死心禪師。以大觀元年丁亥九月從洪帥李景直之命住黃龍山。	264

续表2-3

文人	禪師	卷次	事迹	頁碼
程俱 曾開	雪堂道行	4	程待制智道、曾侍郎天游，寓三衢最久，而與烏巨行禪師爲方外友。	265
蔣之奇	圓通法秀	4	樞密蔣公穎叔，與圓通秀禪師爲方外友。	265
李邴	教忠彌光	4	泉州教忠光禪師，與李參政漢老在小溪雲門庵妙喜會中，有同參契分，李因致光住教忠功德院。	267

表2-4 《雲卧紀談》所載宋代文人一覽表

文人	禪師	卷次	事迹	頁碼
富弼	投子修顒	上	富鄭公，熙寧間，鎮亳州，迎致潁州華嚴禪苑顒禪師，獲聞心法。	5
蘇庠	祖秀紫芝	上	蜀僧祖秀……著《歐陽文忠公外傳》，蘇養直庠爲序冠其首。	5
張浚	祖秀紫芝	上	蜀僧祖秀……張丞相德遠判福唐，致秀住長樂光嚴蘭若。	6
張浚	妙應伯華	上	張魏公尤深知遇，題其肖像曰：……	26
張浚	大慧宗杲	下	大慧老師先住徑山日，遣謙首座往零陵問訊張魏公。	51
向子諲	東山吉	上	新淦東山吉禪師……有李朝請者，乃薌林居士之舅氏，嘗偕薌林謁之語道。	6
周敦頤	佛印了元	上	舂陵有水曰濂，周公茂叔先世所居。……於時佛印禪師元公寓鸞溪之上，相與講道，爲方外友。	8
查道	谷隱蘊聰	上	慈照禪師聰公，住襄州石門，請待制查公爲撰僧堂記。	9
張商英	東林常總	上	丞相張無盡居士，平居與廬山東林照覺總禪師爲方外侶。	11
張商英	玉泉承皓	下	無盡居士張公爲玉泉皓禪師撰塔碑。	47
張商英	大慧宗杲	下	丞相張公天覺……宣和二年春，大慧老師再訪之於荆南。	50
張商英	大洪報恩	下	大洪恩禪師與無盡居士張公以禪教之要，相與徵詰。	58
程師孟	東山修演	上	豫章東山僧修演……寺僧以其事聞於太守程公闢，率僚屬就視，而趺坐儼然，遂傅之香泥，奉安佛殿之西廡，以應民庶祈禱。	13
程師孟	黃龍慧南	上	南禪師，居黃蘗積翠庵，時豫章帥程公闢以詩招住翠岩。	23

续表 2-4

文人	禪師	卷次	事迹	頁碼
馮時行	石頭自回	上	西蜀釣魚山回禪師……蜀之名士馮當可、唐文若與數客語論次。……後馮公當可敘回語錄。	14
唐文若	石頭自回	上	西蜀釣魚山回禪師……蜀之名士馮當可、唐文若與數客語論次。	14
	大慧宗杲	上	唐舍人立夫以偈寄大慧曰：……	35
蘇軾	妙總道潛	上	錢塘僧道潛者，以詩見知於蘇文忠公，號其爲參寥子。	14
		下	蘇文忠公，以紹聖甲戌夏爲潮州麻田吳子野贊泗州像。	45
	佛印了元	下	佛印禪師平居與東坡昆仲過從，必以詩頌爲禪悅之樂。	55
	中際可遵	下	中際可遵禪師……因題廬山湯泉，東坡見而和之，自是名愈彰。	57
	南華重辯	下	蘇翰林子瞻，以紹聖元年秋，經由南華，著衲衣與長老辯公坐次。	61
韓駒	大慧宗杲	上	待制韓公子蒼，與大慧老師厚善。	15
	净智慧光	下	净智大師慧光……韓舍人子蒼銘光之塔，稱其多聞善辯焉。	38
呂祖謙	大慧宗杲	上	隆興改元仲夏，東萊呂伯恭登徑山，謁大慧，爲兩月留。	16
洪興祖	愚丘正宗	上	池州梅山愚丘正宗禪師，因練塘居士洪慶善持江東使節夜宿山間，相與夜話。	18
汪藻	慈受懷深 道場慧琳 何山守珣	上	汪翰林彥章，牧苕溪時，於道有聞晚之嘆。遇休沐日，必會諸山長老道話。因思溪慈受、道場普明、何山佛燈，坐於書齋。	22
鄭績	何山守珣	上	苕溪鄭禹功參道於佛燈。	22
劉方明	大慧宗杲	上	潮陽劉方明……以李伯時所畫觀音大士像模勒，是時，大慧老師居衡陽，因命而爲之贊曰：……	24
楊杰	思净	上	錢塘喻彌陀者，早專畫彌陀佛爲業；楊杰次公賞識其精妙，以姓呼之爲喻彌陀。……年三十五，占僧籍，名思净。	25
	中際可遵	下	中際可遵禪師……無爲子楊杰，字次公，以爲道交，楊以偈調之曰：……	57
莫將	大隨元静	上	莫尚書將，字少虛，家世豫章分寧，因於西蜀謁南堂静禪師咨決心要。	26

续表2-4

文人	禪師	卷次	事迹	頁碼
孫覿	妙應伯華	上	孫尚書仲益與叔詣内翰兄手牘，略曰："覿過全州，遇妙應，携被從之，通夕語，謂覿去死尚遠也。"	26
李泰發	妙應伯華	上	李參政泰發嘗遺以詩曰：……	26
李覯	佛日契嵩	上	嵩明教携所著輔教論謁之辯明，泰伯方留意讀佛書。	27
謝朝議 謝純粹	大慧宗杲	上	郡守謝朝議以大慧語僚屬曰：……自是於大慧日益加敬，遣其子純粹求入道捷徑。	28
洪芻	真教果	上	廬山棲賢真教果禪師……果嘗注《輔教編》，洪駒父爲後序，又題其像曰：……	29
	楞伽守端	下	南海僧守端……曾棲養於佛手岩，洪諫議是時監太平觀，施以米，有疏……	52
汪應辰 王洋	懷玉用宣	上	懷玉山宣首座……汪聖錫半刺宜春，時以疏致宣住南源。……王舍人洋登山謁之，贈以詩曰：……	31 32
李邴	舟峰慶老	上	大比丘諱慶老……李參政漢老嘗訪之，不值，有詩……委順，李參政漢老祭之。	33—34
趙育	徑山寶印	上	孝宗皇帝，淳熙十年二月乙丑，以御注《圓覺經》賜徑山。傳法僧寶印具表奏謝，仍進頌……皇情大悦，已而宣對降御。	34
		下	孝宗皇帝御重華宮時，制《原道辯》。	38
楊麟	大慧宗杲	上	太學上舍生楊麟，以紹興丁丑夏詣育王，冠帶拜大慧於無异堂。	35
許式	浮山法遠	上	浮山圓鑒遠禪師，天聖中，許公式漕淮南，命出世太平興國寺。……吕翰林濟叔以浮山延致。	35—36
陳瓘	清涼惠洪	上	寂音尊者，崇寧元年夏，於長沙雲蓋，是時陳公瓘中謫嶺外，以偈見寄	36
	香嚴如璧	下	倚松庵主乃臨川饒節……陳瑩中有偈寄之。	45
張鑒 王韶	隆慶慶閑	下	閑禪師者，熙寧中廬陵太守張公鑒命出世隆慶。未期月，王公韶帥豫章，延居西山龍泉。	39
王安石	佛印了元	下	佛印禪師……謁王荆公於定林。	41
王曙 胥偃 吳育 蔡襄	净土惟正	下	惟正禪師……如王文康、胥内翰、吳宣獻、蔡密學，皆樂與爲方外遊。	43
嚴朝康	天童曇華 雪堂道行	下	饒州教授嚴公朝康，問道於薦福雪堂、報恩應庵，嘗有頌……	43

续表 2-4

文人	禪師	卷次	事迹	頁碼
呂本中	香嚴如璧	下	倚松庵主乃臨川饒節，字德操者，政和間，裂儒衣，從釋氏，名如璧。⋯⋯嘗次韻答呂居仁曰：⋯⋯	44—45
	開善道謙	下	謙後歸建陽⋯⋯如⋯⋯呂舍人居仁⋯⋯以書牘問道。	52
徐俯 洪炎	了信無言	下	南昌信無言者，早以詩鳴於叢林，徐公師川、洪公玉父，品第其詩，韻致高古。	46
馮楫	大慧宗杲	下	馮公濟川，紹興戊午，坐夏徑山，有宣城廣心上座以大慧老師畫像請馮贊之。⋯⋯大慧見而題其後曰：⋯⋯濟川適中風而口喎斜，大慧以偈問候曰：⋯⋯	48
李彭	湛堂文準 大慧宗杲	下	李彭商老，參道於寶峰湛堂。遇山舒水緩，必拉大慧老師爲禪悅之樂。	49—50
曾開 劉子羽 朱熹	開善道謙	下	謙後歸建陽⋯⋯如曾侍郎天游、呂舍人居仁、劉寶學彥修、朱提刑元晦以書牘問道。	52
蘇轍	佛印了元	下	住金山時，蘇黃門子由欲謁之，而先寄以頌曰：⋯⋯	55
	景福順	下	蘇黃門子由，元豐間左遷高安權筦之任，而於公餘必與諸山講道爲樂。景福順禪師者，尤篤維桑世契。	56
陳堯佐		下	陳文惠公，閬中人，平居於釋氏留心，因遊山寺，恍然有得。	56
徐禧	黃龍祖心 靈源惟清	下	武寧徐龍圖禧，字德占，早參黃龍晦堂和尚而受印可，遂與靈源爲法友，因致問於靈源曰：⋯⋯	57
夏竦 王溥 歐陽修 趙槩	達觀曇穎	下	金山達觀穎禪師⋯⋯與夏英公、王文康公、歐陽文忠公、趙參政平叔遊，殊相樂也。	60

表 2-5 《叢林盛事》所載宋代文人一覽表

文人	僧人	卷次	事迹	頁碼
程師孟	黃龍慧南	上	程大卿參南禪師，南令看生緣話。	686
蘇軾	佛印了元	上	佛印一日入室次，忽東坡至。	686
		下	東坡到京口，佛印渡江謁見。	705
楊杰	芙蓉道楷	上	楊次公提刑一日問芙蓉楷禪師曰：⋯⋯	686

续表2-5

文人	僧人	卷次	事迹	頁碼
韓琦	芙蓉道楷	上	韓魏公夏日來訪，楷出接。	686
錢弋	真净克文	上	真净禪師居筠之大愚，太守錢公弋來遊。	686
李遵勗	承天傳宗	上	承天宗行脚時，爲泉州栖隱和尚馳書到京師李駙馬宅。相看，都尉問曰：……	686
張安道		上	樂全先生張安道，慶曆中守滁州。至一僧舍，見梵夾齊整，怪取閱之，乃《楞伽阿跋多羅寶經》，恍然如獲舊物。細觀筆畫手迹，宛然如自所書者。悲喜太息，從是悟入。嘗以經首四偈發明心要。	687
黄庭堅	典牛天游	上	適山谷道人西還，因見其風骨不凡，論議超卓，廼同舟而下。	687
張商英	典牛天游	上	初，張無盡見其坦率。不事事。嘗慢之。謂之顛游。後妙喜持此頌獻之。無盡撫几稱賞。	687
李浩	天童曇華	上	李浩侍郎與師遊久矣，嘗贊師真云：……	688
李浩	佛照德光 伊庵有權 鐵庵宗一 密庵咸杰	上	李侍郎德邁，守南台日，以鴻福、萬年、薦善請拙庵、伊庵、鐵庵三大老出世，一時龍象駢集。後以國清請密庵。	693
陳俊卿	蔣山善直	上	因留守陳丞相俊卿會諸山茶次，陳舉"有句無句，如藤倚樹"，令諸山批判。諸山皆尖言巧語以取丞相之意，惟師最後頌曰：……	688
曾逮	焦山師體	上	或庵體和尚……郡守曾侍郎仲躬常問道焉，師既入滅，以石硯寄曾，曾以偈吊云：……	688
曾逮	圓極彦岑	上	圓極岑和尚……有語錄二十卷行於世，侍郎曾公仲躬爲序其首。	690
趙令衿	瞎堂慧遠	上	超然即白郡守，俾其住子湖定業禪寺，師受請。	688
趙令衿	長靈守卓	下	安定郡王，號超然居士。頃在東京時，即留意空宗，見長靈卓禪師，有打發處。	702
趙令衿	雪堂道行	下	居三衢，與馮侍郎至道並雪堂行禪師爲方外友。	702
呂正己	且庵守仁	上	且庵仁和尚……顯謨呂公正己嘗問道於師。既別，覓偈，師援筆贈曰：……	689
富弼	投子修顒	上	富鄭公弼，參投子顒禪師，盡弟子禮，謹厚如初學者。	690

续表 2-5

文人	僧人	卷次	事迹	頁碼
尤袤	佛照德光	上	然黃堂政暇，多過報恩與佛照論道。	693
	伊庵有權	上	佛照後赴冷泉之請，繼請伊庵權住持，眾常四五百。	693
	洪首座	下	洪首座……出世洪之光孝，蓋應漕使尤延之命。……遷開福而終，尤延之侍郎親爲作傳。	699
馮楫	大慧宗杲	上	時馮濟川侍郎在坐下，忽有省。趙方丈告曰："和尚舉石頭話，揖會也。"喜曰：……	693
趙汝愚	瓊首座	上	閩帥趙汝愚仰其風，累虛大刹，請其出，堅卧不應。	693
	遜庵宗演	下	閩帥趙汝愚待以福之秀峰，堅卧不起。	706
劉堯夫	歸云如本	上	狀元劉堯夫嘗問道於本，氣義相得。	694
呂惠卿		上	大尉呂惠卿因戍邊遊臺山，見其（草衣文殊）貌。……急命畫工圖之，頃刻不見，其像遂傳於京洛間。	695
趙眘	梵隆茂宗	上	水墨觀音像……後惟吳僧梵隆茂宗者尤爲妙絶，孝宗嘗贊之。	695
謝深甫 趙彥逾	德源	上	水墨觀音像……近有閩僧德源，筆猶臻妙。當時鉅公如謝丞相、趙大師彥逾皆有贊其像。	695
范致虚	圓通道旻	上	圓通旻和尚……左丞范公致虚初自内翰出帥豫章，過侯溪，因語次。……翰大喜，從此有所入。	696
吳居厚	圓通道旻	上	樞密吳公居厚，擁節歸鍾陵。見旻曰：……	696
彭汝霖	圓通道旻	上	陳諫議彭公汝霖手寫觀音經施旻，旻拈起曰：……	696
安燾	圓通道旻	上	安相國南遷，經過見旻，嘆曰：……	696
汪聖錫	雪峰蘊聞	下	普慈聞禪師……與狀元汪聖錫厚善。	697
蘇轍	真净克文 上藍順	下	潁濱先生蘇子由，嘗謫筠陽，與真净道契。嘗有頌寄香城順和尚曰：……	697
晁迥		下	晁光禄迥，精窮内外教典，晚年自著《法藏碎金》，流行儒釋中，其語甚敦教化。	697
陸游	徑山智策	下	塗毒老人居鑒湖日，與放翁最厚。紹興壬午七月二十七日示寂，放翁以詩哭之。……又贊其真云：……	699
劉坦之	雷庵正受	下	雷庵受首座，……與抒山居士劉季高之侄平氏者最善。……劉公任丹丘，以巾子峰報恩招之，以頌謝云……	700

续表2-5

文人	僧人	卷次	事迹	頁碼
劉珙	徑山祖慶	下	時劉樞密洪父帥金陵,以鍾山招之,一住二十年。	700
周葵	晦庵慧光	下	晦庵光和尚,嗣雪堂行,住龜峰,遷泉之法石,蓋赴參政周公葵之命。	700
范鎮	圓悟克勤	下	圓悟,初在成都講肆,范丞相伯才見其器質不凡,因作長篇,激其往南方行腳。	700
馮時行	石頭自回	下	今代有蜀人馮當可者,於宗門深有造入,與石頭回禪師撰語錄序。江湖沸傳之。	700
張九成	大慧宗杲	下	無垢居士張九成,參妙喜,有大發明,而宗眼明白。	701
王溉	圓通永建	下	圓通永建上人……平日與無一居士侍郎王溉厚善,有唱酬語膳行於世。	703
史浩	橘洲寶曇	下	曇橘洲者……丞相史公尊其學業,舉以住明之仗錫。……其後史公復造竹院以延之。……請史魏公叙平日行紀,談笑中而化。	704
曾幾	心聞曇賁	下	曾文清公,贛州人,乃寶文侍郎天游之弟,於宗門甚進步,與心聞賁禪師為方外友。	705
甄龍友	净慈曇密	下	故監部甄公龍友,為龍翔疏,請密公。	706

表2-6 《雪堂行拾遺錄》所載宋代文人一覽表

文人	禪師	事迹	頁碼
張商英	璣道者	璣道者,住洪之翠岩。張無盡作漕,入山訪之。	369
張通之	文殊宣能	太守張通之邀至府中……能於通之席上與論五家宗派。	370
陳良弼	净因成	净因成禪師,同法真、圓悟、慈受並十大法師,齋於太尉陳公良弼府第。	370
馮楫	大慧宗杲	佛日和尚,出世住徑山,知府請就靈隱開堂,下座。馮侍郎問:……	371
王正言	黃龍祖心	王正言(御諱),為江西漕,久參晦堂不契。……正言於言下領解。	371
楊杰	聰和尚	時楊次公為憲,按行入州界,夢神人曰:"州有肉身菩薩枉坐螺紲。"楊即訪之,吏以聰事告楊,遂釋之。	372

表 2-7　《枯崖和尚漫錄》所載宋代文人一覽表

人名	禪師	卷次	事迹	頁碼
黃祖舜		上	黃莊定公祖舜，晚尤淡薄，留心禪宗，因觀《傳燈》悟入。	25
王　度	愛堂妙湛	上	新福帥王公度遊山，與論契合，到福以黃檗招之。	26
趙彥櫹	愛堂妙湛	上	愛堂妙湛……後赴吳門守趙公彥櫹承天之請。	26
李　俊	福唐明首座	上	帥李公俊以大雲峰招之，辭以偈。	27
趙希瀞	福唐明首座	上	福唐明首座……帥趙公希瀞盡禮以雪峰迎之。	27
鄭清之	妙峰之善	上	妙峰之善禪師，後居臨安永教。公果付下省札，請住小瑞巖。	27
鄭清之	妙峰之善	上	丞相青山鄭公因天童闕人，奏勉其行。	29
鄭清之	妙峰之善	下	丞相鄭公清之，嘗謁妙峰善禪師。	45
劉鎮	自牧謙	上	自牧謙禪師……遷鼓山，時高州文學劉鎮叔安謫居最久，間往咨參。	29
鄭性之	寂照明首座	上	中樞相鄭公性之居私第，嘗躬詣而問道焉。	30
鄭性之	越山法深	下	樞相鄭公性之，間居日，相與講道，白郡致主釣臺。	45
陳　韡	寂照明首座	上	尚書陳公韡居私第，嘗躬詣而問道焉。	30
陳　韡	竹巖妙印	中	潭州石霜竹巖印禪師……抑齋陳公韡帥潭日，以龍牙、福嚴招之，皆不赴。後以石霜請，不得已而應命。	38
陳　韡	癡絕道冲	下	與尚書陳公韡有宿素之雅，招飯私第，以項王像求贊，即拈筆書云。	43
陳　韡	越山法深	下	尚書陳公韡，間居日，相與講道，白郡致主釣臺。	45
蔣　芾	隱山法璨	上	丞相蔣公芾，居建昌，時號莫齋居士，屢詣光孝寺，問道於璨隱山。	31
曾用虎	祖賢首座	中	郡侯曾公用虎高其風，以襄山慈壽虛席禮請，不赴。	31
陳　宓	祖賢首座	中	祖賢首座，撫之金溪人，人品高妙，得法於癡鈍。……復齋陳公宓，與論持、敬二字。	31
林希逸	祖賢首座	中	遷化後，玉堂林公希逸祭以文。	31
林希逸	辟支巖主立堅	下	淳祐間，郡守林侯希逸延以龜山陳沈二禪道場，迫而後就。	42

续表2-7

人名	禪師	卷次	事迹	頁碼
程公許	北磵居簡	中	趺坐而滅，中舍程公公許奠以文。	32
真德秀	少林妙崧	中	參預真文忠公德秀，與雙徑崧少林同里閈，相與講道，翰帖往來，無歲無之。	32
真德秀	大溈泉山初	下	潭州大溈泉山初禪師，嘗記里之承天寺僧堂……僅九十二字。西山真公典是郡，見而喜。後在湖南，專書招之。	40
齊　碩	笑翁妙堪	中	台舊無律宗，師與郡守齊公碩議合十寺爲一。	33
王居安	笑翁妙堪	中	及遷平江虎丘，閩帥王公居安復以雪峰招之，且貽書廟堂。	33
朱　熹	肯庵圓悟	中	嘗授儒學於晦庵朱文公。	33
辛棄疾	肯庵圓悟	中	與帥辛公棄疾爲同門友，因以黃檗延之。	33
林公遇		中	寒齋高士林公公遇，字養正，弃官無經世意，惟與山林負大法者講明此道……所著述《心鑒錄》有補於吾教。	33
劉克莊		中	後村劉公銘其（林公遇）墓。	33
徐清叟	東山道源	中	東山源禪師……後出世，嗣佛心，東山與參，與徐公清叟爲方外友，公帥閩日，以雪峰招致。	34
史彌遠	枯禪自鏡	中	枯禪鏡禪師，清苦古朴，太師史衛王尤致敬之，初接見，即問曰：……	34
史彌遠	無量崇壽	中	無量壽禪師，撫州人。答太師史衛王云：佛法在一切處……	38
陳貴謙	雙杉中元	中	雙杉元禪師……於武康龍山創雙杉庵館焉。答國史編宗鏡書云……國史公因此開悟。	34
陳貴謙		中	國史陳公貴謙，答舍人真公德秀書曰：承下問禪門事……國史公多見宗匠。	36
陳貴謙	月林師觀	中	國史陳公貴謙，嘗在烏回與月林觀禪師夜坐。	38
陳貴謙	月窟慧清	下	嘉定間，江右憲使陳公貴謙以臨汝天寧延之。	41
陳貴誼	雙杉中元	中	雙杉元禪師，乃柔萬庵之嗣。國史陳公貴謙與弟參預文定公貴誼，於武康龍山創雙杉庵館焉。	34
俞景賢	鄮峰用首座	中	閩山居士俞景賢，入浙遍參知識，後見鄮峰用首座。	37
楊　恢	古月祖照	下	漢陽軍鳳栖古月祖照禪師……順世時，以後事囑侍郎楊公恢……楊公爲之嗟嘖輟食，特叙其語。	41
蔣重珍	東谷妙光	下	東谷光禪師，風神清拔，有精識，見祚明極，與實齋蔣公爲法喜之遊。蔣錄西庵三偈以寄。	42

续表 2-7

人名	禪師	卷次	事迹	頁碼
湯 漢	東谷妙光	下	東谷光禪師……住靈隱已，罷倦溢然矣。東潤湯公漢祭以文。	42
安 丙	掩室善開	下	鎮江府金山掩室開禪師……欲出嶺了大事，樞使安公亦勉以偈。	42
趙以夫	雪峰北山信	下	福州雪峰北山信禪師……漳守趙公以夫聞其道，以南寺招之。	42—43
賈似道	介石智朋	下	介石朋禪師……景定間，丞相秋壑賈公尤崇敬佛法，與奏得旨，住淨慈。	43
黃 允		下	溫陵黃允，字孚中，晚年喜參請，知罪福。	45

第三章　宋代禪林筆記中的僧人世界

宋代禪林筆記的產生是"文字禪"運動的結果，隨著文字禪的全面推動，文學創作成爲叢林各色人等不可或缺的生活。由於對藝術生活的由衷喜愛，禪師們把内心世界的體驗和感悟變成充滿文學意味而又富於禪意的偈頌。不獨日常事物進入禪僧的詩歌，即使是表達對晦澀難懂的義理的理解，禪師們也越來越傾向於用偈頌來暗示他們的境界與心得。在宋代禪林筆記中，僧人參禪學道的會心、遊覽山河的歌詠、離別迎送的唱嘆，無一不可進入偈頌的寫作範圍。從禪僧的偈頌中可見其對死生的淡然、對開悟的欣喜、對教化的自覺。可以説，宋代禪林筆記向我們展示了叢林的生存狀態——一種詩意的生活。偈頌的大量創作反映了宋代禪宗的時代風尚與文化心態，加強了人與人之間更加自覺的互動，而且，誠如方立天先生所説："偈頌體裁的流行進一步使禪風發生了重大變化。禪師通過偈頌來表現自身的覺悟與境界，把生命體悟哲學與詩歌語言融合起來，這不僅引發了禪宗語言實踐方式的深刻變化，也使禪風發生了重大變化，並分別爲禪哲學和禪文學的發展開闢了新的天地。"① 總之，禪僧的詩文偈頌創作賦予喫粥喝茶等尋常生活以禪意，將其變成文學活動的一部分，而對詩文偈頌的興趣是叢林的群體選擇，至少宋代禪林筆記中即是如此。雖然宋代其他的禪籍中也記載了不少文學作品，但是都不如禪林筆記對文學創作的津津樂道。

宋代禪林筆記對詩文偈頌的關注，既是其撰著傳統的體現，也源於宋代文人筆記的滲透。惠洪的《林間録》開禪林筆記寫作風氣之先，它以

---

①　方立天：《禪宗概要》，中華書局，2011年版，第111頁。

"有德者必有言"爲創作導向，而這深刻影響了後來的禪林筆記創作。由於禪林筆記是"有德者必有言"的文字實踐，故其敘述常以其言觀其德，因此僧人之"德"與"言"是禪林筆記塑造禪僧形象的重要手段，而詩文偈頌是"言"的重要組成部分。不過，宋代禪林筆記描寫的禪僧雖然以高僧大德爲主，却並不妨礙作者追求禪僧性格的豐富多樣，即便作者更偏向記錄那些"有言"的禪師。換言之，禪林筆記裏的禪僧是生動活潑的個體，而非整齊劃一的群體面目。此外，由於禪僧形象的刻畫者皆出自禪門，因而我們看到的不僅僅是一群個性鮮明的僧人，從更深的層面來説，禪林筆記摹寫的禪師代表著叢林的規範和價值取向，提倡什麽，反對什麽，作者都有清晰明確的態度。

禪林筆記的產生受到文人筆記的影響，文體特性的延續是一方面，另一個值得重視的是，宋代禪林筆記對詩文偈頌的嘆賞及對叢林軼聞的興趣亦模仿文人筆記。偈頌贊疏的體式爲何，以及什麽樣的偈頌贊疏纔能被大家所追捧從而流布叢林，皆有範例可循。宋代不僅有專門談詩論文的詩話、文話等著作，文人筆記中也有很多探討文學創作的內容，最直接的表現爲宋人筆記中有記載詩文的門類，如《夢溪筆談》卷十四、十五、十六爲"藝文"類，王得臣《麈史》有"詩話""論文"類，范正敏《遯齋閒覽》有"詩談"類，吳曾《能改齋漫錄》卷十一有"論詩"類，王應麟《困學紀聞》卷十七、十九有"評文"類、卷十八有"評詩"類等。至於宋代文人筆記所追求的諧趣性，《夢溪筆談》卷二十三有"譏謔"類，王得臣《麈史》有"諧謔"類，范正敏《遯齋閒覽》有"諧噱"類等。正是文人筆記的示範作用，宋代禪林筆記所記載的禪僧在談禪說法中顯露了寫作偈頌的熱情，在吟詩作文時不乏風趣和幽默。

因此，本章主要探討宋代禪林筆記如何敘述禪師的詩意生活，如何塑造禪師形象，如何以禪師之"言"來表現禪師之德。

第一節　身份認同：禪師德行的具現

禪宗發展至宋代，世俗化和本土化的進程更加明顯，從禪宗的演進來看，禪宗的日益世俗化和本土化，是禪宗爲了生存而不得不作出的妥協，但站在宗教的立場，禪宗作爲一種宗教，過分世俗化"却是一種終極意義和自覺意識的泯滅，是一種道德水平和人生價值的貶抑，也是宗教團體和宗教紀律的瓦解"①。但不管是叢林内部的危機還是來自外部世界的壓力，禪宗都需要不斷鞏固自身的地位以求法脉不斷。因此，宋代許多禪師站出來維護禪門的優良傳統，如前文所説，宋代禪林筆記的産生便是宋僧護法意識的文字呈現。叢林清規以儀式性的規定來約束禪師的行爲和維持叢林的秩序，而宋代禪林筆記以禪師的具體行事來昭示叢林的規範和法則。

宋代禪林筆記塑造了一群性格各異的僧人形象，讀禪林筆記，宋代禪僧的面貌氣韻恍然如在目前。他們的言行被作爲叢林的"典刑"而進入作者的叙述當中，無論師徒宗風的傳承與延續，還是同道之間禪法詩文的切磋和往來，其言行舉止都代表了叢林對僧人的要求。宋代禪林筆記對禪僧行迹的載録，最終目的是彰顯禪門的精神和風度，爲後輩學者樹立學習的典範。故守道者如何護法，爲師者如何傳道，爲弟子者如何衛宗，爲住持者如何興寺等，作者皆發表了自己的看法。總之，禪林筆記將一衆"有德宗師"推到人前，力求鞏固宗門的神聖地位。

禪宗十分重視禪師的道德，如雙杉中元禪師云："師苟有道行，則可使迷者悟，塞者通，其裨助世教，要非小補。"② 有道行的禪師可以啓悟迷者，有補宗教，其德行之重要不言而喻。又如或庵師體禪師云："道德乃叢林之本，衲子乃道德之本。"③ 而有德者是禪門興盛的保證，據《禪林寶訓》引李彭《日涉記》："真净聞一方有道之士化去，惻然嘆息至於泣涕。時湛堂爲侍者，乃曰：'物生天地間，一兆形質枯死殘蠹似不可逃，何苦自傷？'真净曰：'法門之興，賴有德者振之，今皆亡矣，叢林衰替用此可卜。'"④ 法門的興盛依靠有德者，有德者亡而叢林衰，這正是宋代禪林筆記一再强調前輩"典刑"的根本原因，雖然前賢早已死亡，尚有其道德與精神留存後世，可資借鑒。一位禪師的德行，既是他自身言行的外現，也反映在他與外界的一切聯繫上，如其與師長友朋、弟子後輩等的關

---

① 葛兆光：《中國禪思想史——從六世紀到十世紀》，上海古籍出版社，2011年版，第29頁。
② [宋]圓悟：《枯涯和尚漫録》卷下，第43頁。
③ [宋]净善：《禪林寶訓》卷四，第1038頁。
④ [宋]净善：《禪林寶訓》卷一，第1022頁。

係，對世俗權力的態度等。再者，禪宗以"燈燈相續"的方式進行傳衍，一位祖師的禪法與德行，對門下子孫後輩的影響力不容小覷。

一、謹守身份，安貧樂道

宋代禪林筆記評價禪師常用的詞語是"本色"，如《林間錄》云：

> 杭州興教小壽禪師，初隨天台韶國師。普請，聞墮薪而悟，作偈曰："撲落非他物，縱橫不是塵。山河及大地，全露法王身。"國師領之而已。及開法，衲子爭師尊之。御史中丞王公隨出鎮錢塘，往候壽，至湖上，去騶從，獨步登寢室。壽方負暄氎衣自若，忽見之，問曰："官人何姓？"王公曰："隨姓王。"即拜之，壽推蒲團藉地而坐，語笑終日而去。門人見壽，讓之曰："彼王臣來，奈何不爲禮？此一衆所係，非細事也。"壽唯唯。佗日，王公復至，寺衆橫撞大鐘，萬指出迎，而壽前趨，立於松下。王公望見，出輿握其手曰："何不如前日相見，而遽爲此禮數耶？"壽顧左右，且行且言曰："中丞即得，奈知事瞋何。"其天資粹美如此，真本色住山人也。①

小壽禪師，即興教洪壽禪師（944—1008），爲法眼宗僧人，其法系爲：清涼文益—天台德韶—興教洪壽。此則故事通過王隨兩次拜訪洪壽禪師待遇的不同而展開，王隨第一次拜訪，洪壽禪師並無分別之心，把王隨看作平常的參問者，"推蒲團藉地而坐，語笑終日"，洪壽禪師因未尊禮王臣而遭到門人的責怪。王隨第二次來訪，寺院大張旗鼓地迎接王隨，洪壽禪師"前趨，立於松下"，王隨認爲洪壽禪師不必"遽爲禮數"，王隨率性回答："中丞即得，奈知事瞋何。"惠洪對洪壽禪師的評價是"天資粹美如此，真本色住山人也"。"本色住山人"來自禪宗的公案，《景德傳燈錄·福州大安禪師》卷九云："雪峰和尚因入山，采得一枝木，其形似蛇。於背上題云：'本自天然，不假雕琢。'寄來與師。師云：'本色住山人，且無刀斧痕。'"②雪峰禪師和大安禪師對天然蛇形木的吟誦，提倡其天然和本色，反對刀斧雕琢，這則公案體現了禪宗解放心靈、順其自然的宗旨。

---

① ［宋］惠洪：《林間錄》卷上，第245頁。
② ［宋］道原：《景德傳燈錄》卷九，第267-268頁。

本色，即人最爲本真的狀態，洪壽禪師未知王隨身份時，與其談笑自若，知曉其身份時，亦能按照知事的要求以禮待人，對王隨的問話率性作答，不隱藏自己的真實想法，在惠洪看來，這就是自然而然的生存方式。又《人天寶鑒》引《汀江集》云：

> 法昌遇禪師，臨漳高亭人。幼弃家，有大志，遊方，名著叢席，浮山遠公指謂人曰："此後學行脚樣子。"晚於分寧之北，千峰萬壑，古屋敗垣，遇安止之。衲子時有至者，皆苦其作勞，未嘗有一語委曲以示其徒。學者不能曉其意，又不能與之同憺泊辛苦，悉皆引去，以故單丁住山，而晨香夕燈陞堂説法，至老不廢。叢林所服玩者無不備，龍圖徐禧嘆曰："無眾如有眾，真本色住山。"將化前一日遇，作偈遺曰："今年七十七，出行須擇日。昨夜報龜哥，報道明朝吉。"徐覽偈聳然，邀靈源同往，至彼已寂然矣。①

法昌倚遇禪師（1005—1081），其法系爲：雲門文偃—洞山守初—福嚴良雅—北禪智賢—法昌倚遇。從上面所述可以看出，法昌倚遇禪師的"本色"即"遇安止之""無眾如有眾"，也就是不受外部世界的干擾，而能持守内心的清净和自己的本職，是一種隨遇而安的生活態度。又《叢林盛事》卷上云："竦空谷者，余杭人。在象田演座下充維那，爲人清苦貧甚，冬則蘆華當絮，自非本色，叢林斷不放複。"② 此處的"本色"指竦空谷堅守其清苦貧困的生活。據《叢林盛事》卷中載："或庵示眾云：……眾中本色黃面老衲，雖證道果，密追古風，退步潛藏守分，不能親近權貴，無力救弊，冷處危坐，袖手想見，點頭咨嗟其荒寒薄伎紛紜耳。"③ 或庵，即或庵師體禪師（1108—1179），其法系爲：五祖法演—圓悟克勤—此庵景元—或庵師體。此段話繫於或庵禪師描述叢林衲子"求飽暖温和""結識貴人以爲外護，得其自便之計"等衰弊之風後，從其敘述可知，"本色"老衲，指的是那些"證道果，密追古風，退步潛藏守分"的禪師，雖然或庵禪師感嘆他們"無力救弊"，却無批判指責之意。又《枯涯和尚漫錄》卷中載："西山亮禪師……出世金陵清真，提唱語言，發

---

① [宋]曇秀：《人天寶鑒》，第2頁。
② [宋]道融：《叢林盛事》卷上，第694頁。
③ [宋]道融：《叢林盛事》卷中，第705頁。

若機括。寄天童痴絕云：'潦倒西山，百不能隨身。賴有一枝藤，東撐西拄消閑日，甘作荒山小院僧。'住四明小靈隱而終。西山，蜀人，性方雅，不喜與俗流交。無準叙其語，稱爲本色宗師者也。"① 西山亮禪師（1153—1242），其法系爲：大慧宗杲—遯庵宗演—西山亮。有《西山亮禪師語錄》一卷，道冲跋語稱："西山老人，如證而說，如說而行，不犯雕琢，渾然天成。"② 從亮禪師的偈語及他人的評價可知，所謂本色指亮禪師安貧守道的自適和渾然天成的樸素本質。

綜觀以上，所謂本色是指禪師安貧處約、天然淳樸、率意而爲的本真狀態。但是在宋代禪林筆記中，本色一詞的更深意義在於，它代表了禪師對自我價值的認定和身份的認同，表明僧人對俗世外物的態度。宋代禪林筆記用"本色"一詞來評價禪師，說明守持本心、不被塵世的聲色名利所迷惑是出家人的本分和最基本的品質，如白雲守端所說："守道安貧，衲子素分。"③ 宋代禪林筆記描繪了不少生活清苦的禪師，如《林間錄》載，惠洪嘗見契嵩寫給月禪師之信曰："數年來欲製紙被一翻，以禦苦寒，今幸已成之。"④ 可見契嵩的苦硬清約之風。卷下載重善禪師"爲人敬嚴"，其門下衲子百餘人以紙爲被。⑤《人天寶鑒》引《隱山集》稱净因道臻禪師"奉身至約，一布裙二十年不易"⑥。《叢林盛事》卷上載雪堂道行禪師"依佛眼禪師爲侍者"，"一衲度寒暑"，後來其父出守三衢，道行與其母見面時，"閣者見其繿縷，再三不與進"。見到母親後，洗浴著新衣，道行泣曰："我幾年與他爲眷屬，豈一旦遽相捨耶？"⑦ 可見道行禪師的勤苦儉約。《叢林盛事》卷下載石窗法恭禪師"克苦爲人，布素以禦寒暑"⑧。《枯崖和尚漫錄》卷上載："福唐明首座，號寂照……三十餘年守一破紙被，見地明白，遵記而耻表襮，依林藪而安寂寥，始卒不易。"⑨ 又如淳

---

① [宋] 圓悟：《枯崖和尚漫錄》卷中，第 34—35 頁。
② [宋] 道冲：《西山亮禪師語錄跋》，覺心等編：《西山亮禪師語錄》，《卍新纂續藏經》第 69 册，第 651 頁。
③ [宋] 净善：《禪林寶訓》卷二，第 1025 頁。
④ [宋] 惠洪：《林間錄》卷上，第 259 頁。
⑤ [宋] 惠洪：《林間錄》卷下，第 260 頁。
⑥ [宋] 曇秀：《人天寶鑒》，第 11 頁。
⑦ [宋] 道融：《叢林盛事》卷上，第 687 頁。
⑧ [宋] 道融：《叢林盛事》卷下，第 699 頁。
⑨ [宋] 圓悟：《枯崖和尚漫錄》卷上，第 27 頁。

庵净禪師，"尤能節儉省事，不勞役人，亦如舜老夫，炙灯掃地皆躬爲之"①。又本真書記，"奉己甚約，食僅足而已，岩谷幽遠，水木清華，眇然絶俗離世，若將終身"②。《枯涯和尚漫錄》卷下載，雙杉中元住山，"能極枯淡，專一行道，若機簡堂，私居雖處暗室，如臨大賓，似證老衲。此亦哲人律己，又見於微細者也，賢矣哉"③。又西山亮禪師，"福州人，枯硬儉約，嘗蓄紙被一張，補粘殆遍，寒暑不易。由鼓山首座寮赴雲門請，及遷黃檗，未嘗別換侍僧。一夜，潛以絹衾易之，亮驚叫，責曰：'我鮮福，平生未嘗敢服縑素，況此被相隨三十年矣，其可弃乎？'聞者謂其住山有古人風"④。西山亮禪師三十年寒暑纔一張紙被，其儉約不言而喻，聞者謂西山亮禪師"住山有古人風"，可知叢林對樸素古風的推重，而這就是宋代禪林筆記刻畫了諸多清貧守道的禪師形象的緣由所在。此外，對清貧守道禪師的舉揚涉及禪宗對世俗權力的態度，就禪門自身來說，最直接的就是是否出世住持的問題，此點下文將詳細論述。

二、汲汲求道，遍參尊宿

衲子的本分，除了"守心城，奉戒律"⑤，生平的主要任務便是求道和傳法。行脚則是禪僧修行求道的重要途徑，《祖庭事苑》云："行脚者，謂遠離鄉曲，脚行天下，脱情捐累，尋訪師友，求法證悟也。所以學無常師，遍歷爲尚。善財南求，常啼東請，盖先聖之求法也。永嘉所謂'遊江海，涉山川，尋師訪道爲參禪'，豈不然邪？"⑥禪師行脚是爲了"尋師訪友"，期於"求法證悟"，"遍參"成爲時尚。在宋代禪林筆記中，有不少遍參法席的禪師，如《林間錄》載，金華懷志上座因受禪者的激勵而罷講，"南詢，至洞山，時雲庵和尚在焉，從之遊甚久。去，遊湘上，庵於石頭雲溪二十餘年"⑦。《大慧普覺禪師宗門武庫》載："自慶藏主者，蜀

---

① [宋] 圓悟：《枯涯和尚漫錄》卷上，第28頁。
② [宋] 圓悟：《枯涯和尚漫錄》卷上，第31頁。
③ [宋] 圓悟：《枯涯和尚漫錄》卷下，第44頁。
④ [宋] 圓悟：《枯涯和尚漫錄》卷下，第44頁。
⑤ [宋] 净善：《禪林寶訓》卷一，第1018頁。
⑥ [宋] 善卿：《祖庭事苑》卷八，《卍新纂續藏經》第64册，第432頁。
⑦ [宋] 惠洪：《林間錄》卷下，第267-268頁。

人，叢林知名，遍參真如、晦堂、普覺諸大老。"①"法雲杲和尚，遍歷諸家門庭。"② 又如《雪堂行拾遺錄》載，圓通法秀禪師，"得天衣懷印證後，遍參，至浮山，遠一見而器之"③。又五祖在受業寺逐字禮蓮經時，獲得老宿的啓悟而南遊，"初抵興元府……登塗往浙西參圓照，次見浮山遠，遠知其根器異，指見白雲端"④。據《叢林盛事》卷上，無著道人妙總，"遍參諸大老"⑤。此書卷中載"石窗恭禪師，遍參諸方，久依黃龍忠道者，後依宏智"⑥。法恭禪師（1102—1181），號石窗叟，其法系爲：芙蓉道楷—丹霞子淳—天童正覺—石窗法恭。《枯涯和尚漫錄》卷上載，本真書記"出嶺，遍參叢席，有特立操行"⑦，卷下載隆首座"壯歲游方，多見尊宿"⑧。禪僧雲遊行脚、參學訪師，是禪門之間的主要交流方式，禪僧的行脚將不同地域之間的叢林連接起來，打破了門庭壁壘，有利於禪思想的碰撞和滲透。至少在宋代禪林筆記中，各宗派之間並非界限分明，嚴守門庭，而是逐漸趨向融合，如《林間錄》載雲峰文悦與雪竇重顯的故事云："悦禪師妙年奇逸，氣壓諸方。至雪竇，時壯歲與之辯論，雪竇常下之。每會茶，必令特榻於其中，以尊异之，於是悦首座之聲價照映東吳。及悦公出世，道大光耀。有蘭上座者，自雪竇法窟來，悦公勘詰之，大驚，且譽於眾，相從彌年而後去。前輩之推轂後進，其公如此。初，未嘗以雲門、臨濟二其心。"⑨ 臨濟宗的雲峰文悦禪師因雲門宗禪師雪竇重顯的"尊异"而"聲價照映東吳"，雪竇重顯的弟子蘭上座得到雲峰文悦的贊譽，可見二位宗師推舉後進，"未嘗以雲門、臨濟二其心"。又如《叢林盛事》卷上："鑒咦庵與賢在庵，俱嗣心聞賁。鑒嘗頌罽賓國王斬師子尊者公案云：'尊者何嘗得蘊空，罽賓刃下斬春風。桃華雨後恣零落，染得一溪流水紅。'叢林爭傳之。乃賢頌勘婆話曰：'冰雪佳人貌最奇，常將玉笛向人吹。曲中無限華心動，獨許東君第一枝。'妙喜一見，大稱賞曰：

---

① ［宋］道謙：《大慧普覺禪師宗門武庫》，第944頁。
② ［宋］道謙：《大慧普覺禪師宗門武庫》，第947頁。
③ ［宋］道行：《雪堂行拾遺錄》，第371頁。
④ ［宋］道行：《雪堂行拾遺錄》，第373頁。
⑤ ［宋］道融：《叢林盛事》卷上，第693頁。
⑥ ［宋］道融：《叢林盛事》卷中，第699頁。
⑦ ［宋］圓悟：《枯涯和尚漫錄》卷上，第31頁。
⑧ ［宋］圓悟：《枯涯和尚漫錄》卷下，第39頁。
⑨ ［宋］惠洪：《林間錄》卷下，第272頁。

'賁老有此兒,黃龍法道未至委地。'觀夫前輩之汲引後進,唯是公論,初無宗黨之分耳。"① 鑒咦庵,即咦庵宗鑒禪師,爲臨濟宗黃龍派僧人,其法系爲:長靈守卓—育王介諶—心聞曇賁—咦庵宗鑒。宗鑒禪師和賢禪師雖爲黃龍派僧人,其偈頌却受到臨濟宗楊岐派禪師宗杲的稱賞,可知"前輩之汲引後進",持論公允,無分別宗派之心。通過兩個例子不難發現,去除宗派异見、提携後進,是宋代禪林筆記對有德宗師的要求之一。而這種泯滅宗派差异的觀念,是禪師尋師訪友的先決條件,誠如惠彬在《叢林公論》中所言:"雪峰九到洞山,三上投子,遂嗣德山;臨際得法於大愚,終承黃檗;雲岩蒙道吾訓誘,乃爲藥山之子;丹霞承馬祖印可,而作石頭之裔。佛祖之意,欲人人自證自悟,脱生離死,本無一法第相傳受而爲師弟子。醻唇先師云,道須自得,得而非得,妙契本空,具無師智、自然智,直饒道'天上天下,唯吾獨尊',猶是傳語底人。大丈夫爲先天之師,具全機之用,故曰'我爲法王,於法自在',何拘師承之有?"② 也就是説,求法在於自證自悟,不必拘泥於宗派師承的苑圍,這是前賢們得法自在的竅門。

行脚促進了禪林的溝通,對禪師個人而言,行脚意味著禪法的精進和識見的增長,用儒家的話來説:"僧家行脚,接四方之賢士,察四方之事情,覽山川之形勢,觀古今興亡治亂得失之迹,這道理方見得周遍。"③ 禪宗甚至有"行脚歌"來闡明行脚的重要性,如汾陽善昭的《行脚歌》稱行脚"五湖四海歷叢林""親覲祖宗明見性"④。既然行脚、遍參如此重要,那麽叢林如何看待未曾遍歷諸方者呢?據《叢林盛事》卷下載:"蔣山元,嗣慈明。元後得雪竇雅,雅得慈覺印、混融然實嗣之。乾道間,然住金陵天禧,時妙痴禪住保寧,明大禪住蔣山。明薄然,以其流派非黃龍、楊岐直下也,嘗與廷諍。然口辯捷,明頗遭所困,竟得痴禪解之。然器量過人,但出世太早,不歷諸方門户,宗眼混淆,故叢林多以此薄

---

① [宋]道融:《叢林盛事》卷上,第695頁。
② [宋]惠彬:《叢林公論》,第772頁。
③ [宋]黎靖德編,王星賢點校:《朱子語類》卷一百一十七,中華書局,1986年版,第2830頁。
④ [宋]汾陽善昭:《行脚歌》,[宋]楚圓:《汾陽無德禪師語録》卷下,《大正藏》第47卷,第619頁。

之。"① 混融然，其法系爲：風穴延沼—首山省念—汾陽善昭—石霜楚圓—蔣山贊元—雪竇法雅—慈覺普印、混融然。妙痴禪，即痴禪元妙禪師（1111—1164），其法系爲：慧林宗本—長蘆崇信—慈受懷深—寂室慧光—痴禪元妙。明大禪，即大禪了明禪師（？—1165），爲大慧宗杲法嗣。混融然禪師並非臨濟宗黃龍、楊岐兩派的嫡系，即宗派不分明，因此受到大禪了明的鄙薄。按照道融的邏輯，雖然混融然禪師口才辯捷，器量過人，但由於他出世太早，沒有遍參諸方，導致一宗之正法眼混淆，故不被叢林中人所看重。換言之，遍參諸方能宗眼明白，不遍參則宗眼混淆，以致備受輕視，足見禪宗的"遍參爲尚"。當然，行脚並非只爲自身的修行，誠如汾陽善昭禪師所言："驅馳行脚，決擇深奧，傳唱敷揚，博問先知，親近高德，蓋爲續佛心燈，紹隆祖代，興崇聖種，接引後機，自利利地，不忘先迹。"② 可見禪僧行脚的根本目的在於自己證悟之後，能夠弘揚佛法，接引後進，延續佛命。禪師的行脚、遍參和遊方，不僅增強了叢林僧人的流動性，而且確立了禪師之間的師生、友朋關係。

三、善擇嚴師，廣交益友

宋代禪林筆記認爲，求道不可無嚴師益友，《人天寶鑒》引真如喆禪師之語云："衲子內無高明遠見，外乏嚴師良友，鮮克有成器者。"③ 即衲子"成器"既需要自身見識深遠，也得靠嚴師良友的幫扶。叢林一向崇奉師嚴而道尊的傳統，《禪林寶訓》卷一引耿龍學《與高庵書》云："演祖自海會遷東山，太平佛鑒、龍門佛眼，二人詣山頭省覲。祖集耆舊主事，備湯果夜話。祖問佛鑒：'舒州熟否？'對曰：'熟。'祖曰：'太平熟否？'對曰：'熟。'祖曰：'諸莊共收稻多少？'佛鑒籌慮間，祖正色厲聲曰：'汝濫爲一寺之主，事無巨細，悉要究心。常住歲計，一衆所係，汝猶罔知，其他細務不言可見。山門執事，知因識果，若師翁輔慈明師祖乎？汝不思常住物重如山乎？'蓋演祖尋常機辯峻捷，佛鑒既執弟子禮，應對含緩，乃至如是。古人云，師嚴然後所學之道尊，故東山門下子孫多賢德而超邁

---

① [宋] 道融：《叢林盛事》卷下，第701頁。
② [宋] 楚圓：《汾陽無德禪師語錄》卷上，第597頁。
③ [宋] 曇秀：《人天寶鑒》，第1032頁。

者，誠源遠而流長也。"① 佛鑒禪師在寺院收稻多少的問題上遲緩思慮，不敢妄答，於是遭到了法演禪師的嚴厲訓責。在耿龍學看來，正是法演禪師尋常説話機辯峻捷，因此作爲弟子的佛鑒禪師從容和緩，不敢輕率應對。《學記》云："凡學之道，嚴師爲難。師嚴然後道尊，道尊然後民知其敬。"因而法演門下弟子大多有賢才德行，不同凡俗，東山法門源遠流長，是師嚴而所學之道尊的最佳明證。此外，《學記》所云的"嚴師"爲尊重老師之意。在上面這則材料中，佛鑒禪師含緩應對爲尊師之舉，而法演禪師的"正色厲聲"乃爲嚴格老師的表現，所以耿龍學的評價有雙重含義，既是尊敬老師而道尊，又是老師嚴格而道尊，可見禪宗和儒家在對師生要求上的高度統一。

禪師之成就法道，除了自身的高明遠見，還須有嚴師良友的相助，故禪林筆記對弘法嚴峻的禪師極其推崇，如《林間録》載守芝禪師云：

> 雲峰悦禪師初至高安大愚，見芝和尚。芝問曰："汝來何所求？"對曰："擬學佛法。"芝曰："佛法豈可容易學，趁色力强健，爲衆乞飯一遭，學未晚。"悦天姿純至，信受其言，即往行乞。既還，而芝移居翠岩，悦又詣芝所，求入室。芝曰："佛法且置之，大衆夜寒須炭，更當乞炭一次，學未晚。"悦又行乞，歲晏，載炭歸，且求示誨。芝曰："佛法不怕爛却，維那方缺人，子當就職，勿辭也。"遂鳴犍稚白衆，請之。悦有難色，拜起，追悔，欲弃去，業已當之，因中休然，恨不曉芝公之意果如何耳。一日，束破桶，引篾觸盆墮地，遂大悟，方見芝公用處。走見芝，芝笑呼曰："維那，且喜大事了畢。"悦未及吐一言，再拜，汗如雨而去。故其門風孤峻，未嘗有構之者。南禪師嘗語大寧老原曰："渠欲人人悟解，如此豈可得哉？"②

芝和尚，即大愚守芝禪師，其法系爲：風穴延沼—首山省念—汾陽善昭—大愚守芝。此段叙述雲峰文悦禪師像向守芝禪師求道的艱難經歷，守芝禪師堅持"佛法豈可容易學"的理念，故讓文悦禪師爲衆乞飯、乞炭，管理僧衆事務，以鍛煉其身心、磨礪其意志。而文悦禪師一一實踐守芝禪師要求之事，最終因"束破桶，引篾觸盆墮地"而大悟。守芝禪師對文悦

---

① ［宋］净善：《禪林寶訓》卷一，第1019頁。
② ［宋］惠洪：《林間録》卷上，第254頁。

禪師雖無直接的言語開導和教誨，但是用乞飯、乞炭等生活瑣事來暗示文悅禪師，佛法存在於平常生活中，只有自己親自去體驗，才能感悟道的所在。守芝禪師門風孤峻，由此可見一斑。又《林間錄》稱黃龍惠南禪師"其門風壁立，雖佛祖亦將喪氣，故能起臨濟已墜之道"①。又如《叢林盛事》記正堂明辯禪師"家風嚴冷，眾皆畏憚之"②。復安可封禪師"氣蓋諸方，開口即貶剥，間不容私"③。《枯崖和尚漫錄》卷中記笑翁妙堪禪師"門風壁立，氣蓋諸方"④。《枯崖和尚漫錄》卷下載蒺藜正曇禪師："初居湖州普濟，荒寂如傳舍，夙夜自對聖僧坐禪，凡九年。後住蘇之穹隆，門風愈高峻，鮮有入者。室中常云，穹隆有句子，衲子下語不下語，一例打罵。無準時在會中為藏主，少忤被趁出，且曰：'教他住徑山，却來見老僧。'"⑤ 正曇禪師，其法系為：密庵咸杰—松源崇嶽—蒺藜正曇。正曇禪師室中衲子，不管下語與否，一律遭到打罵，正曇禪師的打罵旨在打破參學者對語言文字的執著，從而以直覺體驗來悟道，而從無準"少忤被趁出"，可見蒺藜正曇禪師門風的峻烈。禪宗一貫主張"不涉理路，不落言詮"，而怒罵是最直接簡單的截斷理路言詮的方法。關於祖師為何喜歡怒罵衲子之事，死心禪師作了解釋，《禪林寶訓》轉引死心禪師之事曰："死心住雲岩，室中好怒罵，衲子皆望崖而退。方侍者曰：'夫為善知識，行佛祖之道，號令人天，當視學者如赤子。今不能施慘怛之憂、垂撫循之恩、用中和之教，奈何如讎見則詬罵，豈善知識用心乎？'死心拽拄杖趁之曰：'爾見解如此，他日諂奉勢位、苟媚權豪、賤賣佛法、欺罔聾俗定矣。予不忍，故以重言激之，安有他哉？欲其知恥改過，懷慕不忘异日做好人耳。'"⑥ 方侍者，即超宗慧方禪師（1073—1129），其法系為：黃龍慧南—黃龍祖心—死心悟新—超宗慧方。慧方禪師認為，善知識傳法當"施慘怛之憂、垂撫循之恩、用中和之教"，即禪師對參學者要慈悲惻隱、撫育隨順，要像對待兒童一樣溫和，不應如對待仇敵般一見則怒罵。而死心禪師指出，怒罵參學者在於讓其改過遷善、懷慕人心，從而杜絕衲子曲佞

---

① [宋] 惠洪：《林間錄》卷下，第265頁。
② [宋] 道融：《叢林盛事》卷上，第692頁。
③ [宋] 道融：《叢林盛事》卷下，第703頁。
④ [宋] 圓悟：《枯崖和尚漫錄》卷中，第33頁。
⑤ [宋] 圓悟：《枯崖和尚漫錄》卷下，第42頁。
⑥ [宋] 净善：《禪林寶訓》卷三，第1029頁。

權豪、輕賤販賣如來大法的行爲。換言之，禪師好怒罵的終極目的是弘護佛法。以上所舉皆是門風嚴峻的禪師。門風的嚴峻，既指禪師接引學人的手段峻烈，也反映了參禪求道的不易，至少從宋代禪林筆記的記錄來看，悟道不是一蹴而就的事，而是長期苦心經營、遍參諸方的結果。同時，門風冷峻表現了禪師對佛法的嚴肅認真態度，畢竟追求至高無上的禪真理是他們終其一生的信念，不可馬虎了事。《羅湖野錄》甚至把門風難入的五祖比作龍門：

> 湖州上方岳禪師，少與雪竇顯公結伴遊淮山。聞五祖戒公喜勘驗，顯未欲前，岳乃先往，徑造丈室。戒曰："上人名甚麼？"對曰："齊岳。"戒曰："何似泰山？"岳無語，戒即打趂。岳不甘，翌日復謁。戒曰："汝作甚麼？"岳回首，以手畫圓相呈之。戒曰："是甚麼？"岳曰："老老大大，胡餅也不識。"戒曰："趁爐竈熱，更搭一個。"岳擬議，戒拽拄杖趂出門。及數日後，岳再詣，乃提起坐具曰："展則大千沙界，不展則毫髮不存，爲復展即是，不展即是？"戒遽下繩床，把住云："既是熟人，何須如此？"岳又無語，戒又打出。以是觀五祖真一代龍門矣，岳三進而三遭點額。張無盡謂雪竇雖機鋒穎脫，亦望崖而退，得非自全也耶？①

上方齊岳禪師，其法系爲：雲門文偃—雙泉師寬—福昌重善—上方齊岳。此段述齊岳禪師入五祖師戒室求勘驗的故事，經過三次交鋒，齊岳禪師最終仍未得到五祖的首肯，反而每次都被師戒禪師"打趂"，齊岳禪師之所以被趕逐，乃是因爲第一次未回答出"齊岳即泰山"這樣簡單的提問；第二次的問答體現了禪宗"説似一物即不中"的觀念，悟的感覺無法比擬和形容，而齊岳禪師非要説出來，沒有達到五祖師戒的預期；第三次問答意爲坐具既似大千沙界又似毫髮俱無，不必糾結，但齊岳禪師並未理解其中的深意。由於五祖門風高峻，因此，曉瑩稱其"真一代龍門"，致使齊岳禪師"三進而三遭點額"。"點額"的典故出自酈道元《水經注》："鱣，鮪也。出鞏穴，三月則上渡龍門，得渡爲龍矣。否則，點額而還。"點額而還指撞跳龍門的鯉魚頭額觸石壁，未能得渡成龍，此處喻指齊岳禪

---

① ［宋］曉瑩：《羅湖野錄》卷二，第232頁。

師未契禪機，沒有通過五祖的勘驗。不僅齊岳禪師點額而還，即使機鋒穎脫的雪竇重顯亦"望崖而退"，可見五祖師戒的門風嚴緊，如龍門般難入。對那些"求道不精進者"而言，嚴師能起到督促的作用，如雲庵和尚所說："爲弟子者能不忘精進，則爲師者不害於太峻。"① 換言之，只要堅持修禪，毫不懈怠，那麽即使老師再嚴格也不會妨害參禪。不過，雖然門風高峻的禪師令人望崖而退，但只要入其門下，往往能成大器。據《枯崖和尚漫録》所載，松源崇嶽禪師"慶元間，被旨住靈隱，門庭高峻，入者鮮不爲大器"②。這大概就是宋代禪林筆記尊崇門風嚴緊的禪師的根由所在，門雖難入，一旦入門則預示著成就法道。此外，爲師者不僅要嚴格，還要謙虛自守，如《羅湖野録》載世奇首座："佛眼屢舉分座，且力辭曰：'世奇淺陋，豈敢妄作模範。況爲人解粘去縛，如金篦刮膜，脱有差，則破睛矣。'佛眼美以偈曰：'有道只因頻退步，謙和元自慣回光。不知已在青雲上，猶更將身入眾藏。'其謙抑自守見於佛眼之偈。而浮躁炫露好爲人師者，聞奇之高風，得不羞哉？"③ 世奇首座謙虛自守，佛眼禪師屢次薦舉其分座説法皆被推辭，他的高風亮節受到佛眼禪師的贊賞。曉瑩雖未明確拈出禪師應如何謙遜，但其言語間透露出對世奇的欣賞之意。老師對弟子嚴格有助於道法的提升，作爲弟子，尊重老師是最基本的美德，如《林間録》載大覺懷璉禪師對雲居曉舜禪師的敬重：

  大覺禪師璉公，以道德爲仁廟所敬，天下想望風采。其居處服玩可以化寶坊也，而皆不爲。獨於都城之西爲精舍，容百許人而已。栖賢舜老夫，爲郡吏臨以事，民其衣，走依璉。璉館於正寢，而自處偏室，執弟子禮甚恭。王公貴人來候者，皆怪之。璉具以實對，且曰："吾少嘗問道於舜，今不當以像服之殊而二吾心也。"聞者嘆服。仁廟知之，賜舜再落髮，仍居栖賢。④

舜老夫，即雲居曉舜禪師，其法系爲：雲門文偃—德山緣密—文殊應真—洞山曉聰—雲居曉舜。懷璉禪師因年輕時曾向曉舜禪師問道，故即使

---

① ［宋］惠洪：《林間録》卷下，第249頁。
② ［宋］圓悟：《枯崖和尚漫録》卷上，第26頁。
③ ［宋］曉瑩：《羅湖野録》卷二，第229—230頁。
④ ［宋］惠洪：《林間録》卷上，第246頁。

曉舜禪師被奪去僧服，懷璉禪師仍然把他當作老師對待，"執弟子禮甚恭"，可見懷璉禪師的道德。又如《大慧普覺禪師宗門武庫》云：

> 暹道者久參雪竇，竇欲舉住金鵝，暹聞之，夜潛書偈於方丈壁間即遁去。……暹後出世開先，承嗣德山遠和尚，續通雪竇書，山前婆子見專使欣然問曰："暹首座出世，爲誰燒香？"專使曰："德山遠和尚。"婆子詬罵曰："雪竇抖擻屎腸説禪爲爾，爾得恁麼辜恩負德。"①

暹道者，即開先善暹禪師，其法系爲：雲門文偃—雙泉仁郁—德山慧遠—開先善暹。善暹禪師雖久參雪竇，但是出世開先寺時，其身份爲德山慧遠禪師的弟子。送信使者回答山前婆子，善暹禪師爲慧遠禪師燒香，遭到婆子的痛罵，在婆子看來，雪竇曾經是善暹禪師的老師，理應受到尊崇。所謂燒香，與告香類似，即禪僧向住持問法和入室求學時的一種儀式，燒香確立了師承關係，據《敕修百丈清規》："古法未預告香，不許入室。"② 即只有經過告香儀式之後，弟子才有入室求法的資格，因此，燒香是一種表示尊重的禮節。是否真有這麼一位山前婆子姑且不論，這個故事旨在強調參學者應當禮敬老師。在上面兩個例子中，作者並未明確提倡尊師的品德，而是借他人之口來宣揚敬重老師的觀點，加強了表現力，宋代禪林筆記對禪師道德的張揚多采用此種表達方式。由於作者置身故事之外，以冷靜客觀的筆法來敍事，感染力得到增强。

至於同道友人的切磋之誼，《羅湖野錄》云：

> 饒州薦福本禪師，自江西雲門參侍妙喜和尚，至泉南小溪。於時英俊畢集，受印可者多矣。本私謂其棄己，且欲發去。妙喜知而語之曰："汝但專意參究，如有所得，不待開口，吾已識也。"既而有聞本入室，故謂之曰："本侍者參禪許多年，逐日只道得個不會。"本詬之曰："這小鬼，你未生時，我已三度霍山廟裏退牙了，好教你知。"由茲益銳志以狗子無佛性話，舉無字而提撕。一夕，將三鼓，倚殿柱昏寐間，不覺無字出口吻間，忽爾頓悟。後三日，妙喜歸自郡城，本趨丈室，足纔越閫，未及吐詞，妙喜曰："本鬍子，這回方是徹頭。"尋

---

① ［宋］道謙：《大慧普覺禪師宗門武庫》，第943頁。
② ［元］德輝：《敕修百丈清規》卷二，第1123頁。

於徑山首眾，遽散席，訪友謙公於建陽庵中，謙適舉保寧頌五通仙人因緣曰："無量劫來曾未悟，如何不動到其中。莫言佛法無多子，最苦瞿曇那一通。"謙復曰："我愛它道'如何不動到其中'，既是不動，如何到。看佗古人得了，等閑拈出來，自然抓著人痒處。"本曰："因甚麼却道'最苦瞿曇那一通'？"謙曰："你未生時，我已三度霍山廟裏退牙了也。"於是相顧大笑，其朋友琢磨之益，蓋如印圈契約之無差，至於會心黁然，可使後世想望其風采。①

此段叙述薦福悟本禪師久參大慧宗杲開悟後，與道謙互相研討禪理的故事。曉瑩指出，朋友之間互相切磋琢磨，對於提升彼此的禪法大有裨益，如同印圈契約沒有差漏一樣。他們對禪道的領悟至於會心大笑的風采，足讓後人產生仰慕之心，並渴望一見。又《羅湖野錄》載：

> 佛眼禪師，元祐三年爲舒州太平持鉢，回自湔川，是時二十一歲。而演和尚將遷海會，佛眼慨然曰："吾事始濟，復參隨往一荒院，安能究决己事耶？"遂作偈告辭曰：……佛眼之蔣山坐夏，邂逅靈源禪師，日益厚善。從容言話間，佛眼曰："比見都下一尊宿，語句似有緣。"靈源曰："演公天下第一等宗師，何故捨而事遠遊？所謂有緣者，蓋知解之師，與公初心相應耳。"佛眼得所勉，徑趣海會，後七年，方領旨。噫！佛眼微靈源，墮死水也必矣，其能復透龍門乎？先德曰成我者朋友，豈欺人哉？②

佛眼禪師因法演遷住海會寺而離去，後來遇到靈源禪師，兩人交情日益深厚。靈源禪師認爲法演是"天下第一等宗師"，勸勉佛眼繼續跟隨其參究禪法，而佛眼禪師聽從了靈源禪師的建議，七年後領悟禪旨。故曉瑩感嘆，如果佛眼禪師沒有遇到靈源，一定會墮入死水中，根本不可能參悟禪機，朋友在禪師參禪道路上的功勞不容忽視。又如《枯涯和尚漫錄》卷下載："諸庵元肇禪師，師範有規，精一於道，因雪上堂云：'普賢昨夜呈醜，一片寒光如晝。可憐妙用些兒，引得石人失笑。且道笑個什麼，金烏飛上欄干，看你一場漏逗。'頌'仲冬嚴寒年年事'云：'野老年來解放

---

① ［宋］曉瑩：《羅湖野錄》卷二，第230－231頁。
② ［宋］曉瑩：《羅湖野錄》卷二，第235頁。

懷，兒孫更以酒相陪。只知好景長時在，不覺老從頭上來。'無愧於師矣。昔諾庵與開掩室結伴參松源，源亦不倦針札，故盡得其妙，是不可無賢師友也，足爲後學法。"① 諾庵元肇禪師，其法系爲：密庵咸杰—松源崇嶽—諾庵元肇。據上所述，諾庵元肇禪師的道德修養和偈頌得到圓悟禪師的贊賞，"無愧於師"，是因爲元肇禪師有賢師松源崇嶽的"針札"和良友開掩室禪師相助的緣故。學道不可無賢師良友，潙山靈祐禪師云："遠行要假良朋，數數清於耳目。""住止必須擇伴，時時聞於未聞。"② 因而，慎重選擇師友是極其重要之事，如湛堂文準禪師所云："學者求友須是可爲師者，時中長懷尊敬，作事取法期有所益。或智識差勝於我，亦可相從，警所未逮。萬一與我相似，則不如無也。"③ 即選擇朋友要是那些勝過自己、可爲自己老師的人或是智力見識略有勝過自己者，這樣才能有所師法或受到警策。如果朋友各方面都與自己差不多，那就不如沒有。關於擇師友，《林間錄》云："斷際禪師，嘗與異僧遊天台，行數日，值江漲不能濟。植杖久之，異僧以笠當舟登之浮去。斷際嫚罵曰：'我早知汝，定搥折其脛乃快也。'異僧嘆曰：'道人猛利，非我所及。'雪峰、岩頭、欽山，自湘中入江南。至新吳山之下，欽山濯足澗側，見菜葉而喜，指以謂二人曰：'此山必有道人，可沿流尋之。'雪峰恚曰：'汝智眼太濁，他日如何辨人？彼不惜福，如此住山何爲哉？'古之人，擇師結友如是其審哉。"④ 黃檗希運禪師因擇友不慎，面臨困難之際未得到朋友的幫扶。欽山文邃禪師借一菜葉輕易判斷深山有道人，却受到雪峰義存禪師的及時提醒，可見擇師結友必須審慎。順便說，因菜葉識隱者的故事，惠洪的著作多有稱引，其中比較完整的如《石門文字禪》卷二十一《重修龍王寺記》："洞山悟本禪師价公遊方時，與密師伯者偕行，嘗經陽陂，迷失道路，見溪流菜葉，知有隱者，並溪深入，叢薄間有茅茨。僧出迎，貌臞而老，索爾虛閑，謂价曰：'此山無路，闍梨自何而至？'价曰：'無路且止，老師自何而入？'曰：'我不曾雲水。'价曰：'住此山多少時？'曰：'春秋不涉。'价曰：'老師先住耶？此山先住耶？'曰：'不知。'价曰：'何以不

---

① [宋] 圓悟：《枯涯和尚漫錄》卷下，第41頁。
② [宋] 守遂：《潙山警策注》，《卍新纂續藏經》第63冊，第228頁。
③ [宋] 浄善：《禪林寶訓》卷二，第1022頁。
④ [宋] 惠洪：《林間錄》卷下，第263頁。

知?'曰:'我不從人天來。'价曰:'得何道理,便爾歇去?'曰:'我見泥牛鬥入海,直至於今無消息。'於是价班密師伯之下拜之。"① 又該書卷九《龍山亦名隱山余宣和五年十一月中浣日過焉有澒道人鴻公乞偈爲作》詩中"過溪逢菜葉,西崦有人家"和卷十《送軫上人之匡山》詩中"偶逢菜葉隨流水,知有茅茨在翠微"都化用了此故事。另外,惠洪的《臨濟宗旨》和《智證傳》亦有載錄。

四、出世住持,堅守不出

表面上看來,禪師不出世與出世弘法是十分矛盾的事,但是在宋代禪林筆記裏,二者和諧共存,共同彰顯著禪師的高尚品德。如前文所述,住持制度的確立意味著禪宗修行環境的改變,住持在禪門中既是權力和地位的象徵,也是維護叢林秩序的重要方式,故叢林對住持的道德有很高的要求,而"住持"一職自產生之時起,叢林所推舉的能擔當住持重任的禪師幾乎都是有德之士,"住持無道德則叢林廢"的論調可以說是禪林宗師的心聲。立堅禪師云"夫稱住持者,作眾楷撫,代佛揚化"②,可見住持是叢林眾僧的形象楷模,而其職能爲傳揚佛法。因而,禪宗典籍裏有諸多規範禪師言行舉止的言論,其中《禪林寶訓》最有代表性,該書集中摘錄了叢林對住持的無數規定,如大覺懷璉禪師云:"夫爲一方主者,欲行所得之道而利於人,先須克己惠物,下心於一切,然後視金帛如糞土,則四眾尊而歸之矣。"③ 又五祖法演云:"住持大柄在惠與德,二者兼行,廢一不可。"④ 又黃龍祖心禪師曰:"住持之要,當取其遠大者,略其近小者。事固未決,宜諮詢於老成之人。尚疑矣,更扣問於識者,縱有未盡,亦不致甚矣。"⑤ 又佛鑒慧勤禪師曰:"凡爲一寺之主,所貴操履清凈,持大信以待四方衲子。"⑥ 又據《叢林盛事》卷下載錄:"雲居舒和尚有垂誡文傳布叢林,專警諸方主法者。"⑦ 通過以上例子可以看出叢林對住持者個人品

---

① [宋] 惠洪:《石門文字禪》卷二十一,第 677 頁。
② [宋] 圓悟:《枯涯和尚漫錄》卷下,第 42 頁。
③ [宋] 净善:《禪林寶訓》卷一,第 1017 頁。
④ [宋] 净善:《禪林寶訓》卷一,第 1019 頁。
⑤ [宋] 净善:《禪林寶訓》卷一,第 1020 頁。
⑥ [宋] 净善:《禪林寶訓》卷二,第 1025 頁。
⑦ [宋] 道融:《叢林盛事》卷下,第 703 頁。

行的重視程度。

叢林對住持抱著很高的期望，而出世住持的禪師亦能够克己奉約，以振興法道爲己任，如石霜楚圓所言："與其守道老死丘壑，不若行道領衆於叢林。"① 據《林間録》載："圓通祖印訥禪師告老於郡，乞請承天端禪師主法席，郡可其請。端欣然而來，自以少荷大法，前輩讓善，叢林責己甚重。故敬嚴臨衆，以公滅私，於是宗風大振。"② 端禪師主動擔荷起傳法的重任，莊敬威嚴地管理僧衆，以公滅私，終使宗風大振。又卷下載："荊州福昌善禪師，明教寬公之子，爲人敬嚴，秘重大法。初住持時，屋廬十餘間，殘僧三四輩而已，善晨香夕燈，陞堂説法如臨千衆。而叢林受用所宜有者，咸修備之。過客至，肅然增敬，十餘年而衲子方集，天下向風長想。"③ 重善禪師纔住持時，只有"屋廬十餘間，殘僧三四輩"，經過十餘年的經營，僧徒雲集，聞名於叢林，可見其住持有方。在禪林筆記中，常用"法道大振"來顯示某位有德禪師的住持結果，如《叢林盛事》卷上載雪堂道行禪師"遷衢之烏巨，其道大振"④，或庵師體禪師"出世蘇之覺報，嗣此庵，法道大振"⑤，且庵守仁禪師"後住長蘆，法席大振"⑥。卷下載伊庵有權禪師"出世萬年，一坐九年，法席大振"⑦，瑞岩法恭禪師"恭出世越之報恩，後居瑞岩，其道大振"⑧。有德禪師出世住持往往能讓法道興盛，禪師道德的重要性因此得到凸顯；反之，一旦由那些道德敗壞、追求名利之徒擔任住持，後果不堪設想，如雙杉中元禪師所擔憂的那樣，會導致"天下之賢者必深藏遠遁而已"，不肯出世爲師。如果"師廢則正法微，正法微則邪法熾"，那麼禪宗的"清净之門"將變成"利欲交征之地"⑨。

宋代禪林筆記刻畫的禪師有樂於出世弘法者，亦有許多守持本心，不爲住持之位動摇之人。雖然出世和不出世是完全不同的行爲，但在作者筆

---

① [宋]净善：《禪林寶訓》卷一，第1021頁。
② [宋]惠洪：《林間録》卷上，第252頁。
③ [宋]惠洪：《林間録》卷下，第260頁。
④ [宋]道融：《叢林盛事》卷上，第687頁。
⑤ [宋]道融：《叢林盛事》卷上，第688頁。
⑥ [宋]道融：《叢林盛事》卷上，第689頁。
⑦ [宋]道融：《叢林盛事》卷下，第698頁。
⑧ [宋]道融：《叢林盛事》卷下，第699頁。
⑨ [宋]圓悟：《枯涯和尚漫録》卷下，第43-44頁。

下，二者都爲突出禪師的操守而服務。如《林間錄》載黃龍祖心禪師，謝景溫"虛大潙以致之"，而祖心禪師"三辭，弗往"，惠洪稱其爲"末世宗師之典刑"。①《羅湖野錄》載靈源惟清禪師，張商英勸請其出世豫章觀音寺，靈源禪師親自作偈辭免，並因此受到黃庭堅的贊譽。②又《雲卧紀談》載妙應大師伯華，"潤之焦山虛席，有欲延華爲東道主，華力辭曰：'愚不曾參禪，何敢妄爲許事耶？'聞者賢其言"③。妙應大師之賢德與"世之挾術盜名，濫踞大刹"者相比，自然高下立現。《叢林盛事》載雷庵正受禪師，劉坦之"以巾子峰報恩招之"，正受禪師以頌辭謝，受到時人的高度贊揚，那些"搖尾乞憐"者根本不能與之相提並論。④又常樂和山主，"諸郡多以名山招之，俱不赴"⑤。《枯涯和尚漫錄》卷上載瑞香烈庵主，"嘉定間，郡守以東塔招之，不出"。圓悟禪師評價曰："瑞香得處分明，確守其志，不肯應世，伽梨勃窣於水光林影中，想見其高風逸韻，令人意消。"⑥卷中載祖賢首座，"郡侯曾公用虎高其風，以襄山慈壽虛席禮請，不赴"⑦。此類不出世住持的禪師皆被當成高標逸致的楷模來龜鑒叢林"爭競名位，販賣佛祖者"。值得一提的是，禪師不出世住持，除了堅守修道節操的原因外，還有"福慧"不逮的情況，即福德與智慧的修持仍不足以出世傳法。佛教强調"福慧雙修"，如《大般涅槃經》卷二十七云："若有人能爲法諮啓，則爲具足二種莊嚴：一者智慧，二者福德。若有菩薩具足如是二莊嚴者，則知佛性。"⑧又如窺基《金剛般若論會釋》卷二："夫修正道，福慧雙修。"⑨也就是説，只有福慧雙修，纔能成佛。有些禪師不出世住持，與福慧不足有關，如《羅湖野錄》云："臨安南蕩崇覺空禪師，生緣姑熟，参侍黃龍死心禪師。死心惜其福不逮慧，以無應世爲囑。……空之天資精悍，知見甚高，律身精嚴，外請不赴。有欲迎齋，爲

---

① [宋]惠洪：《林間錄》卷上，第252頁。
② [宋]曉瑩：《羅湖野錄》卷一，第223頁。
③ [宋]曉瑩：《雲卧紀談》卷上，第26頁。
④ [宋]道融：《叢林盛事》卷下，第700頁。
⑤ [宋]道融：《叢林盛事》卷下，第703頁。
⑥ [宋]圓悟：《枯涯和尚漫錄》卷上，第25頁。
⑦ [宋]圓悟：《枯涯和尚漫錄》卷中，第31頁。
⑧ [北凉]曇無讖：《大般涅槃經·獅子吼菩薩品》卷二十七，《大正藏》第12卷，第523頁。
⑨ [唐]窺基：《金剛般若論會釋》卷二，《大正藏》第40卷，第747頁。

架三門。乃告以'捨家財，荷公發心矣；背眾食，奈我破戒何？'其固守如此。"①覺空禪師的修行未到智慧境界，故死心禪師叮囑其不要應世，而覺空禪師"外請不出"，堅守律身。又如《枯涯和尚漫錄》卷上載福唐明首座，"號寂照，飽參聰敏，久侍空叟於四明玉几，叟感風疾累年，左右相繼辭去，照服勞益勤。叟常囑以福鮮，不宜出世爲人。……趙公希滫盡禮以雪峰迎請，照以書授小師圓庵主，辭謝不赴。"趙希滫遂以沉香爲供養，且贊揚其"凜凜清風起懦頹"②。福慧不足則不應出世，否則會遭回錄之禍。據《雪堂行拾遺錄》載，覺空禪師未遵照死心禪師的叮囑而"出世杭之南蕩"，"不幾月遭回禄，空嘆曰：'吾違先師之言，故有今日之患。'"③總之，禪師不論出世弘法，還是確守其志，堅決不應世，都得到了表彰。這兩種實踐雖然截然相反，但在護法外衣的庇佑下變得合理且廣受好評，其旨歸是突出禪師們的品格。

宋代禪林筆記彰顯有德禪師，既是爲了延續和發揚禪宗自身的風節，也爲了表明出家爲僧實非小事，如希顏首坐在《釋難文》中所說："出家爲僧豈細事乎，非求安逸也，非求溫飽也，非求蝸角利名也，爲生死也，爲眾生也，爲斷煩惱出三界海，續佛慧命也。"出家爲僧的根本目的在於了悟生死之理、爲眾生弘揚佛法，使其斷除煩惱障礙、跳出三界輪迴之苦，獲得自悟和渡人的資格。因此，如果"出家爲僧，苟不知三乘十二分教、周公孔子之道，不明因果，不達己性，不知稼穡艱難，不念信施難消"，就會變成"有六尺之身而無智慧"的痴僧、"有三寸舌而不能說法"的啞羊僧、"似僧非僧、似俗非俗"的鳥鼠僧或者禿居士。④出家是智慧和道德的神聖修行，不爲追求溫飽名利，這種體認傳達了禪師爲維護禪門地位所做的努力。

值得注意的是，在宋代禪林筆記所推重的禪師德行中，求道傳法、持律護教是出家人必須遵守的準則，是站在宗教立場發論。而嚴師益友、尊師重道等要求是人們認同的理念，具有普適性，並非爲僧眾所獨專。當然，禪師之德並非只有上文總結的幾點，在宋代禪林筆記的敘述裏，禪師

---

① [宋] 曉瑩：《羅湖野錄》卷二，第238-239頁。
② [宋] 圓悟：《枯涯和尚漫錄》卷上，第27頁。
③ [宋] 道行：《雪堂行拾遺錄》，第373頁。
④ [宋] 曇秀：《人天寶鑒》，第4頁。

死生之際的態度亦是其道行的表現，因此許多禪師處生死之變而能泊然不亂，誠如惠洪所說："古之達法大士，臨終超然自得者，無別道，但識法根源而已。"① 此外，宋代禪林筆記對僧俗皆重的德行的信奉，反映了禪林筆記在塑造禪師形象上的特色，即儘管宗師也有神異而不同凡俗的一面，比如死心禪師住江西翠巖時，在方丈內"設榻燕寢，蟒蟠身側，叱去復來，夜以爲常"②。這當然並非常人所能之事，但他們並非高不可攀，而是有著濃重的人間化色彩。

從創作層面來說，宋代禪林筆記對禪師的品評不是模糊籠統的判斷，而是借其具體行事來支撐作者的觀點，是精細入微的呈現。禪師行事之是非善惡，究其根本，其實是禪師其人的是非善惡，而對行事予以褒貶，其意義終歸是對禪師的褒貶。這是宋代禪林筆記的一個寫作特點，即細緻列舉禪師的言行之後，作者給出判斷，要麼贊揚提倡，要麼批評反對。作者在批判不良風氣的同時，極少憑空發論，而是以其他禪師的高行來抵抑時下叢林的弊端。比起長篇大論的說理，這種敘述方式的好處在於，以實在的禪師之行事來護法更加親切可感，更具說服力。宋代禪林筆記真實地記錄了叢林修行者的生活面貌，他們對自己生存環境的憂慮、對叢林衰敗的焦灼以及振興法道的願望，皆反映在具體而微的事件上。作者將其筆下的禪師塑造成一個個模範人物，扮演著拯救叢林的角色，而挑選這些模範的作者都是禪門中人，因此，他們的眼光代表了叢林僧眾的普遍訴求，儘管其間難免帶上作者的主觀喜好，但作者最終的目標不過是：希望一群理想僧人影響他人，從而擬構一個神聖的叢林。

第二節　想見其人：表徵德行的言語

惠洪《林間錄》以"有德者必有言"爲指導原則進行創作，"有德者必有言"的觀點來自《論語·憲問》，惠洪藉此儒家言論來爲自己的文字

---

① ［宋］惠洪：《林間錄》卷下，第261頁。
② ［宋］曉瑩：《羅湖野錄》卷四，第257頁。

禪作辯護。① 此後宋代禪林筆記延續了這一思路，將禪師的道行與其言語聯繫在一起。而"言語者，德行之候也"②，即言語爲道德修養的外在徵象。因此，宋代禪林筆記崇尚以言語來觀人，具體來説，主要是以禪師的詩文偈頌等文學作品和説法之語來考察其德行，故文中最常見的表達方式爲：作者在載録某位禪師自作以及他人所作的詩文偈頌或談禪散語時，加上一句"想見其人"之類的總結。但必須明確的是，《林間録》對"言語，德行之候"的引用，豐富了"德行"的内涵，即在原來儒家定義的"德行"範圍之外，還加入了禪宗的内容，甚至更側重於禪師在宗教層面的品德。

一、以言觀人：言語中的人格

以其言觀其人的前提爲：該禪師必須是有道行者。所謂的道行，包含禪師個人的道德、品行、禪法等多個方面，所以，在以言論觀人的實踐過程中，需要具體分析其指涉内容。有道禪師的文學作品和言論可以反映其德行的論調决定了禪林筆記的寫作手法，作者先闡述禪師生平事迹來顯示其道德，然後列舉禪師的偈頌或言論作爲"想見其人"的依據。如《林間録》載洪英禪師云：

> 英邵武開豁明濟之姿，盖從上宗門爪牙也。嘗客雲居，掩室不與人交。下視四海，莫有可其意者，曰："吾將老死於此山。"偶夜讀李長者《十明論》，因大悟。久之，夜經行，聞二僧舉老黄龍佛手、驢腳因緣，异之，就問："南公今何所寓？"對曰："在黄蘗。"黎明徑造南公，一見與語，自以謂不及。又往見翠岩真點胸，方入室，真問曰："女子出定，意旨如何？"英引手掐其膝而去，真笑曰："賣匙箸客未在。"真自是知其機辯脱略窠臼，大稱賞之，於是一時學者宗向。晚，首衆僧於圓通，南公見僧自廬山來，必問："曾依覲英首座否？"有不識者，則曰："汝行腳到廬山，不識英首座，是寶山徒手之説也。"南公在世，不肯開法，南公化去，師曰："大法捨我其誰能荷之

---

① 周裕鍇：《惠洪文字禪的理論與實踐及其對後世的影響》，載於《北京大學學報》（哲學社會科學版），2008年第4期，第84頁。

② [宋]惠洪：《林間録》卷下，第262頁。

耶?"遂出世住泐潭。有偈語甚多,今止記其三首,可以想見其爲人。曰:"石門路險鐵關牢,舉目重重萬仞高。無角鐵牛衝得破,毗盧海內鼓波濤。"又曰:"萬煅爐中鐵蒺藜,直須高價莫饒伊。橫來豎去呵呵笑,一任旁人鼓是非。"又曰:"十方齊現一毫端,華藏重重帝網寒。珍重善財何處去,清宵風撼碧琅玕。"①

英邵武,即洪英禪師(1012—1070),爲黃龍慧南法嗣。此段文字的開頭,惠洪評價洪英禪師胸懷開闊、聰明干練,是"宗門爪牙",可以看出惠洪本人對洪英禪師的欣賞。而下文幾件事的敘述皆是爲了強調洪英禪師的道行,一是其夜行聽聞僧人舉黃龍慧南的佛手、驢腳因緣而向黃龍慧南參問;二是參翠巖可真禪師獲得稱賞,以至"一時學者宗向";三是慧南將行腳僧往廬山比作入寶山,如果行腳者未曾向洪英禪師請益或不認識洪英禪師,則如同入寶山却空手而回,由此可見黃龍惠南對洪英禪師的贊譽;四是直至黃龍慧南逝世後,洪英禪師纔出世宣講佛法,主動擔荷傳道的重任,通過以上行事可確知洪英禪師其人德行與禪法的高妙。接著作者說洪英禪師"有偈語甚多,今止記其三首,可以想見其爲人"。可知作者下文摘錄的三首偈皆是爲了推想洪英禪師的爲人:第一首偈"石門路險鐵關牢,舉目重重萬仞高。無角鐵牛衝得破,毗盧海內鼓波濤。"前兩句形容參禪求道的不易,如同行險路、過鐵關一樣困難重重;後兩句意爲只要你專心修行,就可以衝破層層關卡,得道成佛。第二首偈指出,求道者修行應該如冶爐中經過千錘百煉的鐵蒺藜一樣堅定,心無旁騖,不論外部世界如何誘惑,不管他人的是非評斷,只需"橫來豎去呵呵笑",保持修道的決心。第三首中,華藏,指蓮華藏世界,一切世界。帝網,即帝釋網,帝釋天之珠網,譬喻諸法重重無盡之緣起。前兩句意爲一根毫毛的頂端包含著整個世界,一個世界中又有重重無數個世界。后兩句意爲善財童子何處去,他要去"清宵風撼碧琅玕"的清净世界。碧琅玕,指竹子。《祖庭事苑》卷五引道生法師語:"青青翠竹,盡是真如。"② 言世間一切皆有佛性,故"清宵風撼碧琅玕"既指自然世界,也是清净世界的隱喻,是真如的所在,換言之,道蘊藏在平常的自然世界中。總之,這三首偈語展現了

---

① [宋]惠洪:《林間錄》卷上,第255頁。
② [宋]善卿:《祖庭事苑》卷五,第387頁。

洪英禪師對參禪修道的理解和體驗，是其道行的反映。

又如《雲臥紀談》載惟正禪師，曉瑩分別叙述了惟正禪師的行迹：入杭之北山資聖寺師事本如禪師時，"郡人朱紹安欲啓帑金爲補僧籍"，惟正禪師並未答應，而且感嘆"古之度人以清機密旨，今殊不然，正以捨去老幼，童其顛，褐其身而已。奈何真不勝僞，滔滔皆是耶"。也就是說古人以清機密旨啓悟他人，現在的很多禪師未延續古人的優良作風，只是一些捨家人、剃光了頭頂、身上披上褐色衣服的僧人而已，叢林古風的衰落由此可見。惟正禪師到了祥符寺，"獨擁毳袍且弊"，受到其他修道者的輕慢，惟正禪師認爲佛不是靠其儀表容貌來顯示莊嚴，而僧人無須用華麗服飾來襯托其道法。有人願意出資供他日常的喫穿用度，乃至讓他管理寺院的僧務，皆被惟正禪師拒絕，不願"安坐以享"，寧可"托鉢乞食""歷謁諸祖"。從這些事件可知惟正禪師的爲人，故曉瑩稱贊他"雅富於學，作詩有陶、謝趣。臨羲、獻書，益尚簡淳。至於吐論卓犖，推爲辯博之雄，如王文康、胥内翰、吴宣獻、蔡密學，皆樂與爲方外遊"。惟正禪師善於作詩、談吐卓絶等人格魅力，吸引不少文人與之交遊。惟正禪師的高尚品格從他的詩歌即可看出，因此，曉瑩云："然平居識慮灑然，不牽世累，處已清尚，於詩尤可見矣。《溪行絶句》曰：'小溪一曲一詩成，吸盡詩源句愈清。行到上流聊憩寂，雲披烟斷月初明。'"① 整首詩旨在傳達一種"識慮瀟灑，不牽世累"的境界，溪流潺潺之音，觸發詩人的創作情思，有了小溪的相助，詩句更加清麗可人。沿著溪流緩步前行，來到溪水上游，不妨小憩一番，醒來時雲烟消散、明月升空，詩人隨順自然的清曠心境自詩中流溢而出。又如《叢林盛事》卷上云：

懶庵樞和尚，黄龍下尊宿，承嗣道場慧。初，孝宗皇帝雖向佛乘，未知有宗門下奇特事，皆是此老引進，故瞎堂、拙庵然後印可之。要知其來歷，皆樞之力也。樞謝事靈隱，後居於明教永安蘭若，逍遥自適，有絶句題於壁曰："雪裹梅華春信息，池中月色夜精神。年來不是無嘉趣，莫把家風舉似人。"可見其胸次也。②

靈隱道樞禪師（？—1176），號懶庵。其法系爲：黄龍慧南—黄龍祖

---

① ［宋］曉瑩：《雲臥紀談》卷下，第42—43頁。
② ［宋］道融：《叢林盛事》卷上，第694頁。

心—靈源惟清—長靈守卓—道場居慧—靈隱道樞。從以上敘述中不難知道道樞禪師在維護佛法上的貢獻，經過他的引進，宋孝宗知"宗門下奇特事"。所謂"宗門奇特事"，圓悟克勤云："烹金琢玉，須資作者鉗槌；荷教扶宗，必仗本分兄弟。交爲肘臂，互作主賓，便可以顯大機、發大用，布慈雲、灑甘露，駕慈航、觀斷岸，超生死、越涅槃，令他天下衲僧頂門上放光、脚跟下歷落，個個如龍如虎，人人玉轉珠回。非唯扶竪叢林，亦乃流通正眼，豈不是奇特事？"① 據此則知，宗門奇特事指"荷教扶宗""扶竪叢林""流通正眼"，讓天下衲子成道並且傳播佛法。又據《五燈會元·臨安府靈隱懶庵道樞禪師》云："隆興初，詔居靈隱，孝宗皇帝召至內殿，問禪道之要。師答以：'此事在陛下堂堂日用應機處，本無知見起滅之朕、聖凡迷悟之別。第護正念，則與道相應。情却物，則業不能繫。盡去沉掉之病，自忘問答之意。剗今補處，見在佛般若光明中，何事不成見耶。'"② 故在《叢林盛事》中，"宗門奇特事"指禪道要義。通過道融的陳述，道樞禪師之德不言而喻。作者接下來記載了道樞禪師的一首絕句，以此來評斷其胸懷："雪裏梅華春信息，池中月色夜精神。年來不是無嘉趣，莫把家風舉似人。"詩意謂雪中盛開的梅花是春天的信息，池塘中的月色代表了黑夜的精神，近年來的美好情趣就是不用再承擔傳法的使命，而是欣賞自然的美景。如作者的概括，此詩傳達了詩人"謝事靈隱"後的"逍遙自適"。

又如《枯崖和尚漫錄》卷中載："惟覺禪師，看釋書有省，休官依翠微，乞名惟覺，裂冠剃髮，具毗尼。後居山，有偈曰：'氣衰力憊不堪言，得意濃時便息肩。弃俗弃官兼弃欲，由人由命更由天。飢來爛煮黃糧飯，困後和衣白日眠。山鳥一聲驚夢覺，不知今夕是何年。'可謂幽人貞吉，中不自亂也。"③ 詩歌前四句寫詩人氣衰力竭，故卸任修官，弃絕凡塵俗事。后四句述山居生活狀態，飢則食黃糧飯，困則和衣眠，山鳥的啼鳴驚醒夢中人，不知現在是何年何月。從前四句到后四句，詩人完成了境界的轉換，從一種煩擾的生活轉化爲隨順的生活，一切都是那麼的自然而然，

---

① [宋] 紹隆：《圓悟佛果禪師語錄》卷二，第722頁。
② [宋] 普濟：《五燈會元》卷十八，第386頁。
③ [宋] 圓悟：《枯崖和尚漫錄》卷中，第32頁。

隨緣任運。這種轉換意味著道的提升，因此，圓悟借用《周易》的話來作點評："幽人貞吉，中不自亂也。"即修禪隱居之人，脫離了紅塵的紛擾，能固守正道而不自亂，顯得純正而美好。

詩文偈頌除了能反映禪師的品格，還帶有預言的功用，如《叢林盛事》卷上云：

> 自得暉，頃在長蘆祖照會中，眾寮栽竹。暉忽成一頌云："高節深雲藏不得，幽人移向矮窗前。靈根瑞葉驚群目，將著清風動碧天。"一時之作，出自偶然，人已爭誦之。迨晚年，居雪竇，已八十餘，忽奉旨住淨慈，人皆以爲語讖。及辭眾上堂云："一住山中四十年，老來無日不思閑。今朝誤被君王詔，珍重禪流出故關。雲無心而出岫，鳥倦飛而知還。他年得意歸來也，賓主相忘松石間。"及來南屏，大興曹洞之道。後歸雪竇雙塔作終焉計，果應去時之語，所謂在心爲志也。①

自得慧暉禪師（1097—1183），其法系爲：芙蓉道楷—丹霞子淳—天童正覺—自得慧暉。在道融的敘述中，慧暉禪師第一首頌是其"奉旨住淨慈"的前知，"高節深雲藏不得"爲竹的整體評價，"幽人移向矮窗前"寫眾寮栽竹之事，"靈根瑞葉驚群目，將著清風動碧天"敘寫竹子的超凡脫俗驚動了眾人，它將憑藉清風的力量到高空中展現風采。在此首頌中，竹子爲慧暉禪師的自比。至於慧暉禪師的辭別偈言，則是其歸老雪竇的預示，自己長年隱居山中，一心想要過悠閑自在的生活，如今奉旨住持，將要離開故園和各位禪友。不過，自己如無心出山的云朵和飛倦了的鳥兒一般，最終都要歸來。他年歸來，又可以過上幽靜、恬淡的山居生活。慧暉禪師最終果然回到雪竇山，故道融稱慧暉禪師的頌"在心爲志"。"在心爲志，發言爲詩"爲古老的説詩傳統，而在此段文字中，慧暉禪師的兩首頌已然成爲其人格的顯現，並且實化爲已經應驗了的預言。又如《叢林盛事》卷下載雪巢法一禪師："居平田，眾常五百，時江西渤潭有化士修大寂塔，兄弟皆作頌。時有一座主，初更衣入眾，因成一頌曰：'寄語江西老古錐，從他日炙與風吹。兒孫不是無料理，要見冰消瓦解時。'又作

---

① ［宋］道融：《叢林盛事》卷上，第695頁。

《冬日即事》云：'朔風也解知人意，吹落巖前古樹枝。惠我一爐深夜火，轉教心性懶趨時。'雪巢見之，大稱賞曰：'禪和子三十年在眾喧餂，未必有此作，他日必成大器。'後果如言，住東掖，大興南臺之教。是謂神照師也。"① 儘管這段材料最主要的功能在於稱贊雪巢法一禪師的"神照"能力，但法一禪師通過該座主的詩偈而判斷其人"必成大器"，並且後來此座主果然"大興南臺之教"，客觀上體現了察禪師之言而觀其德的邏輯。

以上幾例皆是通過作者自己的創作來反觀其道行，在宋代禪林筆記中，還有不少借他人偈頌來透視禪師德行的情況。如《雲臥紀談》卷上記懷玉山宣首座，汪聖錫在宜春做官時，"以疏致宣住南源"，稱贊宣禪師"不由階梯，直入妙覺。得不自得，珍不自珍。方且韜光休影，唯恐人之保我。然其名字膻薌，終不可掩"。而宣禪師以"我粥飯僧，實不願出人間世矣"拒絕了汪的延請。王洋拜會宣禪師，贈詩曰："衲帔騰騰粥飯師，無人曾見下山時。相逢只道無能解，肯作紅樓應制詩。"不論是汪聖錫的請疏，還是王洋的詩歌，都突出了用宣禪師的道行，故曉瑩認爲"宣之大概，於詩疏可見矣"②。又如《叢林盛事》卷上載：

> 二靈庵主，蘇人也，初見真淨，後參泐潭乾，有所證，回東浙，居雪竇之中峰，庵常有虎蹲伏座下。初與天童交和尚同行，二人稟誓斷不出世。後交爽其盟，出尸太白，和遂與其絕交。居中峰歲久，其山秀絕，凡居不久，即有他山之命，和乃鋤斷山骨，竟爲待制陳公以詩誘出。住二靈庵，不一二年，禪衲麕至，遂成小小法社，名聞九天，屢詔不起，至今遺跡尚存，多有偈語行於世。二靈乃居鄞江月波之中，淳熙中，別峰印自雪竇赴徑山，徑從其所，偈云："萬頃湖光瀲灩中，二靈山色翠重重。片帆我欲天邊去，回首和公有愧容。"可想見其高風也。③

二靈庵主，即知和庵主（？—1125），其法系爲：黃龍慧南—東林常總—寶峰應乾—知和庵主。天童交，即天童普交禪師（1048—1124），法系與知和庵主同。此段文字前半部分主要強調知和禪師的德：與普交禪師

---

① [宋] 道融：《叢林盛事》卷下，第700頁。
② [宋] 曉瑩：《雲臥紀談》卷上，第31—32頁。
③ [宋] 道融：《叢林盛事》卷上，第696頁。

立下誓言不出世，而普交禪師未信守誓言，知和庵主與其絕交。居雪竇中峰時，因有人請其出世，知和禪師竟然挖斷山中堅石以阻止他人入山。知和住持二靈庵時，聲名在外，但是屢次受詔而不出世，知和禪師信守誓言和堅定修行之心的形象呼之欲出。在此段後半部分，作者引用寶印禪師的偈語來呈現知和禪師的高風亮節：二靈庵在湖光山水之中，周圍景色秀麗，帆船載我到天邊去，回想知和禪師，讓人面帶愧容。通過寶印禪師偈語的轉用，增強了對知和禪師高尚品格的表現度。

以禪師的談禪言論尋繹其德行的例子如《羅湖野錄》云：

> 潭州東明遷禪師，乃真如喆公之嗣，天資雅淡，知見甚高。晚年逸居溈山真如庵，有志於道者，多往親炙之。一日，閱《楞嚴經》至"如我按指，海印發光"，有僧侍傍，指以問曰："此處佛意如何？"遷曰："釋迦老子，好與三十棒。"僧曰："何故？"遷曰："用按指作甚麼？"僧又曰："'汝暫舉心，塵勞先起'，又作麼生？"遷曰："亦是海印發光。"僧當下欣然曰："許多時蹉過，今日方得受用也。"忠道者住山時，遷尚無恙，相得歡甚。然距今未久，叢林幾不聞名矣。觀其言論若此，則意氣高閒之韻，可想見也。①

關於"如我按指，海印發光"，《楞嚴經》卷四云："如何世間三有眾生及出世間聲聞、緣覺，以所知心，測度如來無上菩提？用世語言，入佛知見？譬如琴瑟、箜篌、琵琶，雖有妙音，若無妙指，終不能發。汝與眾生亦復如是，寶覺真心各各圓滿，如我按指，海印發光。汝暫舉心，塵勞先起，由不勤求無上覺道，愛念小乘，得少為足。"② 此段經文意為：眾生、聲聞、緣覺等之所以用心來猜測至高無上的智慧，用世間語言了知佛的智慧，是因為世間眾生雖有自性，如果沒有語言等來啟悟，終究不能起作用。如同琴瑟等樂器，雖然有美妙的音色，但如果沒有高明的指法，就不能彈奏絕妙的音樂一樣。換言之，"所知心""言語"等都是真如佛性的妙用，一切覺知都是外在環境與自性契合的結果。而寶覺真心未得到妙用，隨語生解，塵勞妄念未清淨，遮蔽了自性光明，是由於沒有追求無上妙理的緣故，即一切都是真心顯現的結果，是真如佛性的妙用。又《大方

---

① ［宋］曉瑩：《羅湖野錄》卷二，第230頁。
② ［唐］般剌蜜帝：《楞嚴經》卷四，第121頁。

等大集經》卷十五云:"喻如閻浮提一切眾生身及餘外色,如是等色,海中皆有印像,以是故名大海印。"① 海印發光,比喻佛如來法身性海,普現一切妙用之光。在此則材料中,遷禪師對僧的回答正是體現了世間一切皆是佛性妙用的道理。故僧人感嘆,此前浪費了很多時光,在聽了遷禪師的解説後才真正領悟。而曉瑩認爲"觀其言論若此,則意氣高閑之韻,可想見也",也就是説,遷禪師的言論如此深刻,可以想象他一定是韻致高閑之人。

順便説,宋代禪林筆記還有通過禪師的居所考察禪師的情況,如《枯涯和尚漫録》卷中云:

> 祖賢首座,撫之金溪人,人品高妙,得法於痴鈍。久留閩南,欲歸鄉,至義江有感而反,焚綾牒,與歸竟嘉編茅,隱於莆之土囊山。嘉既赴福師長生之招,即遷於黄山篠塘,自圬土室,僅容膝,扁曰"樂此"。遠近者聞之,始供以粟焉。居二十年如一日,郡侯曾公用虎高其風,以囊山慈壽虛席禮請,不赴。嘗撰《十不去》以見意,末章云:"十不去,止此便爲諸佛土。假饒天子詔書來,向道不須生事故。"復齋陳公宓,與論"持敬"二字,答云:"敬足矣,何用持爲?"遷化後,玉堂林公希逸祭以文,略曰:"六經之外,得此良友。"余近與方、劉諸公遊石室,晚造其故廬,月色清朗,松聲蕭騷,慨然想見其高標逸致也。②

祖賢首座(1184—1239),其法系爲:五祖法演—圓悟克勤—此庵景元—或庵師體—痴鈍智穎—祖賢首座。此段文字叙述了祖賢首座的以下行事:編茅歸隱於土囊山;於黄山篠塘,自圬土室,生活清苦;拒絶曾用虎延請住持,並撰著《十不去》顯示自己堅決不出世的理由,爲了求道,處處皆爲樂土;與陳宓論"持敬",見解獨到;死後,林希逸爲他作祭文,稱其爲"良友"。這些事件圍繞祖賢首座的道行展開,無不顯示了他的人品高妙。作者結尾稱,遊覽石室時,晚上造訪祖賢的舊居,月色清朗,松聲蕭騷,慨然想見祖賢禪師的高標逸致。與上面的透過言語觀其定的方式不同,圓悟通過其所處的環境來想象一位已故的禪師,自然環境被當成精

---

① [北凉]曇無讖:《大方等大集經》卷十五,《大正藏》第13卷,第106頁。
② [宋]圓悟:《枯涯和尚漫録》卷中,第31頁。

神寄托，禪師曾經居住的地方成爲一種精神得到延續。在圓悟的眼中，祖賢的故盧已經不是自然的居所，而是打上了祖賢禪師的烙印，成爲其德行的象征。

此外，亦可透過一位禪師的畫像想見其人，如《林間錄》載，惠洪"遊長沙，至鹿苑，見岑禪師畫像，想見其爲人，作《岑大蟲贊》並序"。岑大蟲，即景岑禪師（748—834）。惠洪因景岑禪師的畫像而想到其爲人，關於想象的內容，惠洪在《岑大蟲贊》的序言中補充道："如來世尊語阿難曰：'汝元不知一切浮塵，諸幻化相，當處出生，隨處滅盡，幻妄稱相，其性真爲，妙覺明體。'龍勝菩薩曰：'諸法不自生，亦不從他生。不共不無因，是故説無生。'以佛祖之辯，談心法之妙，其清净顯露如掌中見物，無可疑者。而末世衆生卒不明了者，蓋其迷妄之極，非其所聞之習故也。禪師憫之，故於所習之境譬之曰：'若心是生，則夢幻空華亦應是生；若身是生，則山河大地、森羅萬象亦應是生。'大哉言乎！與《首楞嚴》《中觀論》相終始也。禪師，大寂之孫，南泉之子，趙州之兄，開法於長沙之鹿苑。當時衲子倔强如仰山者猶下之，而呼以爲'岑大蟲'云。"① 通過此段文字可知景岑禪師的禪學修養，因此惠洪看到其畫像，想起景岑禪師的禪學境界，他談論"心法之妙"的言語和《楞嚴經》《中觀論》一致。在惠洪的叙述中，畫像作爲一個契機，引起作者對景岑禪師形象的想象，並將眼前的圖畫與禪師的禪法結合起來，從而刺激作者的内心情感，爲景岑禪師作了一首畫像贊。

綜觀以上，禪師的具體行事是作爲評判其人的先決條件而存在的，所以，禪師的行事與相關的文學作品形成了一種復合關係，其根本目的在於顯現禪師的德行。"有德者必有言"成爲宋代禪林筆記的内在理路，故作者通過與禪師相關的偈頌言論來想見禪師的品行。以偈頌觀人呈現的是禪師與其作品之間的關係，不過，這種關係和平常的作者與作品的關係有所不同，由於禪師帶著傳道弘法的責任在身，所以更多的時候，這種關係表現爲傳道者與道的關係，也就是説，我們並不是把它們看成純粹的文學作品來加以閲讀，而是在欣賞過程中自覺地想起它們的載道功能，從而將這些偈頌的旨歸引向真理的層面。如上文中的《溪行絶句》，由於它的作者

---

① [宋]惠洪：《林間錄》卷上，第251頁。

是一位禪師，而它被用作考察禪師道行的工具，因此，它變成了一種修道境界的暗示，而並不僅僅是一種情境的描述。

在寫作方法上，宋代禪林筆記的作者雖然主要以言論來展示禪師的德行，但其表現方式並非一成不變，而是具有多樣性，這顯露了宋代禪林筆記在塑造禪師形象上的多元化手法。禪師德行體現在與之相關的人、事、物上，這些人、事、物寄托了禪師的精神，可以洞察禪師的道德。儘管作者的終極目標是展現禪師之德，每位禪師的行事卻各不相同，因此，禪師的道行在具體行事中突出了差異性，或側重禪法的高深，或強調品行的高潔，不一而足，如曉瑩所言："世所同者，道；所異者，迹而已。"① 也就是說，世間相同的都是道，只是行迹有不同的變化。道同而行迹異的觀點，惠洪《林間錄》引大覺懷璉禪師寫給孫覺的書信云："天有四時循環，以生成萬物。而聖人之教，迭相扶持，以化成天下，亦猶是而已矣。然至其極也，皆不能無弊。弊，迹也。道則一耳。"② 懷璉禪師認為，四季的循環變化生成萬物，聖人的教法亦不斷變化，變化到了極致就會產生弊端，而道是始終不變的，變化的只是迹。惠洪又引王安石的文章云："道，歲也。聖人，時也。執一時而疑歲者，終不聞道矣。夫聖人之言，應時而設，昔常是者，今蓋非也。士知其常是也，因以為不可變。不知所變者，言；而所同者，道也。"③ 聖人的言語應時而設，不斷變化，唯一不變的是道。據此可見，道必須如常不變，迹或言則可隨機顯化，這正是宋代禪林筆記始終遵循的法則，禪師的行事各不相同，而最終皆成為其德行的表徵。故宋代禪林筆記力求在同一個創作宗旨的統領下又刻畫面貌性格各異的禪師形象，從而還原叢林生態。關於此點，最直接的表現為，宋代禪林筆記所記錄的很多禪師都有生動形象的道號，以區別於其他禪師。

二、有補宗教：以言觀人的限度

在宋代禪林筆記中，"言語，德行之候"這一判斷是有限度的，這個命題成立的首要條件是承認禪師的德行，即有德者纔有言，德者之言方可

---

① [宋]曉瑩：《羅湖野錄》卷一，第215頁。
② [宋]惠洪：《林間錄》卷上，第257頁。
③ [宋]惠洪：《林間錄》卷上，第257頁。

體現其德。再者，並非一位禪師所有的言都可以用來考察禪師之德，只有經過挑選後並且符合一定標準的言纔能用來呈現禪師之德，而這個標準最重要的就是是否有助於悟道。

前文已談及，宋代禪林筆記的根本目的在於護法，因而所選擇的禪師及行事皆是"有補於宗教者"，禪師之言亦不例外，不論是談禪散論還是偈頌詩文。如《林間錄》云：

> 朱顯謨世英，昔官南昌，識雲庵。未幾，移漕江。英以書來問佛法大旨，雲庵答之曰："辱書以佛法爲問。佛法至妙無二，但未至於妙，則互有長短；苟至於妙，則悟心之人如實知自心究竟，本來成佛，如實自在，如實安樂，如實解脫，如實清净，而日用唯用自心。自心變化，把得便用，莫問是非。擬心思量，已不是也。不擬心，一一天真，一一明妙，一一如蓮華不著水。所以迷自心，故作眾生；悟自心，故成佛。而眾生即佛，佛即眾生，由迷悟故有彼此也。如今學者，多不信自心，不悟自心，不得自心明妙受用，不得自心安樂解脫。心外妄有禪道，妄立奇特，妄生取捨，縱修行，落外道、二乘禪寂斷見境界。"雲庵之言，蓋救一時之弊。然其旨要，曉然可以發人之昧昧，故私識之。①

云庵，即真净克文（1025—1102）。真净克文此段的核心在於闡釋自心的妙用，成佛、自在、安樂、解脫、清净等都需要自心的妙用。了悟自心則成佛，否則成爲眾生。由於自心有迷與悟的差異，因此存在佛與眾生的差別。如果不相信、了悟、妙用自心，就不能得到安樂解脫。如果心外妄有禪道、奇特、取捨等分別之心，即便修行也會落入邪魔外道，不能成佛。自心及妙用自心的重要性可見一斑。而惠洪之所以記錄這封信，是因爲真净克文此信能"救一時之弊"，其旨意明白曉暢，可以啓發人的昏昧，即可助人入道。又如《羅湖野錄》云：

> 潼川府天寧則禪師，蚤業儒，詞章婉縟。既從釋，得法於儼首座，而爲黃蘗勝之孫，有《牧牛詞》，寄以《滿庭芳》調曰："咄！這牛兒，身強力健，幾人能解牽騎？爲貪原上，綠草嫩離離。只管尋芳

---

① ［宋］惠洪：《林間錄》卷下，第274頁。

逐翠，奔馳後不顧傾危。爭知道，山遙水遠，回首到家遲。牧童今有智，長繩牢把，短杖高提。入泥入水，終是不生疲。直待心調步穩，青松下孤笛橫吹。當歸去，人牛不見，正是月明時。"世以禪語爲詞，意句圓美，無出此右。或譏其徒以不正之聲混傷宗教，然有樂於謳吟，則因而見道，亦不失爲善巧方便、隨機設化之一端耳。①

則禪師，其法系爲：黃龍慧南—黃檗惟勝—儼首座—天寧則。牛比喻心性，草比喻外境，牧牛比喻調服心性，牧童比喻人。整首詞主要寫禪宗修心的過程，心性未調服時，容易被外境所迷惑，到處尋芳逐草，心性走失而不自知。而人的修行，譬如長繩、短杖，能夠制服四處亂跑的牛，也就是讓心回到正道，不攀援外境。入泥入水，比喻不惜一切苦口婆心引導、啓悟學人。心性調順以後，不用再牽執長繩，而是達到自然任運的狀態，最終呈現人牛兩忘、法法圓融的涅槃境界。如曉瑩所言，則禪師以禪語入詞，意句圓美。有人認爲則禪師的這首詞用不正之聲妨害了宗教，曉瑩爲之辯護，在吟謳辭詠中悟道，也是禪宗善巧方便、隨機設化的方式。此詞不但詞章華美，而且以修心爲主旨，有助於修道，可見曉瑩並非隨意載錄禪師的作品。又《羅湖野錄》載：

死心禪師以大觀元年丁亥九月，從洪帥李景直之命，住黃龍山。明年，揭牓於門曰："仰門頭行者，賓客到來，劃時報覆。即不得容縱浮浪小輩，到此賭博，常切掃洒精潔。凡置三門者，何也？即空、無相、無作三解脱門。今欲登菩提場，必由此門而入。然高低普應，遐邇同歸，其來入斯門者，先空自心，自心不空，且在門外。戊子九月十八日，死心叟白。"死心平日，佛祖在所詆訶，而於賓客不立涯岸如此。其言典而嚴，簡而悉，於世出世間兩得之矣。若使守法任者，具如是施爲，何慮叢林之不振耶？②

禪宗的牓，是禪寺用於安排行事秩序的文疏，對禪僧參與寺院活動起到規範作用。死心禪師在牓文中規定：賓客到來，須馬上通報；不得縱容禪僧賭博；平時勤打掃，保證寺院精潔；參禪須先空自心，然後纔能入三

---

① [宋] 曉瑩：《羅湖野錄》卷二，第227頁。按：此則《牧牛詞》，《全宋筆記》本標點有誤。
② [宋] 曉瑩：《羅湖野錄》卷四，第264—265頁。

解脱門，最後方可成佛。所謂三門，既指禪寺的具體行制，山門之制形如闕，開三門，故曰三門，又指空、無相、無作三種入涅槃之門。從死心禪師的牓文可以看出，賓客應接、禁止賭博、平時灑掃等都是實在的日常行事秩序，而空心、入三解脱門、登菩提場等是對僧人修道的具體要求。曉瑩稱贊死心禪師的牓文，語言典正而嚴謹，簡潔而周全，能溝通出世與世間的生活，而且如果叢林守法任者能達到死心禪師牓文中所説的要求，便可振興叢林。從曉瑩的評判可知，死心禪師牓文的立意有益於進道。

由於禪林筆記的根本目的在於護法，因此，當言辭與意旨不能匹配時，作者更注重意旨，而非言辭的華美。如《枯涯和尚漫録》卷上云："少室睦禪師，在瑞岩，偶鳳山礦老持松源像請贊，贊曰：'開口不在舌頭上，話墮也。大力量人抬脚不起，未爲分外。平生用者些兒，却被鳳山捉敗。瑞岩與麽贊揚，也是送賊入界。'少室宗眼端正類此，示人非徒從事於語言之末也。"① 睦禪師，即少室光睦禪師，其法系爲：密庵咸杰—松源崇嶽—少室光睦。話墮，指自吐語而自分墮負。"開口不在舌頭上"乃松源崇嶽禪師説法語，見《松源崇嶽禪師語録》卷二。"大力量人擡脚不起"，《無門關》云："松源和尚云：大力量人，因甚擡脚不起。"② "未爲分外"即分内之事。捉敗，禪宗用語，猶言捉住、掌握、領悟等。"平生用者些兒，却被鳳山捉敗"言鳳山礦老領悟了松源崇嶽禪師的機用。宗眼，指某一宗派的理論特點，或透徹瞭解宗旨奧義的慧眼，此處指少室光睦禪師承續了松源崇嶽禪師的家風。圓悟認爲，啓發禪徒不能執著於語言的外在形式，而應該用語言來證道。這當然並不是説禪林筆記排斥言辭的精美，而是指語言文字不能空有辭藻，要以"示道"爲核心功能。《枯涯和尚漫録》極爲強調語言文字的載道功用，如評論晦嚴暉禪師的提唱之語云："一字一句，造次顛沛，皆有從上大眼目體裁，非徒從事於語言之末，是知松源之道盡在是矣。烏虖，去古既遠，師法益壞，正知見者艱其人，大眼目者可知矣。晦嵩雖話行於吾蜀，此録流播江湖，是可爲斯道之歃盟。若善觀者，始信吾言之不妄。"③ 據此可見，作者主要關注暉禪師作

---

① ［宋］圓悟：《枯涯和尚漫録》卷上，第31頁。
② ［宋］慧開撰，宗紹編：《無門關》，《大正藏》第48卷，第295頁。
③ ［宋］圓悟：《枯涯和尚漫録》卷下，第39頁。

品的"大眼目",即暉禪師的言句具有提唱學人徹悟的功效。也就是說,參禪時不能把眼光集中在語言文字的表面,而應注意語言所體現的道,如圓悟所説,參究前輩的語言,要在"筆語外著隻眼",方能避免"三人證龜"的情況。① 從以上例子可以看到,宋禪林筆記裏的以言觀人,"言"必須具備載道功能,而不能以綺言麗句妨礙禪的要義。

此外,以言觀其人,觀的是作者內心的志,即作者認可語言能夠反映內心的志,換言之,禪師的言語與其內在的志具有同一性,否則禪師的語言不能顯示其德。如《叢林公論》云:"別峰印禪師始莅京口金山,名翼振飛、奔走衲子。逮晚年,道聲沈墊。淳熙戊申夏六月甲寅,蒙嘗登徑山,從款談論,凡七夕。適屆東山諱日,其拈香云:'自從咬破鐵酸餡,四坐道場工白戰。谷谷呱作鶻鳩啼,者川蘁苴肉猶暖。孫枝枝上苦葫蘆,茗椀爐香通一綫。'嗚呼!觀其話言,不減疇昔金山一別峰耳,何趨舍不侔是?非道有昏明,名有顯晦,齒有壯耄,時有通塞耶?凡欲有爲,無先抗志,志苟誠矣,無所不達。"② 別峰印,即徑山寶印禪師(1109—1191),其法系爲:五祖法演—圓悟克勤—華藏安民—徑山寶印。據惠彬所述,寶印禪師早年"名翼振飛、奔走衲子",聲名遠揚,而晚年"道聲沈墊",但是考察寶印禪師所作的拈香偈言,與早期在金山時所作偈頌不相上下,他的舉止行爲却與當年不同。換言之,此時寶印禪師的言已經不能代表其志,其言與其行不符。作者進而審思,這種不同是事物發生變化所致,最終得出"凡欲有爲,無先抗志,志苟誠矣,無所不達"的結論。有爲,即"有所待",即隨著條件的變化而變化,因緣和合而成。也就是說,要有高尚的志向,才能做到隨順,才能無所不達,才能讓言與志相統一。關於寶印禪師晚年的道聲,惠彬未作過多的説明。在南宋的禪宗史料中,寶印禪師是一個高大的形象,幾乎未見任何貶責之語。據《南宋元明禪林僧寶》的記錄,寶印禪師開法時,"兩川素稱義虎之雄者,皆從印遊"。可見寶印禪師當時的聲名。又該書載寶印禪師年邁時"日常宴坐,匡床頹然",但並不影響寶印禪師的影響力,"一老比丘士夫訪拜其床下,愛慕倍於父母",這件事被宋孝宗知曉,"召之"。寶印禪師"以足疾,辭

---

① [宋]圓悟:《枯崖和尚漫錄》卷上,第31頁。
② [宋]惠彬:《叢林公論》,第768頁。

不奉詔",孝宗又"賜肩輿,於東華門內,迎入選德殿",問"圓覺之旨,印隨機酬對"。以此而論,寶印禪師實屬名聲在外。該書還記錄了一個細節,"初禮臣議,朝儀及見,印直登榻跏趺,群臣皆失色"。寶印禪師在孝宗臨朝典禮上的行爲讓群臣如此喫驚,不但未受責罰,孝宗反而"喜其直率"①。這件事僅此一處記載,不知確否,而上面形容寶印禪師"匡床頹然",亦不見他書有載。據《佛祖統紀》,孝宗召寶印禪師入見在淳熙七年(1180),至淳熙十五年(1088)冬,寶印禪師"力請庵居"之前,"東華門置禪師輿,以備顧問",也就是説在這期間,寶印禪師一直與世俗權力有關聯,享受尊榮。在《叢林公論》中,惠彬見寶印禪師在淳熙戊申夏(1188),此時寶印禪師仍未"請庵居",惠彬所指是否爲此,尚難定論。無論如何,惠彬對寶印禪師的偈語不能昭示其德的記載,最終旨在提倡禪師保守崇高的志向。

總之,在宋代禪林筆記中,"有德者必有言""言語者,德行之候也"構成了"有德禪師—有言—德行—有德禪師"這樣回環往復的內在理路。而這決定了禪林筆記刻畫禪師形象上的特點,作者有意選擇那些"有補宗教"的禪師來加以描寫。並且,雖然作者以護教爲最終目的,但禪師的德行、行事、言語並未千篇一律,而是在同一性中暗含差異性。

第三節　叢林光潤:宋代禪僧的個人文學創作

載錄禪林文學活動是宋代禪林筆記的一大特徵,禪林筆記在塑造禪師形象時,刻意強調禪師的文藝活動和文學作品。禪林筆記的這種特點並非偶然,而是有著深刻的必然性,是多種因素共同作用的結果。在禪宗內部來説,宋代禪林筆記的産生與文字禪運動休戚相關,隨著文字禪的深化,叢林的參禪學佛活動以文字製作和解讀爲中心,不論是上堂説法還是禪釋公案,偈頌成爲喜聞樂見的傳道方式。在宋代,禪僧的文學修養大幅度提高,他們深受文人的藝術追求和文學愛好的影響,禪師的詩歌創作十分可

---

① [清]自融:《南宋元明禪林僧寶傳》卷五,《卍新纂續藏經》第79册,第606頁。

觀，不少禪師更有別集傳世①，偈頌構成了禪師生平中重要的一環，而且在叢林禪師群體中傳播和演化。當然，禪僧的文字創作不僅限於詩詞偈頌等韻文，而是各體紛呈，韻散結合。就著作體式而言，宋代文人筆記、詩話等文學樣式的繁榮及其對詩文創作的載錄，爲禪林筆記的寫作提供了可資借鑒的範式。儘管文人筆記與禪林筆記主要記錄各自生活的空間及生活狀態，但二者都關注文學創作。宋代禪林筆記延續了文人筆記對文學活動的興趣，將禪僧的尋偈覓詩當作時尚而加以褒揚。

一、詩名不累道聲：因偈頌而顯

與語錄、燈錄相比，從禪林筆記中可以看到禪僧們對詩文偈頌的創作熱情，在作者的筆下，吟偈能詩是一件十分光榮而且備受矚目的事，而禪林筆記選中的禪師大多都有偈頌傳世。儘管文學創作風氣與僧人所處的時代休戚相關，但最主要的原因還在於他們從心底對文藝產生的由衷熱愛，並將文學當成日常生活的一部分。文學成爲禪師觀照生活世界的方式之一。

宋代禪林筆記記錄了不少善作偈頌的禪師，如《林間錄》卷下載，大愚守芝禪師"作偈絶精峭，予猶及見，老成多誦之"②，景福順禪師"其示眾多爲偈，且多德言"③，《羅湖野錄》云天寧則禪師"蚤業儒，詞章婉縟"④。《雲卧紀談》卷上載舟峰慶老"蚤以道德文章爲泉南緇素歆艷"，"詞章華贍，殊增叢林光潤"。⑤卷下載如守端"於書史無不博究，商搉古今，動有典據，叢林目爲端故事。亦喜工詩，務以雅實"⑥，惟正禪師"雅富於學，作詩有陶、謝趣"⑦，達觀曇穎禪師"爲人奇逸，智識敏妙，書史無不觀，詞章亦雅麗"⑧，歸正禪師"内外典墳靡不該洽，至於詩詞，

---

① 此處可參看周裕鍇：《法眼與詩心——宋代佛禪語境下的詩學話語建構》第一編第四章"宋代僧侶的文學修養"。
② ［宋］惠洪：《林間錄》卷下，第266頁。
③ ［宋］惠洪：《林間錄》卷下，第274頁。
④ ［宋］曉瑩：《羅湖野錄》卷二，第227頁。
⑤ ［宋］曉瑩：《雲卧紀談》卷上，第33頁。
⑥ ［宋］曉瑩：《雲卧紀談》卷下，第52頁。
⑦ ［宋］曉瑩：《雲卧紀談》卷下，第43頁。
⑧ ［宋］曉瑩：《雲卧紀談》卷下，第60頁。

雖不雅麗，尤多德言"①。《叢林盛事》卷下載，東山慧空"善作語句，有《東山外集》行於世"②。《叢林公論》載普依"多有頌語"③。如此種種，皆能透視宋代禪僧的文學修養。

在其他的禪門文獻中，禪師往往以德行而聲名顯赫，以接引學人的手段而廣爲人知，以護法而備受擁戴，但在宋代禪林筆記裏，出現大量因詩文創作而名播叢林的禪師。這與禪師因說法而顯有很大的差異，表明叢林中人自覺喜愛藝術創作，並且願意以詩詞偈頌的好壞來評價一位禪師，當然，前提是該禪師的禪法已經獲得認可。《雲臥紀談》卷上載楚安慧方禪師，"覺華嚴以其具正眼而居荒僻小刹，由是疾世無公議，爲作小傳贊之。略曰：'其悟處諦當，如人善射，所發皆中的；其應機如鳴珂佩玉，徐行於坦途，舉止皆可法；其偈頌如驅市人以戰，不問怯勇，舉無遺策。'世以覺爲知言也"④。楚安慧方禪師，其法系爲：五祖法演—佛鑒慧勤—文殊心道—楚安慧方。覺華嚴，即華嚴祖覺禪師（1087—1150），其法系爲：五祖法演—圓悟克勤—華嚴祖覺。從祖覺禪師的小傳可以看到，慧方禪師的偈頌已經和其禪法、應機處於同一層級，都成了評斷慧方禪師的重要標準，而"世以爲知言"亦說明這種評價爲叢林所認同。

據禪林筆記的叙述，有不少禪師因某篇作品而獲得了實在的好處，要麽名聲大振，要麽改變了他人對自己的固有印象，甚至於得到物質獎勵。如《羅湖野錄》載，甘露寺圓禪師以一首《漁父詞》而揚名叢林：

> 湖州甘露寺圓禪師有《漁父詞》二十餘首，世所盛傳者一而已。"本是瀟湘一釣客，自東自西自南北。只把孤舟爲屋宅。無寬窄，幕天席地人難測。頃聞四海停戈革，金門懶去投書策。時向灘頭歌月白。真高格，浮名浮利誰拘得。"遂以是得名於叢林。蓋放曠自如者，藉以暢情樂道，而謳於水雲影裏，真解脱遊戲耳。⑤

---

① [宋] 曉瑩：《雲臥紀談》卷下，第63頁。
② [宋] 道融：《叢林盛事》卷下，第702頁。
③ [宋] 惠彬：《叢林公論》，第767頁。
④ [宋] 曉瑩：《雲臥紀談》卷上，第33頁。
⑤ [宋] 曉瑩：《羅湖野錄》卷二，第238頁。

禪宗漁父詞是禪宗文學的重要組成部分[1]，宋代禪林筆記收錄了不少相關的作品。

圓禪師的《漁父詞》描寫了一個超然獨往、寄情山水的瀟湘釣客形象：他瀟灑自如，不苟求明確的方向，而是隨緣自適，以一孤舟爲屋宅，幕天席地，性情豁達，行爲放曠。他品格高尚，不慕世俗名利，喜歡在灘頭明月下放聲歌唱，怡然自樂。圓禪師以此漁父形象來譬喻自己的禪悟境界，用曉瑩的話説是"藉以暢情樂道，而謳於水雲影裏，真解脱遊戲耳"。又如《羅湖野録》載定慧超信禪師：

> 蘇州定慧信禪師，蓋以《百丈野狐頌》得叢林之譽。其頌曰："不落不昧，二俱是錯。取捨未忘，識情卜度。執滯言詮，無繩自縛。春至花開，秋來葉落。錯，錯，誰知普化摇鈴鐸。"又《貽老僧》曰："俗臘知多少，龐眉擁毳袍。看經嫌字小，問事愛聲高。暴日終無厭，登階漸覺勞。自言曾少壯，遊嶽兩三遭。"信爲明眼宗匠，此乃其遊戲耳。然品題形貌之衰憊，摸寫情思之好尚，抑可謂曲盡其妙矣。[2]

超信禪師，號海印。其法系爲：風穴延沼—首山省念—汾陽善昭—琅琊慧覺—定慧超信。百丈野狐是禪宗著名的公案，《五燈會元·洪州百丈山懷海禪師》卷三："師每上堂，有一老人隨衆聽法。一日衆退，唯老人不去。師問：'汝是何人？'老人曰：'某非人也。於過去迦葉佛時，曾住此山。因學人問："大修行人還落因果也無？"某對云："不落因果。"遂五百生墮野狐身。今請和尚代一轉語，貴脱野狐身。'師曰：'汝問。'老人曰：'大修行人還落因果也無？'師曰：'不昧因果。'老人於言下大悟。作禮曰：'某已脱野狐身。住在山後，敢乞依亡僧津送。'師令維那白椎告衆，食後送亡僧。大衆聚議：'一衆皆安，涅槃堂又無病人。何故如是？'食後師領衆至山後岩下，以杖挑出一野死狐。乃依法火葬。"[3] 此公案旨在告誡學人，不要執著於追求修行人可以跳出因果之外，而是要洞曉因果是無可超越的道理，從而做到不起心、不動念，這樣就可獲得自由和解

---

[1] 關於宋代禪宗漁父詞，伍曉蔓、周裕鍇：《唱道與樂情——宋代禪宗漁父詞研究》（中國社會科學出版社，2014年版）一書已經作了深入而精細的考辨，可參看。
[2] [宋] 曉瑩：《羅湖野録》卷四，第265頁。
[3] [宋] 普濟：《五燈會元》卷三，第71頁。

脱。在超信禪師的頌語中，關於"普化搖鈴鐸"，《古尊宿語錄》卷四十七云："普化常於街市搖鈴云：'明頭來，明頭打。暗頭來，暗頭打。四方八面來，旋風打。虛空來，連架打。'臨濟令侍者去，纔見如是道，便把住云：'總不與麼來時如何？'普化托開云：'來日大悲院裏有齋。'"①《野丈百狐頌》蘊含著超信禪師參禪的真實體驗和認識，他認爲，不落因果與不昧因果都是執的表現。有取捨分別之心、揣測知見情識、拘泥於言詮表達、不能放下執著，會阻礙禪學修行。因此，應讓自己的内心處於春天花開、秋天葉落的隨順自然狀態，才可參悟禪的最高境界。而《貽老僧》描摹了一個眉毛花白、老態龍鐘的僧人形象。超信禪師即便是遊戲之作，也能將行貌之衰弱疲憊、情思之好尚委婉細緻地表達出來。"品題形貌""摹寫情思"之類的評價顯然是針對超信禪師偈頌的文學性而言的，其文學造詣由此可見，故能譽滿叢林。又如《叢林盛事》卷上云：

> 辨正堂，嗣佛照。初，道價不振，蓋初機罕識之。……後因贊達磨云："昇元殿前憔悴，洛陽峰畔乖張。皮髓傳成話霸，隻履無處埋藏。噫，不是一番寒徹底，爭得梅華撲鼻香。"雪堂見之，奇之曰："先師猶有此人在，只消此贊，可以坐斷天下人舌頭。"由是衲僧競奔湊。後居霅之道場山，衆盈五百。②

辨正堂，即正堂明辨禪師（1085—1157），其法系爲：五祖法演—佛眼清遠—正堂明辨。明辨禪師最初没什麼名聲，但他所作的《達磨贊》受到雪堂道行禪師的推重，因而名揚叢林，於是"衲僧競奔湊"，弟子盈門。儘管他的出名有一些高僧提攜的成分，不過，真正起決定作用的還是他的贊語所體現的意境。

至於因偈頌而讓他人刮目相看的禪師，如《叢林盛事》卷上載：

> 典牛和尚……嘗和忠道者《牧牛頌》曰："兩角指天，四蹄蹋地。拽斷鼻圈，牧甚屎屁。"初，張無盡見其坦率，不事事，嘗慢之，謂之顛游。後妙喜持此頌獻之，無盡撫几稱賞。妙喜曰："相公且道者頌是甚麼人做。"無盡曰："此非彌勒大士安能發此言。"妙喜曰："此

---

① ［宋］賾藏主：《古尊宿語錄》卷四十七，第329頁。
② ［宋］道融：《叢林盛事》卷上，第692頁。

乃前日顛游所作。"無盡曰："奇哉，奇哉。湛堂乃有此兒耶，臨濟一宗其在此矣。但將去質庫中典，也典得一百貫。商英肉眼不別，幾乎蹉過此人。"遂燒香望雲岩悔過。①

典牛天游，其法系爲：黃龍慧南—真净克文—泐潭文準—三角智堯。此段文字叙説天游禪師因和《牧牛頌》而讓張商英對自己改觀的故事。張商英未見天游的頌語以前，輕慢他，並稱其爲"顛游"。親眼見到天游禪師的頌時，撫几稱賞，並表示只有彌勒大士纔能作此妙句。待知曉此四句頌語爲天游禪師所作時，不僅贊嘆不已，而且悔恨自己肉眼不識人，更燒香悔過。整件事以張商英態度的轉變爲綫索，體現了天游禪師的文學造詣。作者並未直接表達對天游禪師的贊美，而是借張商英之口來呈現，感染力得到增強。

關於文學作品獲得獎勵的事迹，保寧直禪師曾因一首贊而獲得宋孝宗的褒獎，《叢林盛事》卷下云："高宗、孝宗皆有《彌勒大士贊》，叢林有道之士無不和之者，少有愜二帝意者。……乾道間，直道者住保寧，嘗和之曰：'量包太虛，眼懸日月。往天宫兮天中之絶，居人間兮人中之杰。放下布袋兮坐斷四大部洲，拈起拄杖兮直得大地流血。別，別。明明有理難分雪。'范使李公爲奏上，孝宗大喜之，賜錢五百萬、米五百斛以助供眾。"②保寧直禪師此贊贊美彌勒大士胸襟開闊足以包藏太虛世界，眼界寬廣能够懸起日月。無論他居住在天上還是人間，不管他放下布袋還是拈起拄杖，彌勒大士都是法力廣大、常懷慈悲之心的佛。保寧禪師因此贊而得到宋孝宗五百萬錢、五百斛米的獎賞，可見舞文弄墨確實爲禪師帶來了不少實際利益。當然，這個故事的本質是爲了宣揚禪師的文學創作水平而非禪師的名利心。

宋代禪林筆記所描繪的禪師大多博學飽參，擅長吟詩作頌，但同時，作者也十分強調這些文學作品在傳法持道上的功用，即僧人的根本身份是參禪學道，因此，禪師們對語言文字十分謹慎。如《枯涯和尚漫錄》卷中云：

鐵牛印禪師曰："正堂辯和尚與日書記書云：'若要道行黃龍，一

---

① [宋]道融：《叢林盛事》卷上，第678-688頁。
② [宋]道融：《叢林盛事》卷下，第698頁。

宗振舉，切不可締章繪句晃耀於人，禪道決不能行。古有規草堂，近有珪竹庵，更有個洪覺範，至今士大夫只喚作文章僧，其如奈何。如公頌三日耳聾與女子出定，非徹見淵源，何爲至此？勿以小小而礙大法，道不獨明辯一己之私，諸方宿老皆如此議。知我罪我，在於此書，萬萬察之。'此語切中今時之病，學者不可忽也。"鐵牛紀載，誠有補於後學。所謂草堂諸老者，見處非不穩當，當時亦未免有此議。嘉定間，薰石田博學能文，痛自掩抑，以此故也。璨隱山初見元城語錄，喜甚攜歸，閱之未竟，即掩卷。侍僧曰："何初喜之，遽棄之？"曰："衲僧家念念常在乾屎橛上，尚爲雜用心，況世間議論文章乎？"此亦堤防之法，當如是也。先德云："學者漁獵文字語言，正如吹網欲滿，非愚即狂。"①

鐵牛印禪師，即鐵牛心印禪師，其法系爲：大慧宗杲—佛照德光—鐵牛心印。正堂辯和尚，即正堂明辯禪師（1085—1157），其法系爲：五祖法演—佛眼清遠—正堂明辯。規草堂，即道場有規禪師，其法系爲：雪竇重顯—天衣義懷—慧林宗本—法雲善本—道場有規。珪竹庵，即龍翔士珪禪師（1083—1146），其法系爲：五祖法演—佛眼清遠—龍翔士珪。薰石田，即石田法薰禪師（1171—1245），其法系爲：密庵咸杰—破庵祖先—石田法薰。這段話代表了宋代禪林筆記對詩文偈頌的基本看法，正堂明辯禪師明確提出，若要道行於世，"切不可締章繪句晃耀於人"，也就是不能因追求華麗文辭而妨礙禪道大法。在明辯禪師看來，有規禪師、士珪禪師、惠洪等人被士大夫喚作文章僧就是因爲他們的文學才華掩蓋了道名。圓悟又舉法薰禪師、法璨禪師之事以強調禪僧的本分在於修習禪道，而非議論文章，可見，宋代禪林筆記雖然對禪師的文學作品抱有相當的興趣，但始終堅持其載道傳法功能。所以，在禪林筆記的叙述中，詩文偈頌等文學創作不能遮蔽禪師自身的禪法，如《叢林盛事》卷下載普崇禪師：

崇野堂，四明人，久依天童宏智禪師。以大事不決，竟上江西見草堂。未幾，果有所得。後住育王，乃拈香爲艸堂之嗣。……崇幼年多攻詩，嘗題廬山三峽橋曰："蕭蕭石徑蟠蒼松，山腰忽斷來悲風。

---

① ［宋］圓悟：《枯涯和尚漫錄》卷中，第37頁。

坐寒欲作暮天雪，人靜似發山林鐘。落崖千古流寒玉，眩眼百丈飛長虹。倚欄深省十年夢，坐看雲吞五老峰。"後安國按部見之，大加稱賞，遂徹去諸家詩牌，唯留此一篇。自茲，雖道譽不甚四馳，唯有詩名流於世。後進當以崇爲戒，所謂齊己、貫休名重地也。①

育王普崇禪師，其法系爲：黄龍慧南—黄龍祖心—草堂善清—育王普崇。普崇禪師描寫廬山三峽的詩，將三峽橋的高峻奇險、氣勢宏大表現得淋漓盡致，而且此詩語言優美典雅，對仗精審工致，普崇禪師因該詩"名流於世"在情理之中。由於普崇禪師詩名顯赫，掩蓋了其道名，故道融警示後輩學人要以普崇爲前車之鑒，不要因詩名而失去道譽，齊己、貫休就是最好的例證。與之相對的一個例子是，《枯涯和尚漫錄》卷中載：

> 臨安府淨慈北磵簡禪師，贊茶陵郁云："進步竿頭撅斷橋，太虛凸處水天凹。古今喫撅人多少，不似闍梨這一交。"贊靈照女云："屋裏橫機抗老爺，門前斂手揖丹霞。娘生爺養好兒女，也有許多無賴查。"叢林多誦之。淳祐丙午三月晦日，書偈云："平生無伎倆，赤脚走須彌。一步闊一步，三更過鐵圍。"且曰："翌日可行矣。"至期，趺坐而滅。……噫，老磵神情秀特，博學强記而喜爲文，得法於東庵佛照。昔甘露滅、瑩仲温皆見地明白，其可以文字多之。②

按照圓悟的觀點，北磵居簡禪師雖然"博學强記而喜爲文"，寫出了不少佳作，流播叢林，但並未因偈頌而喪失道行上的聲譽。作者對居簡、惠洪、曉瑩等既有詩名，又有道聲的禪師的欣賞不言而喻。從禪林筆記批判普崇禪師得詩名而失道譽和提倡北磵居簡禪師詩道並重可知禪林筆記在護法上的苦心孤詣。

順便說，此兩則材料，作者皆采用類比手法來評價禪師。此種叙事方式在宋代禪林筆記中頗爲常見，亦可算作其特點之一。它將不同禪師的相似點集中在一起，引發讀者的聯想和共鳴。如《林間錄》點評宗道者，"宗見雪寶，而超放自如，言法華之流也"③。又評石霜楚圓"予謂慈明道

---

① [宋] 道融：《叢林盛事》卷下，第703頁。
② [宋] 圓悟：《枯涯和尚漫錄》卷中，第32頁。
③ [宋] 惠洪：《林間錄》卷上，第251頁。

起臨濟於將仆,而平昔廓落乃如此,微神鼎則殆,亦谷泉之流也"①。《羅湖野錄》論玉泉承皓禪師,"皓之唱道,開豁正見,至於示迹殊常,則為不測。人求於往昔,殆鄧隱峰、普化之流亞歟"②。《枯崖和尚漫錄》卷中載大川普濟禪師"嘗與弁山侍老佛心,弁山偶外幹,不及請假。洎歸,佛心曰:'阡兄兩日何往?'答曰:'未嘗出入。'大川適在旁,叱曰:'參禪人何得妄語?'弁山面赤汗下,自此尤謹語言。昔昭默受死心責亦類此,湛堂嘆其皆良器也"③。卷下評嘯岩文蔚禪師云:"嘯岩語言如嵇康,長七尺八寸,美音氣,好容色。土木形骸,不自藻飾,人以為龍章鳳姿,天質自然也。烏虖,可不敬哉。"④ 以上所列,或禪師的某一特質相類,或禪師經歷的事件相似,通過與其他禪師的比較,突出了作者筆下的禪師形象。

總之,禪林筆記與其他禪門典籍不同的地方,在於它更關心文學語言的力量,更重視禪師們的文學創作力和鑒賞力。因此,大量文學作品被用來凸顯禪師的地位和名聲。這種現象的實質是,叢林作為禪僧共同的生存空間,禪師間的交流,首先得具備同等對話的條件。在文學活動中最直接的表現為一位禪師是否能用詩歌語言將自己的參禪體驗和修行境界表達出來,或啟悟學人,或與其他禪師分享經驗,彼此間進行智力和語言的較量。

二、當寫作成為日常

宋代禪林筆記展示了叢林參禪問道的逸聞軼事,更為重要的是它們揭示了叢林的詩意生活,寫作偈頌詩文成為僧人的日常事務,無論是入道、臨終,還是迎送往來,辭免住持職位,都可能產生文學作品。禪僧用偈頌來表達人生境界,傳達禪的精神,用文章來警示後輩,寄托振興叢林的期望。他們對悟道剎那的歡欣鼓舞,對接引學人的老婆心切,對死亡的泰然處之,對高僧大德的敬慕,對禪門古風的追崇,對生存空間的憂慮等,皆反映在其作品中。宋代禪林筆記選擇的詩文偈頌大多以傳道為目的,詞采

---

① [宋]惠洪:《林間錄》卷下,第266頁。
② [宋]曉瑩:《羅湖野錄》卷一,第214–215頁。
③ [宋]圓悟:《枯崖和尚漫錄》卷中,第38頁。
④ [宋]圓悟:《枯崖和尚漫錄》卷下,第40頁。

優美，有很強的文學性。

就文體類別而言，宋代禪林筆記所載錄的禪師作品大體可分爲有韻之文和散文兩類。在宋代禪林筆記中，這兩種類別的界限十分清晰，有韻之文，作者多數冠以詩、詞、偈、頌、贊、銘、歌之類的字眼以作區分，經過筆者的粗略統計，凡帶有以上字眼的作品皆爲有韻之文。即使未含以上文字標志者，作者選錄的禪師作品都是押韻之作，一般不易與文混淆。需要說明的是，本節的設置主要是爲了展現宋代禪林筆記所描述的叢林文學創作風貌，至於禪僧作品的專門研究，非本書所能及。

（一）韻文

在宋代禪林筆記中，大多數禪師皆能作詩，但是禪師們幾乎都謹守自己的僧人身份，據《大慧普覺禪師宗門武庫》載："圓通秀禪師因雪下云：'雪下有三種僧：上等底僧堂中坐禪，中等磨墨點筆作雪詩，下等圍爐說食。'"① 按圓通法秀的說法，上等僧堂中坐禪，中等僧提筆作詩，下等僧圍爐說食，此處雖以下雪爲例來展示禪師的身份、區分禪師的高下，却顯示了禪宗對僧人本分的重視，即禪師的本職工作是參禪求道。由於受到自身身份的限制，大多數禪師所作的偈頌皆以宗門生活爲主要內容，包括闡釋佛教義理和禪宗公案、發表禪學見解、描寫悟道體驗、指示入道門徑、申述離情別緒、表達臨終心境、刻繪禪師形貌等方面。因爲禪師的生活經歷比較接近，儘管個人的認識與體悟、表達習慣等各有不同，但禪師的創作風格有明顯的趨同特征。具體在禪林筆記中，禪師詩詞偈頌的載錄展現了禪林筆記摹寫禪師的特點，當文學活動成爲平常的生活，它們和禪學修行一同讓禪師形象更加豐富。

宋代禪林筆記自產生之初就對禪師的偈頌抱著濃厚的興趣，《林間錄》的作者惠洪是宋代著名的詩僧，他不但在《林間錄》中收錄其他禪師的偈頌，而且也展露了自己對偈頌的偏好與創作才能。如其評價匡化禪師和惟政禪師的作品云：

> 龍牙和尚作半身寫照，其子報慈匡化爲之贊曰："日出連山，月圓當户。不是無身，不欲全露。"二老，洞山悟本兒孫也，故其家風機貴回互，使不犯正位，語忌十成，使不墮今時。而匡化匠心獨妙，

---

① [宋]道謙：《大慧普覺禪師宗門武庫》，第956頁。

語不失宗，爲可貴也。余杭政禪師嘗自寫照，又自爲之贊曰："貌古形疏倚杖黎，分明畫出須菩提。解空不許離聲色，似聽孤猿月下啼。"政公超然奇逸人也，故其高韻如光風霽月，詞致清婉而道味苦嚴。古今贊偈甚多，予尤愛此二篇。①

龍牙和尚，即唐代居遁禪師（835—923），爲洞山良价禪師法嗣。報慈匡化，即唐代藏嶼禪師，號匡化大師。政禪師，即惟正禪師（986—1049），宋代法眼宗禪僧。惠洪此段話將禪師的個人品格與作品聯繫起來，報慈匡化禪師爲洞山良价的法孫，繼承了其禪法，作品的用語也不失其宗派特色，十分可貴。而惟正禪師是"超然奇逸人"，因此他的作品"詞致清婉而道味苦嚴"。"古今贊偈甚多，予尤愛此二篇"表達了惠洪對藏嶼禪師和惟正禪師贊偈的欣賞，同時也顯示了惠洪對贊偈的評價標準。至於惠洪自己的創作，無論是對古人、往事的追念，還是對經籍、義理的禪發，《林間錄》的記載皆能反映惠洪的創作熱情。如其讀唐僧元曉傳而作偈，《林間錄》卷上云："唐僧元曉者，海東人。初航海而至，將訪道名山，獨行荒陂，夜宿塚間。渴甚，引手掬水於穴中，得泉甘涼。黎明視之，髑髏也，大惡之，盡欲嘔去。忽猛省，嘆曰：'心生則種種法生，心滅則髑髏不二。如來大師曰："三界唯心。"豈欺我哉。'遂不復求師，即日還海東，疏《華嚴經》，大弘圓頓之教。予讀其傳至此，追念晉樂廣酒杯蛇影之事，作偈曰：'夜塚髑髏元是水，客杯弓影竟非蛇。個中無地容生滅，笑把遺編纂縷斜。'"②惠洪此偈收入其詩文集《石門文字禪》卷十五《讀古德傳八首》。此偈將元曉夜飲甘泉、明視骷髏一事與樂廣杯弓蛇影之事類比，闡明一切唯心造，心生種種法生，心滅種種法滅的道理。與惠洪詩文集的載錄相較，《林間錄》對詩詞偈頌的載錄更像詩本事一類的著作，在這些記錄中，禪僧的詩詞偈頌開始有了存在的環境。偈頌爲什麼原因而作，與哪些人、事、物相關，得到了怎樣的反響等背景構成了偈頌的本事，雖然在作品閱讀中語境有時候是一種限制，却爲我們閱讀和理解偈頌提供了指引，這在宋代禪林筆記中是十分普遍而重要的現象，《林間錄》對禪僧文學作品的記錄對後世的禪林筆記起著示範作用。

---

① [宋]惠洪：《林間錄》卷上，第252頁。
② [宋]惠洪：《林間錄》卷上，第247頁。

在宋代禪林筆記中，禪僧的文學活動十分頻繁，其中尤以以下幾類較爲突出：

第一，悟道與臨終之際產生的偈頌。悟道偈是作者的得道體驗，是一位禪師從未悟到開悟的界限，而臨終偈主要表現作者於生死之際的淡然。如《雲臥紀談》載："新淦東山吉禪師……晚於南閩，首眾開元，就雲堂午齋次，說偈曰：'八十四年老比丘，萬般施設不如休。今朝廓爾忘緣去，任聽橋流水不流。'遂泊然而逝。其臨大變，殊異如此。"① 吉禪師，其法系爲：黃龍慧南—黃龍祖心—長，靈守卓—道場慧琳—東山吉。禪師對死亡的態度往往成爲其道行高深的一種表現，東山吉禪師在此臨終偈中展露了自己的參禪心得，對外境的一切攀援之心、各種法相聲色，終究不如一朝斷絕塵緣。在凡俗的認知中，應該是水流橋不動，但東山吉禪師由於覺悟而忘緣，去除知見分別之心，故能反常合道，橋流而水不流。"橋流水不流"出自傅大士有名的偈語："空手把鋤頭，步行騎水牛。人從橋上過，橋流水不流。"這首偈把互相矛盾的事物放在一起言說，既然是空手，又怎能把鋤頭？既然在步行，怎麼又在騎水牛？人從橋上走過，怎麼會是橋流水不流？傅大士描述的這些景象看起來完全不合理，它跳出了常識見解，以非邏輯分析的方式傳達這樣的道理：心性是空明的，雖有行跡可尋，它依然是空。東山吉禪師的偈語闡述的就是一切皆空的認識，人無論處在何種境況下，都需要保持心性的空明，不要受外界變化的牽累，尤其在面對死亡的時候更是如此。很多禪師常常說偈而亡，臨終偈頌與禪師臨終表現一同變成禪師道行的外化形式。

第二，畫像贊。② 在宋代禪宗語錄中，有三種文類收錄了畫像贊。其一爲真贊，包括自述真贊，如《法演禪師語錄》卷下收錄《自述真贊二首》，分別爲："以相取相，都成幻妄。以真求真，轉見不親。見成公案，無事不辦。百年三萬六千日，翻覆元來是這漢。""我真我贊，唯己自知。面面相覰，有甚了期。"③ 其二爲佛祖贊，《大川普濟禪師語錄》有贊佛祖一類，收錄《出山相贊》《金剛經書大士像贊》《佛心禪師頂相贊》等。其

---

① [宋] 曉瑩：《雲臥紀談》卷上，第6—7頁。
② 關於宋元時期禪宗繪畫的功能及其反映的禪宗文化，可參看台灣大學藝術史研究所嚴雅美的論文：《試論宋元禪宗繪畫》，載於《中華佛學研究》，2000年第4期，第207—260頁。
③ [宋] 才良等：《法演禪師語錄》卷下，《大正藏》第47卷，第666頁。

三爲贊禪會圖，如《石溪心月禪師語錄》卷三收入《黄蘗掌沙彌》《趙州不下禪床接二王》《國一見代宗起立》《文宗嗜蛤蜊》《莊宗中原之寶》《李翱見藥山》《裴休捧佛請安名》《韓愈請益大顛》《龐居士見馬大師》《靈照對丹霞》等禪會圖贊。所謂禪會圖，指禪宗故事，以禪宗公案爲主。宋代禪林筆記收錄了許多禪宗畫像贊，這與宋代禪宗繪畫藝術的發達密切相關。兩宋有不少禪師擅長做畫①，以宋代禪林筆記所載爲例，據《叢林盛事》卷上記載，道融藏有吳僧梵隆所畫的草衣文殊像，"期終身以奉之"。而且道融"嘗記典牛和尚一贊最佳，其詞曰：'潦倒南泉，不識道理。大小曼殊室利，貶向鐵圍山底。至今頭又不梳，面又不洗。一個渾身坐在草裹，鈍根吕公猶不瞥地。指出金毛，當下迷己。靠倒了也，蘇盧悉唎。"②又"水墨觀音像，自唐吳道子、李伯時後，惟吳僧梵隆茂宗者尤爲妙絶。故孝宗嘗贊之曰：'水波不動，火光不興。梵隆妙絶，授之德明。'蓋賜中官黄德明也。隆有小師至叶，亦善作此。近有閩僧德源，筆猶臻妙，故當時鉅公如謝丞相、趙大師彦逾皆有贊其像，曰：'收視返聽，結跏趺坐。邈出筆端，以色見我。千百億身，無可不可。重説偈言，依然話墮。'趙曰：'出意作觀音，筆間造玄妙。會得真面目，慧光應遍耀。若以相貌求，睹相生善念。念念既純全，真相縱斯現。'"③以上兩則材料道出當時善畫的禪師梵隆（？—1187）、至叶、德源以及僧俗争相創作畫像贊的情形。又《叢林盛事》卷下載：

> 金沙灘頭菩薩像，有畫作梵僧肩拄杖挑髑髏回顧馬郎婦勢。前後所贊甚多，唯四明道全，號大同者，一贊最佳。其詞曰："等觀以慈，鈎牽以欲。以楔出楔，以毒攻毒。三十二應，普門具足。只此一機，奪千聖目。雲鬟霧鬢，輕紗薄縠。大地横陳，虚空摩觸。靈骨鎖金，寒沙埋玉。驚鴻縹渺銀漢斜，缺月東西挂疏木。"時余在丹丘見之，余嘗爲蛇畫足云："先以欲鈎牽，後令入佛智。有利與無利，元不離行市。黄金靈骨再挑來，試問汝今何面觜。阿呵呵，囉囉哩，三個之中那個是。剔起眉毛塞耳觀，圓通門户堂堂啓。吽，吽。"隱山璨和

---

① 關於北宋和南宋的善畫禪師，可參看王沐萱的碩士學位論文《宋代禪僧畫研究》的第二章"宋代禪僧畫概況"，湖北大學，2011年。
② ［宋］道融：《叢林盛事》卷上，第695頁。
③ ［宋］道融：《叢林盛事》卷上，第695頁。

尚贊云："丰姿窈窕鬢攲斜，賺盡郎君念法華。一把骨頭挑去後，不知明月落誰家。"璨住泉之法石，木庵永之嗣也。①

這段文字同樣反映了禪林對畫像贊的創作風潮，金沙灘頭馬郎婦的故事經過不斷演變，在《叢林盛事》中已然變成慈悲的菩薩。此段話分別記載道全、道融、法璨三位禪師的贊語，各人的表達形式不相同，道全禪師所作爲四七言，道融之作爲五七言，其中還夾雜著和聲詞，法璨禪師則是整齊的七言絶句。三首贊共同寫到觀音菩薩普度眾生之事實，道全云其"等觀以慈，鉤牽以欲。以楔出楔，以毒攻毒"，道融稱其"先以欲鉤牽，後令入佛智"。此二者皆爲概貌式的敘述，而法璨的"賺盡郎君念法華"則具體寫出觀音菩薩以身爲誘，勸男子誦《法華經》的故事。從細節刻畫來說，三人的作品皆寫到髑髏，分別爲"靈骨鎖金""黃金靈骨""一把骨頭"。三首贊文並列，其間難免有對比、一較高下的意味。事實上，三篇作品確實各有側重點。道全禪師的描寫十分細緻，不僅點出觀音菩薩有三十二應身，崇奉《法華經》之《普門品》，而且對其外貌、衣著有較爲詳細的説明，"雲鬢霧鬟，輕紗薄縠"，雖然我們未能親見圖像，但道全的描述有助於想象畫面內容。道融的贊除了"黃金靈骨再挑來"一句與畫中的"挑骷髏"相關聯，其他的描述很難讓人聯想到相應的畫面，不過，道融禪師的贊以説禪理爲主，這是與其他兩首贊不同的地方。在法璨禪師的贊語裏，"丰姿窈窕鬢攲斜"寫的是觀音的外形，丰姿窈窕、云鬢攲斜之類的描述是文學中常見的形容女子的字眼，可以想見，法璨禪師筆下的觀音是一位美麗的女子。以上三首是禪宗畫像贊的冰山一角，從中大概可知畫像贊的基本寫法。我們必須注意贊語與畫像的關係，簡言之，畫像贊要麼以描繪畫面內容爲主，要麼以説理爲主，要麼二者兼顧。

第三，頌古。頌古是禪宗特有的創作形式，在禪門典籍中有不少關於頌古的討論。所謂頌古，按照道忠的定義："頌名，本起於六詩，歌頌盛德以告於神明者也。如禪家頌古，則舉古則，爲韻語，而發明之，以爲人，亦是歌誦佛祖之盛德而揚其美，故名頌古。"② 因此，頌古的內容既對古則公案加以闡釋發明，亦歌頌佛祖之盛德。關於頌古的流變，萬庵道

---

① [宋] 道融：《叢林盛事》卷下，第 704 頁。
② [日] 道忠：《禪林象器箋》，第 661 頁。

顏禪師云："其頌始自汾陽,暨雪竇宏其音、顯其旨,汪洋乎不可涯。後之作者,馳騁雪竇而爲之,不顧道德之奚若,務以文彩煥爛相鮮爲美,使後生晚進不克見古人渾淳大全之旨。"① 萬庵道顏禪師對雪竇重顯的頌古給予了高度評價,批評後輩作者追求頌古文采的綺麗工巧而忽略公案本身的意義。又如心聞曇賁禪師曰:"天禧間,雪竇以辯博之才,美意變弄、求新琢巧,繼汾陽爲頌古,籠絡當世學者,宗風由此一變矣。逮宣政間,圓悟又出己意離之爲《碧岩集》,彼時邁古淳全之士,如寧道者、死心、靈源、佛鑒諸老,皆莫能迴其說。於是新進後生珍重其語,朝誦暮習,謂之至學,莫有悟其非者。"② 心聞曇賁禪師指出頌古對禪宗產生的影響,從其敘述中可見心聞禪師對雪竇重顯、圓悟克勤的指責之意。儘管雪竇重顯、圓悟克勤以文學手法來解釋禪宗公案不過是將語言文字當作權宜機用,但"新進後生"一味沉溺於以文字解禪說禪,則背離了禪宗明心見性的本意,成爲文字禪末流。禪宗頌古的流行,不僅出現了專門的頌古別集、總集,而且禪師的語錄中亦收錄了大量的頌古之作,禪林筆記亦不例外。其間的差別在於,禪林筆記載錄的頌古主要是爲了凸顯禪師的文學才能,故頌古相應的公案內容不在作者的敘述範圍內。如《雪堂行拾遺錄》載:"文殊能禪師,天姿閑暇,甘於枯寂。嘗頌麻三斤曰:'見前三昧,料水打碓。漏泄天機,失錢遭罪。'又頌臘月火燒山曰:'巢知風,穴知雨。可憐謝三郎,月下自搖櫓。'"③ 文殊宣能禪師,其法系爲:黄龍慧南—真净克文—文殊宣能。"麻三斤"公案,《五燈會元·襄州洞山守初宗慧禪師》卷十五:"問:'如何是佛?'師曰:'麻三斤。'""臘月火燒山"公案,《五燈會元·益州青城香林院澄遠禪師》卷十五:"問:'如何是衲衣下事?'師曰:'臘月火燒山。'"在這兩則公案中,禪師的答語與學人的問話毫無邏輯關係,禪師用它們告誡參禪者不用迷信語言,應從語言的桎梏中解放出來,從而歸返本心,頓悟真如。文殊宣能禪師的頌語表面上也與公案內容無關,在麻三斤頌中,見前三昧、料水打碓、漏泄天機、失錢遭罪四句皆是宗門常用語。"巢知風,穴知雨",《宏智禪師廣錄》云:"巢知

---

① [宋] 净善:《禪林寶訓》卷三,第1033頁。
② [宋] 净善:《禪林寶訓》卷四,第1036頁。
③ [宋] 道行:《雪堂行拾遺錄》,第370頁。

風，穴知雨。不用安排，自成規矩。"是一種自然而然的狀態。而謝三郎指玄沙師備禪師，贊寧《宋高僧傳》卷十三云："俗姓謝，閩人也。少而憨黠，酷好垂釣，往往泛小艇南臺江自娛。其舟若虛，同類不我測也。一日忽發出塵意，投釣棄舟，上芙蓉山出家。"① 後世借指隱居避世者。文殊宣能禪師的兩則頌旨在闡明禪理蘊藏於"料水打碓"這樣的日常生活中，無須汲汲營求，而要隨緣任運，方能體悟道的實質和本原。文殊宣能禪師的兩則頌古，真可謂"繞路說禪"。

第四，送別偈。前文已提到，不論行腳遊方還是四處流轉住持，或是母老辭歸，或者外出行乞等，大多數禪僧一生都處於流動狀態。禪僧的流動對禪門來說加強了禪思想的交流與融合；對禪宗文學而言，禪僧的地域移動最大的貢獻就是產生了諸多迎來送往的作品。如《雲臥紀談》載："蘇州楓橋溫禪師，初參鼓山老禪，因隨侍過雁蕩能仁。未至間，寺罹回祿，一夕而燼，溫爲幹修造事。老禪以偈將其行，曰：'老禪不打鼓山鼓，投老來歸雁蕩山。杰閣隆樓渾不見，溪邊茅屋兩三間。'二曰：'溫禪單打布衫過，口硬如鐵說諸方。肯爲老禪持鉢去，信之有麝自然香。'三曰：'七百間屋幾時了，十萬貫錢何日歸。除是腰纏更騎鶴，道人方了目前機。'"② 鼓山老禪此三首偈爲送溫禪師外出乞資修造寺院之作，第一首說明二人從鼓山遷至能仁寺，寺院遭受火災之事；第二首稱贊溫禪師勇於爲修建寺院而持鉢行乞；第三首表達對溫禪師乞資的憂慮與期盼。又如《叢林盛事》卷下載："石窗恭禪師，遍參諸方，久依黃龍忠道者，後依宏智。靖康中，自湖湘歸東越，忠以頌送之曰：'閑思昔日戲沙洲，屈指於今四十秋。君到石窗閑借問，許多風月付誰收。'"③ 此首爲黃龍道忠禪師送別法恭禪師之作，前兩句是對往事的追念，后兩句爲道忠禪師對法恭禪師今後的寄語。在禪林筆記中，送別偈頌不僅能傳達別離的情緒，更是朋友間體現情誼的方式，如《雪堂行拾遺錄》載安首座"至蔣山度夏，圓悟俾之立僧。解夏，德山遣人來迎安，安治裝次，悟至，問曰：'你來日行有甚所須？'安曰：'短歌要求數十丈，長句只消三兩言。'悟遂以頌送之。"④

---

① ［宋］贊寧：《宋高僧傳》卷十三，第785頁。
② ［宋］曉瑩：《雲臥紀談》卷上，第25—26頁。
③ ［宋］道融：《叢林盛事》卷下，第699頁。
④ ［宋］道行：《雪堂行和尚拾遺錄》，第370頁。

在安首座和圓悟禪師的關係中,偈頌已然成爲聯絡感情的禮物。

在禪林筆記中,禪師創作偈頌的誘因並不僅限於以上幾種,他們可以在隨意的時間、任意的地點口占或援筆作偈。通過上文可看到,禪僧處於與他人的關係之中,雖然禪師的整體生活經歷十分類似,他們的偈頌往往以傳道爲主要目的,其偈頌用語也相對狹窄。但是這些偈頌的功能呈現多樣化的特點,或作爲體道、悟道的工具,以此透視禪僧的禪學修養;或作爲教學的教材,以此勘驗、啓悟學者,此類大多指示衆偈頌;或成爲解説公案、佛典義理的媒介,發表見解,頌古堪稱代表;或變成迎來送往的禮節,寄以期望或祝福;或表達山居生活、顯示樂道情懷等,正是從這些偈頌中,我們感受到禪師對文學藝術的熱愛和對語言文字的駕輕就熟,他們以詩歌語言和詩性思維來把握自己的生活。總之,在宋代禪林筆記中,創作偈頌已經成爲禪僧的一種生活方式,禪師們通過偈頌來表達他們對生活的理解和感悟,用偈頌來傳達自己的參禪和體驗,而讀者借助禪師的作品來考察禪師其人。這種認識禪僧的方式與通過其法語或義理解説來審視禪師的方式迥异,因爲詩語的暗示性、象徵性等特點,以詩説禪的方式給讀者留有更多的想象空間,而以偈頌觀人則爲我們考察禪師形象提供了另一個視角,是一種詩意的觀想角度。

(二) 散文

除詩詞偈頌外,宋代禪林筆記還收録了禪師的不少散文作品。據《羅湖野録》,慧日文雅禪師有《禪本草》,借助《本草經》的表述方式來突出禪的宗教功能:"禪,味甘,性凉,安心臟,袪邪氣,闢壅滯,通血脉,清神益志,駐顏色,除熱惱,去穢惡,善解諸毒,能調衆病。藥生人間,但有大小、皮肉、骨髓、精粗之异,獲其精者爲良,故凡聖尊卑悉能療之。餘者多於叢林中吟風詠月。世有徒輩多采聲殻爲藥食者,誤人性命。幽通密顯,非證者莫識。不假修煉,炮製一服,脱其苦惱,如縛發解,其功若神,令人長壽。故佛祖以此藥療一切衆生病,號大醫王,若世明燈,破諸執暗。所慮迷亂,幽蔽不信,病在膏肓,妄染神鬼,流浪生死者,不可救焉。傷哉!"① 此篇文章首先闡明禪的功用,"味甘,性凉,安心臟,袪邪氣,闢壅滯,通血脉,清神益志,駐顏色,除熱惱,去穢惡,善解諸

---

① [宋] 曉瑩:《羅湖野録》卷四,第 269 頁。

毒，能調眾病"等描述是中草藥的常見特性，此處用來雙關禪的作用。作者提出修習禪道的三類人：第一種爲獲得禪精髓的修禪之人，無論凡聖尊卑都能去除煩惱；第二種爲叢林中那些吟風詠月的禪僧；第三種爲多采聲殼爲藥食者，誤人性命。禪能治病，故只要勤加修煉，得到證悟，即可脫離苦惱，如世間明燈一般，破諸執暗。禪雖然"善解諸毒，能調眾病"，但對那些心神迷亂、幽蔽清凈自性、把生死寄託於鬼神之上的人，禪不能發揮其救助之功。曉瑩評價《禪本草》云："世稱韓昌黎《毛穎傳》以文章爲滑稽，若《禪本草》，寧免並按者歟？先佛號大醫王，而修多羅藏得非方書乎？況《禪本草》從藏中流出，議病且審，使藥且親，其有服食，獲證大安樂地也必矣。由是觀之，雅豈徒然哉！"曉瑩此處指出《禪本草》與《毛穎傳》的關係，二者皆是"以文章爲滑稽"。慧日文雅禪師的同門湛堂文準禪師著《炮製論》，以輔佐《禪本草》。文準在《炮製論》中指出，人要延年長生，祛除諸病，首先須熟覽《禪本草》，否則"不知藥之溫良，不辨藥之真假，而又不諳何州何縣所出者最良"，"不唯自誤，兼誤他人"。觀《禪本草》明白藥的體性後，需要瞭解藥的炮製之法："蓋炮製之法，先須選其精純者，以法流水净洗，去人我葉，除無明根；秉八還刀，向三平等砧碎剉；用性空真火微焙之；入四無量臼，舉八金剛杵，杵八萬四千下；以大悲千手眼篩篩之，然後成塵塵三昧。煉十波羅蜜爲圓，不拘時候。煎一念相應湯，下前三三圓、後三三圓。除八風二見外，別無所忌。"① 其中有大量的佛教術語。法流：正法相續不絕，如水之流。人我：凡俗之人妄認爲自身常住不變，執於"有我"之見，佛教稱此爲"人我見"。八還：八種變化相，各自還其本所因由處。三平等：身、口、意三者互相攝入，平等不二。四無量：佛菩薩慈、悲、喜、捨之四德，與樂之心爲慈，拔苦之心爲悲，喜眾生離苦獲樂之心曰喜，於一切眾生捨懇親之念而平等一如曰捨。八金剛：又稱八大明王，佛教的八位護法菩薩，即金剛手、妙吉祥、虛空藏、慈氏、觀自在、地藏、降一切蓋障、普賢。塵塵三昧：於一微塵中入一切之三昧。十波羅蜜：十勝行，爲菩薩十地之行法，指布施、持戒、出離、智慧、精進、忍辱、真實、決意、慈與捨。八風：又名八法，世有八法，爲世間之所愛憎，能扇動人心，故名八風。分

---

① ［宋］曉瑩：《羅湖野錄》卷四，第 269—270 頁。

別爲：一利、二衰、三毀、四譽、五稱、六譏、七苦、八樂。二見：指常見和斷見。據周裕鍇先生所言，此篇《炮製論》，用"炮製"來雙關"禪"需要"教"的配合，才能更好地發揮解脫煩惱的宗教功能，表達了一種"禪教合一"的思想。① 曉瑩評《炮製論》云："尊宿於世間學尚爾其審，況出世間法乎？若夫《炮製論》，文從字順，詳譬曲喻，而與《禪本草》相爲表裏，非真起膏肓必死之手，何能及此哉！""文從字順，詳譬曲喻"顯然是指《炮製論》的文學性。另外，文準禪師還有《羅漢疏》《水磨記》等文章，其中《水磨記》以水磨"不假人力之所能爲""妙用也出乎自然"的運作原理來闡明禪法的"至妙之心在我，不在文字語言"，不在"明師密授"的道理。②

宋代禪林筆記選錄的禪師散文有很強的論辯色彩，如《雲臥紀談》卷上云："廬山栖賢真教果禪師，以南康守攜客遊山，客肆其忽慢，果遂著《示欺客文》曰：'凡人之所愛人者，必取其道德之淵奧，言行之粹美。出一言，則千里服膺而不倦；立一行，則百世景仰而不忘。逃名於盛世，匿耀於靈府，返淳復朴，終日如愚。雖天地至大，不足方其志；日月至明，不足類其達。却崇高莫大之富貴，若一毫之輕；保光輝非常之事業，若千鈞之重。厲而修，勤而行，至其所至，聞其所聞，徹衆智之源，造絕學之域，允蹈乎六合之外，冥運乎萬機之內，酬酢往來，若空谷之答響，此乃吾之深愛者也。若夫騁虛聲、被殊服，私一位之雄，踞百人之上，又烏足爲驚駭焉？客庸詎欺我其無能爲，而我且不知其所以爲者也。欺客若此，其智小哉。'"③ 真教果禪師此文首先拈出常人以"道德之淵奧，言行之粹美"判斷他人，進而說明道德與言行的具體表現，然後提出自己所深愛的是"厲而修，勤而行，至其所至，聞其所聞，徹衆智之源，造絕學之域，允蹈乎六合之外，冥運乎萬機之內，酬酢往來，若空谷之答響"的境界，最後批評客人眼界狹隘，智識淺薄。全文對比強烈，文筆流暢，一氣呵成。又《雲臥紀談》卷下云："金山達觀穎禪師，爲人奇逸，智識敏妙，書史無不觀，詞章亦雅麗，與夏英公、王文康公、歐陽文忠公、趙參政平

---

① 周裕鍇：《禪宗語言》，浙江人民出版社，1999年版，第314頁。
② [宋] 道謙：《大慧普覺禪師宗門武庫》，第955頁。
③ [宋] 曉瑩：《雲臥紀談》卷上，第29頁。

叔遊,殊相樂也。嘗著《性辯》曰:'今古聖賢言性者,只得情也。脫能窮理,不能盡性,何也?不知三才萬物皆性也。天性上、人性下,金利、水濕、木直、火熱、土厚,此五行性也。統而論之,精而察之,萬物之性,皎然可見矣。就中最靈者,人也。陰陽交遷而生,變化而動者,情也,約人情純粹者也。其所以可上可下,爲賢爲愚,受性上者,君子也。外情不能惑性,雖混於小人,猶金玉之中土石耳。至於堯、舜、禹、湯,垂名萬古,乃當時保高位,守常道而察人情,隨性立法也。桀、紂、幽、厲,惑富貴,失大寶,縱自性,被情遷也。天地雖無情,風雲四時易其候,山川萬物亂其形。唯人居中,度天時,隨地利而不失其節,所以人爲天地心也。情、意、識皆本乎性也,隨物所顯,故外有多名耳,餘不可備叙也。情者,心也,牽於用;意者,志也,記於事;識者,知也,辨於物。愛惡喜怒,皆情也。夫爲大聖人者,性決定也,不被外惑,不爲情牽,性制於情也,所以我教謂之正覺者也。《易》唯知窮理盡性之説,而未見乎出古入今之道者也。'"① 金山曇穎禪師(989—1060),其法系爲:風穴延沼—首山省念—谷隱藴聰—金山曇穎。此文闡明了三才萬物皆有性、佛教乃"出古入今之道"的主旨。在天、地、人三才中,曇穎禪師特別突出人爲天地之心,君子與小人的差別在於君子能"守常道而察人情,隨性立法",而小人被情遷。人的情、意、識皆本乎性,隨物所顯。聖人能真正覺悟是因爲"性決定也,不被外惑,不爲情牽,性制於情"的緣故,既有性則可覺悟。曇穎禪師認爲《周易》窮究天下萬物的根本原理,徹底洞明人類的心體自性,但是"未見乎出古入今之道"。換言之,佛教不但洞明人的心體自性,更是出古入今的大道。可見,曇穎禪師絲絲入扣地解説"性",辨別性與情的關係,最終目的是凸顯佛教的功能。其他文章如《叢林盛事》載,歸雲如本禪師有《叢林辨佞篇》:"論議當世搖尾乞憐者,詞意甚超卓,圓極岑禪師親爲跋之,後輩入眾不可不知。"②《叢林辨佞篇》洋洋灑灑千言,批判禪林諸般敗壞宗風的行徑,圓極彥岑禪師的跋語稱此文"詞遠而意廣,深切著明,極能箴其病。第爲妄庸輩知識暗短,醉心於邪佞之域,必以醍醐爲毒藥也"。評價之高,由此可見一斑。

---

① [宋]曉瑩:《雲卧紀談》卷下,第60—61頁。
② [宋]道融:《叢林盛事》卷上,第694頁。

前文對《叢林辨佞篇》多有引述，此處不再贅言。又"雲居舒和尚有《垂誠文》傳布叢林，專警諸方主法者"①。從上可知，在宋代禪林筆記中，作者對禪師作品的載錄一貫堅持護法這個基本原則。

（三）四六文

宋代禪林筆記對禪師的請疏多有載錄，據《叢林盛事》卷下："雪巢一和尚，自號村僧，嗣草堂清，久住平田，後長蘆力命不赴，以皎如晦一疏而往，其詞曰：'這般梵剎，固非些小叢林；個樣村僧，豈是尋常種草。要得門當戶對，還他境勝人奇。某人生鐵面皮，潑天聲價。盡大地捏成院子，未稱全提；將河沙都做衲僧，不消一喝。且看光火菩薩面，掉却跥距羅漢家。來撐没底船，激起蘆華千尺浪；宜舉向上句，祝延玉葉萬年人。'"②雪巢一和尚，即雪巢法一禪師（1084—1158），其法系爲：黃龍慧南—黃龍祖心—草堂善清—雪巢法一。皎如晦禪師此疏著重突出長蘆寺的名聲和雪巢法一禪師的名望，法一禪師住持長蘆寺是門當户對、境勝人奇，衆望所歸。疏文結構整齊，情感真摯，難怪法一禪師一改力辭不往的態度，欣然住持長蘆寺。又如普慈聞禪師，"暮年再奉旨歸雪峰，鼓山昇老次山作疏"③。又徑山寶印禪師"自金山來雪竇"，橘洲寶曇爲其撰寫諸山疏。④至於其他的四六文，如《雲卧紀談》卷上載：

> 南閩修仰書記，紹興間爲草堂和尚掌記室於泐潭，嘗題净髮圖，體類俳優，而用事切當。其詞曰："垢污蓬首，笑志公墮聲聞之鄉；特地洗頭，嗟庵主入雪峰之縠。爲當時之遊戲，屬後世之品量。誰知透石門關，别有弃繻手段；飲泐潭水，總是突霧爪牙。更不效從前來兩家，直要用頂顊上一著。鋒鋩纔動，心手相應。一摛一攉，誰管藏頭白，海頭黑；或擒或縱，説甚胡鬚赤，赤鬚胡。曾無犯手傷鋒，不用揚眉瞬目。一新光彩，逈絶廉纖。休尋頭上七寶冠，好看頂後萬里相。一時勝集，七日良期。不須到佛殿階前，彼處無艸；普請向大智堂裏，此間有人。"⑤

---

① ［宋］道融：《叢林盛事》卷下，第703頁。
② ［宋］道融：《叢林盛事》卷下，第700頁。
③ ［宋］道融：《叢林盛事》卷下，第697頁。
④ ［宋］道融：《叢林盛事》卷下，第704頁。
⑤ ［宋］曉瑩：《雲卧紀談》卷上，28頁。

此篇《題淨髮圖》主要用禪宗的典故來描繪剃頭的過程，對仗工整。如："垢污蓬首，笑志公墮聲聞之鄉；特地洗頭，嗟庵主入雪峰之彀。"志公，即寶志禪師。據《景德傳燈錄》卷二十七，寶志"居止無定，飲食無時。髮長數寸，徒跣，執錫杖"①。特地洗頭，據《五燈會元·福州雪峰義存禪師》卷七："有一僧在山下卓庵多年，不剃頭，畜一長柄杓，溪邊舀水。時有僧問：'如何是祖師西來意？'主曰：'溪深杓柄長。'師聞得，乃曰：'也甚奇怪。'一日，將剃刀同侍者去訪，纔相見，便舉前話。問：'是庵主語否？'主曰：'是。'師曰：'若道得，即不剃你頭。'主便洗頭，胡跪師前，師即與剃却。"②"一搦一擡，誰管藏頭白，海頭黑；或擒或縱，説甚胡鬚赤，赤鬚胡。"藏頭白，海頭黑，據《景德傳燈錄·虔州西堂智藏禪師》卷七："僧問馬祖：'請和尚離四句，絶百非，直指某甲西來意。'祖云：'我今日無心情，汝去問取智藏。'其僧乃來問師。師云：'汝何不問和尚。'僧云：'和尚令某甲來問上坐。'師以手摩頭云：'今日頭疼，汝去問海師兄。'其僧又去問海（百丈和尚）。海云：'我到遮裏却不會。'僧乃舉似馬祖，祖云：'藏頭白，海頭黑。'"③胡鬚赤，赤鬚胡，《古尊宿語錄·百丈懷海禪師》卷一："至晚參，師舉前因緣次。黃檗便問：'古人錯對一轉語，落在野狐身。今人轉轉不錯是如何？'師云：'近前來，向汝道。'黃檗近前打師一掌。師云：'將謂胡鬚赤，更有赤鬚胡。'"④誠如曉瑩的評價，此篇駢文"用事切當"，可見修仰書記的文學修養。

通覽宋代禪林筆記中的禪師，他們的創作大多圍繞傳道而進行，不但在偈頌等韻語上各騁詞采，而且對散文寫作不遺餘力，筆酣墨飽，辯説屬詞，至於四六文的創作如請疏等亦能信手拈來。以上所舉，不過是禪師作品的九牛一毛，但或許能爲我們窺視禪林的創作風貌提供些許信息。

三、叢林競傳：文學創作規範

宋代禪僧不僅有大量文學創作，而且對相應的文學作品作了規定，宋

---

① [宋]道原：《景德傳燈錄》卷二十七，第429頁。
② [宋]普濟：《五燈會元》卷七，第146頁。
③ [宋]道原：《景德傳燈錄》卷七，第252頁。
④ [宋]賾藏主：《古尊宿語錄》卷一，第5頁。

代禪林筆記開始出現文學作品的評論傾向。它們對文學創作的具體要求常常通過作者在評論中的語氣、立場表達出來，因此，把作者對禪師作品的評價集中起來，即可看出禪林對文學創作的整體興趣。它們雖然並不像詩話那樣有精細的分析和理論批評，但這些文學閱讀與品鑒表明了作者的主觀立場，反映了宋代禪師的時代風貌與文化心態，這同時意味著叢林內部自有一套評判文學作品的體系。換言之，隨著叢林創作活動的頻繁，宋代禪林筆記增添了對文學創作的指示性成分。

如曉瑩對請疏的要求，《羅湖野錄》云："今之疏帶俳優而爲得體，以字相比麗而爲見工，豈有胸襟流出，直截根源若此。"① 如《羅湖野錄》稱贊天寧則禪師的《牧牛詞》"意句圓美"，贊美福州空首座"偈句風韻高妙，於事理尤爲圓融"②。《雲臥紀談》載："南閩修仰書記，紹興間爲草堂和尚掌記室於泐潭，嘗題净髮圖，體類俳優，而用事切當。"③ "意句圓美"、事理圓融、"用事切當"之類的評價顯然已涉及禪師作品的文學性問題，而這些作品受到追捧亦反映了叢林追求文學作品的藝術性，當偈頌創作成爲時尚，禪師們亦自覺提升文學造詣以寫出言美意深的作品。又如《雲臥紀談》云：

> 大潙佛性禪師，爲其嗣者潭州慧通旦公，嘗頌覺鐵觜先師無此語話曰："誰道先師無此語，焦尾大蟲元是虎。胡蜂不戀舊時窠，猛將不歸家裏死。急著眼，勿回顧。若會截流那下行，匝地清風隨步武。"佛性見而論之曰："頌古、拈古要奢儉得所，如人解使錢，不必多也。"及頌黃檗示衆噇酒糟話曰："荆棘林中宣妙義，蒺藜園裏放毫光。千言萬語無人會，又逐流鶯過短牆。"佛性頷之。④

慧通旦公，即慧通清旦禪師，其法系爲：五祖法演—圓悟克勤—佛性法泰—慧通清旦。在此則材料中，佛性禪師明確提出了禪宗頌古、拈古的具體要求，即"要奢儉得所，如人解使錢，不必多也"，所謂"奢儉得所"主要是指頌古、拈古在語言上不必繁複，也就是語言簡練，只要能恰當表

---

① [宋] 曉瑩：《羅湖野錄》卷二，第233頁。
② [宋] 曉瑩：《羅湖野錄》卷三，第247頁。
③ [宋] 曉瑩：《雲臥紀談》卷上，第28頁。
④ [宋] 曉瑩：《雲臥紀談》卷下，第45頁。

達意義即可。佛性禪師之所以對清旦禪師的頌語不滿意，其原因正在於清旦禪師的語言過於繁複，堆砌典故。關於"覺鐵觜先師無此語"公案，《禪林僧寶傳·雪竇顯禪師》卷十一云："法眼禪師，昔邂逅覺鐵觜者於金陵。覺，趙州侍者也，號稱明眼。問曰：'趙州柏樹子因緣，記得否？'覺曰：'先師無此語，莫謗先師好。'法眼拊手曰：'真自師子窟中來。'"①"庭前柏樹子"爲趙州禪著名的公案，展示了禪宗截斷學人知見、直指人心的學佛思路，覺禪師對法眼禪師的回答正好延續了這種精神，因此覺禪師得到法眼禪師的稱贊。又《叢林盛事》云：

> 佛性泰頌龍牙參翠微臨濟公案曰："子卿不下單於拜，始末常遵漢帝儀。雪后始知松柏操，事難方見丈夫兒。"可謂親切明白。余頃在玉几，嘗見佛照寧此，必再三稱賞曰："此乃頌古樣子也。"後觀其語録，又愛其頌婆子偷趙州笋話云："櫻桃初熟笋穿籬，林下相逢老古錐。忍俊不禁行正令，得便宜是落便宜。"②

佛性泰，即佛性法泰禪師，其法系爲：五祖法演—圓悟克勤—佛性法泰。道融稱法泰禪師的頌語"親切明白"，又佛照禪師認爲法泰之頌"乃頌古樣子"，可見叢林對頌古範式的規定。綜合以上兩則材料，禪林對頌古之作的要求是既要奢儉得所，又要親切明白。又《叢林盛事》卷下載：

> 前輩贊佛祖偈句並自贊語，各有矜式。今之例多杜撰，如自贊亦如贊佛祖之語，良可笑耶。唯密庵最得其體，贊云："在家不讀書，行脚不參禪。隨流閑打閧，掘地覓青天。如今老矣空追悔，捻人痛處力加鞭。"塗毒亦云："眼瞎耳恒聾，鼯鼠技已窮。要見岩中主，白雲千萬重。咄，具眼者宜辨之。"③

此處文字强調佛祖贊與自贊有各自的體式，在道融的叙述中，自贊與贊佛祖究竟有何不同，作者並未給出明確的答案，而是以密庵咸杰禪師和塗毒智策禪師的作品來突出自贊的特征，這是一種感悟式的評價手法，依靠讀者自己體會。不過，自贊的體式仍能從具體的作品中略窺一二，所謂

---

① ［宋］惠洪：《禪林僧寶傳》卷十一，第514頁。
② ［宋］道融：《叢林盛事》卷上，第695頁。
③ ［宋］道融：《叢林盛事》卷下，第705頁。

自贊一般從自身的實際狀態出發，"如今老矣空追悔，捻人痛處力加鞭"顯然是對自我的描述，而"眼瞎耳恒聾，鼯鼠技已窮"這樣的話語自然不可能用來贊佛祖。

　　從以上可見，禪林筆記對禪師創作的評論準繩是具體的文學作品，因此，作者以叢林競傳的創作來宣揚文學的規範性，什麼樣的創作能夠成爲叢林的典範，以眾人的口碑來判定。在禪林筆記中，作者常常用"叢林爭誦"這樣的表述來贊揚一位禪師的作品。如《羅湖野錄》云："溫州江心龍翔肱禪師，天資嚴重，能踪迹其師高庵悟公之爲人。其偈句亦精妍，叢林頗傳誦之。"① 如《叢林盛事》卷上載，咦庵宗鑒禪師"嘗頌罽賓國王斬師子尊者公案云：'尊者何嘗得蘊空，罽賓刃下斬春風。桃華雨後恣零落，染得一溪流水紅。'叢林爭傳之。"② 《叢林盛事》卷下載，別峰雲禪師"嘗有善財南詢頌云：'鬐角分明者小兒，肚皮好待你聞知。賺他五十三知識，敗闕都盧納向伊。'叢林競傳"③。《枯崖和尚漫錄》卷中載，天目文禮禪師（1167—1250）"訪同參不值，偈云：'庭前一樹紫荆花，老子何嘗不在家。若謂弟兄相見了，先師門户隔天涯。'爲叢林誦"④。《枯崖和尚漫錄》卷下載，福州聖泉岊翁淳禪師"天姿軒特，嘗坐夏雪峰，值重架鼇山閣，作偈曰：'夜半天崩地陷休，一莖草上現瓊樓。儂雖先後不同步，月幌風櫺一樣愁。'時競傳誦"⑤。又載，真净大師德英"自贊云：'自贊贊不出，自畫畫不成。有個本來相，如何呈似人。活潑潑，本無生，鼻孔依然搭上唇。'叢林傳之"⑥。綜觀這些例子，作者雖然沒有明確提出叢林佳作的判斷標準，但"叢林競傳"的表達顯示了禪林對偈頌的共同興趣和閱讀取向，"一首作品的好壞由整個禪林文學圈來決定"。這是宋代禪林筆記對文學作品的特殊評價方式。同時，這也爲禪僧的文學創作提供了指導，範文就在那裏，學到多少，全靠自己體悟。

　　另外，宋以後的禪林筆記亦對禪宗文學的體式多有討論，如《山庵雜錄》云："竺元先師謂做頌須事理俱到，譬如打索，兩股緊緩不同，則不

---

① ［宋］曉瑩：《羅湖野錄》卷三，第 250 頁。
② ［宋］道融：《叢林盛事》卷上，第 695 頁。
③ ［宋］道融：《叢林盛事》卷下，第 699 頁。
④ ［宋］圓悟：《枯崖和尚漫錄》卷中，第 35 頁。
⑤ ［宋］圓悟：《枯崖和尚漫錄》卷下，第 40 頁。
⑥ ［宋］圓悟：《枯崖和尚漫錄》卷下，第 41 頁。

堪矣。大川和尚作蜘蛛頌固好，但其中三字於理固無害，於事則不然。其頌云：'一絲挂得虛空住，百億絲頭殺氣生。上下四圍羅織了，待無漏網話方行。'末後三字於蜘蛛却無交涉。又題出山相云：'龍姿鳳質出王宮，垢面灰頭下雪峰。誓願欲窮諸有海，不知諸有幾時窮。'以雪峰易雪山，拘韻耳。而此地有雪峰，其名既顯，似覺有妨，所以不純也。"① 從《山庵雜錄》可以看出，竺元道禪師對頌的要求已非感悟式的判斷，而是精細的評論。

上文旨在呈現宋代禪林筆記所描繪的禪林創作活動，禪師們對偈頌創作興趣盎然、得心應手，他們主動追求語言藝術，常常因某篇作品而名揚叢林，甚至於詩名顯赫、道聲湮沒。雖然不時有禪師跳出來批評那些詩名太盛進而掩蓋了道譽的禪師，但大家仍然一如既往地熱愛文學，他們的目的不過是追求禪師作品與其傳道功能的平衡，用詩文偈頌來示教幽微、發明禪旨，為平常生活增添詩性光輝。禪師們對佳作不吝贊詞、奇文共賞，樂於為意句圓美的作品找一個"隨機設化"的借口，並且提出某些文學樣式的寫作規範。這無疑是文字禪運動的功勞，從不立文字轉向不離文字，體現了禪宗對語言文字表意功能的肯定和認同。宋代禪林筆記對禪師創作活動的叙述，禪師因詩文偈頌而名聲在外的事實，與社會風氣的變化密不可分。宋代禪師的文化素養普遍提高，有不少禪師是由儒入禪者，而且士大夫階層紛紛投入禪門，禪師與文人的交往，使禪學的思維技巧和意趣深入社會生活的各個方面，而文人士大夫的詩歌話語亦滲透到禪學實踐，士大夫與禪僧在生活情調和思想意趣上有著共同的精神關懷。禪林筆記對禪師文學活動的關注，為我們瞭解禪師的生活狀態提供了一個特別的觀看角度，這與禪師因禪法高深、禪語機辯而譽滿叢林十分不同，禪師們以文學手法發揮禪學意旨，將禪義理轉化為美學情趣，深刻的哲思披上了藝術的外衣。

第四節　詩意地唱道：禪林酬唱活動

從禪宗的演化歷程來看，禪宗並未固守自己的堡壘，而是不斷與世俗

---

① [明]無慍：《山庵雜錄》卷下，《卍新纂續藏經》第87冊，第126頁。

世界相交涉，姑且不論其間的各種功利目的，亦不管這些交涉對禪宗自身的主體性帶來了什麼負面影響，這些交涉客觀上促進了禪林的外延性，並使禪宗不斷調整自己的發展策略和思路以適應社會的變化，文人與禪師的往來就是一個最佳明證。當文人與禪師產生關係時，他們是同一個文化場域中的人，需要掌握彼此的言說方式，才能進行有效的對話。文人與禪師之間，儘管二者的生活有交集，但是並不能完全等同，本質上，他們仍然是兩個不同生活空間的人，而禪與詩文偈頌將他們聯繫在一起，生成了對話的可能。對文人而言，他們閱讀經典，參究禪法，了解宗門的思維方式和表達習慣。對禪僧來說，他們的偈頌得到文人的推賞而享譽叢林，並且學習文人的創作以提高自身的文學水平。本節的內容與第三節有交叉之處，第三節的主要目的在於突出禪僧個人的自主創作，而本節的設置是爲了強調禪僧在與文人和禪僧內部的社會交流中所發生的創作行爲。

在宋代禪林筆記中，偈頌創作在很大程度上是一項社會活動，大量的偈頌產生於禪師與他人的交往中。從創作主體而言，禪林的文學酬唱主要分爲兩大類：一是禪師與文人的酬對，二是禪師之間的吟唱。而在這兩種唱和活動中，禪師間的互相唱和更爲頻繁。關於宋代僧人之間的詩歌唱和，呂肖奐先生的《宋代僧人之間詩歌唱和探析》一文對僧人的頌古唱和、僧人唱和規模、方式以及唱和詩集的留存，僧人寄贈答謝所體現的宗教身份及生活信息等都作了精闢的剖析，認爲僧眾之間的唱和，"將士大夫的唱和方式移用到教禪語境中，使用的是僧眾習用的詩偈頌古形式和不同於俗眾的話語系統，表達的是禪教觀念和思想情感，因而形成了極具特色的內部交流的形態"①。雖有珠玉在前，我們更關心的是宋代禪林筆記對這種唱和活動的態度及其書寫方式。

一、宗師體裁：文人與禪師的酬對

文字禪在宋代的流行使禪與文字相契合，禪僧與士大夫的交往一時蔚然成風。宋代士大夫與禪僧保持著密切的關係，文人通過參禪活動獲得禪悦的精神滿足，在他們的創作中表達禪理、禪趣；禪僧則通過與文人的酬

---

① 呂肖奐：《宋代僧人之間詩歌唱和探析》，載於《四川大學學報》（哲學社會科學版），2014年第5期，第61—67頁。

唱往來,以詩文偈頌的方式表達他們對宇宙人生的見解。

在文人與禪師的酬和中,佛印禪師與蘇軾的詩偈往來十分典型,如《雲臥紀談》卷下載:"佛印禪師平居與東坡昆仲過從,必以詩頌爲禪悦之樂。"① 又《叢林盛事》云:

> 佛印一日入室次,忽東坡至。印云:"此間無榻座,不及奉陪居士。"坡云:"暫借和尚四大爲榻座。"印曰:"山僧有一問,居士若道得即請坐,若道不得即輸却玉帶。"坡欣然曰:"便請。"印曰:"居士適來道,'借山僧四大爲榻座',只如山僧四大本空,五陰非有,居士向什麼處坐?"坡擬議,不能加答,遂解玉帶,大笑而出。印却以雲山衲衣贈之。坡有偈云:"百千燈作一燈光,盡是恒沙妙法王。是故東坡不敢惜,借君四大作禪床。"又云:"病骨難堪玉帶圍,鈍根仍落箭鋒機。會當乞食歌姬院,換得雲山舊衲衣。"又云:"此帶閲人如傳舍,流傳到此亦悠哉。錦袍錯落渾相稱,乞與佯狂老萬回。"印以二偈謝云:"石霜奪得裴休笏,三百年來衆口誇。爭似蘇公留玉帶,長和明月共無瑕。"又云:"荆山卞氏三朝獻,趙國相如萬死回。至寶只應天子用,因何留在小蓬萊。"②

四大爲榻座公案講述了蘇軾與佛印了元禪師鬥機鋒的故事。佛印禪師的方丈室內没有蘇軾的座位,蘇軾開玩笑要借"和尚四大爲榻座",即蘇軾想坐到佛印身上去。四大,指身體。佛教認爲,人身由地、水、火、風四大元素組成,稱爲四大。《枯涯和尚漫録》卷中對四大有詳細的解釋:"平江府虎丘坳堂濟禪師曰:毛髮、爪齒、皮肉、箸骨、髓腦,謂之地;唾涕、膿血、津液、涎沫、痰泪、精氣、大小便利,謂之水;暖氣謂之火,動轉謂之風。此四緣假合而成幻身,須有主宰始得。"③ 而佛印禪師要求蘇軾回答問題,能回答則請蘇軾坐到身上,否則將蘇軾的玉帶輸給自己。佛印禪師説自己是出家人,四大皆空,五陰非有,既然一切皆是空的,那麼蘇軾坐到什麼地方呢?蘇軾無法回答這個問題,把玉帶輸給佛印,最終成爲鬥機鋒落敗的一方。萬庵道顔評價此類故事云:"比見士大

---

① [宋]曉瑩:《雲臥紀談》卷下,第55頁。
② [宋]道融:《叢林盛事》卷上,第686頁。
③ [宋]圓悟:《枯涯和尚漫録》卷中,第38頁。

夫監司郡守入山有處，次日令侍者取覆長老，今日特爲某官陞座，此一節猶宜三思。然古來方册中雖載，皆是士大夫訪尋知識而來，住持人因參次，略提外護教門、光輝泉石之意。既是家裏人，說家裏兩三句淡話，令彼生敬。如郭公輔、楊次公訪白雲，蘇東坡、黃太史見佛印，便是樣子也。豈是特地妄爲，取笑識者。"① 即在道顏禪師看來，士大夫有慕道之心，向禪師參禪，尋求指示，住持人隨機開導，讓士大夫存外護佛教、光耀禪門之意，由此可見禪師樂於點撥士大夫的用心。而在《叢林盛事》中，這個故事不僅體現了文人與禪師之間的參禪活動，而且作爲偈頌創作活動的背景而存在，其意義得到升華。蘇軾以此事爲契機創作了三首偈。第一首偈寫事情的起因。第二首偈點明事件經過，自己鬥機鋒失敗，輸了玉帶，換得佛印的衲衣。"乞食歌姬院"，孫光憲《北夢瑣言》卷六載："唐裴相公休留心釋氏，精於禪律，師圭峰密禪師，得達摩頓門。密師《注法界觀》《禪詮》，皆相國撰序。常被毳衲於歌妓院持鉢乞食，自言曰：'不爲俗情所染，可以説法。'"第三首指出玉帶猶如供人休息住宿的處所，輸給佛印亦是隨緣順勢。"錦袍錯落渾相稱，乞與佯狂老萬回"用武則天賜錦袍玉帶給萬回和尚的典故。在佛印禪師的兩首偈中，"石霜奪得裴休笏"用慶諸禪師奪裴休笏的典故，《五燈會元·潭州石霜山慶諸禪師》卷五云："裴相公來，師拈起裴笏問：'在天子手中爲珪，在官人手中爲笏，在老僧手中且道喚作甚麼？'裴無對，師乃留下笏。"佛印第一首偈將蘇軾留下玉帶一事與慶諸禪師奪取裴休笏相提並論，稱二者皆爲美談。第二首偈用和氏璧的典故突出玉帶的珍貴。從二人的酬答中可以看出，蘇軾的偈尚且有説禪理的成分，佛印禪師的偈則幾乎爲誇贊溢美之詞，顯示了唱和偈頌的社會功能及創作風格。另外，從這段文字載錄文學作品的方式可見宋代禪林筆記的寫作特點，大多數偈頌有一個特定的創作情境，背景與作品結成緊密的整體，共同塑造禪師形象。蘇轍與佛印禪師也多有唱酬之作，《雲卧紀談》云：

> 佛印禪師……住金山時，蘇黃門子由欲謁之，而先寄以頌曰："粗砂施佛佛欣受，怪石供僧僧不嫌。空手遠來還要否，更無一物可增添。"佛印即酬以偈云："空手持來放下難，三賢十聖聚頭看。此般

---

① ［宋］净善：《禪林寶訓》卷三，第1033頁。

供養能歆享，木馬泥牛亦喜歡。"然黃門、佛印以斯道爲際見之歡，視老杜、贊公來往風流，則有間矣。①

蘇轍想去拜謁佛印禪師，先寫一首頌試探其態度，他在頌中表明自己空手而來，不知佛印是否會接納自己。佛印禪師回了一首偈暗示自己的心迹，"空手持來放下難"，意即既然空手而來，那就沒有放下之說。"三賢十聖聚頭看"言十分歡迎蘇轍前來。三賢指雖得相似之解而未脫凡夫之性的住、行、向三位，十聖指已發大智而捨凡夫之性的十地菩薩。佛印禪師在偈中表示蘇轍之頌便是供養，即使木馬泥牛自己也欣然接受。值得注意的是曉瑩對佛印、蘇轍酬答的評價："然黃門、佛印以斯道爲際見之歡，視老杜、贊公來往風流，則有間矣。"曉瑩指出，佛印、蘇轍的偈頌往來是以樂道爲前提的，杜甫和贊公的交往與此有差距。

在宋代禪林筆記中，文人與禪師的酬作常被賦予"唱道"的內涵，而非簡單的社會交往。如《羅湖野錄》載：

> 薦福本禪師，紹興十年，首眾僧於徑山，有偈示聰上座曰："毒蛇猛虎當前立，鐵壁銀山在後橫。進既無門退無路，如何道得出常情。"聰還鄱陽，取道徽州，謁太守吳元昭，因出示之。吳曰："毒蛇猛虎空相向，鐵壁銀山謾自橫。長笛一聲歸去好，更於何處覓疑情。"吳與本以同參契分，更唱迭和，與夫捉杯笑語，爲治劇餘樂，則有間矣。若非透脫情境，安能爾耶？②

薦福悟本禪師爲大慧宗杲法嗣。吳元昭，名偉明，得大慧宗杲印證。在悟本禪師示聰上座的偈中，鐵壁銀山比喻十分堅固、不可摧毀的事物。毒蛇猛虎、鐵壁銀山指參禪學道過程中心靈的障礙，意即參禪受到心靈的苑圍，則不能脫離常情。換言之，只要心靈隨順，即可超越常情，明心見性。吳偉明的和語也延續了這一思路，毒蛇猛虎，鐵壁銀山皆由心起，只要有"長笛一聲歸去好"的自在適意，便無疑情可言。兩首偈皆強調了心的重要作用。關於毒蛇猛虎，大慧宗杲云："心意識之障道，甚於毒蛇猛虎，何以故？毒蛇猛虎尚可回避，聰明利智之士，以心意識爲窟宅，行住

---

① ［宋］曉瑩：《雲臥紀談》卷下，第55頁。
② ［宋］曉瑩：《羅湖野錄》卷四，第261頁。

坐臥未嘗頃刻不與之相酬酢，日久月深，不知不覺，與之打作一塊，亦不是要作一塊，爲無始時來行得這一路子熟。雖乍識得破，欲相遠離，亦不可得，故曰：毒蛇猛虎尚可回避。"①宗杲指出，心的障礙甚於毒蛇猛虎，毒蛇猛虎尚可躲避，只要運用聰明利智，躲入心靈的窟窿中，便能不受侵害。但如果防禦毒蛇猛虎的心靈都受到障蔽，那就無處可藏了。薦福悟本禪師和吳偉明皆爲宗杲弟子，此兩首偈頌的思想或受到宗杲的影響。曉瑩論二人的唱和云："吳與本以同參契分，更唱迭和，與夫捉杯笑語，爲治劇餘樂，則有間矣。若非透脱情境，安能爾耶？"即吳偉明與悟本禪師以同學之誼往來唱和，和那些處理繁重難辦事務之餘、把盞言歡作樂的人大有不同，這是因爲二人超脱情境、自在無礙、唱道樂情的緣故。

在宋代禪林筆記作者的筆下，文人願與禪師酬唱往來，一個重要原因是被禪師的道德所吸引，黃龍慧南與程公闢的交遊便是如此。《雲臥紀談》云：

> 南禪師居黃檗積翠庵，時豫章帥程公闢以詩招住翠岩。曰："翠岩泉石冠西山，欲得高人住此間。曾是早年聽法者，今生更欲見師顏。"南和之曰："白髮滿頭如雪山，尪羸無力出人間。翻思有負公侯命，旦夕仿偟益厚顏。"及程歸朝，閒二年，復除江西漕，南以頌寄之曰："洪井分飛早二年，林間仕路兩相懸。近聞北闕明君詔，又領江西漕使權。列郡望風皆草偃，故人高枕得雲眠。馬塵未卜趨何日，預把音書作信傳。"程和答曰："七字新吟憶舊年，此時懷抱極懸懸。師今有道居禪首，我本何人掌吏權。明月每思雲下坐，青山一任日高眠。庵前弟子知多少，來者如燈續續傳。"程之帥豫章，乃治平三年丙午歲，奏準明堂赦，勘會未有名額院宇例賜之，由是豫章管内律院並獲其額，今鮮有知程之措意焉。然非取重南公之道德，豈能外護法門如是勤篤耶。②

此段話記載了黃龍慧南與程公闢的兩次唱和。第一次酬唱圍繞住持一事進行，程公闢詩言翠岩寺山水冠絕，邀請慧南來做住持，自己曾經聽過慧南説法，希望能再次見面。慧南在和詩中婉拒了程公闢的好意，表明自

---

① [宋]蘊聞：《大慧普覺禪師語錄》卷二十，第897頁。
② [宋]曉瑩：《雲臥紀談》卷上，第23-24頁。

己白髮蒼蒼，年老體邁，無力擔當住持之位，恐怕要辜負程公闢的好意。第二次唱和則是日常的交往，寄託對遠方朋友的思念之情。慧南之詩云，自從洪井一別已經兩年，如今聽說程公闢回到京城做官，又被授予江西漕使的官位，各郡官民皆被其道德文教所感化，可以想見程高枕安臥、無憂無慮的生活。不知何時纔有會面之機，因此權把此詩當作書信傳遞。程公闢的和詩意為，收到慧南的詩歌便憶起昔日兩人相處的歲月，此時心中特別惦記慧南。兩人雖是好友，身份却各異，慧南是有道禪師，自己仍然官務纏身。想象慧南那種在高日明月下、青山白雲間坐臥的閑居生活，其門下弟子眾多，能够燈燈相續。兩次唱和詩的內容皆不涉及禪理的討論，語言曉暢明白，是懇切真摯的朋友寒暄與牽念，這種平常的詩歌來往透視了文人與禪師交遊生活的一個面向。程公闢在江西做官時，不但與慧南交遊，而且奏請朝廷為沒有名額的寺院賜額，曉瑩認為，程公闢之所以外護法門，是因為被黃龍慧南的道德折服的緣故。此時的唱和其意義擴大了，並不僅僅是文人與禪師交往的媒介，還成為凸顯禪師德行的明證，畢竟，按照曉瑩的邏輯，程公闢看重黃龍慧南的道德，然後以詩延請他住持，進而才有唱和之事發生。

　　文人與禪師的唱和，同題競作是常見的方式，如《羅湖野錄》卷四云："馮給事濟川，紹興八年，隨僧夏於徑山。因題枯髏圖曰：'形骸在此，其人何在。乃知一靈，不屬皮袋。'妙喜老師見而謂之曰：'公何作此見解耶？'即和曰：'只此形骸，即是其人。一靈皮袋，皮袋一靈。'馮於是悚然悔謝。是時，堂中首座九仙清禪師亦繼之曰：'形骸在此，其人何在。日炙風吹，掩彩掩彩。'清乃惠日雅公之嗣。"① 馮作為人的軀體尚在，不知其人在何處，因而知道人的靈魂不屬於軀體。即在馮楫看來，人的軀體和靈魂是有差別的。而宗杲的作品認為，人的形骸即是其人，因此，人的軀體與靈魂等同無二。可知宗杲所作發揮了禪宗世間一切平等無差的思想，而馮楫區分了人的軀體與靈魂，顯然不符合禪宗精神，故宗杲有"公何作此見解耶"的疑問，從這點而言，宗杲之偈隱然有糾馮作偏頗的意味。在法清禪師的作品中，"形骸在此，其人何在"兩句看似與馮楫所著相同，實則有很大的差异，意為形骸即是人，形骸在此，人也在此。"日

---

① ［宋］曉瑩：《羅湖野錄》卷四，第260頁。

炙風吹，掩彩掩彩"寫骷髏經過了風吹日曬，掩蓋了自身的華彩。三人所作同爲題骷髏圖，主要借畫闡述觀點，在言語運用上或有相近之處，表達的意義却不相同。又《羅湖野錄》云：

> 李文和公，大中祥符間，嘗作二句頌，寄朱發運正辭，是時許郎中式亦漕淮南，朱遂以李頌示許。相與聯成四句曰："參禪須是鐵漢，著手心頭便判（李）。雨催樵子還家（朱），風送漁舟到岸（許）。"仍命浮山遠公和之，曰："參禪須是鐵漢，著手心頭便判。通身雖是眼睛，也待紅爐再鍛。鋤麑觸樹迷封，豫讓藏身吞炭。鷺飛影落秋江，風動蘆花兩岸。"文和公尋復自和曰："參禪須是鐵漢，著手心頭便判。直趣無上菩提，一切是非莫管。"今唯傳後一頌而已。然世謂士夫學禪只資談柄，亦宗知文和之唱，諸公之和，其語俓正，有宗師體裁也哉。①

這段材料體現了士大夫間的唱和文化滲入禪門的情景，李尊勖、朱正辭、許式三人的聯句詩是文人之間常見的創作形式，李遵勖的前兩句"參禪須是鐵漢，著手心頭便判"是一種常識詠嘆，言心性堅定，能斬斷世俗名利的鐵漢才可學習禪道，一看到禪門的啓示便能領會要旨，此兩句詩爲後來的作者提供了足够的想象空間。隨後的唱和詩皆引用"參禪須是鐵漢，著手心頭便判"，表明這兩句不但是唱和標志，具有隨意搭配的功用，也顯示了諸公對"參禪須是鐵漢，著手心頭便判"觀念的認同。朱正辭的"雨催樵子還家"和許式的"風送漁舟到岸"皆爲生活中的常見現象，下雨了樵夫回家，風把漁船吹到岸邊，展現了禪宗道蘊含於日常生活中的宗旨。浮山法遠的和詩中，"通身雖是眼睛，也待紅爐再鍛"意爲參禪之人即便如千手觀音那樣通身是眼，整個身心通透，也需要不斷加強修煉，去除妄執。"鋤麑觸樹迷封，豫讓藏身吞炭"用了鋤麑、豫讓兩個典故，據《左傳·宣公二年》所載，晉靈公不行國君正道，趙盾屢次進諫，惹怒了晉靈公，晉靈公派鋤麑去暗殺趙盾，鋤麑"晨往，寢門辟矣。盛服將朝，尚早，坐而假寐。麑退，嘆而言曰：'不忘恭敬，民之主也。賊民之主，不忠。弃君之命，不信。有一於此，不如死也。'觸槐而死。"豫讓的故事

---

① ［宋］曉瑩：《羅湖野錄》卷四，第267-268頁。

出自《戰國策》，豫讓爲春秋末年趙國智伯之臣，十分受智伯寵信，後來趙襄子殺了智伯，豫讓"漆身爲厲，滅須去眉，自刑以變其容"，又"吞炭爲啞，變其音"，伺機刺殺趙襄子替智伯報仇，事敗被殺。這兩句意即在習禪過程中既需要像鋤麑一樣執事而不脫迷的品格，也需如豫讓一般的忍耐精神。"鷺飛影落秋江，風動蘆花兩岸"用自然景物比喻修禪所達到的超脫境界。李遵勖看到法遠禪師的和詩後，自己又作了一首偈，"直趣無上菩提，一切是非莫管"是說參禪最終可達到最高的覺悟境界，在此過程中，莫管一切是非，不要受外在環境的影響。曉瑩對諸人的偈頌唱和評價極高，"然世謂士夫學禪只資談柄，亦宗知文和之唱，諸公之和，其語俓正，有宗師體裁也哉"，即士大夫學禪並非只用作談資，而是對禪理有自己的見解，能以偈頌來體現自己的參禪心得，語言俓正，有禪門宗師的創作風格。

　　文人與禪師的唱和活動是宋代士大夫與禪宗關係的一個側面，這種酬唱形式傳達了文人的參禪心得，而且某些唱和活動涉及日常的人情往來。就禪師來說，與文人的唱和增進了二者的情感，禪師常因詩歌獲得名人的唱和而名聲大噪，如中際可遵禪師，"早於江湖以詩頌暴所長，故叢林目之爲'遵太言'。因題廬山湯泉，東坡見而和之，自是名愈彰"[①]。可遵禪師的詩歌爲名公所推賞而聲名更勝從前，這是從文人的角度所作的評判。但對禪師而言，這是向文人借勢，既能對文人傳輸禪學理念，推廣禪法，又可學習文人的創作，甚至有幾分鬥智的味道。文人與禪師在禪與詩的共同興趣上，實現了生活情趣和思想感情的溝通。

　　總之，宋代禪林筆記對文人與禪師的酬酢多有稱賞，禪師與文人的唱和功能有多樣性，並非只是簡單的禪理交流，所用的語言也因事、因人而異。它們是禪宗視角下的唱和活動，是凡情俗世與禪宗的交互依存。無論是文人對禪師的欣賞，還是禪師主動與文人酬唱，都是叢林自信的表現，其最終目的是突出禪師不但禪法高妙，而且他們在文字創作上亦毫不遜色。

---

① [宋]曉瑩：《雲臥紀談》卷下，第57頁。

二、疏通性源：禪師與禪師的吟唱

與文人和禪師的酬唱相比，宋代禪林筆記所載的禪師之間的唱和相對單一，大多爲同一公案或同一事而作。

其中，頌古如《雲臥紀談》卷下云："蘇州辯禪師，初參穹窿圓公，有所省發。既入京，與天寧圜悟法席，愈臻奧閫。因大慧老師頌船子接夾山話曰：'驀口一橈除作解，從茲夾嶺氣衝天。離鈎三寸無消息，獨向滄溟泛鐵船。'辯屬其韻曰：'合頭著語酬船子，恰似堀地覓青天。直饒楫下通明徹，也是華亭破漏船。'辯之爲人疏放，叢林目爲'辯粗'。"① 辯禪師，即南峰雲辯禪師，其法系爲：五祖法演—圓悟克勤—南峰雲辯。關於船子接夾山話，《五燈會元·秀州華亭船子德誠禪師》卷五云："山乃散眾束裝，直造華亭。船子纔見，便問：'大德住甚麼寺？'山曰：'寺即不住，住即不似？'師曰：'不似，似個甚麼？'山曰：'不是目前法。'師曰：'甚處學得來？'山曰：'非耳目之所到。'師曰：'一句合頭語，萬劫繫驢橛。'師又問：'垂絲千尺，意在深潭，離鈎三寸，子何不道？'山擬開口，被師一橈打落水中。山纔上船，師又曰：'道。道。'山擬開口，師又打，山豁然大悟，乃點頭三下。師曰：'竿頭絲綫從君弄，不犯清波意自殊。'山遂問：'拋綸擲鈎，師意如何？'師曰：'絲懸淥水，浮定有無之意。'山曰：'語帶玄而無路，舌頭談而不談。'師曰：'釣盡江波，金鱗始遇。'山乃掩耳。師曰：'如是，如是。'遂囑曰：'汝向去直須藏身處沒踪迹，沒踪迹處莫藏身。吾三十年在藥山，祇明斯事。汝今已得，他後莫住城隍聚落，但向深山裏、钁頭邊，覓取一個半個接續，無令斷絕。'山乃辭行，頻頻回顧，師遂喚：'闍黎。'山乃回首。師竪起橈子曰：'汝將謂別有。'乃覆船入水而逝。"② 大慧宗杲的頌語"驀口一橈除作解，從茲夾嶺氣衝天。離鈎三寸無消息，獨向滄溟泛鐵船"，意爲船子和尚在夾山善會將用言語回答"垂絲千尺，意在深潭，離鈎三寸"的意義時，一木樂把他打下水，解除了夾山善會陷於意想情識和言語的危險，夾山善會由此而得以開悟。"離鈎三寸"，用釣魚來譬喻參禪求法，離鈎三寸是魚上不上鈎的重要時

---

① ［宋］曉瑩：《雲臥紀談》卷下，第52頁。
② ［宋］普濟：《五燈會元》卷五，第115頁。

刻，比喻求道的悟與不悟的緊要關頭。船子和尚及時截斷夾山善會的知見，在其開悟後，傳示法要，船子和尚泛舟於滄波上，成爲一個放曠自然的禪宗漁父。雲辯禪師的頌"合頭著語酬船子，恰似堀地覓青天。直饒楫下通明徹，也是華亭破漏船"。合頭語指道破禪宗玄理的語言。夾山善會用語言來回答船子和尚的問話，如同掘地覓青天，離禪的最高奧義太遠，也就是不能執著於語言，限制了思維，而夾山善會被船子和尚打了一槳，最終得以開悟。兩首頌皆圍繞夾山善會受到船子和尚的接引而開悟之事展開，在語言上多采用原公案的用語，二者都屬於禪門話語，是禪宗内部的禪理和文學交流，可見禪師之間唱和的特色。

又如《枯涯和尚漫録》卷中載："秀岩瑞禪師，上堂，舉馬祖日面月面。後來水庵頌云：'日面月面，胡來漢現。胡漢不來，清光一片。'拈云：'見馬大師未可。'秀岩也有頌：'日面月面，磚頭瓦片。踢倒净瓶，撼動門扇。'舉老宿一夏不與僧説話語，拈云：'者僧正是飯籮裏餓死漢，老宿著甚死急。恁麽見解，喚來痛打一頓，趁出三門，爲甚如此？爲人須爲徹，殺人須見血。'烏虖，爲拙庵拈出底，木庵處得來，語在叢林，話在人口。雖然，要見秀岩，猶隔海在。"①水庵師一禪師（1107—1176），其法系爲：五祖法演—圓悟克勤—育王端裕—水庵師一。秀岩師瑞禪師（？—1223），其法系爲：大慧宗杲—佛照德光—秀岩師瑞。拙庵，即佛照德光禪師。木庵，即安永禪師（？—1173），其法系爲：大慧宗杲—懶庵鼎需—木庵安永。關於日面月面公案，《五燈會元·江西道一禪師》云："師於真元四年正月中，登建昌石門山。於林中經行，見洞壑平坦，謂侍者曰：'吾之朽質，當於來月歸兹地矣。'言訖而回。既而示疾。院主問：'和尚近日尊候如何？'師曰：'日面佛，月面佛。'二月一日沐浴，跏趺入滅。"這則公案向來眾説紛紜，據《佛名經》卷七所載，日面佛壽長一千八百歲，月面佛壽僅一日夜。馬祖道一借"日面佛、月面佛"之語，指示弟子要破除壽命長短的執著，從而契證佛性。水庵師一禪師的頌，"日面月面，胡來漢現。胡漢不來，清光一片"。並未從正面直接頌日面月面公案，而是用"胡來漢現"公案進行闡釋，《景德傳燈録》卷二十云："雲居山懷岳號達空禪師，問：'如何是大圓鏡？'師曰：'不鑒照。'曰：'忽遇

---

① ［宋］圓悟：《枯涯和尚漫録》卷中，第32頁。

四方八面來怎麼生？'師曰：'胡來胡現。'曰：'大好不鑒照。'師便打。"① 大圓鏡，其智體清淨，能夠見十方世界，一切有情、無情眾生的因緣果報，無所不照。所以胡人來則現胡人的樣子，漢人來即顯示漢人的模樣，如果胡人漢人皆不來，它就"清光一片"，也就是其清淨本性仍然具足。秀岩師瑞禪師的頌"日面月面，磚頭瓦片。踢倒淨瓶，撼動門扇"，"踢倒淨瓶"公案體現了禪宗自證自悟的精神，據《景德傳燈錄》卷九載，百丈淮海當眾勘驗潙山靈祐禪師和華林首座，以此確定住持的人選，"百丈云：'若能對眾下得一語出格，當與住持。'即指淨瓶問云：'不得喚作淨瓶，汝喚作什麼？'華林云：'不可喚作木橛也。'百丈不肯，乃問師，師踢倒淨瓶，百丈笑云：'第一座輸却山子也。'遂遣師往潙山。"② 秀岩師瑞禪師之頌意爲日面月面和磚頭瓦片一樣，本無分別，只是名相不同，因此參禪要去除情識意想、得失是非之心，才能獲得開悟，自證真如。兩人的頌語唱和是借日面月面的契機，不再正面去講解公案的禪理，而是繞路說禪，以詩歌語言來喚起讀者對禪理的體驗與感悟。

爲同一事唱和者，如《大慧普覺禪師宗門武庫》載："翠岩真點胸，嘗罵舜老夫説無事禪。石霜永和尚令人傳語真云：'舜在洞山悟古鏡因緣如此，豈是説無事禪。爾罵他，自失却一隻眼。'舜聞之作頌云：'雲居不會禪，洗脚上床眠。冬瓜直儱侗，瓠子曲彎彎。'永和尚亦作頌曰：'石霜不會禪，洗脚上床眠。枕子撲落地，打破常住磚。'舜一日上堂云：'黄昏後，脱襪打睡。晨朝起來，旋打行纏。夜來風吹籬倒，普請奴子劈筏縛起。'下座。"③ 真點胸，即翠岩可真禪師（？—1064），其法系爲：風穴延沼—首山省念—汾陽善昭—石霜楚圓—翠岩可真。舜老夫，即雲居曉舜禪師，其法系爲：雲門文偃—德山緣密—文殊應真—洞山曉聰—雲居曉舜。無事禪，指無所省悟也不致力於修業求悟的禪法，宏智正覺主張以"坐空塵慮"來默然靜照，兀兀坐定，不必期求大悟，唯以無所得、無所悟的態度來坐禪。這一禪風被大慧宗杲貶爲無事禪。宗杲在《大慧普覺禪師宗門武庫》中云："師曰：'蓋照覺以平常無事，不立知見解會爲道，更

---

① ［宋］道原：《景德傳燈錄》卷二十，《大正藏》第51卷，第363頁。
② ［宋］道原：《景德傳燈錄》卷九，第264頁。
③ ［宋］道謙：《大慧普覺禪師宗門武庫》，第945頁。

不求妙悟，却將諸佛諸祖德山、臨濟、曹洞、雲門真實頓悟見性法門爲建立。"①曉舜禪師的頌語"雲居不會禪，洗脚上床眠。冬瓜直儱侗，瓠子曲彎彎"，詮釋了佛性蘊含於一切事物中，日常的行住坐卧、應機接物皆是修道的最好時節的道理。因此，修行時心要如冬瓜筆直，瓠子彎曲一樣任由曲直、純乎天運。石霜永禪師的偈"石霜不會禪，洗脚上床眠。枕子撲落地，打破常住磚"，指出禪悟的境界就是飢餐困眠的日用境。"枕子撲落地，打破常住磚"，比喻破除執著，也就是説，即便是枕頭落地，亦能觸發禪機，體悟真如。曉舜禪師和石霜永禪師的頌語皆表達了日常生活現佛法的深意。

對於禪師間的酬唱偈頌，宋代禪林筆記亦能發掘其中的布道功用，如《羅湖野録》云：

> 天童覺禪師，因歲暮過衛寺丞進可之廬，有堂曰"六湛"。蓋取《楞嚴》"六處休復，同一湛然"之義，且覓偈發揮其旨。覺即賦曰："風瀾未作見靈源，六處亡歸體湛存。諸法性空方得座，一彈指頃頓開門。寒梅籬落春能早，野雪櫳窗夜不昏。萬像森羅心印印，諸塵超豁妙無痕。"妙喜老師自徑山繼至，衛命和之，曰："非湛非摇此法源，當機莫厭假名存。直須過量英靈漢，方入無邊廣大門。萬境交羅元不二，六窗晝夜未嘗昏。翻思龐老事無别，擲劍揮空豈有痕。"世俗名堂室，必於儒書，意在燕休閑適而已。其欲資坐進此道，取於佛經，蓋亦鮮矣。所以天童賦偈美之，徑山依韻和之，是皆指以入道捷徑，略不少惜眉毛耳。②

天童正覺禪師的偈，意爲人人心中都有佛性，六根的體性清净長存。一切法皆虚妄不實，彈指間即可頓見法門所在。寒梅開於籬笆間，帶來早春的訊息；雪花映照窗櫺，天黑而不昏暗。紛然羅列的各種事物和現象契合心印，那麽色、聲、香、味、觸等外境即可豁達开闊，高妙不留痕迹。大慧宗杲的偈，意爲妙性非湛明非摇動，便是法的本源，應機接物時不要厭惡假名的存在。所謂假名，一就名而言，諸法本無名，以人爲假付名者，故一切之名，虚假不實，不契實體，如貧賤之人與以富貴之名即假

---

① ［宋］道謙：《大慧普覺禪師宗門武庫》，第948頁。
② ［宋］曉瑩：《羅湖野録》卷三，第252頁。

名；二就法而論，諸法爲因緣和合而成，無真實之體，故不可自差別，假名僅有差別之諸法，離名則無差別之諸法，故指諸法爲假名。心靈不斷修行，方可進入廣大無邊的佛法之門。世間萬象交雜羅列平等無別，六根清净未有昏昧之時，即只要心靈達到澄净空明，千差萬別的現象世界在心中便會等無分別。仔細回想龐蘊居士"日用事無別"的言論，向虛空中揮劍哪裏會留下痕迹呢？清代道霈在《聖箭堂述古》中評此二偈云："或疑二師道合，而言似有頓漸，何也？良以按題發揮，宏智擅美於前，盡力馳騁，大惠奪標於後。又宏智爲寺丞説法，故不免步步區區，而大惠直説自己心中所行法門乃爾，浩浩蕩蕩也。"① 曉瑩亦對二人以偈闡揚佛理給予了很高的評價："世俗名堂室，必於儒書，意在燕休閒適而已。其欲資坐進此道，取於佛經，蓋亦鮮矣。所以天童賦偈美之，徑山依韻和之，是皆指以入道捷徑，略不少惜眉毛耳。"也就是説衛進可從佛典中爲堂室取名，就是想藉機融入禪道，而天童正覺、大慧宗杲兩人爲世俗中人指示入道捷徑，完全不顧會因使用言語説教而遭到懲罰使眉毛脱落。由此可見，作者比較在意的是這些唱和偈頌的傳道功能。禪師間的偈頌唱和，如石溪心月禪師所言："叢林以偈頌爲禪悦餘味者，蓋黄梅有曰：'此偈亦未見性。'法眼有曰：'此頌可續吾宗。'此皆因語而識人也。往往禪宴之暇，一歌一詠，以淘汰業識，疏通性源，亦未敢仿佛單明之旨。否則錯礱言句，滋培道根，其損益又從而可知，學者不可不審。"② 因此，禪門的偈頌吟詠主要是爲了"淘汰業識，疏通性源"，從文字語言中悟道。

　　禪僧之間的酬唱面對的往往是同一公案或同一件事，却從不同的角度加以闡述發揮。因此，禪門唱和的重要意義在於作者各自從什麼側面，用何種語言來解釋佛理，形成一種對比關係，有助於瞭解每位禪師的表達習慣及其對禪理的把握。

　　綜觀禪師與文人、禪師與禪師之間的唱和詩偈可以發現，他們的酬唱詩偈中比較顯著的一個現象是套語的運用，如上文"參禪須是鐵漢，著手心頭便判""日面月面""雲居不會禪，洗脚上床眠"等語句在各自唱和雙

---

① ［清］道霈：《聖箭堂述古》，《卍新纂續藏經》第73册，第447頁。
② ［宋］石溪心月：《墨梅一題序》，《石溪心月禪師雜録》，《卍新纂續藏經》第71册，第78頁。

方的偈頌裏出現。在禪宗頌古作品中,"日面月面"這樣的套語簡直連篇累牘,不勝枚舉。這些套語成爲固定的表達,無數次出現在禪師的創作中,成爲某個公案的標誌性用語,如"日面月面"廣泛用於闡述馬祖道一的日面佛月面佛公案。從文學創作的角度而言,套語的出現是一種思維的桎梏,是語言缺乏創造性的表現。但這些"落入俗套"的語言的大量運用說明這是禪門習以爲常的表達方式,得到大家的認可並且成爲規式,也就是說某些頌古套語其實是爲公案貼上了專屬的標籤,當讀者看到"日面月面"之類的語言時,自然會聯想到相關的公案。在頌古的研究中,套語的功能或許是一個值得關注的點。

第五節　談噱有味:宋代禪林筆記中的禪趣

禪林筆記記載了禪師談禪說法時的機辯風趣,創作偈頌詩文的遊戲心態以及對他人的調侃與諧謔,從中不難看出宋代禪林筆記的趣味性。這種趣味的張揚,一方面源自禪宗本身的"遊戲三昧"觀念,由於禪師對生活采取一種隨心所欲的遊戲態度,因而禪門語言呈現出幽默詼諧的特點;另一方面得益於文人筆記的諧趣性,宋代文人筆記是文人在詩文之外的補充,它們記載了文人士大夫諸多逸聞軼事,體現了文人的生活態度和人生情趣。這對禪林筆記的編輯和創作產生了潛移默化的作用,禪林筆記延續了文人筆記的諧趣性,將叢林的諸多軼聞呈現於讀者面前,讓人們對叢林有更加全面的認識和了解,這是士大夫文化在禪門的投影。因此,宋代禪林筆記所選擇的材料,以"有趣"爲重要的指導原則。

一、談禪説法的機智風趣

在宋代禪林筆記中,禪師之間、禪師與文人間常采用一種戲謔的態度進行交流。如《林間錄》云:

> 予在湘山雲蓋,夜坐地爐,以帔蒙首。夜久,聞僧相語曰:"今四方皆謗臨濟兒孫説平實禪,不可隨例虛空中拋筹斗也,須令求悟,悟個什麼?古人悟則握土成金,今人説悟正是見鬼。彼皆狂解,未歇

何日到家去。"僧曰:"只如問趙州:'承聞和尚親見南泉,是否?'答曰:'鎮州出大蘿蔔頭。'此意如何?"其僧笑曰:"多少分明。豈獨臨濟下用此接人,趙州亦老婆如是。"予戲語之曰:"這僧問端未穩,何不曰:'如何是天下第一等生菜?'答曰:'鎮州出大蘿蔔頭。'平實更分明。彼問見南泉,而以此對,却成虛空中打箸斗。"聞者傳以爲笑。①

平實禪參悟的是平常的日用之事,於日常事用悟道,是對煩瑣的臨濟宗旨的揚棄,它提倡"照覺平實之旨",不被煩瑣思想擾亂的"平實"狀態。② 惠洪此段用諧謔的態度來反駁僧人對臨濟宗黃龍派平實禪的評定,僧人用趙州禪師的公案來説明臨濟禪法的平實分明,惠洪戲語,何不用"問:'如何是天下第一等生菜?'答曰:'鎮州出大蘿蔔頭'"的問答方式更顯得平實分明。惠洪正是用大蘿蔔頭、生菜這樣的同類物體提問,插科打諢,以此嘲諷僧人。又如:

> 翠岩真點胸,英氣逸群,不虛許可。嘗客南昌章江寺。長老政公亦嗣慈明,性喜講説,學者多尚義學。真一日見政,則以手摳其衣,露兩脛,緩步而過。政怪問之,對曰:"前廊後架皆是葛藤,正恐絆倒耳。"政爲大笑。又問曰:"真兄,我與你同參,何得見人便罵我?"真熟視曰:"我豈罵汝,吾畜一喙,準備罵佛罵祖,汝何預哉?"政無如之何而去。見南禪師,曰:"我佗日十字街頭做個粥飯主人,有僧自黃檗來,我必勘之。"南公曰:"何必他日,我作黃檗僧,汝今試問。"真便問:"近離什麽處?"曰:"黃檗。"真曰:"見説堂頭老子脚跟不點地,是否?"曰:"上座何處得這消息來?"真曰:"有人傳至。"南公笑曰:"却是汝脚跟不點地。"真亦大笑而去。③

此段文字寫翠岩可真禪師與政公、黃龍慧南的機鋒對答。可真禪師見到政公,即用手提著衣服,露出小腿,緩步經過。政公問其何故如此,可

---

① [宋]惠洪:《林間錄》卷上,第257頁。
② 關於臨濟宗黃龍派的黃龍禪,可參看土屋太祐:《北宋禪宗思想及其淵源》,巴蜀書社,2008年;羅凌:《禪宗黃龍派"平實禪"禪學思想探析》一文,載於《宗教學研究》,2013年第4期。
③ [宋]惠洪:《林間錄》卷下,第265頁。

真禪師回答,前廊後架都是葛藤,擔心自己被絆倒。葛藤,指言語。此處可真禪師用"前廊後架皆是葛藤"來諷刺政禪師喜歡講說經義,以致寺中僧人大多崇尚義學的現象。政禪師意識到可真禪師的譏笑,問可真禪師自己與他爲同門,爲何見人就出言相罵。可真禪師回答說,我長著一張嘴,準備罵佛祖,不是罵你政禪師。意思就是,政禪師不是佛祖,可真禪師沒必要罵他。政禪師聽後無可奈何地離去。可真禪師的機智由此可見。可真禪師與黃龍慧南禪師的問答,同樣可見禪師酬答的機鋒相對。粥飯主人、堂頭皆指寺院的住持僧人。可真禪師對慧南禪師言自己將來做住持僧,有僧人從黃檗山來,一定要勘驗他。慧南禪師說不必等到以後,現在就可以試著問問,於是可真禪師與慧南禪師進行情景模擬。問:最近離開什麼地方?答云:黃檗山。問:聽說住持僧還未徹底悟道,是不是這麼回事?答:上座從哪裏得到這個傳聞?答云:有人傳來的。情景模擬結束,黃龍慧南云,是你可真還未徹底開悟。可真禪師與黃龍慧南的對答有雙重指涉,既是假想的住持僧與黃檗僧人的對答,又是可真禪師與慧南的真實對話。可真禪師"見說堂頭老子腳跟不點地,是否"的問話看似是問住持僧開悟了沒有,實則是問慧南自己開悟與否。而慧南禪師的回答也十分巧妙,既然是問假設中的"堂頭老子"是否開悟,慧南避開正面作答,換成回答現實中的可真還未開悟。這幾次對答,語言生動形象,畫面感強,極富喜劇色彩。又如《林間錄》卷下云:

> 予在湘山道林,有僧謂予曰:"吾初看六祖風幡因緣,久之,偶仰首就架取衣,方薦其旨。"予戲曰:"非舉目見風幡時節耶?"僧首肯之。予曰:"祖師夜聞二僧徵詰,即謂曰:'非風幡動,仁者心動。'縱其張目,於暗中,二僧何以識之?"僧大悟而去。無盡居士嘗爲予言:"頃京師見慧林一僧談禪,不肯諸方。吾問蜆子答祖師西來意,乃曰:'神前酒臺盤,意旨如何?'其僧張目直視曰:'神前酒臺盤。'無盡戲之曰:'廟中是夕有燈則已,不然,蜆子佛法遂爲虛施。'"①

在此則材料中,惠洪記錄了兩個寺僧的故事,一爲惠洪親身經歷,二是聽張商英轉述。道林寺僧人對惠洪說自己長期參究六祖慧能風動幡動公

---

① [宋]惠洪:《林間錄》卷下,第269頁。

案,在一次仰頭取架子上衣服的時候領悟其中的道理。惠洪戲問那位僧人,莫非是抬頭見到風幡而得以開悟嗎?那位僧人點頭稱是。惠洪接著道,六祖夜裏聽到二僧爭論,否定風動和幡動,提出心動之説,縱然二僧睜大眼睛,在黑夜中,二人又怎麽分辨得出來呢?在風幡因緣中,二僧即是因爲用眼睛追逐風動和幡動的現象,而没有放棄執著妄想,因此並未徹悟。惠洪借助二僧處於黑暗之中來暗示嘲諷道林寺僧人根本没有領悟風動幡動的宗旨。張商英遇見一個慧林寺僧人談禪,對各方的禪法皆不首肯。張商英問蜆子答祖師西來意公案中"神前酒臺盤"究竟有什麽意旨,那個僧人直接回答"神前酒臺盤"。張商英聽後戲言,要是那一晚白馬廟中點燈則已,否則蜆子和尚的佛法就形同虛設了。言下之意即張商英遇到的僧人只知道死守現成的公案,而未了悟公案本身的宗旨。關於蜆子答祖師西來意公案,《景德傳燈録》卷十七載:"京兆蜆子和尚,不知何許人也。事迹頗异,居無定所。自印心於洞山,混俗於閩川,不畜道具,不循律儀。常日沿江岸采掇蝦蜆以充腹,暮即卧東山白馬廟紙錢中,居民目爲蜆子和尚。華嚴静師聞之,欲决真假,先潛入紙錢中。深夜師歸,静把住問曰:'如何是祖師西來意?'師遽答曰:'神前酒臺盤。'静奇之,懺謝而退。後静師化行京都,師亦至焉。竟不聚徒演法,惟佯狂而已。"① 蜆子和尚用寺院中"神前酒臺盤"這一具體的事物來消解華嚴静禪師對"祖師西來意"的提問,佛法大意在日常用品中、在神像前的酒臺盤裏。從上可見,惠洪和張商英都是以一種調侃、開玩笑的態度來對待未開悟而又自大的修行者。

又如《雲卧紀談》卷上載雪竇行持禪師"尤善滑稽,談對峻捷。有范生,乃攪士之雄者,入寺饕餮不已。范一日飯罷,摩腹而行。持問以:'腹有疾耶?'范遽言:'忝從事於道家流養生之訣,所謂飯了行百步,急以手摩肚。'持即應之曰:'儞要學長生,不易我常住。'由是范慚而退,遂不復至矣"②。范生飯飽摩腹,言自己在實踐道家養生秘訣,行持禪師毫不客氣地説你要學長生不老,那就長期來這裏喫白食吧。范生的貪喫形象與行持禪師的滑稽峻捷躍然紙上。又《雲卧紀談》卷下云:

---

① [宋]道原:《景德傳燈録》卷十七,第338頁。
② [宋]曉瑩:《雲卧紀談》卷上,第19-20頁。

保寧璣道者，天資精勤，談噱有味，大慧老師謂其爲惺惺道者。江東漕使以威臨諸禪，因以過水羅漢畫像與璣觀玩，而指其作老態過不得者，問曰："保寧莫過得否？"對曰："合眼便過得。"漕使爲之解顔。已而，諸禪畢集於保寧寶公庵，有設問曰："既是寶公庵，爲甚麼無寶公？然須次第下轉語，以爲勝集之樂。"璣曰："從年臘下而上。"蓋在座唯璣爲年臘長也。及至於璣，有曰："當老和尚下語矣。"璣遽離坐，顧諸禪曰："請去方丈裏喫茶。"聞者莫不大噱。璣見僧來必問："近離何許？夏在甚處？"待其祇對畢，却問："人人有個生緣，作麼生是上座生緣？"於時，寂音嘗請益於璣曰："和尚與兄弟相見，何不便問生緣？"璣曰："且要伊開得口。"其存誠及物又如此。①

保寧璣道者，即報寧圓璣禪師（1036—1118），號佛慈，黃龍慧南法嗣。此段文字用三件事來刻畫圓璣禪師的"談噱有味"。第一件事是，江東漕使和圓璣禪師一起觀賞水羅漢畫像，漕使指著老態龍鐘、不能入眼的水羅漢問，莫非你看得過眼嗎？圓璣禪師回答說，只要閉上眼睛就過得了眼。第二事，諸位禪師在寶公庵集會，大家以年臘的長短次第下轉語。輪到圓璣禪師，他突然離開座位，對各位禪師說，請大家到方丈室内去喝茶，圓璣禪師用此轉語來表明禪就在喫茶這樣的日常生活中。轉語，即隨於機宜自由自在轉變詞鋒之語。参禪者在迷惑不解時，請人代下一語作轉撥而得以開悟。第三件事，圓璣禪師見到來參禪的禪師即問，你最近離開了哪裏，在哪裏坐夏。別人回答完畢，他就問，人人都有生緣，你的生緣在哪裏？即參究生緣要理解决定人生命運的各種因素。從以上可知，圓璣禪師在談笑中透露了深刻的禪理，並非只是一味地諧謔。

二、寫偈作文的遊戲心態

宋代禪林筆記中的禪師以一種遊戲心態來創作詩文偈頌，如前文提到的《禪本草》《炮製論》的"以文章爲滑稽"，南閩修仰書記《題淨髮圖》"體類俳優"，定慧超信禪師的遊戲之作《貽老僧》"俗臘知多少，龐眉擁氎袍。看經嫌字小，問事愛聲高。暴日終無厭，登階漸覺勞。自言曾少

---

① ［宋］曉瑩：《雲臥紀談》卷下，第48頁。

壯，遊嶽兩三遭"對老僧的揶揄等。禪宗的以文爲戲受到士大夫俳體文學的影響，此點周裕鍇先生在《禪宗語言》中論述頗詳，不再贅述。關於禪宗和士大夫的以文爲戲，誠如周裕鍇先生所云："禪宗的'遊戲三昧'從理論上爲士大夫的文字遊戲提供了依據，而士大夫傳統的俳諧文學則從實踐上爲禪宗的文字遊戲樹立了範本。"①

在禪林筆記中，自《林間錄》開始，以文字爲遊戲的創作心態已經嶄露頭角，《林間錄》云："予常愛王梵志詩云：'梵志翻著襪，人皆謂是錯。寧可刺你眼，不可隱我脚。'寒山子詩云：'人是黑頭蟲，剛作千年調。鑄鐵作門限，鬼見拍手笑。'道人自觀行處，又觀世間，當如是遊戲耳。"②王梵志詩云，梵志反穿襪子，人人都説穿錯了，但我寧可讓別人覺得刺眼，也不能讓我的脚不舒服。寒山詩言，人人都是白身黑髮的黑頭蟲，偏偏要預作長久生存的打算而鑄造鐵門檻，鬼見到了在旁邊拍手大笑。兩詩皆以俚俗之語和諧謔口吻來講道説理。惠洪評論云，修道之人既要關照自己的修行，又要觀照世間眾生，因而須以一種遊戲的態度來對待生活，體悟禪道。以文字爲遊戲的觀念深刻影響了禪林筆記的寫作。

《林間錄》載净端禪師云："端師子者，東吳人，住西余山。初見弄師子者，遂悟入。因以彩素製爲皮色，或升堂見客則披之。遇雪，朝披以入城，小兒追逐嘩之。得錢，悉以施飢寒者，歲以爲常。……圓照禪師方乞身慧林，南歸姑蘇，見師於丹陽。問曰：'師非端師子耶？'師曰：'是。'圓照戲之曰：'汝村裏師子耳。'師應聲曰：'村裏師子村裏弄，眉毛與眼一齊動。開却口，肚裏直儱侗，不愛人取奉。直饒弄到帝王宫，也是一場乾打閧。'其意復戲圓照嘗應詔往都城故也。"③ 圓悟禪師見到净端禪師，問他是否就是端師子，净端禪師回答是。圓照戲弄他説，你就是村裏的那頭獅子，圓悟禪師此處用真實的獅子來調侃净端禪師。净端禪師聽到圓悟的作弄，馬上回答道，我是禪林裏頭的師子，只在禪林戲弄，眉毛與眼睛一起動，都是佛性的顯現。開口説禪，直來直去，不喜歡迎合奉承。不像你，即使弄到帝王宫殿裏，也是瞎胡鬧一場。以此譏諷圓悟禪師應詔到都

---

① 周裕鍇：《禪宗語言》，浙江人民出版社，1999年版，第315頁。
② ［宋］惠洪：《林間錄》卷下，第265頁。
③ ［宋］惠洪：《林間錄》卷上，第257頁。

城去之事，净端禪師的機智詼諧由此可見。

《羅湖野錄》記："福州空首座……寓古田秀峰，道望四馳，而屢却名刹之招。東禪净禪師，有偈調之曰：'山龜有殼藏頭尾，七十二鑽不奈何。恰似秀峰空首座，嘉招不肯出烟蘿。'"① 空首座屢次推辭名刹的延請，净禪師寫偈捉弄他，山龜把頭尾藏在龜殼中，多次鑽它的龜甲也無可奈何，就如同空首座一樣，數次招請他住持而不可得。把空首座比作山龜，其間的調笑意味不言而喻。又："溫州江心龍翔肱禪師……龍鼻水以見意曰：'雨足雲收得暫閑，謾將頭角寄空山。鼻端一滴無多子，引得人人到此間。'"② 龍翔肱禪師，其法系爲：五祖法演—佛照清遠—高庵善悟—龍翔肱。龍鼻水爲雁蕩山靈岩寺龍鼻洞内景致，洞頂有一條龍鱗狀的石紋，連接洞底一塊鼻形岩石，鼻形岩石上有兩個洞眼，有水下滴，故稱"龍鼻水"。肱禪師所寫即是此景，詩意謂龍收起云朵雨水，隨意將鼻子伸入空山之中，鼻端没有滴下多少水，却引得很多人到此來觀看。肱禪師此詩用傳説中的龍的神態來刻繪静止不動的景物龍鼻水，妙趣横生。《叢林盛事》卷下云："保安封，七閩人，嗣月庵。幼年入衆，赫赫有聲。……有滑稽語，譏後世後生不求淡素，惟務衣裝，今並記於此曰：'紡絲直裰毛段襖，打扮出來真個。驀然問著祖師關，却似東村王太嫂。呵呵。'"③ 保安封，即復庵可封禪師，其法系爲：五祖法演—開福道寧—大潙善果—復庵可封。可封禪師此詩寫禪林僧人身穿絲質僧衣、毛皮錦緞棉襖，追求衣著打扮，問他祖師的言論意旨，却如村婦一般，没什麼識見。諷刺後生晚輩只圖享受，不務學道之事。又如"崇野堂，四明人，久依天童宏智禪師。以大事不决，竟上江西見草堂，未幾，果有所得。後住育王，乃拈香爲草堂之嗣。雪竇持以四句戲宏智曰："'收得一宗（翠岩宗白頭也），失却一崇。面前合掌，背後搥胸。'聞者莫不大笑。"④ 育王普崇禪師，其法系爲：黄龍慧南—黄龍祖心—草堂善清—育王普崇。普崇禪師久參天童宏智禪師而未開悟，後來跟隨草堂善清而得以悟道，成爲草堂善清的法嗣，故雪竇行持禪師以偈戲弄天童宏智禪師。言宏智禪師得到雪竇嗣宗，失去了育王普

---

① ［宋］曉瑩：《羅湖野錄》卷三，第247頁。
② ［宋］曉瑩：《羅湖野錄》卷三，第250頁。
③ ［宋］道融：《叢林盛事》卷下，第703頁。
④ ［宋］道融：《叢林盛事》卷下，第703頁。

崇禪師，合掌搥胸，十分悲痛懊惱。宗白頭，即雪竇嗣宗禪師（1085—1153），號開聞，其法系爲：芙蓉道楷—丹霞子淳—天童正覺—雪竇嗣宗。總之，禪師的以文爲戲是一種寓莊於諧、寓教於樂的創作心態。

三、逸聞軼事的津津樂道

宋代禪林筆記記載了宋代禪師的不少軼聞，如《大慧普覺禪師宗門武庫》載："五祖演和尚，依舒州白雲海會端和尚，咨決大事，深徹骨髓，端令山前作磨頭。演逐年磨下收糠麩錢，解典出息，雇人工及開供外，剩錢入常住，每被人於端處鬥諜是非，云：'演逐日磨下飲酒食肉，及養莊客婦女，一院紛紜。'演聞之，故意買肉沽酒，懸於磨院，及買坯粉，與莊客婦女搽畫。每有禪和來遊磨院，演以手與婦女挪揄語笑，全無忌憚。端一日喚至方丈問其故，演喏喏無他語，端劈面掌之，演顏色不動，遂作禮而去。端咄云：'急退却。'演云：'俟某算計了，請人交割。'一日白端曰：'某在磨下，除沽酒買肉之餘，剩錢三百千入常住。'端大驚駭，方知小人妒。"① 這段材料寫法演禪師掌管寺院磨坊時的故事，有僧人到白雲守端處搬弄是非，說法演禪師每天在磨下喝酒喫肉，豢養佃戶婦女。法演禪師聽說以後，故意買酒肉懸挂於磨坊，買坯粉給婦女擦面，與婦女嬉笑。白雲守端禪師詢問緣由，法演不作任何辯解，被守端禪師迎面打了一頓，法演鎮定如常。守端禪師呵斥他，免去其磨頭職位，法演禪師計算好賬務，稟報守端禪師，除了買酒肉的錢，剩餘的全部納入寺院，守端禪師方知是小人嫉妒法演禪師。整個故事曲折生動，法演禪師認真負責、胸懷寬廣的形象躍然紙上。

又如《叢林盛事》卷上云："開福寧道者，歙州人，參五祖演。演見其立作高上，識趣超卓，每當衆譽之，復令入堂司。同學妒之，夜引寧山行道話，因毆之，傷其面目，赴衆不得。演聞之，躬往省，問曰：'聞汝被那一輩無禮，何不至方丈雪屈，聽老僧與汝趕逐。'寧竟不忍顯，但云：'某自喫撲傷損，不干他事。'演泪下曰：'吾忍力不如汝，他日豈奈汝何？'"② 開福道寧禪師（1053—1113），其法系爲：楊岐方會—白雲守

---

① ［宋］道謙：《大慧普覺禪師宗門武庫》，第955頁。
② ［宋］道融：《叢林盛事》卷上，第688頁。

端—五祖法演—開福道寧。道寧禪師受到法演禪師的贊譽，讓他做負責僧堂指導的知事僧，道寧禪師因此受到同學的嫉妒，並被同學打傷面目。法演去看他，問他爲什麽不去方丈室內稟告，但道寧禪師沒有向法演禪師告狀，只説自己跌倒摔傷，與同學無關。此事突出了道寧禪師的道德。又如："自得暉和尚，在長蘆祖照席下。時一窩蜂發，眾皆散去，唯師與宗白頭者不動。私謂曰：'參禪本爲敵生死，豈可因此難便逃避？況我色身又弱，若至中路也，則落他手。'賊既至，見眾僧俱散，唯暉在堂中坐禪，爭以箭射之，俱不中，暉寂然不動。末後一箭從袖射透函櫃，暉方驚覺，因此成顫病。宗白頭者坐庫司，賊見，遂縛之，欲射殺，傍有直歲僧再三近前白賊乞代。賊曰：'汝是他何眷屬？'僧曰：'此僧已參得禪了，他時可出來爲大善知識，教化眾生。我未曾參得，便死無緊要，故乞代之。'賊奇其言，二人俱放。後宗居明之翠岩，其道大振，向所代命者亦來座下，宗常謂曰：'此乃再生父母也。'信之，參禪若具正因般若，豈無驗哉。"① 此段主要叙述自得暉禪師和雪竇嗣宗的事迹，自得暉，即自得慧暉禪師（1097—1183），其法系爲：芙蓉道楷—丹霞子淳—天童正覺—自得慧暉。在馬蜂來時，其他僧人皆四處逃跑，唯獨慧暉禪師與寺宗禪師歸然不動。金兵至，慧暉禪師在坐禪，以箭射慧暉禪師，他不爲所動，直至最後一箭射穿了衣袖纔有所察覺，因此得了顫病。而嗣宗禪師禪道高妙，受到直歲僧的敬重，願意以身代死，後來嗣宗大振其道，十分感激願意代他死的僧人。雖然此段文字的主要目的在於宣揚"參禪若具正因般若，豈無驗哉"的理念，但這幾個故事客觀上起到了塑造禪師形象的重要作用。又如《枯涯和尚漫録》載："辟支岩主立堅，三山漁溪人也。初以雙綫爲活，俟省覺，入應林山中，休粮居於大樹下。妻子追捕之急，遂剪髮，過莆之囊山辟支岩遁焉。"② 立堅因妻子追捕而剪髮藏於山岩間，其堅定的修道之心立時頓見。可以説，以上所舉的這些禪師皆在與他人的交往中突出自己的道行，同時，他們的事迹爲禪師形象提供了鮮活的生命力。

另外，宋代禪林筆記還記載了禪師們各種各樣的外號，不但透露了禪師的個性特點，亦是叢林幽默的表現。如博覽群書的禪僧，據《雲卧紀

---

① ［宋］道融：《叢林盛事》卷上，第691頁。
② ［宋］圓悟：《枯涯和尚漫録》卷下，第42頁。

談》所錄:"南海僧守端,字介然。爲人高簡,持律嚴甚,於書史無不博究,商榷古今,動有典據,叢林目爲'端故事'。亦喜工詩,務以雅實。"① 又:"中際可遵禪師,號野軒,早於江湖以詩頌暴所長,故叢林目之爲'遵大言'。"② 又:"蔣山佛慧禪師,叢林號'泉萬卷'。"③《叢林盛事》卷上載:"超,曜庵也,博通經史,與竹庵珪、雲卧瑩爲友,天童宏智目爲'超萬卷'。"④ 端故事、遵大言、泉萬卷、超萬卷這些外號顯示了宋代禪師的博學與愛好詩文的特點。

如因説禪特色而得到外號的禪師,《羅湖野録》載:"龍牙才禪師受潭帥曾公孝序之請,既開堂於天寧,有僧致問:'德山棒、臨濟喝,今日請師爲拈掇。'答云:'蘇嚕蘇嚕。'進云:'蘇嚕蘇嚕還有西來意也無?'答云:'蘇嚕蘇嚕。'由是叢林呼爲'才蘇嚕'。"⑤ 龍牙智才禪師(1067—1138),其法系爲:五祖法演—佛鑒慧勤。智才禪師因説禪回答"蘇嚕蘇嚕"而獲得"才蘇嚕"的外號。又:"死心平生呵佛罵祖,氣蓋諸方,故叢林目爲'新孟八'。"⑥ 禪林常以孟八郎來形容强横暴戾的粗漢,新孟八指死心禪師的呵佛罵祖。又:"適楚源首座自寶峰真浄會中來,死心如前問之。源曰:'甜瓜徹蒂甜,苦瓠連根苦。'死心笑而已。源應機鈍甚,寂音目爲'源五斗',蓋開口取氣炊熟五斗粟,方能酬一轉語。"⑦ 源五斗的外號以誇張手法説明楚源禪師應機遲鈍,需要蒸熟五斗粟那麽久的時間才能酬答機語。《雲卧紀談》云:"衡州花藥英禪師,江之湖口李氏子也。初於真浄處受記莂,乃往雲居,佛印命首衆僧。一日,佛印握拳問曰:'首座如何?'英曰:'佗日不敢忘和尚。'佛印私以爲喜,有偈遺之曰:'誰人識得吉州英,嘴是新羅鐵打成。終不隨佗烏鵲隊,望雲閑叫兩三聲。'蓋美其機辯矣。由是叢林呼爲'英鐵嘴'。"⑧ 鐵嘴,形容英禪師的能言善辯。《叢林盛事》卷上載:"如無明,三衢人,參雲蓋智,悟汾陽十智同真

---

① [宋]曉瑩:《雲卧紀談》卷下,第51頁。
② [宋]曉瑩:《雲卧紀談》卷下,第57頁。
③ [宋]曉瑩:《雲卧紀談》卷下,第62頁。
④ [宋]道融:《叢林盛事》卷上,第693頁。
⑤ [宋]曉瑩:《羅湖野録》卷二,第228頁。
⑥ [宋]曉瑩:《羅湖野録》卷三,第249頁。
⑦ [宋]曉瑩:《羅湖野録》卷四,第258頁。
⑧ [宋]曉瑩:《雲卧紀談》卷上,第21頁。

話。凡説禪，便説十智同眞，叢林號爲'如十智'。"①

如因容貌性格等得到的外號，《林間録》卷下載："福嚴感禪師面目嚴冷，孤硬秀出，叢林時謂之'感鐵面'。"②《羅湖野録》云："雁山能仁元禪師，參妙喜和尚於海上洋嶼庵，風骨清癯，危坐終日，妙喜目爲'元枯木'。"③宗杲以元枯木來描述元禪師的清瘦。又西蜀顯禪師者，"善戴嵩之筆，故叢林目爲'顯牛子'"④。戴嵩爲唐代畫家，擅長畫牛，顯禪師亦擅畫牛，故叢林呼其爲"顯牛子"，十分親切。《雲卧紀談》卷下載蘇州辯禪師"爲人疏放，叢林目爲'辯粗'"⑤。《叢林盛事》卷上載"水庵一和尚，婺之東陽人，外行粗糙，叢林謂之'一糙'"⑥。《枯崖和尚漫録》卷上載芥堂璁禪師"白髮垂肩，叢林呼爲'璁白頭'云"⑦，卷中載松源岳禪師"老而贑，叢林呼爲'老贑翁'"⑧。又短篷遠禪師，"平生不設卧具，晝夜枯坐，得遠鐵橛之稱"⑨。辯粗、一糙、璁白頭、老贑翁、遠鐵橛等外號，以諧謔的態度來稱呼禪師，凸顯了禪師的個人特征。

總之，宋代禪林筆記展露了叢林的幽默風趣，記載了諸多禪師的逸聞趣事。禪僧們在機鋒酬對中表現機智與巧思，在彼此的應對中進行智力和語言的較量，把文字語言當成遊戲，在意味深長的話語中體悟禪理，示教幽微。

---

① [宋] 道融：《叢林盛事》卷上，第 692 頁。
② [宋] 惠洪：《林間録》卷下，第 270 頁。
③ [宋] 曉瑩：《羅湖野録》卷二，第 234 頁。
④ [宋] 曉瑩：《羅湖野録》卷三，第 252–253 頁。
⑤ [宋] 曉瑩：《雲卧紀談》卷下，第 53 頁。
⑥ [宋] 道融：《叢林盛事》卷上，第 692 頁。
⑦ [宋] 圓悟：《枯崖和尚漫録》卷上，第 25 頁。
⑧ [宋] 圓悟：《枯崖和尚漫録》卷中，第 33 頁。
⑨ [宋] 圓悟：《枯崖和尚漫録》卷中，第 35 頁。

第四章　宋代禪林筆記的融通與個性

宋代禪林筆記作爲宋代文化的一部分，它的生成受到總的文化大環境的影響，因此，它所反映的思想内容必然與社會風氣和學術變遷緊密相連。本書所討論的宋代十種禪林筆記橫跨北宋和南宋兩朝，可以明確看到它們與當時社會思潮的關係。

宋代禪林筆記的内容並不僅限於關注禪門自身，而是博采各家思想，熔鑄而成。如師贊爲《人天寶鑒》所題的跋語云："古之人以修心爲要，心之正，行毋越思，言斯鳴道，使夫後進其可師模，有何禪、教、律、儒、釋、道之异也。"① 也就是説，佛教的主旨在於修心，因此，只要對修心有益，禪、教、律、儒、釋、道本身就没什麽差别，都是幫助修心的手段而已，這一認識是《人天寶鑒》的撰寫原則，而師贊可謂曇秀的知音。宋代士大夫階層雖然一直都有排佛的聲音，但以儒家爲主導思想、以佛老爲輔助的三教合一局面大體形成，對此，宋代禪林筆記亦有所體現，如引述孝宗的《原道辯》以明三教關係。在十種禪林筆記中，《正法眼藏》《人天寶鑒》《叢林公論》的融合色彩最爲明顯，其獨特性也十分鮮明。

宋代禪林筆記融貫各種思想，從整體上而言，主要表現在兩大方面：

一是佛教内部的融合，即宋代禪林筆記如何對待佛教各宗思想成爲一個值得重視的點。就禪宗内部而言，雖然五家的思想各有特點，但是宋代禪林筆記有意識地泯滅其間的宗派壁壘，如《正法眼藏》的編撰"不分門類，不問雲門、臨濟、曹洞、潙仰、法眼宗，但有正知正見可以令人悟入

---

① ［宋］師贊：《人天寶鑒跋》，《人天寶鑒》卷末，第23頁。

者，皆收之"①。即各宗雖有各自的禪思想和修行方法，但最終的歸結點都是啓悟學人，令其入道。再者，根據宋代禪林筆記的記載，不少禪師到處行脚參究，並非死守一家門風，由此可見宋代禪林筆記對各家思想的寬容。另外，禪教合流成爲叢林的發展趨勢，禪師們積極參與注釋、整理、研讀、講授佛經的活動，佛典在禪師的修行生活中成爲不可或缺的一部分。净土信仰在宋代禪林筆記裏也有反映，有些禪師提倡禪净雙修，而天台宗、律宗在宋代禪林筆記中亦占有一席之地。在宋代禪林筆記中，《人天寶鑒》所録的材料最能體現佛教各宗之間的融合。

二是與外部的融通，即禪宗與當時社會思想的關聯，著重考察禪宗與儒學、理學的關係。在儒釋交流中，儒家的言意觀念對禪宗產生了巨大的影響，宋代禪林筆記的撰著即受到"雖無老成人，尚有典刑""有德者必有言"等觀念的啓發。而且，禪師們深受儒家經典的陶冶，在寫詩作文時引經據典，在説禪論道時借儒言禪，或是從禪宗角度闡釋儒家奧義。另外，宋代禪林筆記對儒家所提倡的人倫多有實踐。至於禪宗與理學的交流，主要表現爲禪師與理學家的來往，如周敦頤與佛印了元、道謙與朱熹的交遊等。而且，禪師也熟悉理學思想，這從《叢林公論》對理學著作的引用即可得知。宋代禪林筆記對道教的態度十分特別，大多數時候認爲道教屈從於禪宗，低禪宗一等，後文對此有詳細論述。

融合是宋代禪林筆記的重要特征，但是各禪林筆記之間亦有差異，尤其是在《正法眼藏》《人天寶鑒》《叢林公論》中，這種差異比較明顯。三者皆爲抄録諸書而成的著作，而《正法眼藏》所抄主要爲禪門公案，宗杲的評價亦是有選擇的進行；《人天寶鑒》所抄雖然"擬大慧《正法眼藏》之類"，却是采集禪教、儒老各家之作，因此，材料來源龐雜；《叢林公論》擇取各家典籍、思想以及文學創作加以發揮演繹，重在展現作者自己的觀點。不過，三書並非全部一字不漏地照搬原文，而是經過了作者的剪裁和熔鑄，在重新抄寫的過程中篇幅常常變動。

總之，宋代禪林筆記對佛教各家思想皆有關注，而非死守禪宗言論，不論是天台宗還是净土思想，都能在禪林筆記中找到踪迹。宋代禪林筆記也反映了宋代禪宗與儒學、理學、道教的密切關係。《正法眼藏》《人天寶

---

① 宗杲：《答張子韶侍郎書》，《正法眼藏》卷首，第556頁。

鑒》《叢林公論》三部禪林筆記的融合色彩最爲濃重，它們都是抄采各種典籍而成的作品，並非照搬原文，作者往往根據自己的需要對原來的材料進行變形，如增減篇幅、調整叙述順序等，可見禪林筆記的獨特個性。而且，作者對采擇的材料加以辨析評論，發表議論看法，使禪林筆記帶上濃重的理論色彩。

第一節　宋代禪宗與佛教其他宗派的關聯

從不同的角度觀看，宋代禪林筆記中關於其他宗派的叙述截然不同。在宋代禪林筆記裏，佛教與其他宗派的關係至少有兩種叙述模式：一是如果單純從護法的角度來看，它幾乎毫不猶豫地欣賞所有維護佛教地位的人物和事件，因而，不管作者筆下的人物隸屬哪個宗派，甚至無法判斷其派系，它皆對其人其事表示贊許；二是從禪宗的立場來看，它預設了自己的中心立場，而把其他的宗派看作是他者，因此，在行文中難免帶上自己的主觀色彩，有時便把其他派別的僧人塑造成修行禪道、信慕禪宗的形象。

一、宋代禪林筆記中的天台宗

天台宗的教義依據《妙法蓮華經》，其主要思想是實相和止觀，用止觀來指導實修。天台宗在北宋復興，以講論佛教經籍、研討佛經義理、修禮懺法爲主要的修行實踐。

宋代禪林筆記對天台宗僧人頗多載錄，作者往往對天台僧人的德行贊譽有加。如《林間錄》記錄辯才元净禪師："杭州上天竺辯才法師元净，悟法華三昧，有至行，弘天台教號稱第一，東吳講者宗向之。時秀州有狂人，號回頭。左道以鼓流俗，宣言當建窣堵波爲吳人福田，施者雲委。然憚入杭境，以辯才不可欺故也。不得已既來，先以錢十萬詣上天竺飯僧，且遣使通問曰：'今以修造錢若干，願供僧一堂。'净答其書曰：'道風遠來，山川增勝，誨言先至，喜慰可量。承以營建净檀，爲飯僧之用。竊聞教有明文，不許互用。聖者既遣明誨，不知白佛當以何辭？'仡聞報章，即令撰疏文也。狂人大驚，慚見其徒。然净之門弟子亦勸且禮之以化俗，净厲語曰：'出家兒須具眼始得，彼誠聖者，吾敢不恭？如其誕妄，知而同之，是失正念。吾聞聖者俱佗心通，今夕當與爾曹虔請，於明日就此山與十方諸佛同齋。'即如法嚴敬，跪讀疏文，焚之。明日，率眾出迎，而所謂狂人者竟不至。學者皆服。"① 天台宗對戒律一向有嚴格的規定，此則材料主要描述辯才元淨的持律甚嚴。狂人回頭以左道鼓動流俗，要建造佛塔，因而眾人紛紛布施。但是回頭因畏懼辯才而不敢入杭州，後來回頭入杭州，想要用十萬貫錢來營造淨壇以討好辯才，但是辯才用"教有明文，不許互用"來回絕了此事。弟子勸辯才對回頭要以禮相待以教化俗眾，辯才嚴厲說道，如果是聖人，一定會敬重他，若是知道他荒誕不經而同意其做法，是失去正念的表現。辯才還打算當夜虔誠祈禱，能與十方諸佛共同齋會，於是依照法度，跪讀、焚燒疏文。第二天率領眾人出門迎接，狂人回頭沒有來。辯才的高行受到了叢林的稱讚。從這則材料亦可看出惠洪對辯才的讚賞，而且惠洪從其持律守法度的角度來敘述其人，其間並無宗派異見。又《雲臥紀談》卷上記載天台宗詩僧清順："熙寧間，西湖有僧清順，字怡然，居湖山勝處，往來靈隱、天竺，以偈句陶寫閒中趣味。……石林葉丞相少蘊謂：'順為人清約介靜，不妄與人交，無大故不至城市，士大夫多往就見。時有饋之米者，所取不過數斗，以瓶貯置几上，日三二合食之，雖蔬茹，亦不常有。'東坡在嶺南，時因人往西湖，有筆語曰：'垂雲順闍梨，乃余監郡日往還詩友也。清介貧甚，食僅足而已，幾於不足也，然未嘗有憂色。老矣，不知尚健不？'噫，今吾黨以清貧為恥，以厚蓄為榮，及溘然，則不致其徒於縲絏者幾希。若使其少慕順之風，豈至遺臭耶？"② 清順是天台宗有名的詩僧，此處不但詳載其詩歌創作，而且把清順當成僧人學習的模範，對清順其人的高風亮節予以表彰，以反襯禪林那些"以清貧為恥，以厚蓄為榮"的禪師，可見曉瑩對清順的欣賞，亦透露了禪林筆記不以宗黨之分而忽略佛教其他宗派的特點。

《人天寶鑑》所載天台宗僧人最多，如記載慈雲遵式（964—1032）云："慈雲式法師云：'予與四明法智為友四十餘年，及終不得一哭於寢門之下，嗟嘆之不足，乃詠歌之，句云："天上無雙月，人間只一僧。'覽者無謂吾厚於所知，薄於所不知，但見其解行，有卓卓出人之異，寄極言

---

① [宋]惠洪：《林間錄》卷下，第268頁。
② [宋]曉瑩：《雲臥紀談》卷上，第21-22頁。

以暢所懷。异者何也？一家教部，毗陵師所未記者，悉記之；四三昧，人所難行者，悉行之。雖寒暑相代，脅不至席，六十有九而終。其疾且頓，而行道講訓無所間然，門徒請宴不從。及死，舍利莫知其幾。噫，非知之艱，行之爲艱也。'"① 四明法智乃天台宗第十七祖，名知禮（960—1028），字約言。此則所載，據宗曉所編《四明尊者教行錄》，上文乃慈雲遵式"悼四明法智大師詩"之小序。② 此則小序突出了知禮的高行，而遵式與知禮的感情流溢於字裏行間。又載："可久高僧，錢塘人，遍遊講肆，深得天台旨趣。後居祥符，喜爲古律，造於平淡清苦，東坡以詩老呼之。坡因元宵同僚屬觀燈，坡獨往謁之，見其寂然宴坐，作絕句云：'門前歌鼓鬧紛崩，一室蕭然冷欲冰。不把琉璃閑照物，始知無盡本非燈。'久律己甚嚴，長坐一食，四威儀中法眼未嘗去體。儉約自持，一布衲終身不易，或絕粮辟穀，宴坐而已。晚居西湖之濱，脩然一榻，不留餘物，窗外唯紅蕉數本，翠竹數百竿，自號蕭蕭堂。將卒，語人曰：'吾死，蕉竹亦死。'後如其言。（怡雲集）"③ 可久高僧的形象躍然紙上。其他如辯才元净、孤山智圓（976—1022）、明智、思悟、有嚴（1021—1101）等天台宗僧人皆名列《人天寶鑒》。

從宋代禪林筆記中可以看到，禪師亦有修習天台教法者。如《羅湖野錄》載："惟正禪師……遇祥符覃恩，得諧素志，既學三觀於天台，復詣徑山，參老宿居素而得旨。"④ 三觀，指空觀、假觀、中道觀。空觀指觀諸法皆空之理，假觀指觀一念之心具三千諸法，中道觀指觀中諦之理而斷無明之惑。惟正禪師不但修禪，而且也學習天台宗法門。又據《叢林盛事》卷上："且庵仁和尚，越之上虞人，少習天台教。初自括蒼隨雪堂過衢之烏巨，因見雪堂普說曰：'今之兄弟做工夫，正如習射，先安其足。'從習其法。後雖無心，以久習故。箭發皆中。"⑤ 從此處得知，且庵仁年

---

① ［宋］曇秀：《人天寶鑒》，第4頁。
② ［宋］宗曉：《四明尊者教行錄》卷七，《大正藏》第46卷，第922頁。慈雲遵式兩詩分別爲："誰乎喪我朋，誰復繼毗陵。天上無雙月，人間祇一僧。遺文禪次集，講座病猶陞。今也挂空影，紗龕籠夜燈。""江上傷懷久，斜陽遍越陵。君爲出世士，我亦謝時僧。貝葉同年講，蓮華异日陞。法門傳弟子，何啻百千燈。"
③ ［宋］曇秀：《人天寶鑒》，第15頁。
④ ［宋］曉瑩：《羅湖野錄》卷三，第242頁。
⑤ ［宋］道融：《叢林盛事》卷上，第689頁。

少時修行天台教法，後來又跟隨雪堂道行習禪，成爲機辯的禪師。

　　天台僧人也和禪僧相往來，參與禪宗的禪問答。如《雪堂行拾遺録》云："死心和尚，住洪之翠岩。……師後問學者曰：'且道果有鬼神否。若道有，又不打殺死心；若道無，莊夫爲什麽却死。'答者皆不契，適真净會中元首座至，師如前問。元云：'甜瓜徹蔕甜，苦瓠連根苦。'師大喜之。元乃辯才高弟也。"① 元首座乃辯才法師弟子，亦能應對禪師間的禪問答，可見禪宗與天台宗的交流。又如《人天寶鑒》云："無畏久法師，餘姚人，依慧覺璧公得旨，後遍歷禪會。嘗入徑山佛日之室，佛日夜坐必召師至，命説天台旨趣及楞嚴大意，深遇之。出世清修，學者雲集，師患後生單寮縱恣，闢屋爲衆堂，净几明窗，蒲褥禪板，洒然有古叢社之風。講次，見學者膠文相鼓异説，嘆曰：'天台之道由四明而興，亦由四明而廢，非聖人復生孰能扶持哉？'識者謂師知言。師天資慧利，辯説如流，舉止委蛇，與物無忤，終身與之遊處者，未嘗見有喜愠之色。日課七經，夜則宴坐，率以爲常，創無畏庵歸老焉。（塔銘）"② 久法師，字則久，慧覺齊璧法嗣。則久法師爲天台宗僧人，而能"遍歷禪會"，與大慧宗杲參究佛法，爲宗杲講説"天台旨趣及楞嚴大意"，禪宗與天台宗的交會可以想見。

　　總之，天台宗在宋代再度中興，高僧輩出，其中有諸多能詩善文的僧人。宋代禪林筆記在聚焦禪林的同時，亦注目天台宗的情况，因此，文中記載了禪師與天台宗僧人交往的現象，禪師與天台宗僧人的往來和互相學習促進了雙方思想的融通，而宋代禪林筆記的包容性就此顯露無遺。不過，宋代禪林筆記對天台宗僧人的載録，其叙述著眼於整個佛教來突出天台宗僧人的道行和創作才華，因而，作者有意略去其間的宗派差异，而是對天台僧人及其與禪僧的交往行爲作相對客觀的記録和轉述。

二、宋代禪林筆記中的净土思想

　　從禪宗的立場來看，對禪宗與净土信仰的調和，首推五代之世的永明延壽，他著有《萬善同歸集》，接受了唐代慈愍三藏所寫的《净土慈悲集》

---

① ［宋］道行：《雪堂行拾遺録》，第369頁。
② ［宋］曇秀：《人天寶鑒》，第18頁。

的思想，主張禪净融合的觀念。而且，永明延壽還是净土信仰的實際修行者，據《智覺禪師自行錄》，延壽"晝夜中間總行一百八件佛事"，念佛净業、禮佛、懺悔、誦經等占有重要位置。① 在宋代的禪宗中，義懷（989—1060）、宗賾、宗本、法秀、真歇清了（1089—1151）等人受到永明延壽"萬善同歸"論調的影響而成爲禪净調和的禪師。

宋代禪林筆記對净土思想的涉獵主要呈現時人對净土思想的接受，如《雲卧紀談》卷上云："舂陵有水曰濂，周公茂叔先世所居。既樂廬山之幽勝而築室，則以濂名其溪，蓋識不忘本矣。於時佛印禪師元公寓鷲溪之上，相與講道，爲方外友。由是命佛印作青松社主，追媲白蓮故事。嘉祐中，公通守瀛上，尋有譖公於部使者，臨之甚威，公處之超然。……公雖爲窮理之學，而推佛印爲社主，苟道之不同，豈能相與爲謀耶？"② 這段文字主要有兩層意思：其一爲理學家周敦頤與佛印了元禪師的交遊，周敦頤爲"窮理之學"，而佛印是修習禪法者，二人的交往是理學與禪學的交會；其二爲作青松社主追媲白蓮故事，這種形式本身有潛在的净土思想在起作用。這種結社活動是宋代净土信仰流行的表現，據元照《無量院造彌陀像記》云："晋慧遠法師，居廬山之東林，神機獨拔，爲天下倡，鑿池栽蓮，建堂立誓專崇净業，號爲白蓮社。……是故後世言净社者，必以東林爲始。……近世宗師，公心無黨者，率用此法，誨誘其徒。由是在處立殿造像，結社建會，無豪財無少長，莫不歸誠净土。若觀想，若持名，若禮誦，若齋戒，至有見光華睹相好，生身流於舍利，垂終感於善相者，不可勝數。净業之盛，往古無以加焉。"③ 元照此段話描繪了當時宗師追慕白蓮社而結净土社的盛況，除了佛教眾人的結社，宋代士大夫也紛紛加入結净土社的行列，前面的周敦頤與佛印的青松社即爲一例，其他參與結社的文人還有：文彥博（1006—1097），王日休《龍舒增廣净土文》卷六："文潞公在京師，與净嚴禪師，結十萬人净土緣。"④ 馮楫，"尤篤意净業，所至作繫念勝會，勸發道俗"⑤。張掄，據《高宗皇帝御書蓮社記》，他

---

① ［宋］文冲：《智覺禪師自行錄》，第159頁。
② ［宋］曉瑩：《雲卧紀談》卷上，第8頁。
③ ［宋］宗曉：《樂邦文類》卷三，《大正藏》第47卷，第187頁。
④ ［宋］王日休：《龍舒增廣净土文》卷六，《大正藏》第47卷，第272頁。
⑤ ［宋］曇秀：《人天寶鑒》，第12頁。

"闢弊廬,廬東偏鑿池種蓮,仿慧遠結社之遺意,日率妻子課佛萬過。而又歲以春秋之季月涓良日,即烏成普靜之精舍,與信道者共之。於是見聞隨喜,雲集川至,倡佛之聲,如潮汐之騰江也"①。鄭子隆,法忠作《南嶽山彌陀塔記》載鄭子隆結社的情形:"有信士鄭子隆者……乃運精誠結同志者萬人,共念西方極樂世界阿彌陀佛尊號。"② 王衷,其所作的《王朝散勸修西方文》云:"今衷謹於居處結白蓮社,募人同修,有欲預者,不限尊卑貴賤士庶僧尼,但發心願西歸者,普請入社也。"③ 諸如此類,皆是宋代士大夫參與結社,修念凈土的事迹,可見慧遠白蓮社的影響之深。

關於白蓮社的故事,《人天寶鑒》云:"劉遺民,名程之,彭城人,漢楚元王之後,祖考爲晉顯官,事母以孝聞。丞相桓玄、太尉謝安嘉其賢,欲薦於朝,公辭之。謁廬山遠公,厥後雷次宗周續之同來栖遠,遠曰:'諸公之來盍爲凈土之遊乎?'遂命公作誓辭,以識盛事。社賢百餘人,十八人爲最,公又拔乎其萃者。公凡念佛時,見彌陀佛身紫金色以臨其室。公愧幸悲泣曰:'安得如來爲我手摩其頭,衣覆其體乎?'俄而佛爲摩頂且引袈裟以覆之。他日又見身入七寶大池,其池蓮華青白相間,其水澄澈無有畔岸,中有一人指池水曰:'八功德水汝可飲之。'公飲水甘美,及寤,猶覺异香發於毛孔。公曰:'此吾凈土之緣至矣,誰爲六和之眾與我證邪。'少頃緇徒咸集,公對尊像爇香再拜,祝曰:'我以釋迦遺教,故能知有阿彌陀佛,此香先當供養釋迦如來,次供阿彌陀佛,至於十方佛菩薩眾。願令一切有情俱生凈土。'願畢乃三扣齒,長跪而卒。(廬山集)"④ 這段文字詳細叙述了凈土信仰的具體修行方式以及修行之後的靈驗。另外,《人天寶鑒》記載了不少信仰凈土的僧俗,如上文提到的文彥博、馮楫、王日休皆在其中,而且有不少天台宗的僧人修行凈土法門。

有些禪師是禪凈雙修者,如《人天寶鑒》載:"圓照本禪師,常州人,天質粹美,不事緣飾,依天衣懷和尚。……晚主凈慈,與靈芝照律師友善,照授師法衣,師終身陞坐必爲衣之。東都曦法師定中見凈土蓮華大書

---

① [宋]宗曉:《樂邦文類》卷三,第188頁。
② [宋]宗曉:《樂邦文類》卷三,第188頁。
③ [宋]宗曉:《樂邦遺稿》卷下,《大正藏》第47卷,第243頁。
④ [宋]曇秀:《人天寶鑒》,第8頁。

金字云：'杭州永明寺比丘宗本坐。'曦异其事，特往瞻禮而問曰：'師是別傳之宗，何得净土有位邪？'曰：'雖在禪門，常以净土兼修爾。'（行業等記）"① 宗本禪師雖爲禪門中人，却是禪净雙修的禪師。總之，宋代禪林筆記所載録的材料反映了净土信仰在當時的流行情况。

上面一則材料有一個重要的點是宗本禪師與元照律師的交往，宗本禪師是禪宗的高僧，而元照律師專弘律學、兼修净業，反映了宋代禪宗與律宗、净土思想的交融。禪林筆記中載録了不少與律宗有關的材料，如《人天寶鑒》所載的道梧律師："兜率梧律師從學普寧律師，持己精嚴，日中一食，禮誦不輟。後住兜率，嘗問道徑山琳禪師。琳見其著心持戒，不通理道，因戲謂曰：'公被律縛，無氣急乎？'梧曰：'根識暗鈍，不得不縛。望師憫而示之。'……琳遂厲聲喝一喝云：'直饒與麼猶是鈍漢？'梧於言下心意豁然，喜躍而拜曰：'不聞師誨，爭解知非。今當持而不持，持無作戒更不消著心力也。'辭行回至丈室，屏去舊習，獨一禪床，講唱之外，默坐而已。"② 擇梧律師出身律宗，因跟隨徑山維琳禪師修道而成爲其法嗣，禪宗與律宗的關係不可謂不密。

除了禪宗與天台宗、禪宗與净土信仰、律宗的融合，禪教合一在宋代禪林筆記中十分明顯。中唐以來，禪與教的關係成爲佛教諸宗爭論的核心問題之一。教注重理論、法義，而禪宗則以證悟爲主。禪教合一的理論由圭峰宗密所提出，經過了永明延壽的發展。永明延壽撰《宗鏡録》，用華嚴的理事圓融來融通禪教，實現了禪教合一。文字禪的提出者惠洪在《題〈宗鏡録〉》一文中表達了對永明延壽禪師禪教合一理念的贊賞："切嘗深觀之，其出人馳騖於方等契經者六十本，參錯通貫此方异域聖賢之論者三百家，領略天台、賢首而深談唯識，率折三宗之异義，而要歸於一源。故其橫生疑難，則鉤深賾遠；剖發幽翳，則揮掃偏邪。其文光明玲瓏，縱橫放肆，所以開曉衆生自心成佛之宗，而明告西來無傳之的意也。"③《宗鏡録》集中了天台、賢首、唯識（慈恩宗）三家的精義，以"一心"統攝，這對宋代禪教合一産生了很大影響。惠洪還在《林間録》中稱《宗鏡録》

---

① [宋] 曇秀：《人天寶鑒》，第17頁。
② [宋] 曇秀：《人天寶鑒》，第2頁。
③ [宋] 惠洪：《石門文字禪》卷二十五，第699頁。

"其爲法施之利,可謂博大殊勝矣"①。"禪教合一"理論演變到惠洪,力圖以儒家精神來闡釋禪教融通,鑒於當時禪者廢經不讀之惡習,惠洪作《智證傳》一書以佛教和世俗經典印證禪理,其寫法效仿儒家經典之體例,先援引一段佛教經典,然後題"傳曰"二字,述說自己的解釋,並且參考其他資料。惠洪的文字禪理論重視語言的功用,用理性精神來研究禪悟體驗,因此要求閱讀經典、理解義理和融通其他學說。宋代禪林筆記是文字禪的產物,也是"禪教合一"思想的文字呈現。在宋代禪林筆記中,亦對禪教合一觀念有所涉及,如《人天寶鑒》對法智的尊崇:"法智尊者學行高妙,凡所著作,莫不立宗旨闢邪說,開獎人心到真實地。指要書成,雪竇顯禪師持出山,羞齋爲慶,仍有茶榜具美其事。則知在昔禪教一體,氣味相尚,至有如此。與今暗禪奪教者,非同日語也。(草庵錄)"②從以上敘述可見作者對禪教一致觀念的認同。

需注意的是,雖然禪宗關注其他宗派,和諸宗之間的教學思想發生交涉,有天台宗的教徒參禪,也有禪宗僧人研究天台宗的義理,但禪宗的主體思想並未發生根本變化。禪宗對各家思想的接納,最終是用這些思想作爲禪的活用。儘管禪宗摻雜著各類思想,但對禪僧而言,一切的教法最終只是爲了體悟真如,明心見性。

第二節　宋代禪林筆記中的儒學、理學與道教

在佛教演進過程中,儒、釋、道三教的問題一直都是彼此的關注點。北宋自建立起,最高統治者即對佛教采取一種既保護又限制的態度,釋、道的地位間或有所變動,但儒、釋、道三教一直並存。關於三教問題,宋代禪林筆記主要通過列舉前人論述儒、釋、道一致的言論來闡明自己的觀點,其中所舉比較有名的是宋孝宗。淳熙七年(1175),宋孝宗詔徑山主僧寶印於選德殿,講論三教。《人天寶鑒》曰:

上曰:"三教聖人本同者個道理?"印奏曰:"譬如虛空,東西南

---

① [宋]惠洪:《林間錄》卷下,第275頁。
② [宋]曇秀:《人天寶鑒》,第20頁。

北，初無二也。"上曰："但聖人所立門戶各別爾，孔子以中庸設教。"印曰："非中庸之教，何以安立世間？故《華嚴》云：'不壞世間相，而成出世間法。'《法華》云：'治世語言，資生產業，皆與實相不相違背。'"上曰："今之士夫學孔氏者，多只攻文字，不見夫子之道，不識夫子之心。唯釋迦老子不以文字教人，但直指心源，開示眾生，各令悟入，此爲殊勝。"印曰："非獨今之學者，不見夫子之道。當時十哲如顔子號爲具體，盡其平生力量，只道得個瞻之在前、忽然在後，如有所立卓爾，竟捉摸未著。而夫子分明八字打開，與諸弟子曰：'二三子以我爲隱乎？吾無隱乎爾。吾無行而不與二三子者，是丘也。'以此而觀，夫子未嘗回避諸弟子，而諸弟子自蹉過也。昔張商英丞相云：'唯吾學佛然，後能知儒。'"上曰："朕意亦謂如此。"上又問曰："莊老何如人？"印云："只作得佛門中小乘聲聞人。蓋小乘厭身如桎梏，弃智如雜毒，化火焚身入無爲界，正如莊子所謂'形固可使槁木，心固可如死灰。'"於是稱旨。（奏對錄）①

這段孝宗與寶印禪師的問答明確體現了三教關係。要特別注意的是，整段話以孝宗提問，寶印禪師回答來加以敘述，因此，與其説是孝宗對三教的認識，毋寧説這是禪宗對三教關係的理解。在奏對的開頭，寶印即提出自己的三教觀，三教"譬如虛空，東西南北，初無二也"，也就是説，三教等無差別。接著寶印引用《華嚴經》和《法華經》的觀點來闡釋中庸之道是人在世間安身立命的依據，換言之，寶印對中庸之道的肯定立足佛教立場，佛教典籍與中庸之道暗合。然後寶印用孔子教弟子的典故來論述禪宗直指心源的特徵，孔子教弟子時説，"你們以爲我有隱瞞嗎，其實我真的没有隱瞞"，即佛法大意並不神秘，没什麼隱藏，需要自己用直覺體驗去感悟。寶印進而轉引張商英"唯吾學佛然後能知儒"的言論來論述學佛對理解儒家經典的重要意義。最後是寶印對莊老思想的評價，它認爲莊老只能做小乘佛教中的聲聞弟子，注重自我的修行和解脱，寶印的立論依據道家典籍來加以陳述，説明莊老厭身捨智，是出世之法。通過以上對答，我們可以得出這樣的結論，三教雖然平等無二，但是在寶印看來，佛教和儒家都是入世之學，普濟眾生，是大乘佛法，而道家是小乘聲聞，

---

① ［宋］曇秀：《人天寶鑒》，第14頁。

儒、釋、道三家高下立現。

淳熙八年（1081），孝宗又著《原道辯》，進一步闡述他的三教思想，《雲臥紀談》卷下云："孝宗皇帝御重華宮時，制《原道辯》曰："朕觀韓愈《原道》，因言佛老之相混，三教之相紐，未有能辨之者。且文繁而理虧，揆聖人之用心，則未昭然矣。何則？釋氏專窮性命，棄外形骸，不著名相，而於世事自不相關，又何與禮樂仁義哉？然尚立戒曰：不殺、不淫、不盜、不飲酒、不妄語。夫不殺，仁也；不淫，禮也；不盜，義也。不飲酒，知也；不妄語，信也。如此，於仲尼夫何遠乎？夫子從容中道，聖人也。聖人所爲，孰非禮樂？孰非仁義？又烏得而名焉！譬如天地運行，陰陽循環之無端，豈有意春夏秋冬之別哉？此聖人強名之耳，亦猶禮樂仁義之別。聖人所以設教治世，不得不然也。因其強名，揆而求之，則道也。道也者，仁義禮樂之宗也。仁義禮樂，固道之用也。彼揚雄謂老氏槌仁義，滅禮樂。今迹老子之書，其所寶者三：曰慈、曰儉、曰不敢爲天下先。孔子曰溫、良、恭、儉、讓，又曰唯仁爲大。老子之所謂慈，豈非仁之大者耶？曰不敢爲天下先，豈非遜之大者耶？至其會道，則互相偏舉，所貴者，清淨寧一，而於孔聖果相背馳乎？蓋三教末流，昧者執之，自爲异耳。夫佛老絕念無爲，修心身而已矣。孔子教以治天下者，特所施不同耳。譬猶耒耜而織，機杼而耕，後世徒紛紛而惑，固失其理。或曰：當如之何去其惑哉？曰：以佛修心，以老治身，以儒治世，斯可也。唯聖人爲能同之，不可不論也。"① 孝宗的《原道辯》將佛教的五戒"不殺、不淫、不盜、不飲酒、不妄語"與儒家的仁義禮智信互相參照，認爲佛教雖然"專窮性命，棄外形骸，不著名相"，但是佛教規定五種戒律與儒家的五常本質上等同。不獨佛教與儒家一致，儒家與道家也無分別，既然彼此之間無差异，那麼儒釋道的融合亦爲必然。在文章結尾，孝宗特別指出三教的功能，"以佛修心，以老治身，以儒治世"，三教各以自身的宗旨共同爲治理天下服務。

正是基於三教的治世功用，宋代禪師在爲佛教的存在必要辯護時找到了立論的根據，如《枯涯和尚漫錄》載，雙杉中元禪師上臣相書云："竊以爲佛老之教，救世計也。其所以與儒道相參於天地間，以能開悟性真，

---

① ［宋］曉瑩：《雲臥紀談》卷下，第38-39頁。

不墮邪見，其功未易量也。我朝太宗皇帝嘗曰：'釋氏之道，有補教化。'孝宗皇帝亦曰：'以佛修心，以老治身，以儒治世。'斯可也。張文定謂儒道淡薄，一時聖賢盡歸釋氏，而關洛諸公亦必玩味釋氏之書，而後能接續洙泗不傳之秘。"① 中元禪師所論與宋孝宗步調一致，認爲佛教有救世之功，"有補教化"，能與儒道相參。而且關洛學派諸人如張載、程顥、程頤等在閱讀"釋氏之書"以後，纔能接續儒家學說，這些無一不闡述了佛教的益處。關於儒釋關係，宋代文人的觀點或可作爲一個重要的考察角度，如《大慧普覺禪師宗門武庫》云："王荊公，一日問張文定公曰：'孔子去世百年，生孟子，亞聖後絕無人，何也？'文定公曰：'豈無人，亦有過孔孟者。'公曰：'誰？'文定曰：'江西馬大師、坦然禪師、汾陽無業禪師、雪峰、岩頭、丹霞、雲門。'荊公聞舉，意不甚解，乃問曰：'何謂也？'文定曰：'儒門淡薄，收拾不住，皆歸釋氏焉。'公欣然嘆服。後舉似張無盡，無盡撫几嘆賞曰：'達人之論也。'"② 這則故事的真實性姑且不論，其借文人之口來表明佛教的盛行情況，用禪宗的馬祖道一（709—788）、汾陽無業（760—821）、雪峰義存（822—908）、岩頭全奯（826—885）、丹霞天然（739—824）、雲門文偃（864—949）等高僧與孔子、孟子相提並論，其間有將禪宗與儒家相比附的意味，而且"儒門淡薄，收拾不住，皆歸釋氏"的言論既反映了當時儒學的停滯狀態，亦從側面反映了儒家與佛教的融合，欲從佛教那裏尋求思想資源以振興儒門的願望。

一、宋代禪宗與儒學

禪宗發展至宋代，與儒學的關係更加緊密，在宋代禪林筆記中，謹守佛教典籍已然沒有市場，很多禪師博極群書，出入內外之學，打通儒、釋。他們與儒家官僚士大夫談禪論法，彼此之間建立了深厚的情誼，有益於禪林。禪師不僅閱讀儒家典籍，瞭解儒家言論，而且常常援引儒家思想以作禪論，從禪宗的角度來闡釋儒學。甚至有些禪師本身就是由儒入釋者，如《羅湖野錄》載："潼川府天寧則禪師，蚤業儒，詞章婉縟。既從釋，得法於儼首座。"《雲臥紀談》云："倚松庵主乃臨川饒節，字德操者。

---

① ［宋］圓悟：《枯崖和尚漫錄》卷下，第43頁。
② ［宋］道謙：《大慧普覺禪師宗門武庫》，第954頁。

政和間，裂儒衣，從釋氏，名如璧。"①《叢林盛事》載："庵永禪師，福州章聖者小師，弃儒從釋。與法弟安分者爲友，同參懶庵需於洋嶼，皆有大發明。"②《枯涯和尚漫錄》載："本真書記，福唐朱氏子，弃儒，依資福山主祝髮，出嶺遍參叢席。"③《人天寶鑒》載："簡堂機禪師，台之仙居楊氏子，風姿挺异，才壓儒林，年二十五弃妻孥學出世法。晚見此庵元禪師，密有契證。"④另外，《人天寶鑒》載"希顔首坐，字聖徒，性剛果，通內外學，以風節自持"，嘗作《釋難文》言"然出家爲僧，苟不知三乘十二分教，周公孔子之道，不明因果，不達己性，不知稼穡艱難，不念信施難消"，就會淪爲痴僧、啞羊僧、鳥鼠僧。⑤以上皆是禪宗融通儒釋的明證。

在宋代禪林筆記中，《叢林公論》對儒釋合一作了最好的詮釋。如："湖州何山粹禪師，閩人也，嚴毅有法則，學者謁見，少闕禮，即詬而教之，其禮人亦厚。一日，陪數宰官陟道場山，見壁間所畫三界輪迴圖，問師此何義也。師曰：'不獨佛經言之，而孔子言之亦已詳矣。'曰：'何謂也？'師曰：'孔子云：性相近也，習相遠也。'其宰官各合爪首肯之。"⑥"三界"指眾生所居之欲界、色界、無色界。"三界輪迴"指迷惘的有情眾生在生滅變化中流轉。粹禪師用《論語·陽貨》中的"性相近也，習相遠也"來解釋"三界輪迴"，言人人皆有成佛的本性，只是各自的性情、習氣差別很大。又如："'書不盡言，言不盡意。'繼之云：'然則聖人之意，其不可見乎？'公論曰：'者個香爐能盡聖人之意。'"⑦惠彬所評出自《周易·繫辭》，惠彬用禪宗的似是而非的言説方式來回答"然則聖人之意，其不可見乎"的儒家疑惑，既然語言文字不能完全確切地表達思想內容，那麼就不必再去追問，而要返回到現實生活中去把握禪理，此處用禪宗的觀念來闡釋儒家的言論。又如："孟子曰：'放其心而不知求。'又曰：'求其放心而已矣。'苟求之則是放心，一念不生，心則復矣，何用求焉。此

---

① [宋] 曉瑩：《雲臥紀談》卷下，第44頁。
② [宋] 道融：《叢林盛事》卷上，第688頁。
③ [宋] 圓悟：《枯涯和尚漫錄》卷上，第31頁。
④ [宋] 曇秀：《人天寶鑒》，第19頁。
⑤ [宋] 曇秀：《人天寶鑒》，第4頁。
⑥ [宋] 惠彬：《叢林公論》，第766頁。
⑦ [宋] 惠彬：《叢林公論》，第770頁。

姑就孟子求心而言。若夫喜怒哀樂、世念紛紜，則是見量受用。孰云是心？孰云非心？何放何求哉。"① 如果求的是放心，只要心中無念，超越念慮之境界，心就會平復。喜怒哀樂各種情緒和紛繁的塵世之念都只是感覺器官對事物的直觀反映而已，也就沒有"是心"與"非心"、放與求的差別。以上三則，前者以儒家言語來闡釋佛教觀念，後兩則以禪宗思維來解答儒家問題，可見《叢林公論》運用儒家思想言論的方式。但《叢林公論》對儒家經典的闡釋並未受闡釋者身份的限制，而是以一種學術探討的態度來解釋儒家經典。如：

> 紹興己卯間，永嘉康公侍郎權紀年八十有餘，而與釅唇先師過從。一日謂先師曰："某雖耄矣，於先聖典籍，未嘗輟卷。每至夜分，撚紙漬油燭，書竟十枚方就寢。"先師曰："學問既明，苟臻乎道，群書可捐。侍郎所得如何耶？"曰："權所嗜者，唯孔子曰：'二三子以我爲隱乎？吾無隱乎爾。吾無行不與二三子者，是丘也。'又曰：'一日克己復禮，天下歸仁焉。爲仁由己，而由人乎哉？'又曰：'吾道一以貫之。'顔淵曰：'仰之彌高，鑽之彌堅；瞻之在前，忽焉在後。'又曰：'夫子循循然善誘人，博我以文，約我以禮，欲罷不能，既竭吾才。如有所立卓爾，雖欲從之，末由也已。'曾點曰：'暮春者，春服既成。冠者五六人，童子六七人，浴乎沂，風乎舞雩，詠而歸。'夫子喟然嘆曰：'吾與點也。'此乃孔門之妙道也。"先師曰："此指學者入道之由耳。"康厲聲曰："孔子之道何在？"先師曰："在《鄉黨》一篇。"康沈吟久之，乃諭。

由於惠彬其人法系不可考，故"釅唇先師"爲何人亦不得而知。權紀年所舉分別出自《論語》中的《述而》《顔淵》《里仁》《子罕》《先進》等篇。權説他所列舉的這些都是孔門妙道，而惠彬之師認爲這並不是道，而是指示學者入道的門徑。那麼什麼才是"孔子之道"呢？惠彬之師指出，孔子之道蘊含在《鄉黨》一篇中。《鄉黨》篇主要講孔子平素的舉止言談、衣食住行、生活習慣。《論語集注》引楊時語云："聖人之所謂道者，不離乎日用之間也。故夫子之平日，一動一静，門人皆審視而詳記之。"② 惠

---

① [宋] 惠彬：《叢林公論》，第 771 頁。
② [宋] 朱熹：《論語集注》卷五，《四書章句集注》，第 116 頁。

彬之師把《鄉黨》篇當作"孔子之道",其依據就是"道在日用之間"。道在《鄉黨》篇的認識,顯然是惠彬的老師將禪宗"平常心即道",佛法蘊藏於平常生活中的觀點移植到儒家經典解釋上的結果。但這種應用十分隱晦,如果拋開惠彬老師的禪僧身份不談,此段材料無非展現了兩人探究交流儒家經典的過程。又如:"'道之不明,我知之矣。賢者過之,不肖不及。'不肖者以微昧闇弱而不自得,賢者以聰明黠慧而自障。既曰'過猶不及',誠哉是言也。"① 惠彬所引出自《禮記·中庸》,意爲中庸之道不昌明,是因爲有才德的人超過了中道,而無才德之人又達不到中道的標準。惠彬解釋云,不肖者因爲微昧不明事理而難以自得,賢能之人又因聰明狡猾而自我障蔽。事情做過分了和做得不夠,是同樣的,這話說得對。又如:"葉公曰:'吾黨有直躬者,其父攘羊,而子證之。'孔子曰:'吾黨之直異於是也:父爲子隱,子爲父隱。直在其中矣。'或曰:'既隱,曰直可乎?'蒙曰:'子之證父,弟之訴兄,先有證父訴兄之曲,不必問所證所訴何事何由也。當其未證未訴之時,其理固直。既啓證父訴兄之口,則以陷於滔天之惡矣,尚安得有所謂直哉?'"② 葉公與孔子的對話出自《論語·子路》。葉公告訴孔子,我那裏有個正直的人,他的父親偷了羊,他便去告發。孔子說,我們那裏正直的人和你們不同,父親替兒子隱瞞,兒子替父親隱瞞,正直就在其中了。孔子言論的基礎在於"孝"和"慈",由於父子相互隱瞞,故言"直在其中"。有人問惠彬,既然隱瞞,還有直率可言嗎?惠彬認爲,兒子揭發父親,弟弟控告兄長,先有揭發父親、控告兄長的行爲,就不必再去追問揭發、控告的是什麽事由了。當他還未揭發、控告時,他確實是正直的。等他開口揭發父親、控告兄長時,就陷入了滔天罪惡,根本沒有正直。換言之,既然有證父、訴兄這些違背子孝、弟恭的行爲存在,那麽其人就沒什麽正直可言了,惠彬的闡述延續了孔子的思路,可見惠彬對儒家倫理觀念的接受。事實上,在宋代叢林筆記中,孝是禪師們需要實踐的人倫,如《林間錄》云:"人莫不有忠孝之心也,而王祥臥冰則魚躍,耿恭祝井則泉洌。何也,蓋其養之之專,故靈驗之

---

① [宋] 惠彬:《叢林公論》,第769頁。
② [宋] 惠彬:《叢林公論》,第769頁。

應，速如影響。"① 惠洪認爲，王祥臥冰得鯉魚，耿恭拜井則有甘泉清洌，是因爲他們有忠孝之心的緣故。《林間錄》卷下載石霜楚圓"初棄南源，歸省其母，以銀盆爲之壽"②。《叢林盛事》卷下載"有行者祖慶，爲母設忌乞頌"③。宋代禪林筆記還記錄了因母老而歸鄉的禪師，如《叢林盛事》載，密庵咸傑禪師"依華（筆者按：即應庵曇華禪師）四年，窮盡千聖命脉，母老歸鄉，華以偈送之"④。且庵守仁禪師"以母老歸鄉，辭雪堂，堂以偈送之"⑤。又據《人天寶鑒》引《雪窗記》云，天童普交禪師擇友的其中一個標準是："有母貧病，棄之而學道。予曰：學道雖超過佛祖，不孝亦奚爲哉？不孝爲利者，皆非吾友也。"⑥ 以上事例可見宋代禪林筆記對孝的提倡，這與禪宗在本土化進程中對孝的重視有極大的關聯，如契嵩著《孝論》十二章，"發明吾聖人大孝之奧理密意，會夫儒者之説"，闡説佛教對孝的尊崇。⑦ 而惠洪有感於"武寧西峰達上人，年方妙而孝思度越流輩，父母喪則重於墳所，旦夕誦唄以時臨，遂自名其庵曰'報慈'"的行爲，特意作《報慈庵銘》來稱贊達上人之所爲"有補於名教"。⑧ 惠彬尤其對僧人之孝作了闡釋："大孝同天地、並日月而健行不息。大戒曰：'孝順父母師僧。孝順，至道之法。'孝可忘乎？吾徒祝髮、壞衣、墮三寶數者，無問貧富，唯相尚以道，不以通塞貴賤爲恥勝。間有父母無親屬共億者，佛許減衣鉢一分以奉之。微有好勝惡貧之念萌於中，而不躬父母之養者，非吾釋之子也。"⑨ "孝順父母師僧，孝順，至道之法"源於《梵網經》。根據惠彬所言，孝是至道之法，和天地、日月一樣運行不息，不可遺忘，佛教的孝包括孝順父母、祖師和僧人，如果不親身供養父母，則不能算作僧人。

從上可見宋代禪林筆記中儒家與禪宗的交融，無論是用儒家經典中的言説方式來詮釋或評價禪宗的言説方式，還是用禪宗的思維觀念來解説儒

---

① ［宋］惠洪：《林間錄》卷上，第247頁。
② ［宋］惠洪：《林間錄》卷下，第266頁。
③ ［宋］道融：《叢林盛事》卷下，第266頁。
④ ［宋］道融：《叢林盛事》卷上，第689頁。
⑤ ［宋］道融：《叢林盛事》卷上，第689頁。
⑥ ［宋］曇秀：《人天寶鑒》，第6頁。
⑦ ［宋］契嵩：《孝論》，《鐔津文集》卷三，第660頁。
⑧ ［宋］惠洪：《石門文字禪》卷二十，第672頁。
⑨ ［宋］惠彬：《叢林公論》，第770頁。

家經典,皆可看出儒家與禪宗的交流。在《叢林公論》中,禪宗與儒家的關係尤爲特別,作者在文中呈現出闡釋儒家思想言論的多元化視角,以儒言禪,以禪釋儒,或者只是對儒家人物的言論作出評價,視角的轉換體現了《叢林公論》的論說特色和闡釋差異。

二、宋代禪宗與理學

禪宗對宋明理學的影響是多方面的,非三言兩語能道明,亦非本書所能及,故本書不再糾纏其間紛繁複雜的關聯,而是以《叢林公論》爲例,探討禪門對理學思想的詮釋。

宋代禪林筆記記錄了理學家與禪師交往的故事,如上文提到的周敦頤與佛印了元,又如朱熹與道謙。《雲臥紀談》卷下載,道謙"後歸建陽,結茅於仙洲山,聞其風者,悦而歸之","朱提刑元晦以書牘問道"。[①]又《枯涯和尚漫錄》卷中云,肯庵圓悟禪師"瑞世於福唐大目禪苑,嘗授儒學於晦庵朱文公"[②]。而據《枯涯和尚漫錄》,伊岩玉禪師"初稱名儒,有篤行,中年厭習舉業,專究洛學。忽曰:'是不可以了吾事。'遂裂縫掖,剃鬚髮,學出世法"[③]。所謂洛學,指二程之學,二程的老師爲周敦頤。玉禪師早期是儒士,中年研究理學,後來又出家爲僧,其思想的豐富性由此可見。

在筆者所探討的宋代禪林筆記中,惠彬《叢林公論》大量引述理學著作,並且以己意作評析。下文將詳細論述《叢林公論》中禪宗與理學的交涉,研究惠彬如何評釋理學思想,是否摻入了禪宗的思維觀念。如:

> 周子《通書》曰:"誠者,聖人之本。'大哉乾元,萬物資始',誠之源也。'乾道變化,各正性命',誠斯立焉。純粹至善者也。故曰:'一陰一陽之謂道,繼之者善也,成之者性也。'元亨,誠之通。利貞,誠之復。大哉易也,性命之源乎?"
>
> 公論曰:太極動,三才備矣。然誠與易與性一體而異號,不待次第而有也。一陰一陽之謂道,不可得而見,而見者用也,如雲爲不轉

---

① [宋]曉瑩:《雲臥紀談》卷下,第52頁。
② [宋]圓悟:《枯涯和尚漫錄》卷中,第33頁。
③ [宋]圓悟:《枯涯和尚漫錄》卷中,第39頁。

矚而普遍。若待次第而有，不亦偏且勞乎？曰源與立皆非。①

在周敦頤的《通書》中，誠是人所受於天的本然之性，是最高的道德原理，它寂然不動，没有善惡的對立，是純粹至善的，乃一切道德的本原。惠彬認爲，太極的運動變化產生了天、地、人三才，但誠與易、性是同一個本體的不同名稱，並没有先後次序。陰陽變化產生的道不容易獲得，一旦加以運用，就會如同云施雨化一樣周遍。如果等待它依次而行，未免有所偏向，過於勞煩。所以，誠並没有源頭、確立這樣的說法，換言之，既然誠、易、性本來就是同一個概念，那麽就没有源與立的區別。很顯然惠彬並不同意周敦頤對誠的闡釋。又如：

《通書》曰："聖希天，賢希聖，士希賢。"

公論曰：孔子學周公者也，行住食息夢寐皆見周公之在前也。既至周公矣，孔即周，周即孔，故曰吾不復夢見周公。聖即天，天即聖，既聖矣，又何希耶？天，體也；聖，用也。曰聖希天，則吾謂不然也。②

周敦頤在《周書》中解釋了天、聖人、賢人和士人的邏輯關聯，聖人效法天，賢人效法聖人，士人效法賢人。但是，惠彬對此有不同的見解，他認爲孔子學習周公，生活中的行住坐卧夢寐皆能見到周公，等孔子達到周公的高度，孔子即周公，周公即孔子，因此孔子不再夢見周公。聖人是天道，天道即聖人，二者同一，没有效法之說。天是體，即實相本體，聖人是用，即諸法的現象。也就是說，天和聖人是體與用的關係，不存在效法關係。從以上兩處對周敦頤言論的評價可以看到，無論"誠與易與性一體而異號"，還是"聖即天，天即聖"的提法，都體現了惠彬用平等無别思想來闡釋和辯駁理學的觀念。

惠彬往往對理學思想表達自己的不同意見，但如果理學家有批判佛教的言論，惠彬則加以反駁，力求維護佛教。如：

伊川先生云："釋氏理障之說，謂既明是理而又執持，是故謂爲障也，此錯看了理字也。天下只有一個理字，既明此理，夫復何障？

---

① [宋]惠彬：《叢林公論》，第766頁。
② [宋]惠彬：《叢林公論》，第766頁。

若以理爲障,則是已與理爲二。"

公論曰:理本見成,興一念而明之即以爲障,況執持者乎?孔子曰:"賢者過之,不肖者不及。"此正理事二障也。其或自矜自伐,我是彼非,何翅己與理爲二也乎。①

程頤主要批判佛教的理障之說,所謂理障即由邪見等理惑障礙真知、真見。程頤認爲,天下的理只有一個,是絕對的,唯一的,既然已經明理,障又從何而來呢?如果把理看作障,那麼就是把自己和理看成兩個對象。而惠彬認爲,理原本就是存在的,由於人需要用念來明理,因此一念尚且產生了障,何況是拘泥於某一個見解。孔子所說的"賢者過之,不肖者不及"正是理事二障的表現。所謂理事二障,《圓覺經》云:"云何二障?一者理障,礙正知見;二者事障,續諸生死。"②障,即煩惱,煩惱能障礙聖道,故名爲障。理障,即根本無明,礙正知見而不達本覺真如之理。事障,一切有爲都是事障,隨業受報,生死相續,不能跳出生死的輪迴。"其或自矜自伐,我是彼非,何翅己與理爲二也乎。"隱然有批評程頤的意味,惠彬指出,自我誇耀,認爲自己是對的,別人是錯的,這跟把自己與理一分爲二並無差別。禪宗強調解除執著,一切皆平等無二,不應生分別之心,因而沒有是非對錯的區別,而程頤把佛教的理障與理學的天理作了區分,故受到惠彬的反駁。又如:

伊川云:"中庸言道,只消'無聲無臭'四字,總括了多少釋氏言非黃非白非鹹非苦多少言語。"

公論曰:道不在言語多少,如言滿天下無口過,行滿天下無怨惡,何哉?僧問雲門大師:"如何是正法眼?"雲門云:"普。"而又何哉?言乎言乎,邈爾遠乎?③

此段體現了理學和禪宗言說方式的差異,"無聲無臭"出自《詩經·大雅·文王》,"上天之載,無聲無臭"。言文王之德配於天,天無聲音、氣味可追尋,效文王即法天,此處程頤用"無聲無臭"來形容道的無形無象。且程頤與佛教作了比較,中庸之道只用四個字直接表述,言簡意賅,

---

① [宋]惠彬:《叢林公論》,第766頁。
② [唐]佛陀多羅:《圓覺經》,《大正藏》第17卷,第916頁。
③ [宋]惠彬:《叢林公論》,第767頁。

而佛教言道用非黃非白非鹹非苦等否定形式來加以論證。惠彬對此提出異議，他認爲道與言語的多少無關，並舉《孝經》"言滿天下無口過，行滿天下無怨惡"和禪門公案來作說明，一言傳滿天下而沒有過失之處，所做之事天下人皆知而不會遭到厭惡，與"如何是正法眼"，簡略回答"普"是一樣的道理，道不會因言語的多少而改變，換言之，只要能解釋道，言語多寡並不重要。又如：

> 伊川云："釋氏說道只務直上去，不見四旁，故皆不能處事，惟務上達，無下學。"又云："佛氏不識陰陽晝夜，死生古今，安得謂形而上者與聖人同乎？佛者言'前後際斷'，'純亦不已'是也。彼豈知此哉？"
> 公論曰：治生產業皆與實相不相違背，謂無下學可乎？天地與我同根，萬物與我一體。高低嶽瀆，共轉根本法輪；鱗甲羽毛，普現色身三昧，謂不識陰陽等可乎？學到顏子處，方得純亦不已，若未到顏子而云純亦不已，是亦業識也。前後際斷即坐忘時也，彼豈知此哉？①

程頤此處批判佛教闡釋"道"用的是形而上的本體論，沒有形而下，落到實處。而且佛教對陰陽晝夜、死生今古等概念没有明確的辨析，形而上的那個道與聖人就不能等同。佛教所說的"前後際斷"即"純亦不已"，前後際斷，指有爲法之前際後際斷絕而不常住，但觀之似不斷絕，因爲它們前後相續。純亦不已，意爲真誠沒有止息。實相，即萬有本體。惠彬指出，各種各樣的生活方式和實相不相違背，所謂"一切世間法，皆是佛法"。所以天地與我同根，萬物與我一體。高大的山巒與低窪的河流一同顯示無邊的佛法，鱗甲羽毛示現種種色身時所入之三昧，即世間的一切皆圓融互攝，怎麼能說不識陰陽呢？至於"純亦不已"，只有達到顏回樂處，才能算"純亦不已"，否則便是業識，是人心中所起的念。而"前後際斷"是坐忘時的一種超越世俗、達到無礙境界的狀態。通過以上例子可見《叢林公論》對理學思想的闡釋，惠彬出入儒釋，運用儒家言論和佛禪思維來解說或辯駁理學家的思想。

---

① [宋] 惠彬：《叢林公論》，第769頁。

三、宋代禪宗與道教

在宋代禪林筆記中，禪宗與道教的關係通過作者對具體人事的評價即可看出，如《林間錄》云："予讀大宋僧史會要，愛隋大臣楊公素，識度明正。嘗遊嵩山，見畫壁，指問道士曰：'此何像？'對曰：'老子化胡成佛圖。'楊公曰：'何不化胡成道，而反成佛耶？'道士不能答。傳以爲名言。"① 雖然這則故事體現的是楊素的"識度明正"，但從作者的敘述中可知，老子化胡成佛而非成道，已經明顯將佛教的地位至於道教之上。又如《雲臥紀談》載："丞相張無盡居士，平居與廬山東林照覺總禪師爲方外侶。元豐辛酉秋，以序送羽士蹇拱辰，字翊之，往參問於總。……噫，無盡不指蹇見道家流，而指往東林，厥有旨哉。"② 張商英將東林常總引薦給道士蹇拱辰，作者對此事的評價透露了禪宗對道家的態度，佛教高於道家，道家屈從佛教。又《雲臥紀談》引用慈雲大師善因上疏云："今道教中有輔正除邪等論，毀斥釋氏切害甚多，而教門未嘗取乞除毀。伏望鈞慈特賜詳察，使釋、道二教不許互相排詆，以專柔無諍爲事，各守一道，上助清朝興化之萬一。乞特降朝旨，禁止引用斥道教之言，免焚毀藏經，則天下幸甚。……嗚呼，靖康之亂，推原其端，實由林靈素之徒，私於快己，蠹紊朝綱，卒致生民墮於塗炭。悲夫。"③ 善因的奏疏表示道教有諸多言論毀斥佛教，並且指出不希望佛教經籍引用道教之言，其對道教的排斥顯而易見。曉瑩將靖康之亂歸結到道士林靈素等禍亂朝綱，姑且不論將靖康之亂歸咎於某一道士的偏頗，曉瑩對道教的貶低心理却就此顯露無遺，同時也反映了禪宗對時事的關注，這正好與前文寶印所談的佛教的入世特點相呼應。又《雲臥紀談》卷下轉引永道法師的奏札云："崇寧大觀間，道士王資息、林靈素等，叨冒資品，紊亂朝綱，由是起例，道壓僧班。竊見靖康、建炎已來，所有道士官資已行追毀，既無官蔭，須合遵依祖宗舊制。伏望朝廷明降指揮，特賜改正。頒行天下，以正風俗。""若夫《東都事略》，謂道士林靈素以左道得幸，勢傾一時，而道與之抗辨，略無

---

① ［宋］惠洪：《林間錄》卷下，第266頁。
② ［宋］曉瑩：《雲臥紀談》卷上，第11—12頁。
③ ［宋］曉瑩：《雲臥紀談》卷上，第16頁。

撓辭。其扶護教門，利益有情，真不孤初志耳。"① 由於"道壓僧班"，永道上奏朝廷，請求恢復僧前道後的班次，此處亦見佛教中人對道教的貶抑。這些事例的敘述皆是以禪宗的眼光來看待道教，因此道教遠遠不及佛教。

此外，通觀《人天寶鑒》，其間記載的幾位道士皆是修禪之人。如"道士吳契初……偶遊西岳邂逅紫陽先生……紫陽以《圓覺經》示之曰：'此是釋氏心宗，宜熟味之。他日知所趨嚮，信吾不食言也。'吳乃信受。一日，誦至'由寂靜故，十方世界諸如來心於中顯現，如鏡中像。'俄感嘆曰：'從前閉門作活，今日掉臂行大道。'由是遍歷禪會咨決。之後謁單州東禪惊和尚，吳問曰：'佛性堂堂顯見住相，有情難見。若悟本來無我，我面何如佛面。學人悟則悟已，爲甚不見佛面？東禪拈拄杖打出。吳方開門，豁然有契，頌曰：'驀然覷破祖師機，開眼還同合眼時。從此聖凡俱喪盡，大千元不隔毫釐。'（仙苑遺事）"② "真人張平叔，雅好清虛，在丹丘之廬遇頂汝貧子，出龍馬所負之數，遂領厥旨，久之功成，且曰：'吾形雖固，而本覺之性曾未之究。'遂探內典，至《楞嚴》有省，著《悟真篇》，又作《禪宗歌頌》，叙中引《楞嚴》'十種仙，壽千萬歲，不修正覺，報盡還生，散入諸趣'之語。又曰：'爲此道者，當心體太虛，內外如一。若立一塵，即成滲漏。此不可言傳之妙。曉得《金剛》《圓覺》二經，則金丹之義自明，何必分別老釋之异同哉？'則知平叔乃求出離生死之法，必歸仗於佛，爲究竟爾。（群仙珠玉）"③ 張平叔即張伯端，號紫陽、紫陽真人。"真人吕洞賓……謁龍牙和尚，問佛法大意。牙與偈曰："何事朝愁與暮愁，少年不學老還羞。明珠不是驪龍惜，自是時人不解求。"因過鄂州黃龍山，見紫氣盤旋，疑有异人所止，遂入。值機禪師上堂，師知有异人潛迹坐下，即厲聲曰：'眾有竊法者。'吕毅然問曰：'一粒粟中藏世界，半升鐺內煮山州。且道此旨如何？'師曰：'守尸鬼。'吕曰：'爭奈囊中有長生不死藥何？'師曰：'饒經八萬劫，終是落空亡。'吕不憤而去。至夜飛劍脅之，師已前知，以法衣蒙頭坐於方丈，劍遶數匝，師以手指之，劍

---

① ［宋］曉瑩：《雲卧紀談》卷下，第59–60頁。
② ［宋］曇秀：《人天寶鑒》，第8頁。
③ ［宋］曇秀：《人天寶鑒》，第12頁。

即墮地。呂謝罪，師因詰曰：'半升鐺內即不問，如何是一粒粟中藏世界？'呂於言下有省，乃述偈曰：'拗却瓢兒碎却琴，如今不戀水中金。自從一見黃龍後，始覺從前錯用心。'（仙苑遺事）"① 此則講述呂洞賓參禪問道的事件。呂洞賓與晦機禪師鬥機鋒落敗，夜間用飛劍來恐嚇晦機禪師，晦機禪師用手一指，飛劍即墜地，呂洞賓被晦機禪師的禪法所折服而道歉，受到晦機禪師的啓發而得以開悟。《人天寶鑒》收錄的道士皆有跟隨禪師修行的行爲，而不見禪師向道士問道的情景，借此可見作者的編選策略，在作者眼中，禪宗顯然高於道教。

總之，宋代禪林筆記並非直接闡明禪宗與各家思想的關係，而是通過引用他人觀點、事實的做法來凸顯自己的觀點。儒家與禪宗的融合，主要表現爲以儒明禪，即作者用儒家言論來評價解釋禪宗。對於理學，作者並非一味奉承或是詆毀，而是引經據典，發表自己的不同看法，爲佛教正名。對於道教，宋代禪林筆記有意強調自己的位置，力圖證明道教低禪宗一等。

第三節　三部禪林筆記的文本抄撰與變形

在宋代禪林筆記中，《正法眼藏》《人天寶鑒》《叢林公論》皆爲抄錄之作。宋代禪林筆記通過一系列的複述和重寫，產生了與其他文本的互文關係："互文手法告訴我們一個時代，一群人，一個作者如何記取在他們之間產生或與他們同時存在的作品。"② 宋代禪林筆記對原文本的運用，並非將各種材料羅列出來，而是對所引用的文本進行吸收和改變，而且這些借用所產生的效果已經和原文本拉開了距離。

一、《正法眼藏》的抄錄及著語

根據宗杲自述，《正法眼藏》是衲子請益、宗杲隨即說法的產物，由聽法禪者冲密、慧然隨手抄錄，宗杲爲之命名，"以琅琊爲篇首"，"無尊

---

① [宋]曇秀：《人天寶鑒》，第12頁。
② [法]蒂費納·薩莫瓦約：《互文性研究》，邵煒譯，天津人民出版社，第58頁。

宿前後次序，宗派殊異之分"。其目的是啓悟學者，提領向上一路，使之具正法眼。從《正法眼藏》可知，其内容主要爲禪宗各派高僧教學示衆的案例，融通各家禪法，涉及唐、五代、北宋共二百六十位以上的禪師，言論有六百五十一則，宗杲對其中一百四十餘則加以評説，最末一條有六千餘字，爲宗杲自己的示衆法語。

（一）《正法眼藏》的抄録特點

《正法眼藏》對前人公案的抄録大體遵照原文，除了轉換叙述者，幾乎未作太大的改動。如："楊岐會和尚示衆。拈拄杖云：'一即一切，一切即一。'畫一畫云：'山河大地，天下老和尚百雜碎。作麽生是諸人鼻孔？'良久云：'劍爲不平離寶匣，藥因救病出金瓶。喝一喝，卓一下。'"①《古尊宿語録》卷十九《袁州楊岐山普通禪院會和尚語録》："師拈起拄杖云：'一即一切，一切即一。'畫一畫云：'山河大地，天下老和尚百雜碎。作麽生是諸人鼻孔？'良久云：'劍爲不平離寶匣，藥因救病出金瓶。喝一喝，卓一下。'"② 比對之後即可發現，《正法眼藏》除了改動叙述稱謂，其他的言句完全與《古尊宿語録》相同。在《正法眼藏》中，即便作者采用的材料來源並非同一個，而是將不同材料合在一起，但宗杲仍然忠實於原來的文本，字詞不作變動。如："灌溪閑和尚示衆云：'十方無壁落，四面亦無門。露倮倮，赤灑灑，没可把。'僧問：'如何是祖師西來意？'曰：'鉢盂盛飯，桶裏盛羹。'云：'學人不會。'曰：'飢即喫，飽即休。'問：'久嚮灌溪，到來只見漚麻池。'曰：'你只見漚麻池，且不見灌溪。'云：'如何是灌溪？'曰：'劈箭急。'"③ 以上這段文字有三個來源：《雲門匡真禪師廣録》卷下："師到灌溪，時有僧舉灌溪語云：'十方無壁落，四面亦無門。净裸裸，赤灑灑，没可把。'"④《天聖廣燈録·鄂州灌溪志閑禪師》卷十三："問：'如何是祖師西來旨？'師云：'鉢裏盛飯，鎮裏盛羹。'進云：'學人不會。'師云：'飢即喫，飽即休。'"⑤《景德傳燈録》卷十二："僧問：'久嚮灌溪，到來只見漚麻池。'師曰：'汝只見漚麻池，不見灌

---

① [宋]宗杲：《正法眼藏》卷一，第578頁。
② [宋]賾藏主：《古尊宿語録》卷十九，第123頁。
③ [宋]宗杲：《正法眼藏》卷一，第578頁。
④ [宋]守堅：《雲門匡真禪師廣録》卷下，第574頁。
⑤ [宋]李遵勖：《天聖廣燈録》卷十三，《卍新纂續藏經》第78册，第479頁。

溪。'僧曰：'如何是灌溪？'師曰：'剪箭急。'"① 可見《正法眼藏》所錄與這三段材料幾乎完全相同，可見《正法眼藏》對原文本的態度。作者複製、粘貼、組合其他文本的內容，而賦予這些表達以新的意義，在原來的文本中，這些材料是一種客觀呈現，而在《正法眼藏》裏，它們被挑選出來作爲參禪範例，因此，作者在移動這些材料的同時，也轉換了它們原有的承載功能。《正法眼藏》的抄錄充分尊重原作，這與《人天寶鑒》和《叢林公論》有很大的差別。

（二）《正法眼藏》的著語

宗杲的評語一般只有一兩句，比較簡潔。評論語言要麼用宗門語，要麼借助儒家典籍的名言，來展示宗杲對公案的理解。內容或記錄自己教學的情景，或提出自己的疑問。

宗杲的著語多用人們耳熟能詳的儒家言語或宗門俚俗語來評價公案的內容，如：

> 潙山問仰山："甚麼來？"仰山云："田中來。"潙云："田中有多少人？"仰插鍬叉手而立。潙云："今日南山，大有人刈茅。"仰拽鍬而去。雪竇云："諸方咸謂插鍬話奇特，大似隨邪逐惡。據雪竇見處，仰山被潙山一問，直得草繩自縛去死十分。"
>
> 妙喜曰："仁者見之謂之仁，智者見之謂之智。百姓日用而不知，故君子之道鮮矣。"②

以上內容出自仰山插鍬公案，仰山即仰山慧寂禪師，潙山即潙山靈祐禪師。此則公案在於闡明真如佛性不可言說的道理，潙山所說的"人"，指眾生本具的佛性，所以仰山不作回答，而以插鍬、拽鍬等具體行動來表示。宗杲此處所舉，包括公案本身和後人對公案的評論，宗杲的評語用《周易》中的名言來表達自己對雪竇評論語的看法。又：

> 大愚芝和尚示眾云："大愚相接大雄孫，五湖雲水競頭奔。競頭奔，有何門。擊箭寧知枯木存，枯木存。一年還曾兩度春，兩度春。帳裏真珠撒與人，撒與人。思量也是慕西秦。"又舉："僧問汾州和

---

① [宋] 道原：《景德傳燈錄》卷十二，第294頁。
② [宋] 宗杲：《正法眼藏》卷一，第561頁。

尚：'如何是接初機句？'州曰：'汝是行脚僧。''如何是辨衲僧句？'州曰：'西方日出卯。''如何是正令行底句？'州曰：'千里持來呈舊面。''如何是定乾坤底句？'州曰：'北俱盧州長粳米，食者無貪亦無嗔。'自云：'將此四句語以驗天下衲僧。'大眾，子細思量，將此四句語驗天下衲僧，被天下衲僧一時勘破。"

妙喜曰："諸人要識大愚麼？三年無改於父之道，可謂孝矣。"①

大愚守芝禪師，其法系爲：風穴延沼—首山省念—汾陽善昭—大愚守芝。宗杲的評語借用《論語·學而》中的"三年無改於父之道，可謂孝矣"來突出大愚守芝禪師對其師汾陽四句語的繼承。至於宗杲用宗門語來表達自己對公案的理解，更是不勝枚舉，如：

琅琊覺和尚云："有句無句，如藤倚樹。樹倒藤枯，好一堆爛柴。"

妙喜曰："琅琊大似認賊爲子，雖然如是，恩大難酬。"②

仰山問三聖："汝名甚麼？"三聖云："我名慧寂。"仰云："慧寂是我。"聖云："我名慧然。"仰山呵呵大笑。

妙喜曰："兩個藏身露影漢，殊不顧傍觀者。"③

藥山和尚久不陞堂。一日，院主白云："大眾久思和尚示誨。"曰："打鐘著。"時大眾方集定，便下座歸方丈。

妙喜曰："葛藤不少。"④

院主隨後問云："和尚許爲大眾說話，爲甚麼一言不措？"曰："經有經師，論有論師，爭怪得老僧。"

妙喜曰："笑殺人。"⑤

以上幾例中，"有句無句，如藤倚樹"乃疏山匡仁禪師先後參謁長慶大安、明招德謙二禪師所引發的公案，如藤倚樹比喻世間的知覺分別只不過是一種相對性的表現，但是琅琊禪師把這種比喻作實，認爲樹倒藤枯之

---

① [宋]宗杲：《正法眼藏》卷一，第565-566頁。
② [宋]宗杲：《正法眼藏》卷一，第569頁。
③ [宋]宗杲：《正法眼藏》卷二，第586頁。
④ [宋]宗杲：《正法眼藏》卷三，第614頁。
⑤ [宋]宗杲：《正法眼藏》卷三，第614頁。

後變成爛柴。宗杲禪師用"認賊爲子"來批評他把妄想當成了真實,並進而提出只有努力修行,明心見性,才談得上報師恩、佛恩的觀點。"藏身露影漢"是對仰山慧寂與三聖慧然機鋒對答的評價,意爲二位禪師的對話隱藏行迹,不露真相,讓旁觀之人很難體悟其中的妙處。在藥山惟儼禪師公案中,院主希望惟儼禪師上堂爲大眾說法,惟儼禪師却一言不發,意指明心見性無須過多言說,只能自己去體悟。但院主不明其間的深意,反而質問惟儼禪師,惟儼禪師反駁院主,既然你們那麽喜歡講說,說經的有經師,講論的有論師,你可以去找他們,意思是沒有開悟的人纔需要聽人講說,因此宗杲點評"葛藤不少"。宗杲的著語皆十分簡短,"認賊爲子""恩大難酬""藏身露影漢""葛藤不少""笑殺人"等是宗門常用語。諸如此類,還有不少,由此可見《正法眼藏》的寫作特色。

《正法眼藏》是弟子抄録宗杲說法時所舉的公案匯集而成,因而其間記載了宗杲教學時的情形,如《正法眼藏》首篇云:

  琅琊和尚問舉和尚:"近離甚處?"舉曰:"兩浙。""船來?陸來?"曰:"船來。""船在甚麽處?"曰:"步下。""不涉程途一句,作麽生道?"舉以坐具搣一搣曰:"杜撰長老,如麻似粟。"便拂袖而出。琅琊問侍者:"此是甚麽人?"曰:"舉上座。"琅琊遂親下旦過堂問:"莫是舉上座麽,莫怪適來相觸忤。"舉便喝。復問:"長老何時到汾陽?"曰:"某時到。"舉曰:"我在浙江早聞你名,元來見解只如此,何得名播寰宇。"琅琊遂作禮曰:"慧覺罪過。"

  妙喜曰:"賓則始終賓,主則始終主。二大士驀礼相逢,主賓互換,直下發明臨濟心髓。苟非徹證向上巴鼻,具出常情正眼,未免作得失論量。或者道舉公前來,一一據實祇對,琅琊末後不合作佛法道理,是杜撰處。或者道琅琊被舉公道個杜撰,心中疑惑,即時倒戈卸甲,遂挽留舉公咨決此事,謂之坐參。一犬吠虛,千猱唯實,蓋由主法者智眼不明,濫觴宗教,疑誤後人。殊不知二大士激揚若日月麗天,龍象蹴踏,決非跛驢盲者之事,井蛙醯雞又焉知宇宙之寬曠邪?"予嘗室中舉此話問學者:"你還肯琅琊此語否?"曰:"不肯。""何故不肯?"曰:"不合作佛法道理。"予復舉,"雲門問洞山:'近離甚處?'曰:'查渡。''夏在甚處?'曰:'湖南報慈。''幾時離彼?'曰:'八月二十五。'門云:'放你三頓棒。'你還肯雲門此語否?"曰:

"肯。""肯者云何?"曰:"雲門無佛法道理。"予曰:"師家問處一般,學者答處無异,你爲甚肯一不肯一?"學者伫思,予連棒打出。復召其僧:"且來且來。"其僧回首。予曰:"你若作棒會,帶累我也是個瞎漢。"其僧便禮拜曰:"今日方知琅琊與舉公非常情可測。"予曰:"你看遮瞎漢亂統。"又打喝出。①

宗杲對琅琊和尚和法華全舉禪師的禪問答加以評論,其著語的前半部分主要討論公案本身的內容,後半部分爲宗杲教學時的事例。在前半段中,宗杲稱贊琅琊和尚和法華全舉禪師"主賓互換",能够彰顯臨濟禪法的核心,是徹證禪理,具備正眼的緣故。接著宗杲又批判了此則公案的兩種偏頗之論,一種認爲"舉公前來,一一據實祇對,琅琊末後不合作佛法道理,是杜撰處"。也就是說,琅琊和尚和法華全舉禪師的問答爲杜撰的故事。另一種看法則是"琅琊被舉公道個杜撰,心中疑惑,即時倒戈卸甲,遂挽留舉公咨此事,謂之坐參"。宗杲指出,出現此種論調的原因在於"主法者智眼不明",因此"濫觴宗教,疑誤後人"。兩位禪師德行昭美,如天上的日月一般,是得道高僧,不是跛驢盲者,識見淺薄的人根本不可能瞭解這則公案的深意。後半段叙述宗杲用此則公案啓悟學人的情景,學人不首肯琅琊和尚的語言,因其不符合佛法道理;學人首肯全舉禪師的言語,是因爲"雲門無佛法道理"。由於學人存了分別之心,故有肯琅琊和尚和不肯全舉禪師的差別從而落入知見理路,所以被宗杲打出。又如:

雲門曰:"要識祖師麼?"以拄杖指曰:"祖師在你頭上踽跳。要識祖師眼睛麼?在你脚根下。"又曰:"遮個是祭鬼神茶飯,然雖如此,鬼神也無厭足。"

妙喜曰:"不見道,留惑潤生。時有僧在傍咳嗽一聲。妙喜曰:'老漢恁麼道,有甚麼過?'僧擬議,便打。"②

此則亦記錄宗杲授法時的情形,宗杲評價文偃啓悟學者是"留惑潤生"。留惑潤生:惑,指煩惱。因有惑而造業,由業力牽引而流落到六道

---

① [宋]宗杲:《正法眼藏》卷一,第557頁。
② [宋]宗杲:《正法眼藏》卷二,第591頁。

生死輪迴之中。潤生：即滋潤生死。大乘佛教認爲，衆生一旦斷盡了三界惑業，便可跳出三界之外，不再受輪迴之苦，但是菩薩道的修行要度一切衆生脫離生死輪迴，最終達到成佛的目的，如果只是自己跳出輪迴，那就無法實現這個目的。因此，菩薩爲濟度衆生故不斷煩惱，由此而於三界享生。此處指文偃禪師留下一些疑問給學人參悟。"時有僧在傍咳嗽一聲"是宗杲示衆時的情景，因爲僧的咳嗽，宗杲發出"我如此說法，有什麼錯訛之處嗎"的疑問，僧人欲回答宗杲的提問，被打出。又如：

> 南院問風穴："南方一棒作麼生商量？"穴云："作奇特商量。"穴却問南院："此間作麼生商量？"院拈拄杖橫按云："棒下無生忍，臨機不見師。"
>
> 妙喜："風穴當時好大展坐具，禮三拜，不然與掀倒禪床。"乃回顧冲密曰："你道風穴當時禮拜即是？掀倒禪床即是？"冲密云："草賊大敗。"妙喜曰："你看遮瞎漢。"便打。①

宗杲先對風穴延沼和南院慧顒機鋒對答作了評價，認爲風穴延沼在慧顒禪師言"棒下無生忍，臨機不見師"時應該"大展坐具，禮三拜"，或者"掀倒禪床"，以此來回應南院慧顒禪師。慧顒禪師通過棒打的形式，可以啓發學人讓他通達无生无滅之理而不動心，即用棒喝來截斷學人的理路，以免到了臨機應對的關頭落入知見。宗杲對公案内容進行評論後，問冲密云："你說當時風穴延沼是禮拜好呢？還是掀倒禪床呢？"冲密答云："草賊大敗。""草賊"是指山中伏路打劫的毛賊，烏合之衆，不是"正規軍"。冲密用"草賊大敗"來形容風穴延沼沒有契合慧顒禪師的機鋒，像個外行一樣，在行家面前露怯。宗杲聽了冲密的回答，稱其爲瞎漢，道眼未明。以上公案的著語皆涉及宗杲的教學現場，是一種弟子和老師共同參與的參禪活動，呈現了宗杲和弟子之間的交流過程。

《正法眼藏》又記載了宗杲舉示公案時的提問，如：

> 廣慧璉和尚問念和尚："學人親到寶山，空手回時如何？"念曰："家家門前火把子。"璉於言下大悟，云："某甲不疑天下老和尚舌頭也。"念曰："汝會處作麼生，與我說來看。"曰："只是地上水碾砂

---

① ［宋］宗杲：《正法眼藏》卷二，第597頁。

也。"念曰:"汝會也。"璉便禮拜。

妙喜曰:"你道念和尚還肯佗廣慧也無?若道肯佗,何故不與一棒?若道不肯佗,何故不與一棒?有人於此道得,妙喜與你一棒。"①

廣慧元璉禪師,首山省念禪師法嗣。此則所錄乃元璉禪師參首山省念而得法之事。宗杲提問云:首山省念是否首肯元璉禪師了呢?如果首肯了,爲什麽不打元璉禪師一棒?若是不首肯,爲什麽也不打一棒?打一棒,指禪師接引學人時常常當頭一棒,促其領悟,比喻警醒人們的迷悟。棒喝體現了禪師之間的應對藝術,它並非常規語言,而是一種在宗門內部通行的截斷言語思路、掃除一切見解的言説方式。宗杲此處説的"有人於此道得,妙喜與你一棒"正符合棒喝精神。

總之,從上文所舉可以看到,宗杲對公案的處理並未作分別的解説,也沒有像頌古那樣是總體的鑒賞,而是用通俗簡短的語言來傳達自己的主觀感受。宗杲的"著語"可以對公案中某一位禪師的言行作出評判或質疑,亦能將自己的感悟與體會告知弟子,和弟子交流公案的內涵。

二、《人天寶鑒》對原作的改寫

《人天寶鑒》廣采諸書,但並非照抄原文,而是進行了删改。如對玄朗的載錄,"左溪尊者,諱玄朗,烏傷人。從學天宮威法,師得旨。後栖身岩谷,或猿玃來以捧鉢,或飛鳥至以聽經,唯十八種十二頭陀,如是處者三十年。若其細行修身,悉徇律制,故李華云:'禪無私授,不見身相;戒净無玷,不假外儀。'講不待眾,誨人無倦,居止偏廈,食無重味。夜非披尋聖典,未嘗空秉一燈;日非瞻禮聖容,未嘗虚行一步。一鬱多羅,四十餘年;一尼師壇,終身不易。未嘗因利説一句法,未嘗爲法受一毫財。(本傳)"②《人天寶鑒》明確指出,此段關於玄朗的文字采自玄朗本傳,這個本傳指的是《宋高僧傳》。爲了探明《人天寶鑒》的抄撰特點,今以《宋高僧傳》卷二十六《唐東陽清泰寺玄朗傳》與《人天寶鑒》作比對。"釋玄朗,字慧明,姓傅氏。其先浦陽郡江夏太守拯公之後,曹魏世避地於江左,則梁大士翕之六代孫,遂爲烏傷人也。……因詣東陽天宮寺

---

① [宋]宗杲:《正法眼藏》卷二,第607頁。
② [宋]曇秀:《人天寶鑒》,第21頁。

慧威法師。……唯十八種十二頭陀，隱左溪岩，因以爲號。獨坐一室，三十餘秋。……此後或猿玃來而捧鉢，或飛鳥息以聽經。……厥後誨人匪倦，講不待衆。一欝多羅，四十餘年；一尼師壇，終身不易。食無重味，居必偏廈。非因尋經典，不然一燭。非因覲聖容，不行一步。其細行修心，蓋徇律法之制。"① 通過對比，我們不難發現，《人天寶鑒》不但縮略了本傳的内容，而且在行文次序上也作了改動，另外，本傳中無"故李華云：'禪無私授，不見身相；戒浄無玷，不假外儀。'"和"未嘗因利説一句法，未嘗爲法受一毫財"，因此，作者還對本傳所無的内容進行了增添。

《人天寶鑒》對所引的禪林筆記也作了改動，如引《林間錄》云：

> 歐陽文忠公遊嵩山，放意而往。至一古寺，風物蕭然，有老僧閲經自若。公與語，不甚顧。公問曰："古之高僧，臨死生之際，類皆談笑脱去，何道致之?"僧曰："定慧力。"公曰："今寂寞無有，何哉?"僧曰："古人念念在定，臨終那得散。今人念念在散，臨終安得定。"文忠嘆服之。②

《林間錄》原文爲："歐陽文忠公昔官洛中。一日，遊嵩山，却去僕吏，放意而往。至一山寺，入門，修竹滿軒，霜清鳥啼，風物鮮明，文忠休於殿陛。旁有老僧閲經自若，與語，不甚顧答。文忠異之，曰：'道人住山久如?'對曰：'甚久也。'又問：'誦何經?'對曰：'《法華經》。'文忠曰：'古之高僧，臨生死之際，類皆談笑脱去，何道致之耶?'對曰：'定慧力耳。'又問：'今乃寂寥無有，何哉?'老僧笑曰：'古之人，念念在定慧，臨終安得亂；今之人，念念在散亂，臨終安得定。'文忠大驚，不自知膝之屈也。謝希深嘗作文記其事。"③ 對比《人天寶鑒》和《林間錄》的記録，《人天寶鑒》的寫作重點在"古之高僧"與"今人"的差異上，即曇秀此則爲了突出"古人念念在定"的修行。《人天寶鑒》以是否有利於修心爲撰寫標準，因此，其他無關的細枝末節皆被删去，其文字内容只有《林間錄》的一半。而《林間錄》更重視文學色彩，以文采華美見長，故特别注重對細節的描繪。開頭即點出事件發生時歐陽修的身份——

---

① [宋] 贊寧：《宋高僧傳》卷二十六，第 875 頁。
② [宋] 曇秀：《人天寶鑒》，第 1 頁。
③ [宋] 惠洪：《林間錄》卷上，第 254 頁。

在洛中做官。對古寺的環境刻畫也較爲細緻，"修竹滿軒，霜清鳥啼，風物鮮明"等語，呈現出一個清幽古雅的山寺。"文忠休於殿陛"的叙述在《人天寶鑒》中被剔除，這句叙述十分重要，它爲下文二人的對話提供了一個特定的情境，可以想象歐陽修遊山寺，中途在佛殿前面的台階上休息，旁邊有一個老僧在閱讀佛經。也就是説，二人的對話發生在一個固定的場所，即佛殿前的台階上。"文忠異之，曰：'道人住山久如？'對曰：'甚久也。'又問：'誦何經？'對曰：'《法華經》。'"《人天寶鑒》中無此段對話，根據《林間錄》的叙述，此段話顯然更符合當時的情景，歐陽修與老僧搭訕，老僧不怎麼理他。歐陽修心裏很詫異，問老僧是否住在山裏很久，在讀什麼經，歐陽修拉家常式的問話拉近了與老僧的距離，下面的對話纔顯得順理成章。聽了老僧對古人和今人的評判，《林間錄》云："文忠大驚，不自知膝之屈也。"用細節來突出歐陽修對老僧的敬佩。而《人天寶鑒》言"文忠嘆服之"則相對簡略。最後，《林間錄》稱"謝希深嘗作文記其事"，提供了此事的另一個叙述版本，也説明了這則故事在文人間的流傳情況。經過上文的分析，我們可以看到，由於寫作重心的差别，如謝逸所言，《林間錄》合惠洪"妙思"與"美才"之力，故行文"優遊平易而無艱難險阻之態"。《人天寶鑒》的基本宗旨在於"欲示後世學者知有前輩典刑"，所以，一般只截取最符合先德善行的部分加以叙述。同時可以看到宋代叢林筆記之間的叙述差异。又如《人天寶鑒》引《叢林公論》云：

> 泰華可夷也，飲食可無也，而孝不可忘也，故大孝同天地、並日月而健行不息。大戒曰："孝順父母師僧，孝名爲戒。"則孝可忘乎？吾儕祝髮預三寶數者，無問貧富貴賤，唯尚以道，唯尚以孝。間有父母無親屬共億者，佛許減衣鉢一分以奉之。若不躬父母之養者，非吾釋之子也。①

《叢林公論》原文曰："……泰萃可夷也，江海可涸也，飲食可無也，孝不可忘也。蒙嘗曰：大孝同天地、並日月而健行不息。大戒曰：'孝順父母師僧。'孝順，至道之法。孝可忘乎？吾徒祝髮、壞衣、墮三寶數者，

---

① [宋]曇秀：《人天寶鑒》，第18頁。

無問貧富，唯相尚以道，不以通塞貴賤爲恥勝。間有父母無親屬共億者，佛許減衣鉢一分以奉之。微有好勝惡貧之念萌於中，而不躬父母之養者，非吾釋之子也。"① 通覽《叢林公論》的文字，其核心主旨是引用理學家的言論，從佛教的角度來闡說"孝"的重要性。惠彬轉引他人的觀點與自己的論述之間有明顯的界限。而《人天寶鑒》消彌了惠彬所引與惠彬本人的言論間的區別，直接從佛教的視角來論證"孝"。《人天寶鑒》顯然對《叢林公論》進行了改寫，增加了"孝名爲戒"這句出自《梵網經》的經文，將"無問貧富，唯相尚以道，不以通塞貴賤爲恥勝"改爲"無問貧富貴賤，唯尚以道，唯尚以孝"，又刪除"微有好勝惡貧之念萌於中"一句不利於進道之語。又引《叢林公論》云：

> 韓退之曰："且愈不助釋氏而排之者，其亦有説。"至於歐陽永叔曰："佛法爲中國患千餘歲，世之卓然不惑而有力者，莫不欲去之，已嘗去矣而復大集。攻之暫破而愈堅，撲之未滅而愈熾，遂至於無可奈何。"二皆欲壯其儒道，雖排之破之，實激揚吾釋氏之道。何害之有？②

《叢林公論》原文云："歐陽《本論》云：'佛法爲中國患千餘歲，世之卓然不惑而有力者，莫不欲去之，已嘗去矣而復大集。攻之暫破而愈堅，撲之未滅而愈熾，遂至於無可奈何。公論曰：……歐陽所論非排佛者也，欲壯其儒道也。曰禮義者，勝佛之本也。韓退之曰：'且愈不助釋氏而排之者，其亦有説。'此亦傷儒道浸衰之意也。退之大儒也，永叔亦大儒也，排之破之，實激揚吾釋氏之道。豈曰小補哉？"③《叢林公論》中，惠彬在對歐陽修《本論》中的觀點進行評價時，借用韓愈的言語進行論證，而在《人天寶鑒》中，變成評判韓愈和歐陽修的觀點，最後曇秀采用惠彬的結論，認爲韓和歐之言皆是"壯其儒道，雖排之破之，實激揚吾釋氏之道"。並把原文中的"豈曰小補"改爲"何害之有"。經過作者的改寫，《叢林公論》中的這段文字已經變成了全新的文本。

如《人天寶鑒》對《景德傳燈錄》的吸收和改變：

---

① [宋] 惠彬：《叢林公論》，第770頁。
② [宋] 曇秀：《人天寶鑒》，第22頁。
③ [宋] 惠彬：《叢林公論》，第765頁。

張文定公，前身爲琅琊知藏僧，書《楞伽》未終而卒，誓云來生當再書。後知滁州，遊琅琊山，周行廊廡，殊不忍去。抵藏院，忽感悟，指梁間經函云："此吾前身事也。"令取而視之，乃《楞伽經》，與今生所書筆畫無异。嘗讀至"世間離生滅，猶如虛空華，智不得有無，而興大悲心。"遂明己見，偈曰："一念存生滅，千機縛有無。神鋒輕舉處，透出走盤珠。"暮年，出此經示東坡居士，仍以其事語之。坡題其後，刻石金山。①

《嘉泰普燈錄》卷二十二云："文定公張方平居士，字安道。知滁州日，嘗游琅琊山，周行廊廡，不忍去。旋抵藏院，有感流涕，指梁間經函曰：'此吾前身事也。'令取而視之，乃所書《楞伽經》。始二卷，齊沐續之，與前書無少异（前身爲此寺知藏，書未終而卒，誓再書故也）。焚香展讀《佛語心品》，至贊偈曰：'世間離生滅，猶如虛空華。智不得有無，而興大悲心。'遂洞明己見，書偈曰：'一念存生滅，千機縛有無。神鋒輕舉處，透出走盤珠。'暮年，出此經示東坡居士，仍以其事語之。坡題其後，刻之浮玉山龍游寺。"②《人天寶鑒》調整了《嘉泰普燈錄》中的書寫順序，"前身爲琅琊知藏僧，書楞伽未終而卒，誓云來生當再書"一段在《嘉泰普燈錄》裏作爲夾注出現，起到補充説明的作用，而在《人天寶鑒》中，它成爲整則故事的叙述基調，激發讀者的興趣。而《嘉泰普燈錄》裏的"流涕""始二卷，齋沐續之""焚香展讀《佛語心品》"等細節描寫，不見於《人天寶鑒》，但這些細節恰好展現了張方平對《楞嚴經》的虔誠，也與"誓再書"的誓言相合。《人天寶鑒》删去了這些文句，邏輯上顯得不如《嘉泰普燈錄》嚴謹。作者對原文本的借用和改寫，使這些文本的意義進入新一輪的循環，因而這些經過改編的材料已經隸屬現作者，而不再屬於原作者。

三、《叢林公論》的抄撮及其評論

《叢林公論》亦非全文引用原作者的言論，而是根據自己的需要對原來的作品加以改編，如：

---

① ［宋］曇秀：《人天寶鑒》，第19頁。
② ［宋］正受：《嘉泰普燈錄》卷二十二，第423頁。

《冷齋夜話》云:"舒王居鍾山時,與金華俞秀老過故人家飲。飲罷,步至水亭,顧水際沙間有饌器黃白物數件,意吏卒竊之,故使人問其司之者,乃小兒適聚於此食棗栗,食盡弃之而去。王謂秀老曰:'士欲任大事,閱富貴,當如此群兒作息乃可耳。'又曰:'吾止以雪峰一句語作宰相。'朱世英曰:'願聞雪峰之語。'王曰:'這老子嘗謂眾曰"是什麼"。'"

公論曰:"噫,仁者見之謂之仁,智者見之謂之智。舒王聞之,視世間珍貨如電露陽焰空花,以至捨宅爲寺,盡得自此語耳。寂音引事聯類,大書布於方策,以是知寂音曾不悟宗門之旨。同舒王作警世之語,會之灼然可知也。《易》曰:'眇能視,跛能履。'寂音之謂乎?"①

惠彬此則材料引用《冷齋夜話》,原本是兩個故事,同來自《冷齋夜話》卷十。另一個故事全文云:"朱世英言:予昔從文公定林數夕,聞所未聞,嘗曰:'子曾讀《游俠傳》否?移此心學無上菩提,孰能禦哉!'又曰:'成周三代之際,聖人多生儒中;兩漢以下,聖人多生佛中,此不易之論也。'又曰:'吾止以雪峰一句語作宰相。'世英曰:'願聞雪峰之語。'公曰:'這老子嘗爲衆生,自是什麼?'"② 通過比對,惠彬對原材料進行了縮減。這種改變與惠洪的寫作主旨有關,惠彬將王安石與惠洪作了對比,對二者的評價截然不同,稱贊王安石"捨宅爲寺"的高行,能作"警世之語",而惠洪"不悟宗門之旨",其"引事聯類,大書布於方策"的行爲如同瞎了眼睛却要看物、跛了脚却要行走一樣,是勉爲其難之舉,其對惠洪的批評不言而喻。又如:"死心新禪師之黃龍,謁寶覺禪師,談辯無所抵捂。寶覺曰:'若之技止此耶?'新窘無以進,遂被訶呵趨出。默坐下板,會知事捶打行者,聞杖聲忽大悟。舟峰庵慶老贊曰:'余閱死心悟門,政所謂渴驥奔泉、怒猊抉石者也。'然死心聞杖聲大悟之時,物我兩忘能所俱泯,縱以虛空而形容之而莫可得,唯佛與佛乃能究盡。老以渴驥怒猊況之,猶瞽者摸象,不亦遼乎。"③ 此則出自《補禪林僧寶傳·雲嚴新禪

---

① [宋] 惠彬:《叢林公論》,第766頁。
② [宋] 惠洪:《冷齋夜話》卷十,《全宋筆記》第二編第九册,大象出版社,第83頁。
③ [宋] 惠彬:《叢林公論》,第765頁。

師》,原文爲:"禪師諱悟新。……之黃龍,謁寶覺禪師,談辯無所抵捂。寶覺曰:'若之技止此耶?是固說食耳,渠能飽人乎?'新窘無以進,從容白曰:'悟新到此,弓折箭盡,願和尚慈悲,指個安樂處。'寶覺曰:'一塵飛而翳天,一芥墮而覆地。安樂處,政忌上座許多骨董,直須死却無量劫來偷心,乃可耳。'新趨出。一日默坐下板,會知事搖行者,新聞杖聲,忽大悟。……贊曰:'余閱死心悟門,政所謂渴驥奔泉、怒猊抉石者也。'當其凡聖情盡,佛祖在所訶呵,況餘子乎?……"①《叢林公論》刪除"從容白曰:'悟新到此,弓折箭盡,願和尚慈悲,指個安樂處。'寶覺曰:'一塵飛而翳天,一芥墮而覆地。安樂處,政忌上座許多骨董,直須死却無量劫來偷心,乃可耳。'"這一段對答直接評述死心禪師聞杖聲開悟時的狀態,達到了物我兩忘的境界,惠彬認爲這種境界祇有佛才能全部瞭解,因此舟峰慶老用"渴驥怒猊"來形容,如盲人摸象般,犯了以偏概全的錯誤,離禪的悟門很遠。渴驥奔泉、怒猊抉石,指像口渴思飲的駿馬奔向甘泉,如憤怒的獅子踢開石頭,此處形容死心禪師參禪的迫切。從上可知,惠彬根據自己的需要刪減原文,刪除的內容刻畫了死心禪師參禪的急切心態,以及黃龍祖心禪師不吝指示死心禪師入道門徑的形象。由於作者刪除了這些內容,因而他對舟峰慶老的批評顯得證據不足,失之偏頗。《叢林公論》對惠洪著作的摘錄大多類此。當然,《叢林公論》也有全文摘引他人文章的情況,如對周敦頤《通書》的引用:"誠者聖人之本,大哉乾元,萬物資始,誠之源也。乾道變化,各正性命,誠斯立焉。純粹至善者也。故曰一陰一陽之謂道,繼之者善也,成之者性也。元亨,誠之通。利貞,誠之復。大哉易也,性命之源乎?""聖希天,賢希聖,士希賢。"② 二者皆全文抄錄周敦頤的《通書》。

惠彬對各家學說的評論體現了其豐富的知識儲備,無論是儒家思想,還是理學觀念,或者禪師軼事,抑或文學作品的品鑒,惠彬皆發表了自己的見解,或從禪學立場來加以論述,或以儒家典籍來進行駁斥。可以說,《叢林公論》貫徹了禪宗融通經史、博采眾家的精神。如:

---

① [宋] 舟峰慶老:《補禪林僧寶傳》,《禪林僧寶傳》卷末,《卍新纂續藏經》第79册,第554—555頁。
② [宋] 惠彬:《叢林公論》,第766頁。

> 塗毒和尚始參大圓智禪師，親緻久之。圓嘗謂毒："他時萃廣眾，闡大法。"居一日，訊問，俛眉不答復，自稱曰："和尚今日昏悶。"毒曰："何也。"曰："適有日者商略予命，异日出世眾不滿二十，以故起吾之憂也。"毒曰："凡出世人第恐無本，苟得本，獨對聖僧喫飯亦無愧焉。"圓大悅曰："子之論非常人所能及也。"迨塗毒晚年被旨主盟徑山，果有眾荷法。
>
> 公論曰："'本'之一字可謂格言，'患所以立者'是也。"①

塗毒和尚，即塗毒智策禪師（1117—1192），其法系爲：黃龍慧南—真淨克文—泐潭文準—典牛天游—塗毒智策。大圓智禪師，其法系爲：黃龍慧南—祐聖法寔—道林了一—大圓智。大圓智禪師因占卜之人預言自己以後弟子不滿二十人而十分憂慮，智策禪師認爲，出家人只要參透事物的本原，不爲情識束縛，即便獨自喫飯也没什麼慚愧之處。惠彬稱贊"本"字乃格言，"患所以立者"出自《論語·里仁》，此處意爲"本"是出家人體認其身份的重要依據，惠彬借用儒家言論來闡明自己的觀點。又如：

> 或問："孟子與告子論性一篇，其至矣乎？"
>
> 公論曰："《易》云：'中心疑者，其詞枝。'孟子告子皆枝言也。牛、羊、人，形也。玉、羽、雪，質也。性非形質堅輕消也。"
>
> 曰："然則何謂性也？"
>
> 公論曰："伐柯伐柯，其則不遠。"②

有人問惠彬，孟子和告子論性的篇章，達到了極致嗎？惠彬引用《周易·繫辭》之語"中心疑者，其詞枝"來進行闡述。他認爲由於孟子和告子心中皆對性没有明確的認識，故他們的語言表現得浮華不實。然後他對孟子與告子關於性的言論進行了論述，原文爲："告子曰：'生之謂性。'孟子曰：'生之謂性也，猶白之謂白與？'曰：'然。''白羽之白也，猶白雪之白；白雪之白，猶白玉之白與？'曰：'然。''然則犬之性，猶牛之性，牛之性，猶人之性與？'"③ 孟子認爲羽性輕，雪性消，玉性堅，雖都是白色，其性質不同，而告子認爲相同。惠彬指出，牛羊、人指的是外

---

① ［宋］惠彬：《叢林公論》，第768頁。
② ［宋］惠彬：《叢林公論》，第768頁。
③ ［宋］朱熹：《孟子集注》卷十一，《四書章句集注》，中華書局，2010年版，第326頁。

形，而玉、羽、雪指的是性質，性並非形和質。那麼性指什麼呢？惠彬用《詩·豳風·伐柯》中的"伐柯伐柯，其則不遠"來說明，性是一種法則，用朱熹的話來説，性乃"人之所得於天之理者"①。又如：

> 明道窗前有茂草覆砌，或勸之芟。明道曰："不可，欲常見造物生意。"又置盆池蓄小魚數尾，時時觀之，或問之故，曰："欲觀萬物自得意。"橫浦先生云："草之與魚，人所共見，惟明道見草則知生意，見魚則知自得意。豈流俗之見可同日而語？"
>
> 公論曰："儀封人一見孔子，遽以爲木鐸者，以其見所未見，故驚而爲之語也。"

明道即程顥，橫浦先生即張九成，無論是以草見"造物生意"，還是以魚觀"萬物自得意"，皆體現了程顥從自然中觀道的思想，所謂"萬物靜觀皆自得"②。惠彬的評論主要是針對張九成之語而發，他援引《論語·八佾》篇來進行闡述："儀封人請見。曰：'君子之至於斯也，吾未嘗不得見也。'從者見之。出曰：'二三子何患於喪乎？天下之無道也久矣，天將以夫子爲木鐸。'"③儀封人一見孔子而以爲木鐸的叙述，目的在於彰顯孔子的德行，惠彬以此類比張九成對程顥的稱贊，最終是爲了贊揚程顥。特別值得注意的是作者援引各類典籍中的言語、事件來作評論的方式，這種"以引文釋己意"的闡述方法與作者直接拈出觀點不同，它有非常鮮明的禪宗闡釋色彩，是繞路説禪的方式。比起作者的直抒己見，它對觀點的闡發隔了一層，需要讀者了解引文的意義才能更好地理解作者的本意。這要求作者和讀者都必須充分理解引文和評論對象的意義，否則，作者很難用恰當的材料來闡明自己的觀點，而讀者也不能體會作者的意思。至於對文學作品的品鑒，如：

> 或問曰："陶淵明《歸去來辭》，古今莫有間言，非器識才學並高而何？"蒙曰："然淵明作彭澤令，在官八十餘日賦此詞而歸。其閑淡

---

① [宋]朱熹：《孟子集注》卷十一，《四書章句集注》，中華書局，2010年版，第326頁。
② [宋]程顥《秋日偶成二首》其二，見程顥、程頤：《二程文集》卷三，《二程集》，中華書局，1981年版，第482頁。關於"自得"的研究，可參看查洪德：《論"自得"》，載於《文史哲》，2013年第5期，第49—65頁。
③ [宋]朱熹：《論語集注》卷二，《四書章句集注》，第68頁。

優逸、辭高理詣，莫能過矣，獨消憂二字抑有説焉。"①

或問曰："王元之《小竹樓記》何如？"蒙曰："如'公退之暇，披鶴氅衣，戴華陽巾，手執《周易》一卷，焚香默坐'，幸自可憐生。而繼之云：'消遣世慮'，猶玉之玷耳。"②

以上兩段可見惠彬對陶淵明《歸去來兮辭》、王禹偁《小竹樓記》的理解，在惠彬看來，《歸去來兮辭》"閑淡優逸、辭高理詣"，是陶淵明的消憂之作。惠彬並未對《小竹樓記》作整體評價，而是選擇王禹偁"公退之暇，披鶴氅衣，戴華陽巾，手執《周易》一卷，焚香默坐"的描寫加以評説，"幸自可憐生"爲禪宗常用語，意爲本來好好的，本來不錯。③ 惠彬認爲此前的叙述很不錯，但是到了"消遣世慮"，則如同玉上的瑕疵一般，不夠完美。通過此兩例，可以看出惠彬在文學鑒賞上的獨特眼光。惠彬的《叢林公論》反映了作者對各家思想言論的熟稔和融通，他出入内外典籍，貫穿諸家學説，對文學有特別的審美趣味。

總之，《正法眼藏》《人天寶鑒》《叢林公論》雖爲抄録之作，但三者對材料的處理截然不同。從材料來源上説，宗杲並未在《正法眼藏》中注明所本文獻，因而有賴讀者的精心查找與比對。《人天寶鑒》幾乎全部將材料出處標注出來，故能明確考察這些材料的流傳情況，尤其是曇秀所録的宋代禪林筆記，經過作者的裁剪，其間發生的轉變一目了然。《叢林公論》以評論前人的著作、言論、思想爲主，引文大多有本可依，文中亦有作者自撰的内容，作者往往只選擇自己感興趣的部分進行改寫、組合，特別是對惠洪作品的轉引，由於惠彬極力批判惠洪的著作，故其中難免有斷章取義之嫌。就書籍評論而言，《正法眼藏》以宗門語爲主，主要傳達宗杲對所録公案的體悟與理解，《叢林公論》則相對龐雜，具有多面性，透視了惠彬對南宋學術思潮的回應，同時反映了禪門與其他社會群體的因緣際會。三書皆藴含著作者的編選眼光，《正法眼藏》以啓發學人爲目的，《人天寶鑒》爲後輩學人提供前賢的模範言行，《叢林公論》則旨在闡述自己的見解，由於撰書目的的差異，所以三書的撰寫方式有較大的差別，這

---

① [宋] 惠彬：《叢林公論》，第768頁。
② [宋] 惠彬：《叢林公論》，第768頁。
③ 雷漢卿：《禪籍方俗詞研究》，巴蜀書社，2010年版，第620頁。

正是宋代禪林筆記的特性所在。當然，禪林筆記對材料的抄撮難免有陳陳相因、缺乏創新之嫌。不過，換個角度來説，這種因襲恰好也説明各部禪林筆記在擇取材料方面的旨趣趨同。當大家不約而同選擇同一個文本時，表明這個文本的意義契合當下的言説語境。

雖然本書把宋代禪林筆記看作一種文化現象來研究，但十種禪林筆記在同一中包含著不同，即每部筆記都有屬於自己的獨特個性。如《林間録》對各種佛教義理的闡釋爲其他禪林筆記所不及；《大慧普覺禪師宗門武庫》爲宗杲所説，道謙轉書，故其語言較爲平實，口語色彩濃厚；《正法眼藏》以載録禪門公案爲主要内容；曉瑩《羅湖野録》和《雲卧紀談》所載的禪僧事迹比較完整，文學性很強；等等。各部禪林筆記的特點在前文的解題中已作詳細説明，不再贅言。

結　語

　　宋代禪林筆記全方位地描述了宋代禪宗的文化風貌和禪僧的社會生活場景，既有對禪宗重大事件的記錄，也有對禪僧微觀生活的具體生動的叙述，保存了禪宗文化和社會生活的寶貴資料。宋代禪林筆記在禪宗文化史、文學史、思想史和生活史方面具有同時代其他禪宗文獻無法替代的價值。作爲一種文體，筆記在産生之初就天然地帶著點隨意性，它的内容似乎無所不包，没有邊界。由於筆記文體具有開放性，它可以把所能想到、看到、聽到的一切事物事無巨細地納入其中，抒發可能的感想，任意説出想説的話。所以，這種文體對一個人實在的生命和存在有了最大限度的關懷。而禪林筆記的作者在這種開放性和自由度中給出了内容界限，它們以叢林爲叙述主體，其中包括叢林最核心的組成結構——禪師，書寫禪師作爲宗教修行者應有的修養和品質，作爲宗教傳承者應盡的義務。宋代禪林筆記對禪師生活狀態和生存空間予以極大的關注，它記錄了禪師純粹的宗教生活，呈現的是禪林生活的多個維度，揭示了禪師從參禪求道到護法傳教的心路歷程，因此它注意禪師的言行舉止是否符合叢林的規範，其修行方式最終是否切近了道的本原，其種種現身説法的手段是否啓發迷者獲得覺悟，其對禪法的領會是否能付諸詩語，其對死生的了然是否達到了自我的終極關切。

　　宋代禪林筆記呈現了叢林的基本面貌，禪師們的行住坐卧展露於人前，並且帶上了傳道功用，宋代禪師對高僧大德的敬慕，對禪門古風的追崇，對生存空間的思考，對藝術審美的追求，對詩詞偈頌的經營等，無一不展露出他們的襟懷和情趣，也無一不透露著他們對"道"的求索和自得。宋代禪林筆記描述僧徒的儀表、舉止及德行，力圖塑造一批個性鮮明的禪林典範，爲後輩學人提供可以遵循仿效的楷模。作者特別關注這些筆記的"護法"功能，因而所選擇的材料大多是"有補於宗教者"。禪林筆記是刻意爲之的著作，是基於過往與當下現實的選擇與建構，這表現爲它有非常明確的撰書主旨，因而在行文上並非胡亂堆疊材料，而是對材料進行精心的挑選和編寫，作者通過叙述事件並經由賦予事件意義以建構禪林"事實"。由於禪林筆記的作者都是禪僧，他們對自己過往生活經驗與歷史的叙述，不免受其身份的影響，從而預設了作者本身的宗門立場來表達對禪的理解與話語权。在禪林筆記的文本叙述中，禪師是作爲掌握"真理"的一方而存在的，因而他們變成了叢林的道德楷模。

宋代禪林筆記爲我們考察禪宗與文人的關係提供了一個視角，在禪林筆記中，文人被塑造成外護佛法的形象，他們虔誠地信仰佛法，閱讀經典、闡發佛經大義，跟隨禪師參禪求道，與禪師進行酬唱往來，延請禪師出世住持，爲佛禪的演進貢獻力量。

文人參與禪宗，對其生活、創作和思想都產生了實在的影響。從生活層面來説，文人的禪宗生活客觀上豐富了文人的日常活動，讓文人的凡俗生活多了宗教性的一面。在文人的涉禪活動中，每個人都有自己特定的體驗，禪生活和文人的其他生活一同塑造了文人的經驗和行爲。從創作層面來説，文人對禪宗的熱衷，深刻影響了其文學創作，不僅表現爲他們從禪宗典籍中獲得諸多的語詞和典故，增強了詩文語言的新穎性和表現力，還在於他們在與禪門的交涉中獲取了眾多的素材，擴展了創作的廣度，讓文學作品多樣化，更在於他們從禪宗那裏吸收了豐富的思想資源，增加了詩歌的內容和深度，讓詩歌的境界更加高妙。從思想層面來説，禪宗的思維觀念和闡釋世界的方式爲文人認識世界提供了新的思路，在儒道之外，文人的思想又加入了禪宗的元素，這三者共同決定了宋代文人的性格。當他們遭遇人生的困境，自然能從豐富的禪宗資源中找到適合自己的那套理論，進而解除當下的煩惱，思考人生的真諦。所以，坐禪閱經不但"有益文章"，還有益人生。

士大夫在與禪宗的交涉過程中創作了大量的詩文偈頌，這些作品豐富了文人的文學活動，爲研究宋代文學提供了更加多元的材料和維度。同時，文人的文學作品對禪僧的創作起到了指導作用。而禪門亦對文字創作抱著濃厚的興趣，禪師們的偈頌詩意地抒寫著日常生活、參禪體驗。禪師與文人雅士的往來唱和，顯示了禪僧對世俗世界具有極高的參與意識和極強的參與能力。禪僧與文人的溝通和交流，從教義傳播的角度來說，有助於禪僧不斷根據現實的需要來調整宣教策略，從而讓文人更好地接受佛理奧義，信仰和外護佛教。從文學創作角度而言，禪僧與文人的往來，客觀上刺激了禪僧的創作欲望和熱情，而且，禪僧不斷向士大夫學習，提升了創作技巧，使禪宗文學更加繁榮興盛。如果說"無人不談禪"顯示了士大夫圈的禪悅之風，那麼"不談禪、不談詩無以言"大概可以概括宋代士大夫和禪師交往的生活場景。因此，禪僧與文人是一種相互依賴的關係。士大夫與禪師在禪與詩上有著共同的愛好與追求，因此，宋代禪林筆記的一個重要內容就是記錄文學作品。與單純記錄文學作品的詩文集相較，宋代禪林筆記在記錄某首或某篇作品時皆有一段與作品相關的歷史敘述，這些敘述賦予作品產生或評價時的語境，是作品的"本事"，這爲我們理解作品的意義提供了指引。在宋代禪林筆記中，作品與"本事"合一的敘述豐富了禪林筆記的功能指向，當我們考察人物形象時，這些敘述成爲人物形象的心志表徵；當我們品鑒文學作品時，這些敘述變成充滿暗示意味的文學史實，此時的禪林筆記成爲載錄這些史實的文本。同時，通過對佳作的褒獎與評判，宋代禪林筆記已然帶有評詩論文的意味，因而它們與詩話、文話等評論式著作有了相通之處。當然，宋代禪林筆記對文學作品的載錄受到文人筆記的影響。

宋代禪林筆記作爲宋代文化的一部分，它的生成受到總的文化大環境的影響，因此，它所反映的思想內容必然與社會風氣和學術變遷緊密相連。它的內容並不僅限於關注禪門自身，而是博采各家思想，熔鑄而成。從佛教自身來說，宋代禪林筆記實踐了禪教合流、禪淨融合思想，而且對天台宗、律宗多所關注。而三教的關係是宋代學術繞不開的問題，產生於宋代的禪林筆記自然也不例外，宋代禪林筆記反映了禪宗與儒學、理學和道教的密切聯繫。我們可以從禪林筆記中看到宋代禪師如何來處理禪宗與周邊學術思想的關係，看到他們爲了維護宗門地位和爭奪話語權所做的努力。

宋代禪林筆記的文本具有雙重性，我們主要考察作爲文學文本與作爲禪宗文本各自的特點所在。作爲文學文本，宋代禪林筆記以隨筆雜記的方式記錄內容，抒發感想，而且各部作品之間的風格也不盡相同，要麼以敘事爲主，要麼以議論爲重，或者叙事議論兼顧，且撰著方式也各异。禪林筆記有濃厚的文學色彩：它在評論人物、事件時，往往直抒胸臆；在描寫人物形象時，善於運用今昔對比的方式，借古鑒今；它常通過對事件和人物特征的類比來突出叙述重點，也在史實的基礎上進行虛構，因而某些禪師身上時有神异事件發生。在宋代禪林筆記中，作者更加注重選擇具有高度表現力的片言隻語，常常截取最能體現禪師精神風貌的生活片段，而非叙述完整而曲折的故事，而且點到即止，讓讀者自己品味，這是禪林筆記最主要的叙述風格。禪林筆記在文本形成過程中的互文性問題尤其值得重視，作者對前人的各種文本廣納博取、裁剪删削，將其變成禪林筆記文本的一部分。作爲禪宗文本，禪林筆記是宋代禪僧生活經驗與過往歷史的自我呈現，它擬現禪林諸人的本真樣貌，揭示禪宗生活需要亲身体验的特质，反映禪門與周邊社會的交流。總而言之，禪林筆記是禪僧的生活史。因此，它注重禪師的傳法活動與修行方式，重視禪師以何種方式來闡釋禪理，抒寫自己的修行體驗。

作爲禪宗散文書寫傳統之一端，宋代禪林筆記爲後世禪林筆記的撰著提供了可資借鑒的範式，如對元代中峰明本的《東語西話》，明代無愠的《山庵雜録》、元賢的《寱言》《續寱言》、袾宏的《竹窗隨筆》《竹窗二筆》《竹窗三筆》等，以及日本玄光禪師的《獨庵獨語》都產生了深刻的影響，這些作品豐富了禪門的撰著樣式。總而言之，宋代禪林筆記是具有多種解讀可能的禪林散文著作。

參考文獻

一、基本典籍

求那跋陀羅《過去現在因果經》,《大正藏》第 3 卷
法炬、法立《法句譬喻經》,《大正藏》第 4 卷
鳩摩羅什《維摩詰所說經》,《大正藏》第 14 卷
僧肇《注維摩詰經》,《大正藏》第 38 卷
曇無讖《大般涅槃經》,《大正藏》第 12 卷
曇無讖《大方等大集經》,《大正藏》第 13 卷
吉藏《金剛般若經義疏》,《大正藏》第 33 卷
實叉難陀《大方廣佛華嚴經》,《大正藏》第 10 卷
佛陀多羅《大方廣圓覺修多羅了義經》,《大正藏》第 17 卷
般剌蜜帝《楞嚴經》,《大正藏》第 19 卷
澄觀《大方廣佛華嚴經隨疏演義鈔》,《大正藏》第 36 卷
窺基《金剛般若論會釋》,《大正藏》第 40 卷
慧然《鎮州臨濟慧照禪師語錄》,《大正藏》第 47 卷
文軌《廣百論疏》,《大正藏》第 85 卷
宗密《圓覺經大疏》,《卍新纂續藏經》第 9 冊
文遠《趙州和尚語錄》,《嘉興大藏經》第 24 冊
道宣《續高僧傳》,《大正藏》第 50 卷
道世《法苑珠林》,《大正藏》第 53 卷
惠泉《黃龍惠南禪師語錄》,《大正藏》第 47 卷
楚圓《汾陽無德禪師語錄》,《大正藏》第 47 卷
才良等《法演禪師語錄》,《大正藏》第 47 卷

紹隆等《圓悟佛果禪師語錄》,《大正藏》第 47 卷

蘊聞《大慧普覺禪師語錄》,《大正藏》第 47 卷

守堅《雲門匡真禪師廣錄》,《大正藏》第 47 卷

妙源《虛堂和尚語錄》,《大正藏》第 47 卷

宗曉《樂邦文類》,《大正藏》第 47 卷

王日休《龍舒增廣净土文》,《大正藏》第 47 卷

慧開撰、宗紹編《無門關》,《大正藏》第 48 卷

圓悟克勤《佛果圓悟禪師碧岩錄》,《大正藏》第 48 卷

志磐《佛祖統紀》,《大正藏》第 49 卷

道原《景德傳燈錄》,《大正藏》第 51 卷

契嵩《傳法正宗記》,《大正藏》第 51 卷

契嵩《鐔津文集》,《大正藏》第 52 卷

智聰《大方廣圓覺經修多羅了義經心鏡》,《卍新纂續藏經》第 10 册

元照錄、道詢集《芝苑遺編》,《卍新纂續藏經》第 59 册

宗賾《禪苑清規》,《卍新纂續藏經》第 63 册

惟勉《叢林校定清規總要》,《卍新纂續藏經》第 63 册

守遂《溈山警策注》,《卍新纂續藏經》第 63 册

彥琪《證道歌注》,《卍新纂續藏經》第 63 册

善卿《祖庭事苑》,《卍新纂續藏經》第 64 册

子升《禪門諸祖師偈頌》,《卍新纂續藏經》第 66 册

賾藏主《古尊宿語錄》,《卍新纂續藏經》第 68 册

覺心等《西山亮禪師語錄》,《卍新纂續藏經》第 69 册

法宏、道謙《大慧普覺禪師語錄》,《卍新纂續藏經》第 69 册

祖詠《大慧普覺禪師年譜》,吳洪澤編《宋編宋人年譜選刊》,成都:巴蜀書社,1995 年

紹曇《五家正宗贊》,《卍新纂續藏經》第 78 册

李遵勖《天聖廣燈錄》,《卍新纂續藏經》第 78 册

悟明《聯燈會要》,《卍新纂續藏經》第 79 册

正受《嘉泰普燈錄》,《卍新纂續藏經》第 79 册

惠洪《禪林僧寶傳》,《卍新纂續藏經》第 79 册

舟峰慶老《補禪林僧寶傳》,《禪林僧寶傳》附,《卍新纂續藏經》第

79 冊

  普濟《五燈會元》，《卍新纂續藏經》第 80 冊

  惠洪《石門文字禪》，《嘉興大藏經》第 23 冊

  惠洪《林間錄》，《卍新纂續藏經》第 87 冊

  宗杲《正法眼藏》，《卍新纂續藏經》第 67 冊

  道謙《大慧普覺禪師宗門武庫》，《大正藏》第 47 卷

  曉瑩《羅湖野錄》，《全宋筆記》第五編第一冊，鄭州：大象出版社，2012 年

  曉瑩《雲臥紀談》，《全宋筆記》第五編第二冊，鄭州：大象出版社，2012 年

  道融《叢林盛事》，《卍新纂續藏經》第 86 冊

  曇秀《人天寶鑒》，《卍新纂續藏經》第 87 冊

  圓悟《枯崖和尚漫錄》，《卍新纂續藏經》第 87 冊

  道行《雪堂行和尚拾遺錄》，《卍新纂續藏經》第 83 冊

  惠彬《叢林公論》，《卍新纂續藏經》第 64 冊

  本覺《釋氏通鑒》，《卍新纂續藏經》第 76 冊

  大觀《北磵居簡禪師語錄》，《卍新纂續藏經》第 68 冊

  祖琇《僧寶正續傳》，《卍新纂續藏經》第 79 冊

  及藏主《金山即休了和尚拾遺集》，《卍新纂續藏經》第 71 冊

  宗鑒等《南石文琇禪師語錄》，《卍新纂續藏經》第 71 冊

  義天《圓宗文類》，《卍新纂續藏經》第 58 冊

  無名氏《金剛經疏》，《大正藏》第 85 卷

  德輝《敕修百丈清規》，《大正藏》第 48 卷

  弋咸《禪林備用清規》，《卍新纂續藏經》第 63 冊

  元浩等《古林茂禪師語錄》，《卍新纂續藏經》第 71 冊

  熙仲《歷朝釋氏資鑒》，《卍新纂續藏經》第 76 冊

  中峰明本《東語西話》，《禪宗全書》第 48 冊

  元賢《寱言》，見《永覺和尚廣錄》第 29 卷，《卍新纂續藏經》第 72 冊

  元賢《續寱言》，見《永覺和尚廣錄》第 30 卷，《卍新纂續藏經》第 72 冊

袾宏《竹窗隨筆》《竹窗二筆》《竹窗三筆》,《大藏經補編》第 23 冊

性朗等《鼓山為霖禪師還山錄》,《卍新纂續藏經》第 72 冊

無慍《山庵雜錄》,《卍新纂續藏經》第 87 冊

朱時恩《佛祖綱目》,《卍新纂續藏經》第 85 冊

朱時恩《居士分燈錄》,《卍新纂續藏經》第 86 冊

心泰《佛法金湯編》,《卍新纂續藏經》第 87 冊

自融《南宋元明禪林僧寶傳》,《卍新纂續藏經》第 79 冊

無名氏《石溪心月禪師雜錄》,《卍新纂續藏經》第 71 冊

道霈《聖箭堂述古》,《卍新纂續藏經》第 73 冊

歐陽修《歸田錄》,《全宋筆記》第一編第五冊,鄭州:大象出版社,2003 年

文瑩《湘山野錄》,《全宋筆記》第一編第六冊,鄭州:大象出版社,2003 年

文瑩《玉壺清話》,《全宋筆記》第一編第六冊,鄭州:大象出版社,2003 年

蘇軾《東坡志林》,《全宋筆記》第一編第九冊,鄭州:大象出版社,2003 年

沈括《夢溪筆談》,《全宋筆記》第二編第三冊,鄭州:大象出版社,2006 年

惠洪《冷齋夜話》,《全宋筆記》第二編第九冊,鄭州:大象出版社,2006 年

何薳《春渚紀聞》,《全宋筆記》第三編第三冊,鄭州:大象出版社,2008 年

葉夢得《避暑錄話》,《全宋筆記》第二編第十冊,鄭州:大象出版社,2006 年

倪思《經鉏堂雜志》,《全宋筆記》第六編第四冊,鄭州:大象出版社,2013 年

洪邁《容齋隨筆》,《全宋筆記》第五編第五冊,鄭州:大象出版社,2012 年

司馬光《溫國文正司馬公文集》,《四部叢刊》本

林希逸《竹溪鬳齋十一稿續集》,文淵閣《四庫全書》本

蘇轍《欒城集》,《四部叢刊》初編本

黎靖德編,王星賢點校《朱子語類》,北京:中華書局,1986年

王質《雪山集》,文淵閣《四庫全書》本

陳振孫撰,徐小蠻、顧美華點校《直齋書錄解題》,上海:上海古籍出版社,2006年

程顥、程頤《二程集》,北京:中華書局,1981年

朱熹《四書章句集注》,北京:中華書局,2010年

夏文彥《圖繪寶鑒》,文淵閣《四庫全書》本

郭慶藩《莊子集釋》,北京:中華書局,2010年

永瑢等《四庫全書總目》,北京:中華書局,2008年

何寧《淮南子集釋》,北京:中華書局,1998年

曾棗莊、劉琳《全宋文》,上海:上海辭書出版社,合肥:安徽教育出版社,2006年

二、專著

于亭《禪林四書》,武漢:湖北辭書出版社,1998年

呂叔湘《筆記文選讀》,上海:上海古籍出版社,1979年

劉葉秋《歷代筆記概述》,北京:中華書局,1980年

陳垣《中國佛教史籍概論》,北京:中華書局,1962年

陳士強《大藏經總目提要》(文史藏二),上海:上海古籍出版社,2008年

魏道儒《宋代禪宗史論》,《中國佛教學術論典》第3冊,高雄:佛光山文教基金會,2001年

方立天《禪宗概要》,北京:中華書局,2011年

杜繼文、魏道儒《中國禪宗通史》,南京:江蘇古籍出版社,1993年

吳立民《禪宗宗派源流》,北京:中國社會科學出版社,1998年

麻天祥《中國禪宗思想史略》,北京:中國人民大學出版社,2007年

洪修平《禪宗思想的形成與發展》,南京:江蘇人民出版社,2011年

葛兆光《中國禪思想史——從六世紀到十世紀》,上海:上海古籍出版社,2011年

葛兆光《禪宗與中國文化》,臺北:里仁書局,1987年

葛兆光《中國思想史》，上海：復旦大學出版社，2001年

周裕鍇《文字禪與宋代詩學》，北京：高等教育出版社，1998年

周裕鍇《禪宗語言》，杭州：浙江人民出版社，1999年

周裕鍇《中國禪宗與詩歌》，上海：上海人民出版社，1992年

周裕鍇《宋僧惠洪行履著述編年總案》，北京：高等教育出版社，2010年

周裕鍇《百僧一案》，上海：上海古籍出版社，2007年

周裕鍇《法眼與詩心——宋代佛禪語境下的詩學話語建構》，北京：中國社會科學出版社，2014年

伍曉蔓、周裕鍇《唱道與樂情——宋代禪宗漁父詞研究》，北京：中國社會科學出版社，2014年

李熙《僧史與聖傳：〈禪林僧寶傳〉的歷史書寫》，北京：中國社會科學出版社，2014年

劉長東《宋代佛教政策論稿》，成都：巴蜀書社，2005年

潘桂明《中國居士佛教史》，北京：中國社會科學出版社，2000年

吳靜宜《惠洪"文字禪"之詩內涵》，臺北：花木蘭文化出版社，2002年

雷漢卿《禪籍方俗詞研究》，成都：巴蜀書社，2010年

王水照、熊海英《南宋文學史》，北京：人民出版社，2009年

黄裕民《宋人生卒行年考》，北京：中華書局，2010年

王大偉《宋元禪宗清規研究》，北京：宗教文化出版社，2013年

陳平原《中國散文小説史》，北京：北京大學出版社，2010年

黄啓江《北宋佛教史論稿》，臺北：台灣商務印書館，1997年

黄敏枝《宋代佛教社會經濟史論集》，臺北：台灣學生書局，1989年

蕭麗華《"文字禪"詩學的發展軌迹》，臺北：新文豐出版公司，2012年

龔雋《禪史鈎沉：以問題爲中心的思想史論述》，北京：生活·讀書·新知三聯書店，2006年

朱剛、陳珏《宋代禪僧詩輯考》，上海：復旦大學出版社，2012年

陳揚炯《中國净土宗通史》，南京：江蘇古籍出版社，2000年

陳來《宋明理學》，上海：華東師範大學出版社，2004年

聖僕義諦《禪籍志》，高南順次郎等編《大日本佛教全書・佛教書目目錄》，1913 年

無著道忠《禪林象器箋》，藍吉富主編《禪宗全書》第 96 冊

忽滑谷快天著，朱謙之譯《中國禪學思想史》，上海：上海古籍出版社，1994 年

柳田聖山著，毛丹青譯《禪與中國》，北京：生活・讀書・新知三聯書店，1988 年

也上俊静等著，釋聖嚴譯《中國佛教史概說》，臺北：台灣商務印書館，2012 年

土屋太祐《北宋禪宗思想及其淵源》，成都：巴蜀書社，2008 年

蒂費納・薩莫瓦著，邵煒譯《互文性研究》，天津：天津人民出版社，2003 年

三、期刊論文

陳士強《中國古代的佛教筆記》，《復旦學報》（社會科學版），1992 年第 3 期

顧海建《論宋代文字禪的形成》，《中華文化論壇》，2004 年第 2 期

周裕鍇《惠洪文字禪的理論與實踐及其對後世的影響》，《北京大學學報》（哲學社會科學版），2008 年第 4 期

祁偉《宋代禪林筆記的憶古情結與書寫策略》，《文學遺產》，2011 年第 6 期

呂肖奐《宋代僧人之間詩歌唱和探析》，《四川大學學報》（哲學社會科學版），2014 年第 5 期

張培鋒《宋代佛教文學的基本情況與若干思考》，《武漢大學學報》（人文科學版），2012 年第 2 期

羅凌《禪宗黃龍派"平實禪"禪學思想探析》，《宗教學研究》，2013 年第 4 期

查洪德《論"自得"》，《文史哲》，2013 年第 5 期

嚴雅美《試論宋元禪宗繪畫》，《中華佛學研究》，2000 年第 4 期

董群《略論禪宗對儒家倫理的會通——以禮、孝、忠爲個案的考察》，《東南大學學報》（哲學社會科學版），2000 年第 3 期

椎名宏雄《宋元版禪籍研究（六）（そうげんばんぜんせきけんきゅうろく）〈羅湖野録〉〈感山雲卧紀談〉（らごやろくかんざんうんがきだん）》，《印度學與佛教學研究》，1982 年

四、碩士、博士學位論文

林湘華《禪宗與宋代詩學理論》，成功大學中文研究所，《中國佛教學術論典》第 105 冊，佛光山文教基金會，2001 年

藍慶蔚《惠洪"文字禪"研究》，佛光人文社會科學院文學研究所，2005 年

劉楚妍《洪覺範"文字禪"思想及其與士大夫之交遊》，華梵大學東方人文思想研究所，2008 年

王沐萱《宋代禪僧畫研究》，湖北大學，2011 年

張姿《〈羅湖野録〉與佛教》，上海師範大學，2010 年

黃俊銓《禪宗典籍〈五燈會元〉研究》，復旦大學，2007 年

張艮《天台僧與北宋詩壇》，四川大學，2014 年

後　記

　　學問之道，求其放心而已，前賢之訓不敢違也。吾天資鈍頑，學問寡淺，因慕蜀地靈秀，隻身入天府之國，自是而如履薄冰，遜志時敏。歷時三載，盡心竭力，湊成陋文，雖見笑於方家，亦存敝帚自珍之意。一朝擱筆，如釋重負，百感交集，恨不能引杯自酌，一醉不復醒。余入蜀六載，昔吾來斯，廿二華年；今我往矣，已迫而立。想流光易拋人，世事多倥偬，追念往事難憑，悲從中來，不可斷絕。

　　予離鄉求學數年，幸得親朋師友相助，今略備一二，聊表涕零。

　　吾駑鈍之資，蒙周裕鍇先生不弃，忝列其門下，一時目見耳聞學者之高行、詩人之妙思，真可謂鍋蓋庵盛事。恩師敏於詩，工於書，慎思篤行，經史子集，無不賅博。先生於造物主之無盡藏則神往而勝遊，於民生之多艱則哀憐而長涕。吾等弗望其項背，亦沾潤君子之德。先生其人其學，身正學高、明德睿智尚難概其實矣。吾多得先生提點，如醍醐灌頂，疑難頃刻間渙然冰釋。師母陸氏，性爽直而精於音律，偶轉喉高歌，罔不鏗鏘可愛。每晤面輒殷殷相囑，恍然如慈母在側。此番別去，不知後會何期，惟願天地有情，先生師母期頤偕老。

　　業師鄧岳先生、惠斌先生、朱瓊芬先生與吾相交於忘年。鄧先生識見廣博，頗富詼諧，每宣諸教學，無不令人絕倒。吾年少懵懂，嘗發過激之語，先生但笑而已。惠先生書文粹美，於人間世態每有悟入處。朱先生秉性醇和，與人爲善。吾初逢巨變，得三位良師諸多關懷，或解囊以贈，或溫語勸勉，雖世殊事異，而其拳拳之心，吾難報其萬一。此生得師如此，吾復何求？

　　先父辭世十年有餘。遙想當年，吾身處异地，暇日歸家，其時家父已臥病多日，顏色憔悴、形容枯槁。余心念病者皆如斯，未作多思，匆匆離去。孰料此面之後，竟成永別。吾在异鄉驚聞噩耗，頓覺天地無色，秋風暫起秋雨寒，風雲慘淡人腸斷。跌撞至家，百感凄惻。憶昔言笑晏晏，一朝緣斷魂飛，惟臨穴永訣，撫柩盡哀而已。子欲養而親不待，傷如之何？十年之間，予雖未洞明生死之壺奧，唯於生離死別中感念因緣際會。逝者已矣，生者如斯。

家母李氏，身世坎坷，年十二而失外祖母庇佑，中年而吾父病逝，吾母未嘗落淚於人前。慈母以屠弱之軀而處事溫儉、持家有道，所憂者，唯吾姐弟而已。奈何吾二人背井離鄉，不能侍奉親側，經年聚少離多。一旦歸來，吾母則噓寒問暖，喜出望外。臨行前夕，事無巨細，叮嚀千百。予晨起赴征途，吾母必送之，及至分別，再三囑予毋以家事爲念，千萬保重。言畢離去，伊微僂清瘦之身影漸迷行處，吾掩面回首，潸然淚下。吾母喪夫，形影相吊，後繼父至吾家，二老携手相伴，終了余心事。

家弟聰穎，與吾親厚，吾愧爲長姊，未能護佑幼弟，反獲其周全。伯父母慈愛，厚待於吾；舅姑和善，視予爲己出，天公何其憐我！

外子與吾自幼相識，更兼同窗之誼，雖歷盡曲折，然終成眷屬。予新婚燕爾即返蜀，獨留外子於家，而其幾無怨懟。思及長夜漫漫，唯有孤燈伴君，不免愧疚難安，淚濕襟袖。未能紅袖添香，朝夕相對，徒吟思君如流水矣。所幸者兩情相悅，雖隔千里之遙，仍君心似我心。今朝別離苦盡，聞君一笑，世間無此歡喜。杏花疏影里，盼結來生緣。

摯友李娟諸君，與吾情同姊妹。吾入川數載，諸友時時而問訊。海内存知己，天涯若比鄰，今觀此言，信不誣也。與舊友董曉霞君失聯兩載，音書兩絕，一朝得其鴻信，喜極而泣。

同窗十餘人，男則豐神雅淡，識量寬和，女則綽約多姿，蕙質蘭心。猶記崢嶸歲月，品茗談笑，邀約出遊，而今筵散，各奔東西，此情枉成追憶而已。撰文期間，吾多得國威君點撥，每令人茅塞頓開，心下了然，更兼惠賜語料，其人和易誠篤如斯，怎一個謝字了得？

承劉黎明先生善意，吾如願入川大求學，師知吾窘困，乃爲予謀職以維生計。先生雖已仙遊，而其再造之恩當永續。先生其人，死生不累於形骸，故能逍遙而得大自在。

六載以還，項楚、何劍平、吕肖奐、謝謙、丁淑梅、王紅、伍曉蔓等諸先生，德高學深，誨人不倦，吾受益良多。高山仰止、景行行止，予雖不能至其高，然心嚮往之。

　　陳尚君、賈三强、杜海軍、曾昭聰、杜桂萍諸先生，目光如炬，爲小書指瑕無數，建議甚夥，吾受益匪淺，見字如面，想望風懷。馬德富、祝尚書、何劍平、熊良智、張弘諸先生，耳提面命，勸誡淵雅，指出向上一路，前輩之用心，大抵如斯。馬德富先生已駕鶴西去，仍記當年送先生歸家之情景，行走於望江昏暗小道上，聽先生講治學門徑，"切記，務要趁年輕多讀書"之言猶在耳，先生其人，率先垂範。

　　今距書稿撰成已五載有餘，學術研究日新月异，宋代禪林筆記又增不少新成果，此次修改，除却改正文中錯誤，内容大多仍舊，以存歷史原貌。由於學力有限，預設目標未必達成，書中疏漏、訛誤難免，不當之處，敬請有識之士指摘，未盡之論，懇求命世宗師提點，然其中或有隻言片語可采，則爲此書之幸。

　　此五年間，生計之多艱，爲學之不易，爲人母之竭力，爲人妻之焦灼，爲人女之愧疚，其中種種，難爲外人道也。所幸者，雖命途多舛，而赤誠之心依然。是書付梓之際，適逢次女念呈降生，於嬰孩啼哭聲中翻閱、修正文稿，心境尤异。

　　五年之中，人生諸事頗得師友關照、指點，感激涕零，無以言表，名録長存於心，不再一一列呈。

　　書稿付梓，全仗恩師周裕鍇先生和四川大學中國俗文化研究所玉成。吾已離蓉城數載而承蒙前輩提携，謹致謝忱。四川大學出版社之徐凱編輯爲書稿校對勞心勞力，其於字詞、句讀無不斟酌再三，以求精審，吾感佩於心，唯念伊安。

　　人生如逆旅，我亦是行人。

　　感恩一切因緣。

　　是爲後記。